郁郁乎文哉

——懷念郁文

《怀念郁文》编辑组 编

人民出版社

郁文，原名翁郁文，1926年10月9日生于浙江慈溪。青少年时期，因日寇进犯浙东，成为流亡学生。11岁即参加抗日救亡活动，在流亡求学时积极阅读革命书籍，结识进步同学。1944年11月进入浙东四明山解放区参加新四军抗日游击纵队，年方18岁，同年12月加入中国共产党，任鲁迅学院中队长、政治指导员等。1945年10月，郁文由组织派遣，到上海从事党的地下工作，在上海之江大学教育系学习并开展学运，在地下党领导的《联合晚报》及《青年知识》杂志等任记者、编辑，曾使用凌澜、林兰等笔名。1948年，国统区全国学联成立党组，郁文任党组成员。1948年底，郁文接受党组织的任务，从上海出发护送我地下党员穿越封锁线。进入解放区跋涉数千里，到达北平，迎接新中国的建立。

1949年1月起，郁文担任中央青委秘书，参加首届全国学生代表大会、全国青年代表大会和青年团第一次全国代表大会的筹备和会务工作。1952年起，任浙江省杭州市委青委宣传部长，华东局青委秘书室副主任、宣传部科长等。1952年初与乔石结为伉俪。1955年4月，随乔石调鞍山钢铁建设公司，任党委办公室调研科科长、办公室副主任。1960年7月，又赴祁连山下，任酒泉钢铁公司党委副秘书长兼调查研究室主任。为新中国经济建设和发展作出了贡献。

1962年2月，郁文进入中共中央高级党校理论班学习。1963年4月，郁文和乔石同时调入中共中央对外联络部工作。1965年

11月任中联部编译室研究员。“文革”中受到冲击。1969年6月起先后在黑龙江、河南等地“五七”干校劳动。1973年4月调中联部研究室工作，先后担任综合组副组长，研究室副主任、主任等职。郁文长期从事理论研究工作，对国际共运、社会主义思潮有深入研究，向中央报送了大量具有重要参考价值的调研精品，受到中央领导的好评。

1986年12月，郁文调入中国国际交流协会工作，先后任副总干事、总干事、副会长，根据中央对外工作总体布局要求，积极拓展民间外交，为营造对我国改革开放有利的国际环境做了大量卓有成效的工作。1999年7月离休。

郁文是第七、第八届全国政协委员及外事委员会委员。

在长期的革命和建设生涯中，她作为乔石的战友和伴侣，协助乔石工作，为党和国家事业发展作出重要贡献。

郁文因病于2013年1月28日在北京逝世，享年87岁。2月3日，中共中央对外联络部在北京八宝山革命公墓举行告别仪式，近千名干部、群众和亲属、好友为郁文送别。

一副挽联可为郁文一生写照：

浙东流亡求学，走上革命路；四明抗日，虎穴潜踪；出塞出关，艰难困苦；为国睿臣，为家大栋；卓尔铁肩担道义，名垂千古；

沪西采编撰作，写下自由歌；九天揽月，龙渊试笔，论外论内，沥血呕心；有达政化，有恤民瘼；信矣妙手著文章，光启后人。

幼年郁文，摄于 1932 年。前排左一为郁文。后排：左一为郁文母亲陈若希，左四为父亲翁祖望，左五为舅父陈训慈，左六为舅父陈布雷，左七为舅父陈屺怀。

幼年郁文，1932 年摄于慈城照相馆。左起：兄翁泽宏，姐翁汶英，母亲陈若希，妹翁华娓（怀抱者），兄翁泽永，翁郁文。

郁文童年照。1935 年摄于浙江省图书馆。左二为郁文。其时舅父陈训慈为浙江省图书馆馆长。

郁文童年照。1936 年摄于杭州。前排左三为郁文。第三排左一为陈琏(陈布雷之女)。

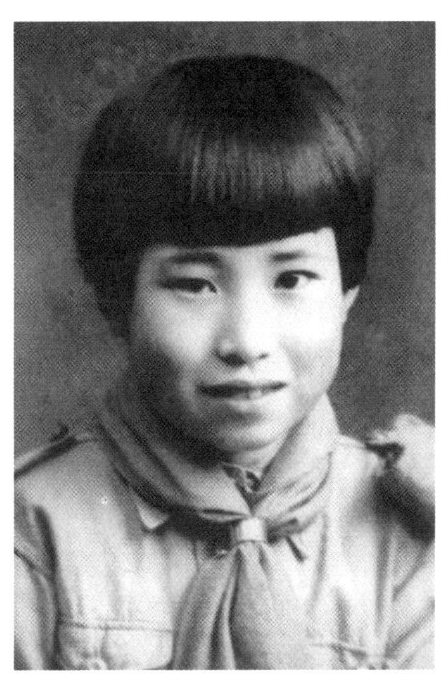

郁文童年照。1937 年,郁文在杭州惠兴附小读六年级时,被评为模范儿童。

郁文童年照。1938 年,在慈溪二六市明德观抗日救亡宣传队队部前留影。前排左一为郁文。

聯合晚報

聯合日報晚刊 LIEN HO JIH PAO Evening Edition

汽車新聞 30003 虹口分站 45903 出租日夜

第一百八十五號　今日本報一大張　發行人 王紀華

《联合晚报》报头影印件。

1947 年，郁文在上海中共地下党主办的《联合晚报》任记者。

1949 年，郁文在北京工作期间。

1950 年，郁文在北京。

1949 年，与朱德同志在一起。第二排右三为郁文。

1949 年，郁文在故宫。

1949 年，郁文在北京。前排左一为冯文彬，第二排右一为郁文，后排左一为廖承志。

1959年，鞍山。郁文与婆婆胡玉英和孩子们。左起：乔凌、郁文、乔晓溪（抱持者）、婆婆胡玉英、乔小东（前立者）、蒋小明。

郁文与子女在一起。右一为蒋小明,左一为乔凌。

1970 年，北京。中联部“五七”干校从黑龙江肇源迁往河南沈丘，火车经停西便门火车站，子女被允许在车站与父母短暂相聚。左起乔凌、郁文、乔晓溪、乔石、乔小东、蒋小明。

1979 年 3 月 8 日，中联部研究室部分女同志合影。左二为郁文。

1995 年，郁文与雷洁琼会见日本友好人士长屋洋子。

1990年，北京。乔石、郁文夫妇与子女。左起蒋小明、郁文、乔晓溪、乔石、乔凌、周进。

全家福。1994年12月，庆贺乔石70寿辰。

乔石、郁文夫妇合影。

黄源老师：您好！

很高兴有机会再次拜谒您老。尤其高兴的是见您的身体比前几年我去看望您时更健壮了。见您以高龄而仍如此思维敏捷，腰板硬朗，临别时还能送我到医院大门口，真令我惊喜不已。巴一熔曾说我虽是初次见，但在浙东时早已闻名，而且我记得还看到过照片，据说当时照片是不容易有的，但我确实见到过，而且这次见面，我觉得形象跟照片上是一样的。脸型、发型都没有变。你们二老都这样青春常在，宝刀不老，我相信，一定得益于当日战斗，相互鼓励，也是您们的革命乐观主义和淡泊心情使然。

寄奉见面时的照片二帧，以留作纪念。

以后赴杭时再去看您们。敬祝

安健！

郁文
98.4.25

郁文手迹

目　录

下编　怀念郁文

我们的妈妈
（代前言）

蒋小明　乔　凌　乔小东　乔晓溪

光阴似箭，转瞬妈妈离开我们已经两年了。编辑了近两年的纪念文集终于可以付梓了，它寄托了我们对妈妈的思念和敬仰之情，它是我们献给妈妈逝世两周年的奠礼。

这本纪念文集分为上、下两编。上编收录了妈妈在上世纪四十年代在上海《联合晚报》当记者时写的新闻稿，以及后来发表在各种文集、报刊上的文章。下编是我们子女和亲朋好友们怀念妈妈的纪念文章。这些内容，也许多多少少可以反映出妈妈在各个时期的人生旅程，从不同的视角展示出妈妈一生的心路历程。

妈妈出身于江南的一个耕读之家，祖祖辈辈勤劳农作，至祖父时又经营国药，家道小康。这是一个有着重视教育的传统家风的家族，一代代适龄的儿童，不分男女都会进入学堂学习，其中的佼佼者立读书报国之志，抱着浓浓的家国情怀，走出乡村，走向城市，或投身政界，或兴教办学。近代则有更多的族人投身于辛亥革命、国民革命和共产主义事业。妈妈天资聪颖，勤奋好学，出生在这样的家庭，沐浴着如此家风，她不可能成为贪图安逸的、娇弱的“富家小姐”，她注定要沿着家族中先辈们的足迹从家乡走出。

1944年，在日寇铁蹄践踏家乡之后，在受够了多年流亡求学、颠沛流离之苦以后，正是青春年华的妈妈怀着对国家命运深深担忧的心和强烈的责任感，进入了新四军的浙东抗日根据地，加入了共产党，她的人生从此开始了全新的旅程，也开启了她一生中最为光彩照人、紧张愉快的战斗生活。

在四明山抗日根据地，不满二十岁的妈妈“睡地铺，吃地瓜老咸菜”，艰苦备尝，也感受到了奉献与牺牲的悲壮。但她的精神是奋发的、昂扬的。经历了苦闷与彷徨，追求理想的她见到了光明，找到了目标。在她的身边有着一批同样年轻的、朝气蓬勃的同志。那时她的生活、学习总是伴随着歌声。当她晚年时，我们惊愕地发现她突然喜欢上唱歌，经常带领身边的小青年引吭高歌，其中多是抗战老歌，这应当是她对年轻时那段战斗生活的回味与眷恋。

抗战胜利后，党组织将她派到上海，希望她能利用在国民党政府中工作的家庭成员和社会关系为党做地下工作，这一安排的确为她提供了一个更大的舞台，她因此有了更加精彩的人生。到了上海之后，她一边进入之江大学学习，组织并参加学生运动；一边考入中共地下党主办的《联合晚报》，做了记者。这家报纸的“老板”和同仁大半是共产党员和左翼人士，所以，《联合晚报》就成为党联系爱国民主人士和动员社会各阶层反内战、要和平的舆论阵地。妈妈十分喜爱记者工作——她中学时代就显露出好读书、爱写作的特质。很快，她轻捷干练的身影便出现在上海街头，一篇篇笔锋犀利的时政短评和对著名爱国民主人士的生动的采访报道相继刊登在《联合晚报》上。她后来告诉我们说，那时她常常在完成采访后返回报社的途中，在电车上便急就成文，一到报社就交付排印，随即发表。从本文集所收集的她当年为《联合晚报》所写的各类文章可以看到，它们既契合当时党的中心任务又遵循新闻规律、富有新闻灵性，因而受到读者普遍的喜爱。接受过她采访的郭沫若先生曾称赞她为当时中国“最有前途的青年女记者”，后来还手书赞词相赠。

《联合晚报》短短的一年多的时间可能是妈妈人生中最珍贵而难忘的时光。她把报上自己的文章剪下来，整整齐齐地贴好保存起来。在她生前我们也会听她时常提到《联合晚报》的事情。可以想见，一个有才华有理想的年轻人在生命力最旺盛的年代，得以用无限的创造力为实现理想而战斗，会是何等样的幸福！妈妈一生都从事文字工作，解放后再没做过记者。她做过秘书，后来长期做研究工作，为中央编辑简报，写过大量研究报告，全都没有署名。她在我们记忆中最突出的形象，是在台灯下伏案疾书的清晰身影，是她飞速写下的一页又一页的娟秀的蝇头小字，那像一幅幅连贯优雅的电影画面，深深地印刻在我们的心中。而今，这些写于1946—1947年间的她的文章，才使我们得以领略她二十岁出头时就显露出来的文字功底和写作才华。

也就是在这一时期，她认识了在同一报社担任编辑的爸爸，爸爸的沉稳干练以及分析事物、洞悉形势的能力吸引了她。爸爸不过年长妈妈两岁，据妈妈讲，他年纪轻轻即被同事称为“老蒋”、“老乔”，其老成持重可见一斑。在旧上海这一繁华之地，在紧张的工作之余，他们也曾漫步于霓虹灯下、携手在电影院中。多年以后，妈妈还记得爸爸为她讲述了他身边的“七十二家房客”，生动地描述了那时上海底层市民的困苦与挣扎，进而谈到进行一场革命的必要性以及献身这一事业的光荣意义。妈妈由衷地钦佩赞赏他的分析与思辨能力，使她改造社会的使命感更加强烈。或许，正是性格的反差与互补使他们互相吸引，他们的爱情就在这时萌生并逐渐成熟。

妈妈到上海不久，接受了地下党布置的护送表姐陈琏夫妇穿越敌占区、进入解放区的任务。他们从上海出发，经过千里跋涉，辗转到达华北，进入北平，迎接新中国的诞生。任务完成后，她留在刚成立的团中央工作，直到 1952 年调到浙江和爸爸成婚。

妈妈和爸爸年龄相近，资历相仿，妈妈的能力与水平一直受到同事们的赞誉，她知书达理，温文尔雅，从来没有盛气凌人的“女强人”派头或“大小姐”脾气。她天然地为别人着想，本能地恭谨谦和，忍辱负重，顾全大局，心甘情愿地辅佐丈夫。他们年轻时在生活中当然也免不了磕磕碰碰，高峰低谷，但或许正是所谓“一物降一物”，妈妈与爸爸的相互钦佩和仰慕都是发自内心、终生不渝的，正是这种历久弥坚的互爱互补使得他们相濡以沫，长相厮守，携手一生。妈妈对爸爸的生活与工作的帮助和影响是巨大的，了解妈妈的领导同志说过，领导人的夫人中，郁文无疑是给丈夫加分的！

新中国成立了。然而，各种运动接连不断，政治浪涛一浪高过一浪地袭来，直至“文革”爆发。尽管由于爸爸沉稳寡言的性格和对各类运动总有自己独立的分析与应对之方，使得妈妈和我们这个家庭基本上得以保全，但是妈妈的很多亲人和战友却纷纷蒙冤，遭受打击。她看到亲友们轻者挨整挨批，重者开除流放，家破人亡，内心必是充满了迷茫和痛苦。随着政治形势日渐严峻，她也曾被迫疏离了她所爱的亲人和战友。这对于性格热情的她无疑是一种煎熬。渐渐地，她除了一如既往地努力工作、完成各项任务之外，更多的精力便放在了维护家庭和教育子女上。

妈妈早年离开家庭，参加革命，成为一个共产党人，义无反顾，从未动摇过。不过，存在于她身上善良的本性、传统的美德从未泯灭，作为四个孩子的母亲，她付出了难以想象的辛劳，特别是在那个动荡的年代。她是那种为了儿女付出多少也总嫌不够的母亲，丝毫没有想过儿女的回报。在儿女们成长、学习、工作、家庭的各种事务中，她永无休止地操着心。在她眼里我们永远是孩子，她终日不停地操劳，做全家人的“保姆”，当全家人的医生。她永远记得每个孩子身体曾经有过什么问题要注意什么、谁最喜欢吃什么。以至于老年后，她常把孩子们回家吃一顿饭当作是比什么都重要的事情，为此而久久地忙碌，最后看着大家聚餐她是那样开心。在清理她的遗物时，我们惊讶地看到她保留着我们四兄妹每人一袋各自小家庭的事务资料，那是我们离家离京时她代我们处理各种琐事的记录，还有我们在那还写信的年代寄回的家书，这一切使我们油然想起件件往事……

我们感到十分幸运，因为妈妈陪伴了我们很久；但是真正和她一起生活的时间又实在太少太少——先是他们为了革命工作，后来是我们长大后各自远走高飞、有了自己的事业和生活。没有了儿女和晚辈的喧闹，她显然感到了寂寞，但是她只是远远地思念着、祝福着，从未有抱怨。因为她的坚强和无私，我们竟忽略了她也会衰老，也会有病痛，竟很少想到她也有脆弱、忧愁、孤独的时候。当她如此突然地离去，我们才猛然明白了我们失去了什么，切身体验了“子欲养而亲不待”那追不回的悔恨和遗憾。

1978 年以后，改革开放的新时代开始了。爸爸的职务不断改变，成为中央领导成员之一，他是工作作风细致缜密、精益求精的人，因而也格外地忙碌。作为几十年志同道合的战友和妻子，妈妈在幕后承担起了大量的事务。那时，经常看到爸爸一边思索、一边口述着某个发言的内容，妈妈坐在一旁凭着早年当记者时娴熟的速记本领作着记录。随后核订引经据典的出处，整理誊抄，最终形成文稿，他们都力求让自己的工作与文字经得住历史的考验。妈妈和爸爸常以“先天下之忧而忧，后天下之乐而乐”自勉，当国家发展顺利时，他们会心情大好，笑逐颜开；当国家的进步受到挫折、出现严重问题时，他们都怀着对国家对民族的强烈责任感而为祖国的前途命运忧心忡忡。

1999 年，妈妈完全退下来了。少女时代常伴随她的笑声和歌声又回到她身上。她热爱生活，热爱生命，热爱大自然的一草一木，见到每一件美好的事物她都会赞叹不已，常常听到她开怀大笑；她很喜欢和大家一道放声高歌，她的乐观精神，她所传递的正能量，感染着身边的每一个人。她同时又疾恶如仇，有着强烈的正义感。在拨乱反正的年代，在改革开放的大潮中，因为爸爸职位的缘故，曾经蒙受不白之冤的亲友和社会上通过种种关系找上来反映情况的人很多，他们请求平反冤案，落实政策，解决各种问题。妈妈想人所想、急人所急的本性使她无法对任何不公的事置若罔闻。同时，她内心深处还有一个想法：要尽个人的所能，为那些在各种运动中受到伤害的人们做一些补偿性工作。她为帮助这些处于困境的人操心着、动脑筋想办法，推动有关部门为他们落实政策，为他们伸张正义。她自认为，在某种意义上、在小小的范围内，她为党挽回了一点影响，争了一点光。

生命无常，人生短暂。一个人的一生究竟能为世界留下什么，很难说得清。像我们的妈妈，最能够感受到她的生命的意义的人，也许只是她的儿女子孙和与她有过交往的人。妈妈是一个为别人活着的人，她的生命发出的热，温暖着所有她关心过、照顾过的人。这本文集中所收的纪念文章都来自与妈妈有过交往的一个个的普通人，我们从文章中可以看到妈妈的为人与品德。作为子女，我们为有这样一位卓尔不群的母亲深深地感到幸运、幸福。为了排遣妈妈“去不可见”之痛，我们兄妹互相勉励：如果在我们各自的身上能够映射出妈妈的某些优良品质，我们就还能时常见到她，这样，妈妈就真的和我们永远在一起了。两年来我们无时无刻不在怀念她，我们深信，她仍像从前一样在遥远的天国关爱着我们。

2015 年元月

上编　郁文文存

郁文和《联合晚报》

郑园园

编辑郁文同志纪念文集的过程，对我而言，是一个发现的过程，最重要的发现莫过于找到了郁文阿姨在《联合晚报》当记者期间采写的文章。这些文章带给我巨大的惊喜、持久的感动。编完书后，68 年前她在沪上奔忙的身影在我的脑海中渐渐地清晰起来……采写那些文采飞扬的报道的，正是我们青春的、意气风发的阿姨！

我们老早就知道郁文阿姨曾当过记者，却从来不曾读过她的文章。2013 年 1 月 28 日阿姨病逝后，我们参加了由她的子女以及乔石同志身边的工作人员共同组成的“纪念文集”编辑组，当她的子女说起郁文留下了一些在地下党主办的报刊上发表的文章时，编辑组决定要把它们收集起来编进文集去，因为这是她留给后人的一笔宝贵的遗产。

在国家图书馆，我们找到了《联合晚报》的缩微胶卷。我们仅知道当年郁文文章的署名，除了“郁文”，还有“凌澜”、“林兰”以及单字的“文”、“兰”等。屏幕上，版面一个一个滚动，我们睁大了眼睛，全神贯注地盯着每一篇文章……找啊找，找到了，终于找到了！一篇又一篇，费了两天功夫，“收获”了几十篇文章。放大后打印出来，虽然字迹模糊，费点劲还是能辨识的。

同时，郁文的儿女一直在寻找母亲的一只老铁皮箱——那里面存放着郁文的个人资料和文章剪报。前些年，郁文还拿出来翻阅过。后来几经搬迁，就记不得放在哪里了。郁文生前也一直在寻找。就在我们从缩微胶卷中找出郁文文章以后几个月，她的子女也终于找到了那只铁皮箱——它就在家中地下室的角落里静静地躺着。打开箱子后，一沓剪报赫然在目，那是郁文亲自剪下并粘贴的，是她发表在《联合晚报》的文章！这些文章多数有署名，少数没有署名。这就帮我们解决了一个难题：我们从缩微胶卷上找到一些文章，从内容看，是郁文分管的报道范围；从文字风格看，几乎肯定是郁文写的。但是因为没有署名，又难以考证，到底要不要收进文集呢，很费踌躇。郁文亲手做的剪报使我们解除了困惑。

又过了一段时间，我读到了郁文当年在《联合晚报》的同事姚芳藻女士的回忆文章。她说，在严苛的新闻检查制度的监视下，总编为保护撰稿记者，在编辑一些敏感的文章时会删去记者的名字。不少记者的署名都被删去过。经过这一番考证，我们就比较有把握地把郁文撰写的文章，署名的和没有署名的，计 47 篇，选进了这本集子。这还不包括她采写的大大小小的消息和花絮。

郁文的长女乔凌对我说：“妈妈就是用她的笔名给我起名的。”“凌澜”是郁文用得最多的笔名，用来为女儿取名为“凌”，也许可以说明生命中的这段经历在她心中的分量。

郁文是 1944 年到四明山浙东抗日根据地参加革命的。上山后，她进入鲁迅学院学习，并于当年 12 月加入中国共产党。1945 年 9 月抗战胜利后，国共两党在重庆谈判中签订《双十协定》。中共为顾全大局，主动让出了包括浙江在内的南方八个解放区。根据协定精神，党中央提出“向北发展，向南防御”的战略，江南各根据地部队北撤，撤到东北和华北根据地。在此背景下，组织安排郁文到上海从事地下工作。

回沪后，郁文想继续求学，她听说之江大学教育系办得不错，进步学生运动也开展得好，就选择了这所大学的教育系。其间，郁文按照党组织的安排，在学校组织参加了助学运动。此外，她还参与了马歇尔来华时的示威，声援昆明“一二·一”学生运动、公祭昆明四烈士等活动。郁文被选为班主席，选入学生会，主管学术部，编辑《民主之江》刊物。

一边读书，一边从事学运，郁文未曾想到有朝一日会去当记者。和《联合晚报》结缘，跟冯宾符①有关。郁文曾回忆说：“我是 1946 年四、五月开始为《联合晚报》写稿的。当时我在之江大学教育系读书，每晚下午四点到七点上课，白天有空。《联合晚报》的主笔冯宾符和我家有亲戚关系，要我给晚报写写稿。我开始主要写特写、访问记等，也零星采写一些新闻稿。大约过了个把月，陈翰伯②就找我谈了一下，要我正式担任报社的新闻记者。”总编辑陈翰伯是 1936 年入党的老党员，长期从事地下工作。党组织让他创办晚报，是希望在国统区开辟一块共产党的舆论阵地，在报纸上刊发政府不愿意登载的消息，婉转策略地宣传共产党的主张。因此，他的身份是不公开的。

---

① 冯宾符（1915—1966）：浙江慈溪人。曾任《联合日报》主编、《联合晚报》主笔。新中国成立后，先后任世界知识出版社、人民出版社副总编辑等职。

② 陈翰伯（1914—1988）：祖籍江苏苏州，生于天津。毕业于燕京大学。曾任《西京民报》、《西北文化报》、《新民报》编辑，《新民晚报》总编辑。1949 年起任新华通讯社编委兼国际新闻部主任、文化部出版局局长、《中国大百科全书》总编辑委员会副主任等职。

郁文在另一处回忆中说，她在冯宾符家遇到了楼适夷[①]。后者曾任鲁迅学院副院长，是她的老上级。可能是楼适夷向冯宾符推荐了郁文，并对她有所称赞，冯就有意让郁文加入他的编采队伍。这正合郁文的心意。郁文曾谈到，回到上海后，她住在父母家。而之江大学在抗战时期从杭州迁往安徽、上海、重庆、贵州等地，上海分部借用崇德女中的校舍，要等中学生放学后才能开课。所以，郁文白天一般待家中。她亟需一份工作，一个社会身份，好有一个合法的借口，方便白天到外面活动。

无疑，陈翰伯和冯宾符对郁文试用期的表现很满意，决定正式聘用她。后来长期在《人民日报》文艺部工作的作家袁鹰（本名田钟洛），当时既是郁文之江大学同系的学长，又是她在《联合晚报》的同事（田是副刊“夕拾”的编辑）。他对我谈及对郁文的印象：“她聪明、开朗、大方，完全不像一般的中学毕业小女生。”那时，郁文和田钟洛都住在虹口区，相距不远。“有时我们从位于英法租界交界处的爱多亚路（今延安东路）172 号的报馆小楼一起回家，在路上会聊聊天，谈谈写稿体会，我也给她提供一些采访线索。”田钟洛早前在《世界晨报》工作，文化界的关系多一些。“郁文说她是从四明山来的，我就知道她的身份了。”按照地下党的纪律，两个年轻人心照不宣，谁也不打听对方的身份。

郁文负责文化教育、学运方面的报道。她很满意这样的安排，“学运这一块正好同我的工作有关系”。那时，郁文在住家、报馆、采访对象、学校之间奔走。她是那样地投入，那样地忙碌，常常在公交电车上写下急就章，就到编辑部交稿。她的大哥翁泽永说她

---

① 楼适夷（1905—2001）：浙江余姚人。原名楼锡春。作家、翻译家、出版家。曾任中共余姚第一任支部书记，新中国成立后任人民文学出版社副社长、副总编辑等职。

“撞活灵”（宁波话：成天东奔西走，忙忙碌碌）。郁文忙碌着、快乐着。田钟洛回忆说，记者采访回来，说说笑笑的，很热闹。

郁文是一位勤奋高产的记者，她很快崭露头角。没有人怀疑她的能力——她聪明勤奋，酷爱读书，自幼受传统文化的浸润，有扎实的文字基础。她当学生时，各科成绩名列前茅，作文是强项。读初中和高中时，她参加过作文比赛、演讲比赛；少年郁文有强烈的求知欲，对新鲜事物充满好奇，而这恰恰是记者必备的素质。读高中时她就读了不少进步书籍，她对艾思奇的系列哲学读本爱不释手，通过阅读接受了马列主义哲学的启蒙；更为重要的是，时年20岁的她，已经有了革命历练：她在鲁迅学院学习结束后留院工作，先后担任过小组长、中队长、民运队副指导员。郁文曾回忆说：“在浙东解放区，我如饥似渴地学习毛主席的《中国革命和中国共产党》、《新民主主义论》、《论联合政府》等著作，真有如久旱逢甘霖。”她不仅自己读，还辅导新学员读。有了理论准备，当了记者就有大局观，对形势观察敏锐，对报道题材的把握准确到位。

郁文的报道，从题材看，涉及教育和学运、文化事业、底层百姓生存状况等；从体裁上看，主要为特写和专访。读她的文章，我们感受到强烈的时代气息，听到了国统区人民反饥饿、反内战、反迫害的呼声，感受到抗战胜利后，各界人士对“中国向何处去”这个重大时代课题的叩问。

郁文的文章有激情、有义愤，有强烈的现场感。著名记者杨潮（笔名羊枣）被国民党杀害后，她写下了《妻哭子恸悲草木，天呜地咽吊冤魂》、《羊枣夫人准备上书蒋主席》两篇通讯，文中悲愤地追问：“我们的斗士们，不仅生前没有自由，连给杀死了以后，还是没有自由！这次杨先生的灵柩，从杭州运回来，还是赖着美国新闻处的帮助的！我们连运棺材的自由也没有！这成什么国家！这成什么社会!”

1946年6月，全面内战一触即发。6月23日由马叙伦①率领的上海各界人民和平请愿团赴南京请愿，为争取和平、制止内战作最后的努力。代表团出发当天上午，5万市民到北站为代表团送行，随后举行反内战和平示威游行。郁文到现场，采写这一声势浩大的历史性事件，挥笔写下了《震耳欲聋心欲碎，全沪人民反内战》、《反对内战争取和平》两篇报道。那火辣辣的文字，表达了万千破碎的心对和平最热烈的呼唤！她写道：“全上海人民感时忧国，欲哭无泪；终由沉默屏息之期待，激为汹涌澎湃之怒潮，惊心欲碎!”

《大同学潮透视》是郁文有关学运报道的代表作。和上述反内战报道的风格不同，郁文对大同大学的施政情况进行了深入的调查，用冷静、冷峻的笔触，写出校方治校无能、治校腐败的种种劣迹，明确指出学潮“是腐败校政招来的”。我读这篇报道时产生联想，郁文后来在中联部和中国国际交流协会任职，做调研几十年，从容不迫，游刃有余，她的调查研究的基本功应当是在当记者时练出来的。

郁文还把很多精力放在底层报道上，采访对象多为“苦命人”。为做好这类报道，郁文付出了很多心血。她“踩着三寸泥浆地，走进曲曲折折的棚户区”，她忍受着恶臭走进骨殖成堆的停尸场，她经受着心尖的颤抖看屠夫宰杀壮硕的耕牛……郁文面对的是衣衫褴褛的人们，是贫困和战乱造成的另一个“悲惨世界”！郁文记录下这些被蔑视的底层人的生存困境。拣煤渣的妇女儿童、被遗弃的难童、出没风浪的蟹农、被拐卖后受尽蹂躏的妓女……她对他

---

① 马叙伦（1885—1970）：字彝初。浙江余杭人，教育家、语言文字学家，民主革命家，北京大学教授。

们寄予深切的同情，用伤感的情绪写下其不幸经历，用温柔的笔触描摹其心理。这一类报道，使我看到年轻的共产党员郁文原来是怀有一颗悲悯之心，一腔博爱情怀的极其善良的人。

郁文采访了许多文化艺术界名人、爱国民主人士以及社会贤达。用当下的新闻术语表达，就是“高端访问”。受访者是社会良知的代表。通过一篇篇专访，读者了解到他们对时局的看法，听到他们对国统区人民的声援。胜利后，现实仍然混沌，前路迷雾重重，这些专访有助于读者拨开迷雾看清方向。此外，淞沪抗战的将士，在南洋坚持抗战的华侨、被大汉奸丁默邨残杀的烈士亲属等，都是她倾心的题材。采写并刊出这类报道，在一定意义上，是向抗战英雄致敬——代表她本人，也代表《联合晚报》。

郁文对文化事业的关注，不仅体现在她所采写的文化人物和事件上，还体现在她对胜利后文化发展趋势的关注上。她采写的《连环图画及其读者》、《连环画的无边魔力》，提出了一个至今仍有现实意义的问题：下里巴人同样有精神文化需求，连环画册是他们触手可及的图书，连环画不仅不应该禁（参议会里有人提出要禁），还应该让它负起改造社会意识的责任来。在《茅盾谈黄色小报》专访中，记者传达了作家的深刻见解：“如果能够产生几个大文豪，得一两次诺贝尔奖金，当然是我们的光荣，但从对于我们苦难的国家民族的实惠来说，还不如把广大农民的文化水准提高，把小市民从落后读物的掌握下抢回来更有意义。”

郁文写文章，从不摆出一副居高临下、真理在握的姿态，这和她一贯沉稳低调的为人行事风格一致。她的立场和结论，往往通过描写和记叙，自然而然地表达出来。比如，一家百货公司的老板为招徕顾客，弄来了一只小老虎，将它囚在笼子摆在橱窗展出。郁文对老虎的种种动作和神态作了一番描写后，感叹道：“俄国盲诗人爱罗先珂有童话‘狭的笼’，然而事实上，那些关在狭的笼中的老虎们，并没有像诗人那样想，它们安于狭的笼，因为它们已经习惯了。”

郁文的文字简洁、用词精准，描写细腻。许多文章，活泼俏皮，风趣幽默，还不乏自我调侃，没有丝毫八股味。她报道复兴公园的菊花展，那些争奇斗艳的菊花在她的笔下生动引人。到了末尾，冒出这样一句话：“记者也是一个不懂赏菊的俗夫，胡扯了一阵，可别惹识者嗤笑。”多么率真可爱！

这47篇文章，足可让今天的读者了解到郁文是一个具有什么样的精神气质和文化水平的人。当年寓居在沪的郭沫若读到郁文的文章后，深为赞许，专门为她题句：“人即是文，是何等样人，方能写何等样文。荆棘之上不能开玫瑰，槟榔之上不能结葡萄。”

《联合晚报》创办于1946年4月15日，一年后，因为如实报道五·二〇学生运动，于1947年5月24日遭国民党查封。同时被查封的有《文汇报》和《新民晚报》。查封之初，报社负责人还在交涉，争取复刊，郁文和同事们还经常到报社去。不久，国民党逮捕了三家报馆的五名记者（《文汇报》的麦少楣、《新民晚报》的张忱，《联合晚报》的黄冰、杨学纯、姚芳藻），形势凶险，郁文接到报社校对闻友信的电话，通知她不要再去报社了，她的党内联系人钟沛璋也通知她要注意隐蔽。《联合晚报》被封杀了，郁文和《联合晚报》的缘分就此结束。

从创刊到被查封，《联合晚报》存活了13个月。它是当时上海唯一的晚间出版的报纸，由于立论公允，文字优美通俗，发行量很快超过其他报纸。郁文和《联合晚报》共进退，做了13个月记者。她没有辜负陈翰伯、冯宾符对她的信任，报道做得风生水起。她以敏锐的新闻感觉和漂亮的文笔，撰写了许多脍炙人口的文章，成为晚报颇负盛誉的记者。田钟洛用很肯定的口吻对我说：“她是最出色的，文字也漂亮。”

郁文在《联合晚报》结识了一批有理想、有追求、有见识、有能力、文化素养高的共产党员和左翼知识分子，得到他们的真心帮助。他们中的一些人在新中国成立后成为新闻出版界的各级领导。当时，郁文和报社同仁没有党内联系，直到解放后，她才知道经理王纪华、总编辑陈翰伯，以及郑森禹、姚黎民等，都是共产党员。当年编辑部那位沉稳内敛的年轻编辑蒋经逸（乔石）原来是中共上海地下党学委负责人。后来他成为她的男友。新中国成立后，他们于 1952 年在杭州结婚，两人从此互相扶持，共同走过了 60 年的风雨历程。

解放后，郁文从事过宣传、组织、人事等多种工作。1955 年她在鞍山钢铁公司任职，田钟洛到鞍山出差，顺便看望了郁文和乔石。田钟洛对郁文说："你不懂钢铁，还是回来搞老本行吧。"郁文摇摇头说："没有可能了，我现在一切都听从组织安排。"田钟洛觉得郁文不做文字工作"怪可惜的"，"我心目中她还是记者"。在离开文字工作十多年后，是老天不忍心让这个江南才女放弃她那支笔，抑或是因为她的写作天分到哪儿都不会被埋没，她又回到了文字工作的岗位上。1963 年，郁文和乔石双双被借调到中共中央对外联络部做专题研究，1964 年正式调入。自此，郁文担负起繁重的调研和写作任务，主持撰写了许多呈报中央的研究报告，这是比当年在《联合晚报》做新闻采访更为艰苦的工作，需要付出更多的时间和心力。她主持撰写的文章不见诸公开出版物，也不署名，完全没有名利可图。但是，了解郁文的人都说，她原本就是一个淡泊名利的人，不署名又何妨？我们少了一个新闻记者，却多了一个国际共运和外交政策的研究者，于党于国，这何尝不是幸事！

2014 年 10 月于北京

阔别八年　郭沫若到上海

郭先生说："内战一定打不成"

一天的航程，并没有在郭先生脸上刻上疲劳。跨着矫健的步子，携孩子下了卡车，他老人家还帮着搬移箱笼。

"汉口，南京，下了两次，孩子们都呕了，我倒还好。"郭先生拍拍身上的灰尘，满高兴地说。郭太太道地重庆装束，还背一只"干粮袋"，显得有点累，该是为了照呼孩子们。

"原说是到南京的，后来听说可以到上海，当然一直来了。到南京也没什么事，政协闭幕后，我没参加综合小组，在无党无派中我该算是一个孤立派！"郭先生说着笑了起来。接着诙谐地谈起到上海以后的第一件要紧事，是：找饭吃，找房子住。只要办得到这两点，他说："教书也好，做记者也好，什么都干。"待听说一个朋友在开菜馆，他就打趣说：他也去办一个菜馆，让一家老小都进去。扰人的生活问题，多少给他的轻松谈吐，冲淡了几分。

说起政治问题，郭先生表示他是始终乐观的，内战一定打不成，"要是内战打得下去，不会有今天美国的调停，要是内战打得下去，也不会有去年的停战，这是事实。"但正像他在司徒美堂①

① 司徒美堂（1868—1955）：原名司徒羡意，字基赞，著名旅美侨领，中国致公党创始人。

先生的欢迎会上所说："对于顽固分子的过于姑息，也是我们的过失。"他的乐观，不是叫大家就此不干。

真的，很凑巧，他刚到上海就赶上了欢迎司徒美堂，可是跑了去自己又立刻变成了被欢迎的对象。但更凑巧的是昨晚的来喜饭店，刚好是抗战开始那年七月二十五号他往日本潜逃回来，老朋友沈尹默先生欢迎他的地方。旧地重来，他又兴奋又感慨。

会场出来，他很高兴，说，"上海的空气跟重庆的两样"，下文却又不肯说了。

谈到文化，郭先生认真地说："抗战期间，文化服务于抗战，战争胜利后，文化服务于建国，更具体一些，在眼前就是和平，民主。"他认为：这儿的一个最基本原则，谁也不否认，是：为人民服务。可是要做到这一点，首先就得收拾起自己一副高高在上的面孔。"万般皆下品，惟有读书高"，谁说今天存在着这种观点的人不多了？

所以，他特别提出：在今天，从事文艺工作的人不能够仅像五四时代那样求漂亮，学时髦或是凭着一己的情感冲动，更不能高之又高，玄之又玄，存心叫人家不懂，而应该更沉着地走向大众，深入大众。要真正地做到为人民代言，或者是，说出自己人民的话，就非从生活意识，生活方式上，下彻底改变的决心不可。生活方式跟大众太隔膜，你就不太容易正确地把握到大众的心愿。至于学科学的人，郭先生说，在中国，几乎一直是跟现实社会脱着节的，在中国，一提起科学家就会使人想到是个不通世故的书呆子。事实上，科学的方法应该是我们每人处理日常生活上的事件的必需的方法，科学的精神是人类社会到现在为止的精神文明的最高形态，科学精神贯彻到政治上就是民主精神，表现在文学上就是现实主义精神。因此，中国的科学家不能够置中国半封建半殖民地的社会现状不顾，向外国去学一套来，而应该以科学知识，科学精神以及科学的应用，诚心诚意地服务于社会，服务于生产，服务于人民。一方面固然应该照顾到高深的研究，但另一面也应该切实想几样真正于人民有具体的好处的事情做做。别让自己本身就失去了科学精神。总之，为人民服务，这决不是一句空唠唠的话。

他也谈起这里的海派报刊，说是在重庆就听说上海流行黄色小报，他以为这一方面是文化人自己的堕落，在今日的政治高压之下，抵不住了，走上邪路。另一方面也由于政治上不免纵容了它们，或甚至利用了它们来麻痹人们对于政治的关心。这样地相互为用，自然变本加厉。所以主要还在争取政治的民主化。

据郭先生自己说最近很少写东西，“苏联纪行”以后，只陆续写过一些应时的小文章。因为在重庆这一段时间很动乱，有许多书籍，材料，老早装了箱。愿郭先生在上海能有一个比较安定的生活，为我们后一辈更多地制造下渴求的营养。

（原载 1946 年 5 月 9 日《联合晚报》第 3 版；署名：郁闻）

羊枣[①]夫人准备上书蒋主席

羊枣夫人新近赴杭运归了羊枣先生的灵柩，仍旧住在西门路。昨晨，她在寓所接见了本报记者。

一间幽静的小屋子，羊枣先生的放大的照像，摆在案头，还保有着生前坚毅果决的神气。杨夫人一身素朴的装束——白花、白皮鞋、浅灰的上装……映入眼帘，令人凄然。

“想不到会那么快的，我原也担心他身体不好，却总望能早些保他出来。”杨夫人还是那么伤心，勉强抑制着眼泪，声音里含着无限的哀怨。“最后跟他见面的时候，他自己也说：‘本来么，三年五年也不要紧，我又不怕吃苦，人家都是那么受的，我为什么不能受，可是，我怕自己的身体，会拖不下去……’”

“到底算是什么罪名，先说是通敌嫌疑，后来又是泄露军事秘密，又是危害民国，一直到死了，羊枣到底犯的什么罪，我还不晓得。”杨夫人打开了抽斗，拿出好几张三战区长官部来文的照片给记者看。

---

① 羊枣（1900—1946）：原名杨廉政，后名杨潮，号九寰，笔名羊枣。湖北沔阳人。新闻记者、评论家。1945 年因与新四军秘密联系，遭国民党当局逮捕。1946 年 1 月 11 日在杭州监狱遇害。

她又告诉记者，事后，长官部向她表示："人死了，闹也没有用。"还通过"私人关系"，劝她向长官部请求发给安葬费及今后生活补助费，她当然不愿意，她说："我不能出卖自己，更不能出卖死了的羊枣！"因此，当二月间，那边又差人来告诉她愿意送她四五万元时，她不要，最近那边汇来"殓剩"的十一万余，她也原封不动地退了回去。

她不肯接受这一意见："不论怎么闹都可以，闹到中央去也不要紧，只别涉及长官部，叫司令长官面子下不去。"她始终坚持："这笔账一定要算，不折扣地算清。"

她说，打算最近同时呈书蒋主席及法院，控告这一事件。不管有没有效果，她说她一定要做。

"我是一个没用的女子，又是孤单单的，但是这口气不平，我不能随便给欺负。我还得多赖朋友们的帮助 。"最后，杨夫人那末说。"我们活着的，只要希望。还能活得像个人，就不能对羊枣的死，默默无声！"

杨夫人一直送记者到门口，亲切的眼光，恋恋地望着。她的纤小的身影，孤独地依在门旁。不，我说错了，杨夫人不是孤独的！

（原载 1946 年 5 月 13 日《联合晚报》第 4 版；署名：文）

妻哭子恸悲草木　天呜地咽吊冤魂

——各界追悼羊枣

当你刚跨进国泰殡仪馆的大门，从每个人的脸上你就可以晓得今天所追悼是什么人，是那么严肃而悲切，是那么痛惜而忿恨。

九点钟左右，灵堂的门前就站满了黑压压的人头，灵堂的里面，更有人满之患。

杨潮先生的遗像挂在正中，上面是柳亚子[①]同柳无垢[②]横的挽联，“为民主而牺牲”这就足够说明了杨先生的平生。

爱遍十万羊枣

灵旁也全是花圈同挽词：“杨潮，我们爱师，为了顾祝同恨你，我们要爱遍十万羊枣，恨遍所有顾祝同，安息吧！杨潮，我们在你的灵前发誓，担起你的担子，走完你未尽的路”。这个挽词不是正表明了今天参加追悼人的心么？

---

① 柳亚子（1887—1958）：原名慰高，字安如，号柳亚子，江苏吴江人。近代著名诗人、文学家。清末诸生，早年参加光复会、同盟会，创办并主持南社。

② 柳无垢（1914—1963）：江苏吴江人，女，柳亚子次女。翻译家。

十点钟到了，仪式在哀乐中开始，杨先生的夫人，早就哭得连眼睛都肿了，听见哀乐的声音，更是悲痛万分。她的眼泪掉在地下，也就掉在每个人的心尖。

静默三分钟后，就开始念读祭文：

“不知是真是假，福建最高当局看中了你的才能，坚请你去主持军政，不知是幸运还是不幸，美国新闻处东南区当局也看重了你的才能，坚持你去兼任职务，于是你一身成了中美联合作战，在东南的象征。”

“然而……道高一尺，魔高一丈，你终于遭到暗算，以莫须有的罪名非法被捕了……”

死在中国人手里

“呜呼！先生，你未死于战争，未死于敌人，却死于敌人失败，战争结束后的今天，而且死在罗织冤狱的中国人手里。”念的人声音成了呜咽，听的人也都眼泪盈睫。

“呜呼！先生，民主一定要实现，人民的力量要胜利，我们要公正斗争到底，把你的志愿继承下来，把你的冤狱申洗明白……”人民斗争吧！

接着便是主祭人郭沫若开始讲演：

“今天我们怀着满腔悲愤，追悼敬爱的同志杨潮先生。正是苦难的祖国特别需要民主需要和平建设的时候，敌人把我们这一优秀的斗士残害了。我们无限悲愤！同时，我们知道，杨先生不过仅仅为了在言论思想上与当局背驰，就做了犯人，就囚死狱中，这叫我们想起，不知还有多多少少千千万万的青年战士，在不知什么地方，不知什么时候被默无声息地杀害！更不知有多少友好，不知何时被捕，不知囚在哪儿。他们在今天，还在铁窗旁边，等待着杨潮先生一样的命运！这样的摧残人权，简直是豺狼当道！”

郭先生的声音在哭，而爆炸的愤怒，更烧干了他饱含的泪！

没有运棺材的自由

而且，我们的斗士们，不仅生前没有自由，连给杀死了以后，还是没有自由！这次杨先生的灵柩，从杭州运回来，还是赖着美国新闻处的帮助的！我们连运棺材的自由也没有！这成什么国家！这成什么社会！

“我们在杨先生灵前发誓，我们要将悲哀转化成斗争的力量，我们一定要拿出全心全力来争取一切诺言的实现，我们誓与一切不民主，反民主，假民主分子作毫不容情的斗争！替一切死难者报仇！”

继续讲演的尚有梁漱溟①、马叙伦、田汉②、熊佛西③及学生代表。

时钟指到十一点三刻了，追悼会才在忿怒同哀痛中结束，然而又有一副对联映入我们的眼帘：“问新闻记者，有笔如椽，倘任冤沉海底，还说什么正义；况特务暴徒，嗜血若渴，仍旧到处横行，哪里会有自由”人们的心就变得更沉重，沉重……

（原载 1946 年 5 月 19 日《联合晚报》第 4 版）

---

① 梁漱溟（1893—1988）：原名焕鼎，字寿铭、萧名，广西桂林人。中国现代思想家，现代新儒家的早期代表人物之一。

② 田汉（1898—1968）：原名寿昌，湖南长沙县人。戏剧活动家、剧作家、诗人。中华人民共和国国歌《义勇军进行曲》词作者。

③ 熊佛西（1900—1965）：原名福禧，字化侬，江西丰城人。戏剧教育家、剧作家。中国戏剧拓荒者和奠基人之一。

小学徒加薪记

这不是一个故事，一件千真万确的今事。

某钱庄里，一个小学徒，从早到晚，扫地，洗衣，生炉子，跑腿，侍候顾客，……足足十六小时的工作。他的待遇，白吃饭！不，错了，报导不实。他还有两百块钱一月的“薪俸”呢！可是，有那末一天，这个不自量的小伙子，居然也要求加薪了。

“老板，二百元钱一个月，我不够用。”

“你要钱什么用？有饭给你吃还怎么样？二百元零用嫌太少不要吗？”

“老板，一个月要我剃一回头，剃头钿涨了！”

到担头上去剃么！你还想上××？××是钱庄斜对面一家富丽堂皇的理发室。

正是担头上涨到三百元了，老板。

拿去！老板狠狠地丢出一张破破烂烂的“一百元”。

（原载 1946 年 5 月 20 日《联合晚报》第 4 版；署名：郁文）

今屈原笑捋长髯　愿天下和平安宁

柳亚子先生六旬大庆

此间各民主党派领袖及文化界人士，于昨晚七时，为革命元老兼诗人柳亚子先生，恭祝六旬大庆。人们都加倍地关念起这一位被崇为“今屈原”的老人来了，记者特于日前访问柳先生于寓所。

柳太太经四旋的石台阶前，引记者进了静穆的绿荫映照的客室里。柳老先生就从二楼匆步下来了。长髯皤然，漾着一脸恳挚的微笑，紧紧地和记者握了手，仍是急得一句话也说不上来。不过坐定了以后，慢慢儿还能从容地讲一些。

记者问起老先生的健康状况时，他指着自己宽大的前额说：“还是这个头脑的毛病，还是神经衰弱。”听说，这个病起源很久了，常常是一个时期的过度兴奋，接着一个时期的神经衰弱甚至麻木。有一个学医的朋友曾经劝他老人家不要太兴奋，要多多节制自己。但他说：“这我就做不到，我这个人就是不能控制自己的感情。”是的，只要不是太隔膜于这几年来大后方的情形的话，谁都知道几乎在任何可能赶上的纪念集会的场合，柳老先生从无不到，而且每次都作了滴沥心血的讲话，往往自己也不能抑止，痛哭流涕！坎壈而恶毒的现实毕竟对于一个情感充溢的老者太苛刻了，给留下了那么一个病根。

“这四个月来，都不能想不能看书，不能写东西，什么也不能做。那实在是最痛苦了！”老先生说着显得那么焦躁。虽然这样，老先生还是多关心着国家大事，来访者反而遭了考问，东北问题，目前的商谈情形，国际的态度，今后可能的发展等等，都一一问到了，老先生是多么想直接地知道一些大局的情形。他目前仍看着四五种报，但他说，他不能记，不能想。

至于个人对于国事的意见，老先生表示和一般没有什么两样，还是希望和平安定，不打内战，早日实现民主等等。老先生捋着长髯，频以手势和表情助达出自己的意思来。

当记者惴惴地提出请老先生题字时，老先生竟亲自上楼去搬下砚台和毛笔，在临园子的一个充满阳光的平台上写了起来，砚台是干燥的，这也已经是好久不做的事了。

告辞的时候，记者从心底里默默祝祷，祷柳老先生早复康健，那一位曾经光彩了我们的学术界，推动了我们的社会运动，年来更促进了我们新的民主运动的老战士，愿他能如他所愿般地继续为人民作更大的贡献，并领着我们向前。

（原载 1946 年 5 月 28 日《联合晚报》第 4 版）

茅盾[1]谈黄色小报

回到阔别的上海，茅盾先生仍旧住在以前曾经住过，也是鲁迅先生住过的大陆新村，不过不是同一幢了。

清晨，茅盾披着睡衣接见了本报记者，全不以记者之一早打搅见怪。一开头就耍了一个小幽默，挺认真地说：

“昨天居然在大都市里看到了一条小瀑布。”原来昨天傍晚，他和几个朋友到一个地方去吃饭，经过永安公司时，大概是天韵楼第三层的自来水龙头坏了吧，竟看到了那么一个奇镜头。从这儿，他又说起，打重庆来，一路经过几个都市，总有这样一个感觉：收复以后的都市，都还没有上轨道。上海呢，人，电车，坏街道，高物价，不够住的房子……

离不了本行。茅盾先生是多关心于黄色小报影响下的小市民群，他又一次地提出了这个问题。他说：一定要把他们争取过来！听到说，联合晚报正要附刊一种“生活周刊”作这一尝试的时候，他是那样高兴说，提供意见不敢当，不过他认为：黄色刊物之所以

---

① 茅盾（1896—1981）：原名沈德鸿，字雁冰，笔名茅盾等。浙江嘉兴桐乡人。著名作家、社会活动家。

有读者，正由于一般小市民，在生活的压迫与政局的动荡影响下所生的苦闷，渴求刺激，而小报能部分地满足这一欲望；而且，小市民对于一切事物，也要求了解，但他们的政治水平较差，不能通过这一个问题来认识，就爱看小报上的投合他们的好奇心的关于某一个政治人物的逸事趣闻等等。因此，要争取他们，必须满足他们的要求，解决他们的问题，形式上不妨迁就，而在内容上除去毒素，注入营养。

接着，他忽然笑起来："说说容易，做起来可实在是一件艰难的工作。同时，这应该成为一种运动，少数人也是无法完成的。"

谈到整个文艺工作的大问题，他仍一再强调普及的重要，他说："我们不怕调子低。方针是要的，目标是要的，但眼睛必须看住现实的情形。"有人说，抗战胜利了，我们应该有伟大的作品产生。但茅盾先生用着意味深长的语调指出："如果能够产生几个大文豪，得一两次诺贝尔奖金，当然是我们的光荣；但从对于我们苦难的国家民族的实惠来说，这不如把广大农民的文化水准提高，把小市民从落后读物的掌握下抢回来更有意义。"

最后他谈到文艺工作在战时的任务是一面抵抗法西斯，一面促政治走向民主。现在，反法西斯的武装斗争是胜利了，但意识上，思想上强烈残存着的法西斯，更需要思想斗争与文化斗争的加强来肃清，后者当然更不用说。因此，今后的文艺工作者，应更多地反映弥漫全国的争民主浪潮以及更广阔更深刻地反映人民的痛苦和要求。他在广州曾说过这样一句话："今天的文艺工作者，不能藉口于'我是用笔来服务于民主'而深居简出，关门做'民主运动'。而应该走到群众中间，参加人民的每一项争民主争自由的斗争。亦只有如此，他的生活方能充实，他的生活才是斗争的，而所谓'与人民紧密拥抱'云者，亦不会变成一句毫无意义的咒语了。"他愿意把这句话带给上海的每一位忠于民主的文化战士。

茅盾先生最近不能写文章，他说他复员了差不多一年，还没有复好。但这该还不能和政府的复员比赛。真的，生活的不安定，总是太可恶地和我们的作家们刁难。单说住处吧，虽然同是大陆新村，可是以前住一幢，现在住一间，那么小，还是暂时的，夫人有些不胜其今昔之感。

（原载 1946 年 5 月 31 日《联合晚报》第 4 版；署名：文）

大都市的小角落有一群孩子在自力更生

——参观慈幼教养院

那儿是大都市的一个小角落。在那儿，一群无告的孤儿例外地被人关心着，生活在自己的天地里。

你揿上电铃，就有孩子来给你开门，“孩子门房”引你进去。院子里，幼小的孩子由先生领着做徒手体操，或者自己游戏着。有几个较大的，正熟练地沟通着阴沟，敲钉着板箱，他们是慈幼服务团的建设部，努力给小伙伴们安排一个完满的生活环境。

卷高袖子做面条

厨房里，饭食部的小厨子，在卷高袖子做面条。他们现在领着行总[1]配给的面粉，一天三餐都吃着不同的面食。中饭的菜是两大桶带皮的煮洋山芋，有的孩子正在忙着做“分食堂”。挺大的锅

---

① 行总：国民党政府行政院救济总署的略称。它由行政院长宋子文直接管辖。所掌管的事务，一是接洽、管理美国等国外援华救济物资。二是接收行政院批准用于国内救济的日伪物资。

灶，只有较年长的孩子才够得上，还显得勉强。但他们纯熟的手法，会使你出奇。那末一个庞大的伙食集团，居然能够完全由几个孩子自己料理，可不是太容易的。

一跑进寝室，你会看见折叠得一模一样的成排的床铺，被子虽然旧了，却是那样整洁。还有一两个床上有人躺着，她们是为了在晚上照护了年幼的孩子。在那儿，每一个年幼的，都有一个姊姊，为他照料生活上的一切，值晚班是轮流的。

教室跟别的小学校一样，他们也修着一般小学教学的课，除了因不同的情况而特别添设的以外。最小的孩子不上课，是由大孩子指导着做做游戏，不过，他们大多数是到了学龄后进来的。

都是自己动手

就是这样，全个院子，没有一个雇来的工人，什么都是自己动手，但却样样有条不紊，课室、走廊的清洁，没有一个小学校比得上。

这就是中华慈幼协会创办的慈幼教养院，十六年中，已经抚育了成千的孤儿。

这儿的教师们，怀着卓越的才干，负着双重的艰巨责任，耿耿地为着被摈弃的一群造福，而她们的待遇，确乎低到连个人生活也不足维持，约每月一万二千元。她们的姚主任更是一个干练的女子，从她沉着的处事，条理的谈吐中，你能够部分地找到一些解释慈幼教养院为什么会像今天这样的答案，当然，更重要的还是集体的力量，那是没有问题的。

她跟记者谈到该院的一般状况，教养的原则和方法，她们在工作所曾经遭遇和克服了的困难，使人觉得她是多富于经验而又有毅力的。她一再强调指出："以儿童为中心"，"师生打成一片"和

“互助”这几个要点。说起她们现在的困难，她感叹地道：“容纳一百个孩子还不是经济的问题。原来这儿容纳一百个孩子，自难童教养所归并以后，近二百人住那么小的房子，当然挤。穿着的都是破破旧旧的几年前的老衣服，至于吃，刚胜利的时候我们几乎断粮，现在吃的当然也不够营养……但凭着我们的努力，只能做到这样。我们没有其他方面津贴，只靠慈幼协会捐募来维持。而且经济问题也影响人事问题，纵然热心，个人生活都顾不了时，也难免不能相安。”

红宝石戒指

下课了，院子里更显得热闹。记者拉住一个十一二岁的女孩子，她的臂上围着一条红布，后来才知道是巡察长。也许因为他们向来少接触生人吧，她起先显得有些拘泥，但当问到她手指上一个红宝石戒指时，她就活泼起来了：

“奖品。因为我服务成绩好。”正是这个道理，她这学期被选做巡察长。

“你出去以后，打算做什么？”

“做医生。”

“为什么？”

“会做医生，可以医好人家的病，也可以医好自己的病，不是很好吗？”她的天真的眼睛里，闪着为大家服务的真挚的光。

（原载1946年6月1日《联合晚报》第4版；署名：文）

小教联星期晨会　欢迎毕来恩女士

本市小教联进会主办之小教星期晨会，于今晨假山海关路育才中学举行，到会小教同人满坑满谷，盛况为晨会开始以来所未有，千人大合唱“教师们联合起来”、“年青的小教联进会”两歌以后，首先由生活教育专家陶行知①先生致欢迎诗，欢迎美国的友人毕来恩女士。

毕女士致词谓，很想到中国来看看中国人到底是怎样的，因为我们所看见的只是中国的商人，但不是全部老百姓。我们知道中国是一个有四万万五千万人口的国家，她应该在世界得到她应得的地位。（一）我们知道中国还没有得到民主，这是中国与美国共同的任务来争取民主，美人深知中国没有得到民主，美国的民主也是不安稳的，威尔基讲的“天下一家，”就说明了这一点，这儿的事是会扩大直接影响美国的。（二）美国教育的情态，还存在着许多不合理的现象，黑人并未受到很高的待遇，黑人教员的待遇比较低，现在美国孩子的家长师长已联合起来使孩子少年们受良好的教育，

---

① 陶行知（1891—1946）：安徽歙（shè）县人，祖籍浙江绍兴。中国著名教育家。

我们美国也在学习中国陶行知先生“小先生”的教育办法。（三）我们美国有强大的武力，海军空军和陆军，我们美国的人民希望这些武力用于保卫世界和平，我们美国的人民看到强大的武力错用于别的地方（包括中国的内战）觉得非常的痛心，我们希望亚洲的人民会拿出她自己的力量，以提高自己的地位。

接着马寅初①致辞，马寅初老先生团团的面颜，在雷动的掌声中出现在麦克风面前，他一开头就说：“中国现在面临着一个最大的危机：经济恐怕要总崩溃。这，问题不在经济本身而在政治。”

从工潮说起，马老先生给大家作了一个简明的“图表”：工潮由于物价高涨，由于通货膨胀，由于财政收支不平衡（政府的收入仅占支出的百分之八，其余的百分之九十二，全靠发行纸币），由于打仗！

“打的什么仗呢，打自己人。打仗要养许多兵，国家用钱，怎么不大？因此财政问题在于裁军问题了。要把二百五十余师裁做六十师。”

掌声几次地截断着马先生的话，马先生也一直在兴奋中，他又说：“那么，反过来，整军，不能把要整掉的一百多师官兵都整掉，叫辛苦了八年的官兵‘滚蛋’，不给他出路是不成的。所以就需要工业化和土地问题的解决，把编余军队安插进去，但要保障这两方面必须有保护关税。问题又来了，关税低，利于商品输入，关税重，利于资本输入。于是就需要国营贸易才能盈损相抵。”

“但我们的国是什么样的呢？少数人的国，赚钱有他，亏本归我们……”

“因此，经济问题又变成政治问题了！”

---

① 马寅初（1882—1982）：浙江嵊县（今嵊州市）人，回族。著名经济学家、教育家，曾任浙江大学、北京大学校长。1960年因发表《新人口论》被迫辞去北大校长职务。1979年获平反。

马先生作了结论之后，插入了游艺节目：

久为小教同人仰慕的马思聪①先生为大家奏了一支轻快的曲子，当久久的鼓掌要求他再来一次的时候，他重新站立台前，悠扬的乐声，从琴弦上震出，流注入一大群年青的心中。

接着是南通学院的土风舞。又有阎宝航②先生和林汉达③先生的演讲。

欧阳山尊和李丽莲秧歌舞“兄妹开荒”，是小教同人渴待已久的，今天也遂了愿。

陶行知朗诵欢迎诗

我们顶高兴欢迎一名贵客，来自华盛顿林肯罗斯福创造之国
她是中国被遗忘的人民小孩的好朋友
做的工作是伟大的了不得
冬天的太阳给人温暖
汪洋的大海给人晴雨
地球给人吃给人穿给人住
最伟大的教育是教人给出去
她号召美国千千万万的小朋友　她号召美国千千万万的老百姓
跳出自己和本国的小圈子
要想人类和中国伸出“给的手”

---

① 马思聪（1912—1987）：广东海丰县人。作曲家、小提琴家、音乐教育家。

② 阎宝航（1895—1968）：字玉衡，辽宁海城人。中共情报战线最出色的国际战略情报专家。二战中，他获取有关德国闪击苏联、日本突袭珍珠港美军基地和日本关东军在中国东北设防部署等三大国际战略情报，为世界反法西斯战争的事业立下过不朽的功勋。

③ 林汉达（1900—1972）：浙江镇海人（今宁波镇海区）。文字改革学者、教育学家、历史学家。

你千万不必害怕
她不会给你残酷的战争
她所号召的不是飞机大炮
她要给出去的是帮助人类进步生存
我们要跟她学习
学习跳出自己的小心灵
把自己所有的一切
金钱，智识，生命
献给苦难的小孩和老百姓
献给苦难的人类
献给战争献给和平
为整个世界创造一个新命运

（原载 1946 年 6 月 2 日《联合晚报》第 4 版）

访问女君子

史良[1]大姐说：妇女解放就是解放男子

“史大姐”，几年来在重庆，大家都这样称呼她。“史大姐”这是一个响亮在大家心底里的名字，特别在女人。抗战初起几年，她负责了全国妇女的组织和联络，更在国家参政会里代表了我国特别多苦多难的妇女说出自己的话。后来，她又以律师的身份为无数受欺负的受迫害的主持了公道。一位真正“女君子”！一位道道地地的“大姐”！虽然在前天文协的聚餐席上，她曾经那么幽默地为“大姐”下过注解：“年纪大叫大姐，块头大叫大姐，说话声音大叫大姐……”差点儿把同桌的寿翁柳亚子先生引得“喷酒”。

昨晚，她刚送走了郭沫若，翦伯赞[2]，陶行知等一行老朋友，又在寓所接见了记者。谈了好久，她忽然问：“你是来访问我吗?”

---

① 史良（1900—1985）：字存初，江苏常州人，女。中国著名法学家、政治家、社会活动家，妇女运动领导人。1936 年参加全国各界救国联合会，同年 11 月，与沈钧儒、章乃器、邹韬奋、李公朴、沙千里、王造时等被国民党政府逮捕，是著名的救国会七君子之一，也被称为女君子。

② 翦伯赞（1898—1968）：湖南常德桃源县人。中国著名历史学家、社会活动家，教育家。

大家都笑了！“访问”已经成了一个专有的名词。她又把记者引到一个对着电灯的沙发上说：“这儿亮一些。”

谈到过去，史良先生滔滔地说着，显得多响亮。抗战初期，全国团结一致朝气蓬勃的时候，无疑地，正是妇女运动最出色最光辉的时期。以后当然也免不了受整个政治局面的影响。不过她觉得妇女方面总是派别较少较能团结的，就儿童保育总会来说，一直到现在还保持着各党各派的联合。而在抗战中整个妇女界表现贡献得最大的，也正是这一项工作。这儿说明了一点：只有能容纳各方面意见大众合作的事情，才能有最大的成果。

“有一次，这是值得说一说的。”史先生像忽然想起了一件事。“二十九年参政会开会时，产生了一个宪政期成会，讨论修改五五宪章。当时，为了国大代表的妇女名额问题，足足争辩了四个钟头。”史先生的主张是：在区域选举，职业选举与特种选举外应设妇女额。那时主张占百分之二十。当即有人问史先生。“你能代表全国妇女放弃百分之三十吗?”他的意思妇女原有着一半的机会，史先生认为那是空话，百分之二十不争结果说不定连百分之一也没份。“到了现在，在国大代表的名额上对妇女方面已不能忽略，不能不说是那时的一点基础。不过那绝不是我个人的力量，在那时是一种运动，动员了全国的各方面，才争到了这一点。”在一般上，大家都认识一点：妇女运动必须与社会运动相结合。有人就以为：妇女解放必须有社会解放为前提。史先生却又强调地补充了一点：“即使在进步的集团，进步的环境中，妇女自己不争，也不会注意到妇女。”不过妇女运动当然不是以男子为对象，解放妇女即解放男子，史先生还这样说。

她说她后来几年对于妇女运动做得较少。她起先没想到在抗战中她会干律师，早存心把全副精神贡献于抗战的。不过，她又说，就是现在吧，从事民主运动决不能空口讲，也是必须各人站在自己的岗位上一点一点的做出些事情来。“而且经济很重要呀！我们全靠几个人有固定的职业。”

她最近要到重庆去，了清了那边的事情再回这儿来。那时候她要向大家好好报告离别的九年来她在做了些什么？特别在参政会时她是代表了妇女的。她说：“当然应该向主人报告！”

（原载 1946 年 6 月 7 日《联合晚报》第 4 版；署名：文）

白杨[1]小姐的忧郁

她搓弄着一方淡红边的小手帕，缓缓地说："胜利以前，把一切希望寄在胜利以后。而如今，最悲哀的是：简直不敢希望了！"

早上，白杨的屋子静静的，晨风从一面的窗子吹进来，又从另一面窗子悄悄逸出，壁上挂着"万世师表"的舞台照。书橱里堆满了书；抽出压在顶上面的一本是：《约翰·克利斯朵夫》。

白杨小姐着一袭素淡的旗袍趿着白色布鞋从里室翩然出来，向记者致歉意：

"昨晚在苦干看他们彩排山城故事，回来晚了，从来不起得那么迟。没想到你会来……"

大热天演戏实在吃勿消

先谈了些关于这次原来打算帮卡尔登上演《天涯芳草》和

① 白杨（1920—1996）：原名杨成芳，湖南省汨罗市人，中国著名电影、戏剧表演艺术家。

《法西斯细菌》的事，（现在二剧大概都改在秋凉后再排）。她说起大热天演戏实在吃不消。

“我有那个经验。前年盛夏在成都也是上演这个戏，简直热得没有办法，遍身的汗完全像洗澡一样地流，衣服全湿透。”她用手势助重着语气。“演员完全没有情绪，整副精神只够化在苦熬这个酷热。”

“而且，演员固然可以忍耐，还有观众呢？看戏毕竟没有吃饭那么重要，太热的时候，吃饭还懒得呢，谁高兴来戏院受罪？大家总是把看戏作为娱乐的。”

记者问到最近在谈论着的演员对于编导税的意见问题，以及传说上海要成立一个剧人的组合时，白杨小姐说：

“有那么一回事。几天前几十个朋友聚在一起谈过那问题，结果转移到需要成立一个演员协会，为了保障演员的权利，以及福利、学习进修等等。已经推定五个筹备委员。”

抗战初起时四十块钱一个月

对于编导税的事，白杨小姐个人意见认为：演员要争取生活提高，不能同编导者形成对立。问题是这样：“他也许应该拿那么多，但我们不应拿那么少。”“我们”，系泛指一般演员，各剧团情形是互有差别的。谈起抗战初起时的情形，她澄澈的眼睛里更闪耀起光辉，说：“那时候是一股热情，一个最大的目标，我们拿四十元钱一月进内地去。什么待遇、地位，全不计较。”

渐渐说起目前的一般感想，深沉的忧悒掠过她的面颜，低头搓弄着一方淡红边的小手帕，她缓缓地说：“胜利以前把一切希望寄在胜利以后。而如今，最悲哀的是：简直不敢希望了！”

“老百姓苦成那样子，那么多人饿肚子，那么多人有家归不得……”语音和心音一样的沉重。“怎么还能打，这中间当然也有是非，但眼前最要紧的是：老百姓要喘一口气呀！”

现在的生活——读读书·看看戏

暑天，白杨小姐说，想回北平去一趟。“回到上海还不觉得怎末亲切，北平才是我生长的地方。说回家，应该回到那个地方去呀！现在在这儿，好像刚走了一站似的。”何况，在那边，还有一位阔别九年的唯一的姐姐呢！她把书案上玻璃板下的一张照片指给记者看：这是一个穿着丘八装的茁壮的女人；旁边，快有妈妈的肩头那么高了，一个也是“武装”了的女孩子；还有一个抱在臂弯里的婴孩。在阳光照耀着的树丛前面。三个脸都笑着。像白杨谈到抗战初期时的情形一样地笑。

最近有几个地方要白杨拍电影，她要考虑考虑。现在的生活她说就是“读读书，看看戏……”。记者不自觉地把眼光投向满满的书橱。又说：生活还是不安定，没有固定的家，住着的还是公家的房子，外面房子要金条，“我们哪儿有金条？除了一条命，我们什么条也不条。”

（原载1946年6月10日《联合晚报》第4版；署名：文）

女诗人安娥[①]的心声

“作为一个妇女，对这，该会感受得特别深切。一个人的长成，是多么不容易的事。不说是娇生惯养的，就是一个平平常常的孩子吧，把他带大，得花下去几许心力呵！……但在我们的国度里，却偏偏那样地不珍惜人的生命。八年抗战，为了民族的解放，必得付代价，你不争战而死，也给敌人杀死。可是胜利以后，竟还是那样成千成万地死亡。不管死在那一面，都是中国母亲的孩子！站在人道的立场上，打内战这件事已经不能想了，何况还有整个民族的前途……”

安娥坐在“塌塌眠”上，忧伤的语气，诉出了诗人的心声。她今天伤风，披着一条大绒毯，刚在细心地修理钢笔，面前还摊开着稿笺，是打算应“周报”之请，写一点对十五天停战的看法的。

“停战，怎样看法呢？每次当似乎有一线希望透露出来的时候，总是怀着双重的矛盾心情的。一面是凭着过去的经验，不敢相信，不敢希望；而一面，又是自己破碎的心，不忍不希望，不能不

---

① 安娥（1905—1976）：原名张式沅，曾用名何平、张菊生。河北获鹿县人，田汉夫人。剧作家、作词家、诗人、记者、翻译家。

希望。这次停战令下，何尝不想自骗自地信以为真！及至看到了一个会议的召集，听到了一个将军的谈话，文章还不是清楚了！我没有成见，经验告诉我这样想法，但是我唯愿我的想法错误！”

“照理，当局应该比我们看得更清楚的，我们不过一个老百姓从一个角度来看。到今天，怎么还能打？谁还愿意打？我们，内战的枪弹也许打不死我们，死得最多的还是农民和工人的子弟，像我一家四五十口，当兵的只有一个，还是当的不打仗的军队。但我们又哪儿不可能轮着另一种死法？”

不仅坏天气使她感冒了，我们的诗人还深深感受了时代的忧郁。当记者问起她到上海后打算怎么样？她说她回上海来并不觉得有什么感情，喜悦或愉快，反正是那么一回事，那边不好待了，应该走了，我换一个地方。除了又动了一下，不感到什么两样，就也没新的计划，新的打算。这儿，她插入了一段她的哥哥——一个热情的工程师的故事，八年的颠沛，使他丢了两个孩子，他逃难出来，这回又决心逃难回去了，扶弱携幼，在路途上一再被阻，现在也不知道到了老家北平没有。至于她自己，倒也没有回家的意向。

“老是给你们说一些沮丧的话，真是抱歉得很。”安娥像忽然想起了似的那样说了一句，我们相对着苦笑了。

从那所道地日本风味的屋子里踯躅着出来，记者的心里，像塞满了什么东西。

（原载 1946 年 6 月 14 日《联合晚报》第 4 版；署名：文）

反对内战巨浪　席卷上海各校

上海学生争取和平联合会，连日工作紧张，截至昨晚为止，已组织并与大会联络学校，已增至九十三校，今晨尚续有增加。沪西女工义务夜校四十余所，亦正与大会联络中。大会第一步工作，为发动各校同学签名上书国民政府，收集后拟束以麻袋，于人民团体联合会九代表晋京时随运往国府。此外多为欢送大会之准备工作，已编就大量反内战歌曲，今明两日在麦伦中校由各校派出代表练唱，各种演讲底稿、标语口号，均已拟就，全体同学，情绪至为高涨。

南洋女中是这一次反内战大行列的尖兵，她们发动得最早。在学生界争取和平联合会成立之前，她们已经做得头头是道了。最近她们发起和平献金，虽然内战把大家的口袋打瘪了，但是，在初二乙班教室里，捐款一下子装满了讲台桌子的抽屉，数也数不及；初一甲想出新花样，大家不回家吃饭，关了门做纸花，义卖，立刻赶过了初二乙……昨天她们邀了市北中学同学一道开座谈会，她们的宣传小队，又打开了爱国女中！

之江是这次和平联的正主席。他们是通过全校一切班级，一切团体，没有一票反对票，组织起来的。跑进去，大幅的和平墙，写满了同学心底的呼声和意见，墨汁瓶里还插着好几支笔，随时有同学跑过去写。剪报贴报天天换，漫画没有地方贴。时时有宣传小队拉出去帮别校打气。昨天，文学院号召，每人认定一项工作，黑板上就满是同学的名字了。放学七点钟，正是吃夜饭时间，大家都不跑，没有那么多桌子，大家趴在地上写标语，临漫画，走路也不好走了。

建承小弟弟从来不落人后，他们校内发起这一运动已经第六天了。人人赞成，人人签名，人人捐款，人人有事情做。光组织宣传小队里的就有九十人，已四次出动到别校打气，其他或担任联络，或写标语漫画，或备茶备水慰劳宣传小队，他们已连续开了三四天夜车。

复夏中学更了不起，他们是夜校，处境困难。但他们已全体通过，全体签名，并决定全体参加游行。上完了夜校，他们半数同学留下来开夜车，写了标语，立刻冒雨张贴。有一位同学半夜回家，全身湿透，爹娘不谅解，挨了打，生病了，但他毫不懊恼。

储能中学最漂亮，标语漫画，从门口贴到教室，从礼堂贴到走廊，歌声响彻街坊。他们已开了两个通宵，全校三分之一同学参加，高三同学今天毕业考试，他们也开夜车，但不是背化学方程式，不是演立体几何，却为了画反内战漫画，现在他们已经赶出了四千张标语，六千份快报，五百张漫画。

反内战，求和平，大家一致的声音。向来较少出动的临大同学，也一破前例大动起来了，他们负责了和联的宣传部，写稿，发宣言，收集资料，分头忙碌起来。校内，他们连日请人演讲。标语，布告，为了校方给限定一个地段，不够张贴，结果贴得重重叠叠。

交大原是最先发起救灾反内战的，为了校内一部分人主张“救灾尽管救灾，内战且待慢慢反”，自治会决定以投票表决。通过了！以绝对大多数通过救灾必须反内战。

助产联同学提出反内战口号后，校长训导长一致赞同，训导长于全体同学大会中演讲，说明内战所引起之危机，并称教师也应共同参加，争取和平。并决定延期大考，鼓励同学积极从事此一运动。

大同学生争取和平联合会于昨晚成立后，今晨即召开反内战和平大会，各院二千余同学出席，演讲，讨论，情绪热烈异常，中途有部分同学捣乱，发生小冲突并争夺讲台，群情激愤，后由全体同学婉劝他们发表意见，经表决后，仍贯彻原来主张，大会在捣乱中继续，陶行知先生亲自朗读其自作“反内战”诗歌，博得掌声如雷。下午并将请吴市长演讲，全体同学均准备出席。

（原载 1946 年 6 月 21 日第 4 版）

震耳欲聋惊心欲碎　全沪人民反对内战

首都谈商，仍无进展。全面内战灾祸，有一触即发之势，全上海市民感时忧国，欲哭无泪；终由沉默屏息之期待，激为汹涌澎湃之怒潮。“反对内战！反对内战！”的声浪，响彻云霄，震耳欲聋，惊心欲碎！连日以来，本报接获各界表示一致反对内战之投函，已积案盈尺，记者漏夜阅读，字字血泪，感人欲绝。可惜本报是一张晚报，且为篇幅所限，无法一一予以刊载，至未能将此广大人民的惨厉呼声，传之社会，实深遗憾！兹归纳各方呼吁意见，大致不出如下几点：

一　反对内战，争取永久和平！

二　彻底实施政协决议及整军方案！

三　维护主权，反对四口通商，反对外人主持海关，请一切盟军撤退中国！

四　全国人民应有最后仲裁权！

五　反对以任何政治思想干涉教育！

六　争取四项诺言之实现！

七　提高教育经费，废止一切无利于人民的支出！

（原载1946年6月21日《联合晚报》第4版）

反对内战争取和平

——五万颗心一致地跳动

北站花絮录

刚过七点，第一辆卡车载着歌声来，是复旦大学。

来了，来了！歌声和呼声，人和旗，翻滚着，汹涌着，奔流向一个方向——北站，争取和平的焦点。

从大学生到工友的子弟，从公司职工到教书先生，一千二千，一万二万……北站广场的大门是宽阔的，人和车却在这儿拥塞了！

学生争取和平联合会三万学生竖起了“欢送代表民意呼吁和平的马叙伦先生”。另一方面残留在壁上学生反内战大同盟的阴影却是“打倒失意政客马叙伦（原文如此），打倒强奸民意的败类”云云。

爱国的热忱和求生的意志，交织成一幅幅血泪的漫画、标语，贴满了车身、车厢、车顶、车窗。去！把人民的心愿传开去！南京、杭州，把全国人民的意志结合起来，结成原子弹！

代表坐在车厢里，给学生包围了，给记者包围了，给摄影的镜头包围了，给沸腾的歌声包围了，给火热的心包围了！

马叙伦先生今天很疲倦，大约是这两天太忙碌的缘故，签名也由阎宝航先生代劳。

路工和路警伫立下来，搭客从车窗里伸出头来，严肃地笑着。扫煤炭的小工，黝黑的手，欢喜地接过学生的传单。

油印的东西送给月台入口处的路警，他笑一个诚挚的微笑，还敲一敲脚跟。

一个宪兵，低头念着学生的"告军士书"，好几分钟，他的头没有抬起来，沉重地踱着步。

一个宪兵对本报记者说："今天场面很令人感动，我也反对内战，内战再打下去，待遇将永远不能增加。"

破草帽下一张晒黑的脸，是苦力吧，捧着学生分给他的歌纸，生硬地跟着学生唱出："反对内战，反对内战，要和平……"

女工毛耕梅，因为太热，晕倒了，铁路医院派了救护车来。

工人邓长发，系工友和平促进会会员，被警察打破了脑壳。

卡车当了临时的主席台，五万人的感情激动到最高点。主席团在台上喊出："万一不成功，大家到南京去！""去！去！步行到南京去！"

大鼓擂响着，给冲天的歌声压拍子！"谁来压迫人民，我们和他拼！"爆竹响了，万千条喉咙齐声喊出："永久和平！"

游行队伍经过江西路时，即围绕市政府及建设大楼美国总领事馆一圈并高呼口号。

队伍所过的马路，交通完全停顿，各商号店员居民均群聚街头，拍手欢呼！

各团体均有宣传队，向沿街百姓解释反对内战的意义。

（原载1946年6月23日《联合晚报》第4版）

访问摄影师陈郁兰小姐

陈友仁[①]留下了一巢出色的雏燕，她是最小的一个女儿

蜚声苏联银坛　关怀祖国人民

在恬静与凉爽的华懋饭店四百五十号房间里，我们找到了陈郁兰。外国体态，外国风度，外国服饰，外国装束，从她身上，我们再也找不出一丝东方气息，虽然她确实是出生在南中国温暖的土地上，她更是以名摄影师而跻身世界艺苑的第一个中国女子。

除了父亲遗留给她的仅仅肤色的微黄外，唯一能够证明她是一个中国人的，该是她对于祖国的热爱和关怀了！她在祖国度过的时日是那么短那么少，以致她不能写一个中国字，不能说一句中国话，但这并不妨害她在国外苦学数十年、在艺术上获得了高度的成就和盛誉后，仍然不忘记服务于祖国人民的意志的殷切。

父亲陈友仁是革命中国第一任革命的外交家，抗战以后他坚持着凛冽的气节和卑污的伪政府作着不屈的折冲，痛切地唾绝他们的

① 陈友仁（1875—1944）：祖籍广东兴梅地区（今梅州地区），出生于中美洲英属西印度群岛的特立尼达。曾任孙中山外事顾问、英文秘书，曾任南京国民政府外长。

无耻的诱引直到辗转而死，今天他还为每一个有良心的祖国人士所怀念，铭记和崇仰。更何况他又留下了一巢出色的雏燕：大女儿雪兰是著名的舞蹈家，现在正在好莱坞；以画家出名的是次子伊范，听说最近就要自英国归来；丕士是长子，也是一直在苏联的，最近和小妹妹郁兰同在上海。

郁兰很幼小的时候就离开祖国，她的记忆只能从生活在英国的时候开始，那边，她一直受完了高等教育。在这些时日中，她从自小对于照片喜爱而爱好了电影，一度回国以后，一九三〇年，她就到莫斯科去了。

“只有在苏联，才可能把电影学得更好”，她这样说。“当然，本来我也可以到美国的好莱坞去，但那边，你一进去，就得工作，主要只能工作，你将没有更多的机会来学习。在苏联，有专门的电影学院，你可以读书，也可以参加一部分工作，只有这样的国家里，你能够学到更多方面的东西。”

就这样，她在那边进了莫斯科电影学院，又先后进了儿童摄影厂，国际摄影厂和莫斯科摄影厂。就这样，她从最初步的工作学起，直到成为一个著名摄影师。即使在苏联，妇女成为摄影师，也是极少极少的。

艺术的价值是离不了人民的

“电影是一种群众性的艺术，没有任何一种旁的艺术能够有它一样广泛而深刻的影响，也没有任何一种艺术使用和流传时的条件像它一样简单。说话剧吧，要戏院，要演员；说文艺作品吧，得借重文字，又得印刷。电影，只要摄成片子，可以送入任何穷乡僻壤，有场子的地方，就可以开映。电影是直接的形象，是真切的生活反映，不必解释，谁都能够了解和接受。苏联政府注意和重视了电影的这一性质，认为它是一种推广教育和发扬文化的最普遍最强有力的工具，就使它有了最大的发展和最了不起的成就。在苏联，电影是有所为而为的，这就是它跟美国和别的国家的电影不同的地方。美国的电影，虽然有相当高的技术程度，但它不可能有很好的教育意义和很高的艺术价值，我以为他们常常从生意眼着眼的。”郁兰女士吐着坚定的语句，她有力地摈绝了所谓为艺术而艺术的象牙塔里的论调，也鄙夷了少数人的“实用”，她指出艺术的价值是离不了人民的！

她在苏联曾经摄过不少的片子，最早的有：“金湖”，“年青的船长”，和“在敌人后方”等，苏联卫国战争时，她在中央亚细亚摄了“莱蒙脱夫”以后，就回莫斯科摄了有名的“丹娘”。

一个艺术家应该永远不满意

当记者问起哪几个片子是她自己比较最满意的时候，她完全像一个西洋人似的豪放地笑了，接着认真地说：“作为一个艺术家，是应该永远不满意自己的作品的，只有不满意，才会有进取心，才会有不懈的继续努力，也才能有不断的进步和新的成就。不然就会停顿下来，也就是完结了！”

“不过，假使要我说，比较地，我喜欢‘丹娘’，因为它写出了苏联一个英雄女子的形象。其次，摄‘朱尔巴斯’的时候，我们骑着马，驰骋在中亚细亚的雪山中，冒了无限艰辛，也花下不少心力，想起来倒比较有意思。”她又附带告诉记者说：在过去工作的进程中，最使她高兴的是苏联一些最出名的导演和摄影师，都在她的学习和工作上给了她最大的帮助。

掮起摄影机，记录祖国的一切

这次回到祖国来，打算在上海休息一个时期以后，秋凉时，到各地去旅行一次，她说她对祖国懂得太少，希望各方面来了解一下。同时她带来了片子和摄影机，沿途摄些记录片，把祖国的风情，人民的生活，介绍给国外的关心我们的人士。再以后怎样，还没有确切的决定，如果国内摄制电影的机构组织起来，她也可能参加，以更直接地在祖国艺坛上发光。不过，过一些时候她要先到好莱坞去一趟，见见阔别的姊姊，然后再决定返国还是仍到苏联去。

（原载 1946 年 7 月 7 日《联合晚报》第 4 版；署名：文）

没有一个妇女喜欢战争！

——访问中共政协代表邓颖超

不能迈出国门，心情焦躁

那一些沐在阳光里的孩子们的照片，正把记者们引得入神的当儿，邓颖超先生跨着急促的步子进来了，她又忙了一天！握过了她温暖的大手，我们默默地聆听着她热情而爽朗的声音，流满了整个静静的房间。记得有一次，一个报纸描写政协会场上的情形说："今日中共女将出战"，但是面对着斜依沙发上的邓先生，使人觉得她更像一位大姐姐。

首先使她焦躁的，不用说是出国不成的问题，她从五月下旬起就开始办手续，为此化下的精力是无法统计的，记不清见过几次人，更记不清打了好多电话，呼吁也呼了，电报也拍了，今天还是走不成。虽然她对此埋怨，却仍说："只要国际妇女联合会一天在，只要我一天是执行委员，我就一天坚持着向政府争出国。这是我已经得到的权利，更是我必尽的义务。"她说她要把抗战中间中国妇女在前线，在敌后，在大后方，在每一个偏僻的角落里的流血流汗的奋斗，对抗战的辉煌的贡献，报告给国际的朋友知道。同时，她将建议，要国际的朋友对于今后中国妇女争取国家民主和本身解放的斗争，给以同情和帮助。更希望他们能真切地了解中国和中国妇女的实况，派遣代表团来实地调查。这一些都是解放区的妇女托付给她的，她是那边妇联选出的代表，但她愿意为全中国的妇女说话。“为什么要分呢？事实上也不好分”，她这样说。

指着一大堆妇联制赠的材料：那边的妇女的生活和工作和托儿所的摄影，木刻和记载；她们的轻工业产品：绸、布、呢、绒、皮革；她们自己的艺术：窗花，剪纸……都是妇联要她带到国外去的，现在她就先让同一个国度里的人们，看看那些从未见过的东西。

谈判的形势越来越坏了

一谈到当前的问题，她的语音喘急了，她说：“看今天的报，南京的形势，不用说比我离开的时候更恶劣，不但不容乐观，一线的希望也较前更微窄了！政府提出的要求越来越高，要我们撤退的地区比我们以前晓得的更扩大了。”纵谈了国内政局和谈判过程以后，她说：“问题决不在周先生再跟蒋主席见一次，也不在五人会议再开几天。局势决不能从谈判的表面形式上好转。今日大局的唯一希望，只有全国人民和一切要和平的党派，无例外地团结起来，拿出主人的力量，要求给还我们主权。”

和平和停战的字眼从来没有从邓先生的谈话里间断过。她连连挥动着扇子，像想搧掉心底的焦烦。带着沉痛的语调她又提起了妇女：妇女在战争中所受的苦难和灾害是倍上加倍的。抗战中间无数的妇女献出了她们的丈夫和儿子，但胜利以后，应该是死了的得着抚恤，活着的能够还归的时候了，现在非但没有，连一些还在她们身边的，都随时有失掉的可能。生活的煎迫和战灾的颠连，使她们没法平和地把怀中的孩子带大；看看无数失了孩子、丈夫，挣扎在饥饿线上，流落在逃亡途中的无依的妇女，每一个作为姐妹者的心会痛的。没有一个妇女喜欢战争。和平神的像，总被人画成或塑成一个女的，这就象征了女性的向往于和平，或者说女性本身就象征了和平。所以，中国的妇女，应该最响亮最有力地喊出和平的要求，一定要用最后的力量来争得和平。

青年时代憧憬大同社会

像对着熟悉的朋友，邓先生又谈起自己的过去，她出身在一个贫困的家庭，早孀的母亲作为一个职业妇女把她带大，她也因此而超过了学龄才得入学，进的是民国初年社会党办的平民学校，后来他们的校长，一个有名的社会党领袖陈飞龙，给袁世凯枪毙了，学校的封闭随带着母亲的失业，她也失学了，从那时开始她朦胧地认识了一些东西，对于听人家说的大同社会的憧憬也开始在她脑海里撒下第一颗种子。五四运动时，她和一些朋友们在觉悟社尽情地谈科学社会主义啦，无政府主义啦；后来更接受了苏联革命的影响，开始在思想上有了明确的目标。一九二四年她加入了中国共产主义青年团，第二年起，她就作为一个共产党员而奉献了自己的全身心了。

在上海，虽然她的身体并不曾完全复原，她又在连日的忙碌中了。结束了和记者的谈话已经是深夜，邻室早有朋友候了她好久了。踏出邓先生的屋子，我们迎着了一个大月亮。

（原载 1946 年 7 月 11 日《联合晚报》第 4 版）

连环图画及其读者

老舍先生写过“骆驼祥子”是描写北平一个黄包车夫的一生的，听说为了真切地体味他们的生活，老舍先生不仅特为扮得破破烂烂地和他们一起厮混了好久，并且，为要知道冬天车夫们怎样想尽办法使车灯的油不冻的苦心，老舍先生更确曾把冰凉的车灯揣到怀里去过。当然，大作家的精心杰作，成功是不消说得的，今天已经介绍到美国去，同样为美国的广大读者欢迎着了。但是，当我们看一下，老舍先生为之写出他们的生活和苦痛的这一群人自己——黄包车夫，他们会有几个人曾经读过老舍先生这一本书？这一个答案，不用说，该会使老舍先生以至每一个新文艺作家感到悲哀，至少是遗憾的！

反过来呢，作为一个上海的市民，当你踯躅着拐过马路的转角或是巷弄的入口处时，只要随便浏览一下，你会发见一个接着一个的连环图画的小书摊，占据了每一个凉爽的，晒不到太阳，淋不着雨的角落。旁边，不过一条破陋的木板凳，却像有什么魔力使它那样吸引人，差不多时时刻刻总是挨了一满大堆的。

破破烂烂　重重叠叠

摊子上是琳琅满目：从“碧桃庵产子”到“小学生捕盗”；从“大闹万花楼”到“血溅大牯岭”；从“烛光尸影”到“直捣柏林”；从“古堡魅影”，“黑脸贼”到“热血忠魂”，“铁血子”；从“三侠夺妻”到“原子炸弹”；从“卢沟桥事变”到“张莘夫殉难”；从“雨打梨花”“春梅恨”到“抗日英雄苗可秀”……记不尽的名目，数不清的种类。新的，旧的，破破烂烂的；厚的，薄的，重重叠叠的，摊子边是形形色色：穿白衬衫的小学生，扎一条小辫子的姑娘，偷闲出来的小学徒，满身油腻的脚踏车修理师，披拷皮衫裤的账房先生，着西装背心的理发老师，公馆里的包车夫，兜买水茶的姊弟俩，甚至，抱着孩子的年轻的奶妈……当然，这里面，也有暂时歇歇脚的拉洋车的，仰躺在板车上喘口气的推板车的。他们，也许你认为他们是“文化圈子”以外的吧？他们可就心爱着连环图画！五十元百把元钱租一部也找寻一些精神的乐趣哩。真的，你就以为他们的精神竟全不需要填一些什么吗？

还不只着呢！好多中学生，瞅一瞅图书馆里冷清清的几本“万有文库”，当公民课、地理课的老师讲得不对劲的时候，从课桌板下头也抽出连环图画。好多娇滴滴的小姐，今天心爱的人儿不来，大热天上电影院也恹气，也会差个娘姨去租几套来解解闷。

拥有上二三十万的读者占全市人口十五分之一

告诉你一个数字，全上海像这样的小摊子有二千四百多个（还并不是最精确的统计），他们每天的生意，做上一万两万不希奇，最好的能够做到三万。租一部的价钱通常是五十，如果租回家去才要一百元。也有比这高一些的，最高到三百元，不过极其少数。照这样算起来，每一个摊子平均每天至少一百个经常读者是足足的（就算他一个人看好几部）。那末，单上海一地，连环图画就拥有着二十万到三十万的读者，占着全市人口的十五分之一。

再告诉你，连环图画是销行到天南地北的。在战前，北到哈尔滨和大连，南到新加坡、菲律宾、荷兰东印度、百打湾①，都有连环图画的踪迹，连环图画差不多和国人同在！关于这，你都想更详细的晓得吗？你可关心着这一大群读者？连环图画今天走着怎样的路子；它到底是好是坏？这些，留着明天再跟你谈。

（原载 1946 年 7 月 13 日《联合晚报》第 4 版；署名：文）

① 百打湾：巴达维亚中文旧译名，即今雅加达。

连环图画的无边魔力

上海是大本营

为了更直接与更详尽地了解“连环图画”这一门行业，记者特地走访了全球书店的周连璧先生。不仅因为他是“上海市图画小说改进研究会”的常务理事之一，也不仅因为“全球”是最大规模地经营着这个行业的一家书店，更要紧的是：他可以说是第一个为连环图画开创了一条新的道路的人。

首先，我们可以通过连环图画本身的营业来看。上海原是连环图画的大本营。绘制，出版和发行一向都是这儿的几家书店专利的，它们供应了全国以至海外各地的需要。在战前，单全球一家，直接运输外埠的，每月约为十箱左右，而批发本市的更有二三十箱（那种批了去的，也有转发外埠的）。据估计，那时全市各家出书，每月约在百箱上下，每箱通常能装千余册，那末，总额当在十数万了。抗战期中，多少困于交通，也究竟因为在敌伪统治之下，营业受了影响。直到胜利以后，连环图画才又以新的姿态开始活跃了！汉口啦，无锡啦，苏州啦，各地原有的关系，分销处和经营处等，多已纷纷恢复，虽然还不曾全盘复原，但北方已打通了长春，南面也到香港和暹罗。

目前，参加图画小说改进研究会的，全市有一百零四家，但大部只营贩卖，自行出版的，除全球外，尚有联益，文华，文德，泰兴，美华等近十家，它们通常每月合计出书百种（包括旧版新翻的），像全球就几乎每天有一种。这样总的流通额就有三十万册，不过不一定销出，实销数大约也只十余万。

旁的出版业望尘莫及

至于印行的工本，以一版三千册计，约需二百万以上，一般地说，第一版总亏点本，再版时就能赢利一百多万了。每版完全销脱，约费时三个月。这，应该是旁的出版业所望尘莫及的了。而且，如果他们的画手的收入也可以称做稿费的话，是远比一般作家来得优厚的，手法高明的，画一张就可以有万把元，最差是两千，中等的都在六七千元光景，一个月能够完成一部，收入就上百万了。

这些具体的数字里面，我们不难想象到连环图画影响的广泛和深入。

宣传力量大得可怕

“中国人一向学识很低，尤其看连环图画的人，多半是平常知识浅薄的，看不懂高深的文章，所以，连环图画的宣传力量比任何书报杂志都大。”就是这样，周先生认为连环图画应该负起改进社会意识责任来，他就开始试着在旧的题材中加入了宣扬历代民族英雄和激发抗战意识，反对贪官污吏的东西。他同时也注重了关于侦探方面的故事，因为这非常投合读者的心理，而他觉得：这至少能使人脑子灵活点，不像神怪这一类，虽然或者也有好的，但对于缺乏科学常识的读者，常常只接受了其中的毒素，更增加迷信。胜利以来，他更努力向这方面发展。比方，最先，会根据陆军第三方面军政治部演出的话剧编成“地下火”，又接受了美国新闻处供给的材料绘了“抗日英雄苗可秀”，其他描述这次英勇抗战的事迹的，自也不胜列举。而他们最近出版的一套，把粮贷案和两路局舞弊案也放进去了，还正在设法改编“升官图”。虽然他们考虑到自己的力量和地位，这些正面现实的东西，常常得赖古装来掩护以影射新的事件了。周先生说，他是更多地用着暗示和讽刺的方式的。

这一个尝试不算失败，虽然，先起为了故事的单调，曾经影响了销路，但渐渐地也挽回过来了，周先生正在设法影响同业也向这方面努力。

还该加以改良

“有一次参议会里有人提议取缔连环图画，最近南京也禁止了，这实在都是不了解。连环图画是值得政府提倡和指导的，它影响一般人的头脑真大，也真有魔力。任何码头，除非连环图画不去，一去，就几乎每家店铺都有它的影子了。上海的，大家都看到，大码头有百来个书摊是不稀奇的，连乡下小镇头也总有那么六七家，乡下人也都欢迎他，除了内地几省，从前因为交通不便，没有进去外，连环图画的势力是生了根的，就是禁，怕也禁不了。因此，盲目的取缔和攻击都是不应该的，政府可以指导我们，把好的内容供给我们，帮助我们，做得更好，政府甚至可以提倡它，利用它当作普及教育的工具，不是能收最大的效果吗?”

最后，他恳切而又谦逊地说：“我们内部，都没有高深的学识，做这一行的，都没有受过很高的教育，我们实在觉得自己力量小，需要社会上来响应，多提意见进来，只要是好意的话，我们都接受，都欢迎。现在外界少提议，我们内部也就少改进；多半只攻击，我们也无力辩驳。实在应该大家来研究研究，使它做得更好！”

是的，我们不能否认，在今天，全面地来说，连环图画还存在着很多有毒的和有害的，但是同样毋庸讳言，连环图画连同它所有的这些因素，是为广大的最下层人民和儿童所衷心喜爱着，不问是非的取缔，无条件的鄙弃，或是不关痛痒地任其自生自灭，都不是应该的态度。难道这一群广大的读者就是毫不值得关心的？难道除了用强力从他的手里夺走这一份可怜的“精神食粮”以外，就没有更好的方法？周先生的话是对的，只有积极地改造它，使它更好，扬弃它的毒的因素，保留下它可爱的通俗的能够为大家接受的表现方法，给以新的生命，使它在我们整个民族朝着新方向的进军中，负担起一份使命。这该是大家的责任。而就连环图画本身来说，也只有追随上时代的脉搏与之息息相关，才可能有更光大的前途，只有不断获得新生命的东西，才不会被任何力量所淘汰。综合周先生的意思，正是这样的，而且周先生已经开始走了一步，这一个开端，是正确，也是有意义的。

（原载1946年7月16日《联合晚报》第4版；署名：文）

赤子不从心，父母亦急煞

——某小学“挤考”速写

若是“轧平价米”，该不会杂着那么幼小的孩子，而且大家手上也并不带篮。但是蜿蜒的队伍从一个窗口起，沿着檐下极其有限的阴影，绕过那架垂着无花的枯藤的结实的棚子，弯转来还是把尾巴展延得老长老长。人们都站在夏日的骄阳下了！

这边一个穿羽纱舞衣，头上戴着绸结子的小姑娘，把手让一个打扮端正的女人恭敬地拉着；那边一个香港衫白短裤的男孩子，老练地挥着手上的纸片；另一位不烫头发的妈妈，领着个睁圆眼睛发怔的孩子；哥哥模样的一个小学生，白衬衫胸襟上一大块墨迹，两手各拉一弟一妹……各式各样的状态，在燥热和熙攘中，人们倾挤着，咕噜着，焦急地看看那边的窗口。

窗口一旁的纸条上，红笔写着大字：“报名处”，另有一张小条子补充着：“今日截止”。隐约看见临窗的台子上，一男一女两个办事的先生，不胜不耐烦地翻动着纸头，铅笔匆匆题写着。方才出去的父子俩，手上执着的单子已经是一千六百多号了。守在队伍旁边的红眼睛的校役更是威势万丈，谁想沾便宜悄悄地溜些上去，他可就粗声喝着把你像提小鸡一样提到原地方。

接近末尾的一个小女儿仰首忧虑地轻轻说：“爸爸，等我们挤到窗口天也要黑了!”做父亲的并不看她，也是轻轻地答：“只好等着哩!”

“考场”该是神圣的，清早人们就陆续来了，都小声说着话。孩子更多了，但仍大都有家长陪着。临院子全排都是一年级试场，小小的台凳排得极紧，大人们替孩子找了座位，在旁边这样那样地叮咛，孩子可莫名其妙地眨着眼睛。试场里人越挤越多了，大人只好退出去，许多人仍旧围在窗口。预备钟一响，大人全部离开了孩子，但还有人在急着找试场找座号。一个巡捕的女人领着他的孩子，她不识字，寻不着位子，急得团团转，考试已经开始了，她忙出去把她的丈夫找来，但是监试的先生不肯让他们的孩子进去了，巡捕低首好好歹歹恳情，才算让孩子自己上了自己的位子。

小孩子在场子里紧张，大人们在场子外紧张。他们多不曾回家，就在太阳底下的黄沙地院子里站立着，徘徊着，嘘着气，拂着汗，每一屋子都是试场，他们没有休息的地方。仅有一棵疏叶的树掩不住太阳，底下也聚了一些人。经常向沿窗口集去的人群们，一次一次为监试的先生劝斥走。

第一个孩子考好出来了，穿着笔挺的劣质西装，头发也梳成西式的，他的爸爸和妈妈马上赶过去，做妈妈的非常得意，一把拖了孩子的手尖声说得故意给人家听见：

“哎啊，亏侬第一个考好，八万洋钿一月请先生补习总算没有‘枉脱’，题目勿难哦？考得介快总该考得取！况且……”“况且”两字故意装做放低声音，回头朝丈夫一做媚眼，又切切笑了。

孩子染着妈妈的那份得意，可也有些给她那样大声说话引得众目交集，弄得有些受宠若惊了。

那妈妈把眼光四周一扫，见大家都在注意她，更加得意得厉害，又像“自言自语”地继续扬声说给人家听：

“考市立学堂哪，就有介多人赶拢来！拼死拼活的贪图这几铟学费便宜，真是像什么样子！我们呢，可是他爹讲市立学堂功课好才来的。小孩子那里可以不管什么学校随随便便送进去，小时教育尤顶要紧。其实呀，好的学堂应该将学费定得贵一些才好……”

她尖声尖气地边说，边挪着脚步，人们对她那些话已不再感到兴趣。考完的孩子陆续出来了，太阳底下的二三个钟，灼涨了大人们焦急的情绪，纷纷拥到出来的孩子跟前。“考得好吗?”“考些什么东西?”“容易考吗?”……一连串的问长问短，孩子们拿着断芯的铅笔，可茫然地什么也说不出来，也不知怎样做才好。一个并不太小的孩子扑在爸爸怀里哭了起来。又是一场新的紧张！

试场渐渐空了，大人和小人川流不息地朝向挂着“市立××小学”的蓝底白字招牌的大门口慢慢地出去。

靠近门房旁边，静静地走着三个人，其中的妈妈回头用国语对较大的孩子说：“你们姊弟俩如果考不取，这学期恐怕念不成了！”

“可是弟弟他们一共才取六十个，考的恐怕有一千多呢？我们三十一个人考，说是只招数名就够了。”清脆的声音里含着深沉的忧悒，那么幼小的孩子也懂得忧悒了！

（原载 1946 年 8 月 22 日《联合晚报》第 4 版）

边疆土风的革命

——戴爱莲[1]接受祖宗遗产

两月前，戴爱莲初来上海，逗留不久，就负起大家的渴望——出国前为我们表演了一次，同叶浅予一道到浙西去了，再来的时候，终于带来了希望！

也许，像戴爱莲这样的艺术家和她的艺术，是太撼动人们的心灵的。如好多笔曾经记述过，好多嘴曾经传诵过的一样，她在外国学过了西洋的古典舞和现代舞，又带着为艺术，为民族和为人民服务的心愿，回到陌生的祖国来，探索中国的现存舞蹈。

成功不是容易的

别以为舞蹈是一回轻松的事，别以为跳跳舞，唱唱歌，就像是玩儿玩儿。谁要是以轻佻的姿态走近任一样艺术，就必然会遭受到严峻的拒绝。特别是舞蹈，你可知道戴爱莲是经过多少艰辛的基础

---

① 戴爱莲（1906—2006）：广东新会人，女，生于西印度群岛的特立尼达岛。舞蹈艺术家、舞蹈教育家。

训练，又是以如何样的学习虚心走向民间去的？作为一个忠贞的艺术家，她怀着勇气和不退缩的向上精神，她带着只能说外国话的嘴，就这样踏进了生疏的国门，也不太考虑到那么多的困难，就这样蹦跳在祖国的土地上了。改变了原先的生活方式和习惯，她不再吃面包和洋牛奶，啃着硬黄豆和干涩的菜枝，她就是这样地毫不介意于那些日子。也许这些只是小事情，但是，曾是这样的小事情，留住过多少艺术家的步子。今天展现在我们面前的那些珍贵的艺术决不是轻易获得的，艰忍和不懈的努力带给我们这些。比如，像戴爱莲吐吐舌头遗憾地告诉记者的：她缺乏帮手。原先，她也收有二十几个学生，认真地教练着他们和她们，但是渐渐地，学生们一个一个走了，因为要流汗，因为太辛苦，因为并不有味，因为苦苦练了半年还不能上台，还不能出名！走了，都走了！尤其是她们。有几个戴爱莲看中极有天才极有希望的，也无法留住，为高兴而来，为高兴又到别处去了，最后留下的仅仅四个。

戴爱莲却走上了新的道路！当她在香港，桂林，贵阳，成都和重庆各个地方表现的时候，那些像是外国话讲中国故事样的东西，纵然带给人人新奇，可是大家并不懂得这是怎样一回事，也就没有发自深心的热爱和不可抑止的欢喜，像她后来把真正的中国舞蹈搬上去时那样。是的，只有在边疆的少数民族中保留下来的我们祖先的可爱的艺术形式，给戴爱莲找回来的时候，观众的喜悦和戴爱莲的喜悦才是无法描摹的。

中国是有这一套

现在，她的方向确定了。首先，她要把中国民间舞普遍起来，同时她要把它发展成艺术的形式，使它成为一个脱离戏剧的真正独立的舞蹈。以后，她将在上海或别处自己办一个学校。目前，她立刻到美国去了，她有几个愿望：一、介绍她已经学得的中国舞。二、全世界的各民族每年有一个集合的土风舞表演，在那边，作为中国的形式，让人家接连看了七年的，是梅兰芳的舞剑，她要去改变一下“中国只有这一套”的观念。三、找一些国外的朋友来中国一道帮忙办学校，这在他们一定会很高兴的。四、获得一些必要的工具，像收音机电影摄影机等，便利今后的探索工作。五、近年欧洲的舞蹈家都集中在美国，她要去看看，古典舞和现代舞现在已溶和到如何样的程度。

临行的匆匆中，戴爱莲和她辛勤的友人们，毕竟还是以最大的努力，把这一边疆舞蹈搬上了上海的舞台，让我们为居住在上海的人们庆幸，也向这一些为大家忙碌的人们致敬！

（原载 1946 年 8 月 26 日《联合晚报》第 4 版）

“我们自己的好！”

昨夜逸园预舞掇拾

逸园挤满了人，居住在都市里，呼吸着尘沙过日子的人们。

人们也许看过交际舞，看过小学生跳的陈旧的土风舞，今晚，怀着渴望的心情等待着的，可是另一种舞：听说是我们祖先自己的，遗落在荒漠的土地上让戴爱莲女士辛苦地拾了回来的边疆舞蹈。

锣声，白衣的戴爱莲翩然出来，第一个是西洋舞“森林女神”，满场静静的没有声音，最小的孩子也睁大了眼睛。

马思聪的《拾穗女》和《思乡曲》，也以舞蹈的形式被表现了，两个卓越的艺术家的灵心的结晶，任何言词的描述怕只会是沾污。

当嘹亮的声音报告着：“西藏舞，第一个，巴安弦子”的时候，全场掀起了亢奋的扰动，“我们自己的东西来了！”席地坐在椅子的缝隙里的人们，引伸着颈子，生怕有一刹那的疏漏。

巴安是丰富的藏舞的渊薮，那儿，纯朴的青年人，在快乐的节日，男女相集，带着帐幕到野外歌舞，随编的曲调，自然形成的节奏，人们跳着跳着，越来越快，直到热烈的焦点！观众不敢以自己的福气，和那些走慢了一世纪的人们比拟。掌声迸出了逸园，人们狂情地喊着："我们自己的好！"

《春游》是第二个藏舞节目，那是拉萨的风情，春夏野游，户户聚集亲友，带着酒菜乐器到郊外，往往留连终夜，夕阳下，歌声四起，舞姿翩翩，老幼宾主，同席同舞，他们这一些不是表演，是为了娱乐自己！这正是民间舞的特点。

坛前锣鼓闹沉沉

紧接着的节目是《傜人之鼓》。合唱团唱着："坛前锣鼓闹沉沉，主人今日来谢神，手挪铜铃来执圣，行静脚步转纷纷。"那是祭神的乐舞，披着傜人的稀奇的装束，戴爱莲跳跃着，佟佟地击着鼓，原始的神异情调，沉浸了人们的心灵。可惜，许是鞋子坏了，这个节目像没有完。

一个酒坛子搬在舞台正中：人们欢声猜出：嘉戎酒会。还是合歌团伴随，轻快的歌声，真令人们神往。嘉戎是四川西兆的民族，歌舞在他们的生活中是不可缺少的一部分，耕田的时候，摘花椒的时候，剥玉米的时候，打青梁的时候，他们都让工作和歌声同在。

草坪上，大树下，男男女女聚起来，手挽手绕着酒坛跳成一个圈子，一边跳一边抽起管子喝口酒，于是"脸儿越来越红，姿态也越来越吊儿郎当，疯疯癫癫，直跳到倦倦醉了为止。"台下的观众也像喝了酒，偷偷笑着抑低声音的欢笑。

终于是《哑子背疯》了，这为人们最热烈地期待着的新异的民间创造，哄然的久久的掌声迎出它。

花样翻新看不尽

听这反复的歌词：1. 花样翻新看不尽，哑子背疯也上场，一人要作二人舞，一人扮成二人样。

2. 疯子的手腕多灵巧，哑子的腿脚多强壮，藤条缠在扁担上，哑子背个疯子娘。

3. 花开三月喷鼻香，蝴蝶蜜蜂采花忙，哑子说不出心中话，疯子走不到槐树旁。

4. 小桥架在小河边，二人上桥把景观，近看桃花配杨柳，远看白云绕青山。

5. 小河里面游小鱼，水草里面藏虾米，桥上显出桥下影，真人假人分不清。

哑老人踯躅在台中，疯瘫女摇摆在背上，这宛若两人的一个人，博得一步一鼓掌！一姿一彩声。观众中一个女孩子无法描摹自己的高兴，只这样说着：“哥哥从重庆一连写三封信给我介绍哑子背疯，哎，实在太好了!”

明明知道不可能，大家还是忘情地喊着“once more!”

《坎色尔汗》是新疆大坂城的一个姑娘与马车夫的恋曲，歌词的大意是：“大坂城的路硬西瓜甜，那儿有个姑娘叫坎色尔汗，她的头发黑又长，能不能够到地上，请问你要嫁人，一定嫁给我，带着你的妹妹和嫁妆来”。当马车夫在窗口窥看的时候，姑娘已经悄悄逸出来，欢愉地对跳着了。

《青春舞曲》是终曲：“……我的青春小鸟一样不回来”，这一支轻快的歌是全市的大学生和小学生差不多都会唱的。它最后让观众带着青春的喜悦和燃烧，满意地站立起来。

有一位先生在台上报告，说今晚上的只是彩排，又抽掉了市府交响乐团的音乐节目，算不上招待，表示抱歉，他做了一次广告。在这儿记者也愿意代作一下广告，这可是为了关心本报的读者，别叫错过了这一次不可再得的机会。

（原载 1946 年 8 月 26 日《联合晚报》第 4 版）

教育第一，救救教师

今天，能够动笔写一个字的人，除了极其少数人以外，哪一个不是老师教出来的。今天，就上海来说，全市近百万的学校儿童，以至大中学里的青年学生，又哪一刻离得了千万个辛勤的老师的春风化雨？“八·八”时候，大家热烈庆祝了爸爸节，但是教师是更多人的爸爸，是为千万人领路的爸爸。像蒋主席曾经明确地昭示过的那样：“建国时期，教育第一！”在今天，再没有人敢忽视教育的重要和执行着这一神圣任务的教师们了。

恰恰跟这同时，正如大家都知道的，教师的艰辛困苦，几乎是超过在这大苦难的时代里的任何人的，特别是小学教师。小教联的主席，随便拾起一个例子告诉记者：七区有位会员，是在小教界服务了几十年之久的老年同人，到现在还是完全没有办法解决自己一家的生活，他的家庭负担比较重，八九人靠他生活，就逼得他日日夜夜在奔波中，他白天在学校里，晚上得一连担任好几处的家庭教师，家里自己的孩子却拖着一张半饱的肚子，根本没有机会念书。当然，这样还是一样不能维持，生活的煎熬就永远没有离开过他，同人眼看着他一天比一天黑，一天比一天瘦，仅能难过。

但是，自己的岗位还是坚守着的。就说小教吧，为了要藉共同的努力来推进教育的建设，也为了紧靠在一起交流彼此的温暖，“小教联”在一年之前的今天成立了。一年来，就让“小教联”这个名词，响亮在小教界同人的心底，也把它的光辉，照透了整个教育界。

“小教联”的负责人这样告诉记者：我们的两大目标，是集体进修和共谋福利，来更好地担负起建国工作中教育建设的重任，这在成立时是这样，进行中是这样，今后，也还是这样。不过，今后，我们特别希望教育当局给予我们更多的领导和指示，我们希望争取与校长更好的合作，我们也希望能够加强向学生以及学生家长的合作。我们并且特别号召同人三大原则：爱儿童、爱学校、爱事业。大家都知道当教师决不仅仅是职业，是一种事业。

他说他们在一年的努力中已经有了基础了，希望以后更向上发展，争取合理的教育制度的建立，真正成为建国中的重要一环。

至于一年来他们已经做的，在进修方面比较最有成绩，他们一共举行过三十几次的星期讲座，参加的有数万人。又先后举办过寒假进修班、劳美进修班、联合进修班、暑期进修班等，今天就正是第四进修班的结业式。另外，座谈会和参观团的组织，出版物的刊行，都是以多样的方式来协助同人的进修的，他们不仅积极地主张大家有学习的机会，更希望能形成教育界学习的习惯和风气。福利方面，他们觉得做得还不够，曾经接洽特约医师、特约厂商、举办医药助金，职业介绍，等等，受惠的教师当然不在少数，不过，目前还缺乏经常的基金，不容易有更多更好的举办。

“我们的困难是太多了，在条件上，教师都是穷光蛋，大家又没有时间，但是排除了各种各样的困难，我们到底稍微做出点事情来了，我们的会员从几百到几千，这不论在教育的立场上，在教育同人利益的立场说，都是别人欢喜的。这是因为在同人的需要和努力之下，因为在社会的广大同情支持和协助之下，更在教育当局的不断指导之下，才达到的一点成绩。这说明，“小教联”不仅是小教自己的会，也不仅为了小学教师，这是属于整个社会的。”那位负责人说着。在孔子诞辰纪念，教师节，小教联成立一周年纪念和他们的第四届进修班结业典礼的今天，兴奋的光透过了他辛劳的面颜。

（原载 1946 年 8 月 27 日《联合晚报》第 4 版）

美国兵退出中国！中国人起来救亡！

美军退出中国周，文化教育界响应得那么热烈。

天空添黑，大雨滂沱，一个个淋得湿漉漉的，毫不在乎地走进会场，周建人第一个静静地坐着，茅盾与主人同到，马叙伦虽然扶病，也来得很早。

大家讲述着：我们面临着卢沟桥事变以前一样的危机，我们的情况并不好转，虽然抗了一个战，我们却从半殖民地，沦为全殖民地。

要美军退出中国，要美国把政策回复到罗斯福的路线，要我们的政府清醒些，这样地把敌人当做朋友，朋友当作敌人，人民是不依的！

对自己，郭沫若号召“救亡运动”。决不仅是一周，一周只是个开端，努力必须是长期的，持久的，深入的，多方面的。

有人说：打电报到美国去，让美国人民知道中国的真相，也让美国政府知道中国人民的心愿。再跟我们自己的政府说个明白，要他也来评评理。

有人说：文化和教育界有的是嘴和笔，努力说，努力写，努力唱，努力画，使每一个中国人都清楚这一件事。

有人说：百货店的职员，马路上的行人，他们比我们懂得更清楚也更多：他们亲眼看见为着美货的泛滥，老板发愁发脾气，也看到美国兵怎样“勇敢”地打死我们的黄包车夫。因此，我们不仅要告诉他们听，还要向他们学，当然，学来之后再告诉更多还没有知道的人。

有人说：上海的杂志，美军总部本本收集，文字不懂，他们可懂得画，也喜欢画，每一张都细细看的。画漫画和刻木刻的，应该多画些，多刻些。给他们看看。

一个漫画家说：“我本来不太画反美的画，后来是一个美国画家要求我画，他说，他们代表政府来此，是秉承了政府的政策的，手和笔都给封住了，只能要求我们多画，多画些他们闯下的祸，做错的事情，走错的路。”木刻家也讲了些话。

有人说：歌呀调呀，街坊里巷的小孩子都会哼，音乐家和诗人应该多出力。是呀，“打倒列强”不是已经配上了新的歌词了吗？

有人讲起活报原来在上海很通行，最能迅速地反映现实，剧作家也得努力。于是，有个剧作家当场讲了一个哑剧一共有八幕：

1. 美国在征集旧衣旧鞋，捐到国外去，一位太太捐了一双高跟皮鞋。

2. 高跟皮鞋运到中国，“救济”给了一个土头土脑的农民，拿它毫无办法。

3. 他把它卖给收旧货的了。

4. 旧货摊摆在上海，一个“咸水妹”把它买了去。

5. “咸水妹”陪着美军喝酒，他醉了，硬要她把高跟鞋脱给他，用来盛酒喝。

6. 那个美军参加中国的内战打死了！

7. 他的朋友为他收拾衣遗物，拣了那双高跟皮鞋。

8. 皮鞋带回国去了，到了他太太手里，怎么，自己的皮鞋??

末了，大家说，回去快快准备，等十团体最后一天的检讨会上，决定和分配了工作，大家一齐动手！

（原载 1946 年 9 月 27 日《联合晚报》第 4 版）

胜利带来了剧运的低潮

以“上剧”为例

大家都说，胜利后的话剧，面临了一个空前的低潮时期。

当然，谁也不会否认，话剧是新文化运动中突破于戏剧领域的一支新军。当我们的剧坛仅有一些庸俗浅薄的文明戏，未经改良的平剧以及“火烧红莲寺”等低级电影在畅行无阻的时候，正是话剧，从千万艰辛中挣扎出一条新的道路来的。到如今，它已经有了二三十年充满了辛酸的眼泪和安慰的微笑的苦斗史。但是那带来了连天灾难的“胜利”，也毕竟为话剧带来了暗淡！在这暗淡期中，唯一敲打着若辍仍续的沉沉进军的战鼓，孤军地挺立着的，就是上海剧艺社。

“上剧”，这一在中国剧坛上最负令誉的民间剧团，该是上海的人们所熟悉的。它生长在苦难中，在上海成为孤岛的第二年，一切进步的、抗战的文化活动，最受限制与迫害的时候，它开始以勇敢的姿态出现，为凄风苦雨中的孤岛同胞，供献一点精神上的食粮。一直经过“璇宫”和“辣斐花园”时期，它始终是全上海唯一作着长期的经常公演的剧团。其后几年，一样在艰辛和苦难中奋战过去，直到太平洋战争爆发，才暂行解散。一部分领导人员又在重庆组织了“中国艺术剧社”，活跃在大后方。胜利复员，渝沪两地同志汇集了，在复社的欢歌声中，今年三月一日起，开始在“光华”公演被称为中国戏剧史诗的“戏剧春秋”。

一直到目前，它眼看着“苦干”、“中电”、一支支友军的解散，苦苦支撑着凄凉的剧坛。

这大半年来，他们，那一群辛苦的话剧工作者和话剧运动者，在台前台后台上台下，所流尽的血汗，滴沥的心血，一下子是无法描摩完全的。在这儿只请大家看一笔账：

请看这一笔账

随便抽一张他们的日报表，如果门票总售得三十万，就得有十余万的娱乐捐。合计起来看，“上剧”在“孔雀胆”以前演过三个戏，《戏剧春秋》一剧，除掉三分之一娱乐捐以后的总收入是七百八十几万；《两小无猜》是四百八十几万；曾经轰动一时的《升官图》，除了百分之三十的娱乐捐以后，是一万万余。这里面，包括着印花税，营业税和上导税；除掉这些以后，才是剧团跟剧院的四六拆账。就是说，不管剧团和戏院，他们的收入都比不上政府的娱乐捐。

接下来是一笔更惨的账：演了《戏剧春秋》，剧团的收入是三百九十多万，开支了一千四百余万，亏就亏了一千万以上。这里面，他们支付了三百多万的利息和三百多万的“前台包底”，超过了剧团任何最大的开支！《两小无猜》收入二百多万，亏损八百多万。这儿，还多亏让剧场演了一礼拜电影，减少了一点“包底”呢。“升官图”算是叫人眼红的啰。果然，他们收入了五千五百余万，可是开支了五千二百多万，那弥足珍贵的盈余，也才不过二百九十几万呀。虽然这里面总算已为已往的亏欠，还了一部分债。而上次的《孔雀胆》为了娱乐捐的更形增加，连四百多万“前台包底”以后，纯损又是一千五百余万。

所谓“前台包底”，是戏院照实拆账，每月拆不到一定底数时，得由剧团负责补足，这也就是说，剧团的实际收入，比不上戏院。

至此，请忍心看一看“上剧”今日的经济实况：二千万股款早已用光，本来欠下了四百余万，幸而《升官图》升了一升，还掉一部分，剩下二千五百万债，如今《孔雀胆》亏下来，立刻又变成四千万了。如此，负债重，利息高，剧团的负责人就永远在借债，还债，转期，付息，透支，贴现中讨生活了！我们要申诉，究竟是谁戕害了话剧?

账，还不能算到此地为至。胜利以来美国电影的廉价倾销，抢走了话剧的大部分观众，也夺尽了场子。沦陷期间，话剧场有八所到十所之多，如今都纷纷改为电影院了（现在的“光华”倒是从电影院改为话剧场的）。话剧在今天这样地透不过气来，我们是不能忘记我们盟邦的价廉物美的恩施的。

（原载 1946 年 10 月 11 日《联合晚报》第 4 版）

孩子们的图书馆

这几年，我们的国家总是在受难，百姓也总在遭殃，而尤其倒霉的是许多小朋友。现在的小朋友，要不是在炮火气味中出生的，也至少在炮火气味中长大，这当然不算坏事情，但是许多小朋友在战争中死亡，流离失所，失了爷娘，总是很悲惨的；而且，在这样的时代，小朋友的事情就不大被人注意和关心。你想，当大人们眉头打百结的时候，还会有好眼色给小朋友看吗！自然，在已往八年的抗战中，小朋友也懂得道理，吃些苦是心甘情愿的，还一道出力呢！就拿上海的小朋友来讲，跟大人抬着头巴巴地望着胜利，望了八年，胜利到底来了，可是一场空欢喜，这一年来的光景反而越来越坏，除了家里非常有钱的很少小朋友，多了一些美国糖可吃，多了一些洋玩意可玩之外，大多数小朋友家里，都一天不如一天。许多爸爸妈妈失了业，弄得饭也吃不饱，脾气越来越坏。学校里学费又贵得要命，失学的小朋友数也数不清。就是上得起学的，成天关在鸽子笼样的教室里，又没有很好的设备，又没有很好的课外读物，而且学校有好有坏，有的简直寻开心，也是没趣得很。唉，小朋友的事情竟没有更多人来管管。

但热心的人还是有的。大家晓得孙夫人宋庆龄女士吧，她和许多朋友们办的中国福利基金会，就是专门给许多不幸的中国人民努力做点好事情的。其中有个儿童福利委员会，主席是倪斐君。

说起倪女士，她自己一共有六个孩子，但她不仅是那六个孩子的妈妈，而且是千千万万苦孩子的妈妈。她一向最关心贫苦的人们，尤其是儿童。在重庆，她就和朋友办过难童救济学校，办过托儿所，产科医院以及各种为大家谋幸福的事业。在那所难童学校里，她们免费给难童教书，给他们吃有营养的食品。但是说也奇怪，后有些难童哭着说不能来了，她们到一个个家庭里去访问，才知道那些难童在家要帮大人做事赚钱，像绣花，擦皮鞋，卖报等，连不化钱读书也不成，你看小朋友真是多么苦！

话得说回来了，倪女士到上海之后，就要设法帮助上海的贫苦小朋友了。自然，她们也有许多困难。老实说，在我们国家里，在那些打内战的日子里，要做些真正的好事情常常是不大容易的，做大官发大财的人，总很少喜欢做这一些，要做的人做起来就常常碰钉子，常常缺少钱。所以这个儿童福利会虽然想做许多事情，比方：设立儿童图书馆，供给贫儿营养食品，举办免费医药，开设儿童电影院、儿童公园等等，但是第一步还只能是先办一个儿童图书阅览室。这还是靠本月七日孙夫人等举办一个很大的舞会捐起来的，其他的事情只好看社会上都赞助起来时再来举办了。

这个阅览室的主任是鼎鼎大名的儿童教育家陈鹤琴先生，陈先生一定有许多小朋友知道，几十年来研究儿童教育，从事儿童教育，在教育界是非常有权威的。自然，他极关心小朋友，尤其关心贫苦的小朋友，他来做主任，真是小朋友的福气。像倪女士就亲口说：“我们只有一片心，做起来可是外行，必须有陈鹤琴先生那样又热心又有专长的朋友来支持才能做好。”

第一个儿童图书阅览室今天就开幕了，地址在星加坡街卅九号星加坡小学里面。那边虽然比较偏僻，但一方面市中心区弄不到房子，一方面那边正是工厂区，工人的子弟都是最困苦最没有机会受教育的；而且就因为那边偏僻，书店书摊就连一个也没有，所以，设在那边正是很合适的。以后，每天早晚都开放，晚上一直到八点钟为止。这样的阅览室以后还要一个个开，全市要开十个，善后救济总署答应帮忙弄房子，还有一处愚园路四〇四号学校里面，陈鹤琴先生也已经讲好了，就可以开办起。总之，将来要希望全国各地都能开起来。

眼前，就是阅览室里面图书还不多，现在大部分都是新亚药厂的新亚图书馆捐的，但是可以给儿童看的就很少，连别人零碎捐拢来的，一万九千本里还不到二千本，而且新书尤其少。这还要靠各界捐助才好。像英国大使馆就转来一本图画书，是："英国的小朋友送给中国的小朋友"的，多么宝贵！

阅览室并不非常漂亮，矮矮的屋子，壁上挂着一些星加坡路小学小朋友画了送来的图画，白木头的桌子和板凳，都并不考究，但是它会让小朋友得到快乐的，让大家向那前面说过的好人们行敬礼也向柯槐青先生敬礼，他，孩子书店和儿童世界社的编辑，已经为这事忙了一个月，尤其最近已经有好几天没有好好睡觉了！

记得曾经听到一个小朋友说过："每年四月四日①，总有人跟我们讲儿童是国家未来的主人翁，但我们也像煞只有这一天才是主人翁，很威风的，过了这一天就什么也没有了！"可是如果我们的国家也要有将来的话，"什么也没有"到底是不成的，是吗？

（原载 1946 年 10 月 12 日《联合晚报》第 4 版）

① 四月四日：中华民国儿童节。

无肠公子小传

家住洋澄湖

一阵春潮，我和无数伙伴胶结在一道，昏昏沉沉给冲进洋澄湖来了。伸展一下软软细细的四肢，我们就此活了下来。在水底下度过一个清凉的夏天。

西风起，秋凉了，湖底变得怪窒闷的，还是水面通气，大家多上来了。秋色没有想象中好，远处农田并不一片金黄，斑斑驳驳的，不知怎么一回事。但谷粒还是可爱的，不管经验丰富的老前辈，怎样警告我们不可贪嘴，大家还是拼命找着吃。眼看着一个个都肥胖了，我尤其长得丰满结实，我真夸耀自己有这样一副好身体。而且，我很机灵。

但是不幸的消息，风一样刮来了，连日来伙伴们整批整批地失踪。我忧伤地顺潮水流着，突然迎面碰上了一个障碍，我向旁边横爬着，渐渐感觉自己已爬进了一个人字形的尖角中，我急了，我知道这准是人在港口筑下的"笋"用来拦捕我们的，但又没法退出来，只好循着设好的陷阱曲折地向上爬，到末了，看到一个火光晃动在上面，这是夜里。火光怪可爱的，我打算过去，忽然想到这是人的诡计，正要回头，背壳已经被一只手捏住了。我拼命挣扎，猛地钳了那人一下，手一松，我就脱身跳在水中了，匆匆逃走，只听见后面还在说："哎呀，少见这样厉害的蟹！"这样又逃了许久，经过这场紧张，肚子倒饿了，正好前面有食，我赶上去就吃，猛不防身子一抬，离了水面，原来我落网了！脚钳都吊在网外，我动也动不得，束手就捕，好不伤心。

捕蟹的农民

我细细端详那个捕我的农民，他面色蜡黄的，衣衫褴褛得很，在夜风里索索发抖，一会儿他就回家了。

第二天，我听见一个小孩子的声音说："妈妈，给我吃一个。这个，大。"我不由得混身一跳，恨不得钳他一口，幸好那个妈妈说了：

"大蟹爸爸卖大钱，宝宝不吃，吃了爸爸没钱了……"

那个小孩还在吵，忽然门口传来一个冷冷的声音：

"嗳，老金九，这两天忙碌了！赚大钱了吧？"

"哪儿话，三爷，我们不比大户人家有本钱有地权，用笆笋整批地兜，不过结个四角网，找些小出息罢了，赚得了什么？几时送几个三爷尝尝吧！"那农民陪着笑连连分说。

"谁稀罕你的，不用说了，有钱总装没钱，上次中秋就该还的这笔债，连本带利给我带了去吧！"

"不瞒三爷，真的没钱，小毛他爹捉了七天大蟹，吃掉除过，总算昨天给小毛买件半新棉袄，一钿不剩了，请三爷包涵包涵，再迟几天……"那女的也接着说了。

"哼，捉蟹无本钿生意，赚了钱不还债还等什么时候？倒记得给儿子买棉袄！拿来我看看怎么样的？"过了片刻他又说："好，就这样，你明天送钱来，不送来棉袄就算白丢了。这笔钱也看你敢拖到什么时候去，利息钱好好算你的，你知道我脾气。”接着一片叫嚷声，只听见那孩子哭喊：“妈妈，新棉袄又拿去了呀，妈妈……”

好凄惨，我也掉了眼泪。后来那妈妈跑来开了篓子，她决心烧一只给孩子吃了，孩子又要我，我故意爬在上头不动，反正完了，我情愿去躺在那孩子的温温的小肚皮里。但那妈妈摇摇头：“吃一个小的吧，宝宝，明年再吃大的。”

螃蟹的望族

农民把我们带到了蟹行里，讲了不少话，倒像是求他们，二千元钱一斤成交了，我真巴不得自己变重点。自此我给压在一角，连气也透不过来，好难熬。接着又有人把我们买了过去，接着舟舟车车，我们给送到外地去了，横竖一笔账，我也将生死置之度外。存心广广眼界了。

我的眼前再现出光亮的时候，我已到了上海的杨树浦鱼市场。我着实吃了一惊，竟然有那么多的同类在一起了。四顾茫茫，周围竟尽是息息瑟瑟蠕动的大蟹小蟹。我不知道我们一共是多少，只听见旁边一个贩子说：“喔，今天到了四百多斤。”我又同隔笼最靠近的一位攀谈起来，才知道他是从邵伯湖来的，路上就闷上了一个礼拜多。他博学得很，像一个哲学家，讲起来有条有理。他说他们高邮，邵伯和整个淮河流域一带的淮蟹，被俗称长江蟹的，其实是螃蟹的望族，支系远比洋澄湖兴旺，就是没有那么娇生惯养。他听完我讲的故事以后，认为毫不稀奇，他们那边这大半年来兵火连天，一片厮杀声，农民受苦受难，种不成田，各种凄惨情形，不知比这超过多少倍呢。他说：“做蟹被人吃，做人也要被别的人吃呀！”说得真有道理。

有人来带我了，我向他告别。他悄悄告诉我，我是被带到绍酒栈去的，他说他没有那么高的身价，大概会在摊头上给卖掉，又指着那些可怜的，在半途上给闷死的伙伴们说：他们要给送到蟹粉作里去的，那还限于圆钳，如果长钳，只有贱卖给一些最不阔气的人们吃了。我不知他哪学来这一些。

进入绍酒栈

果真到了绍酒栈了。人们夸奖我说：“对了，乌青的背，青的白的肚皮，红螯，黄金脚爪螯毛光泽泽的，路脚铁准，道地洋澄湖货，正仪睢亭来的。”我知道我那时已经值七千到八千一斤了。有时顾客问一声，听了咋咋舌头，伙计告诉他：“早两天一万三呢！货色两样，摊头上买的等次就不过一半价钱。”又说：“再是十天到旺头了，还会贱一点。”

我就那样呆在栈门口，听人家拉七杂八谈话，有时候伙计讲起，十年前头才卖到三四角钱一斤呢，真是差得太惊人了。

正说间，三位仪表堂堂，风度潇洒的人物进了客堂，一阵笑语中飘来那末句话。“足足九年不嗜大食蟹了馋死人。张兄去年复员，多少过了点瘾吧？”伙计们殷勤地把他们招呼上楼，我也没听见他们再说什么了。

倒是两个伙计又在扳谈起来：

“看来今年的生意都在这批人身上，本地人吃得了这样价钿货色的怕不会多了。”

“是呀，去年二个月蟹泛，不也是靠着复员客吗？今年来得更多了，人人吃那么几顿，就是上海人吃不起，大食蟹销场还是拿得稳的。”

我还想听下去，突然有人来开笼子，临到最后关头，不由得不心惊肉跳起来，情急了，我又使起惯技，飞快地爬到笼口，一跌下地，有人踏住了我的背脊，我死命一挣，急急到角兄落里去。后面有人嚷："哎哟，逃走了介大一只!"又有人说："不要紧，晚上打过火儿一照，就爬出来了。"

我抖过一阵，惊魂渐渐定下来，忽然扑鼻一阵香气，偷眼一看，我的几个伙伴遍体通红，热气腾腾地一盘，被端到楼上去了。

我一面伤心，一面想：我可死不得呀，我还要给《联合晚报》写特约通讯。

（原载 1946 年 10 月 15 日《联合晚报》第 4 版）

迎　猫　记

奴家怎生得倾国又倾城　好向那花旗爷叔献殷勤

中国的东西，在世界上出风头的，当推我们的熊猫小姐，天幸这稀世异珍，居然独独降生在我国四川，而且产量极少，得到了英美人士的赏识垂青，无怪乎身价百倍了。

昨日，这为中华民国争光的熊猫小姐，总算姗姗来沪，降落在江湾机场。市政府交际科相应派员迎驾。中宣部国际宣传处驻沪办事处主任魏晋猛，美军方面代表，中外记者数十人，也都早早预临机场。瞄准过上海小姐的镜头，如今，又纷纷向熊猫小姐瞄准了。

熊貓小姐之来，真是好不容易。当我国政府得悉这“国宝”深得国际重视之后，立即令行四川地方当局，出动川西大批猎户，着力兜扑。据说其间还闹过悲剧，为了猎户出动人数过多，声势浩大，惊动了绿林好汉还以为官兵围剿，立即先发制人，据险出击，而猎户却唯恐误伤熊猫小姐，不敢回枪，待事态大白，已经伤了三人！猎户自然再接再厉，苦搜林间，好容易于杀死小姐的生母和两位姐姐以后，才捕得了这位“八小姐”。

“八小姐”右腿亦略有受伤，加以辗转道途，不胜疲惫，于是数月来延医、服药、注射、调理，也少不了照料起居茶饭，忙煞了执事人等。前日飞抵重庆，在胜利大厦留过一宵，即由四川省教育厅张鹏股长护驾来沪，大卡车，小汽车，又迎了她驰离机场。本月十八日，她就将飞越重洋到美国去了，美军克宁汉上尉，志愿一路伴送，美方特派医官西尼亦将随侍在侧。并且在美国，已经为她在白隆色动物园中安排了熊公，还有特约医师狄威，专门为她照料生活起居，连她爱吃什么，也已一一准备了。八小姐自渝来沪，已耗川资六十九万三千六百元，护送人员之消耗，尚不在其内。不过此去美国，倒是将由远东航空公司专机来迎的。

今天，熊猫小姐卜居于虹口市立宰牲场。记者冒着扑鼻腥膻，穿过曲折回廊，一直在矗立的宰牲场屋顶上，才找到了熊猫小姐的香闺，香闺中飘出来一恶臭。门窗两处，都是铁锁重重，我们的盟军倒像把她当作剧盗似的。她正恹恹假寐在一堆干草上，身子卷做一团，毛色既不清洁，也无光泽，真的未见得有多么倾国倾城。大概是阁外的声音惊动了她，她张开了惺忪的睡眼，隔着玻璃窗帐眺蓝天一会儿，又恹恹地垂下眼皮。她，无上光荣的熊猫小姐，该已被这一份人间的宠幸，弄得受宠若惊而莫名其妙吧？昨晚睡梦中，许正在眷念着茂林修竹中的老家，那软软绿草茵，温温慈母怀的光景吧！

机器在屋子里轧轧朗朗地作响，临刑耕牛的一阵阵厉声悲鸣，不时传到香闺里来。

（原载 1946 年 10 月 16 日《联合晚报》第 4 版；署名：郁文）

古城忧落寞　白杨深乡愁

北平，本来已是引人神往的故都，再抹上那么一份游子初归的亲切，该再没有什么配跟它比拟的了。我们的白杨小姐，正是怀着这样的遐想，悄悄地回北平去的。当胜利之初，一片复员回家声，白杨来到上海，老是说："回到上海总觉得不是回了家，还差那么一步似的。"她就是那眼巴巴地怀念着遥远的古城和古城里的人们。

但是去了以后怎样呢？几次匆忙的碰见她都没说什么。而当记者又跟她面对面坐下来时，她静静地装了一个怅惘的笑。

习惯于从东站下火车，她预计着面迎东门大街的热闹。但她忘记了自己实在是从飞机下来的，以致，当她进了西直门，那满目的凄寂与荒凉，那灰暗而低矮的街道和建筑，首先把她弄迷惑了！

是的，北平已不再是她儿时的北平，她仿佛觉得什么都变小，变窄，变暗，变凄凉了。这以前，她说，她不论住在哪儿，总觉得没有北平好。吃到什么，也没有北平的好；玩到什么地方，自然更没有北平好。而当她真正来到北平的时候，却感到全不是那么一回事儿。虽然北平没有半点受摧于战火，但岁月却磨尽了它生命的光彩。古城的居民默无声息地活着，迎着她的是木然的无表情的脸。近十年的奴役，苦刑和迫害，把痛苦熬透了他们的情感。“胜利”也许逗引过他们片时的追求，但那一阵浮光掠影也多吝啬地立刻离开了他们。人们的生活是多困苦，中上人家都普遍赖着杂粮为生，即使像上海那样的片面豪奢吧，那边也不易找寻。以是，当喊痛也不被允许的时候，人们还能有什么声音？曾有人称南京为石头城，而白杨，她要把北平题做“无声之城”！

她曾经跑到那十年前居住的院落里去，那边，今天住着一些她不认识的人们。她更会去到童年时的小学堂，学校放着暑假，院子里寂寂的，陌生的门房差点把她当作督学，而里面迎出来一位满面皱纹的女先生，白杨还能依稀辨出这正是她昔日的老师，但聪明的白杨没有用多余的企图撩动心底平静，就默默地告辞了。在那些时日里，除了戏剧界的一些老朋友以外，她没有遇到一个亲友和故知，她的唯一的亲姊姊，原已老早离开了北平，正像白杨不能跑去看她一样，她也没能赶回来看看阔别已久的小妹。

倒是那些更古旧的东西依然保有着它们古旧的风采。北海、颐和园、太和殿、景山、白塔、天坛……闪耀着它们诱人的壮丽和神秘，这些地方白杨也都和朋友一起重游了。它们一直跑进堂皇的殿堂，三宫六院，等等，在溥仪的寝宫里，人们故意保持了当那可怜的末代皇帝被人捉去时的原状，那干僵了的咬过一口的苹果，那半撩的罗帐，都安排了供人幻想的资料。那些蕴藏着听不完的故事和渗透了童年的回忆的地方，倒为白杨带来了一些感觉。

有一次跟朋友们一道去看不知哪一个军的实弹演习。虽然，那一次演习，如白杨所说的，还没有美国电影上的有劲，倒也花去不少子弹，但是，他们却因此到了为人们怀着虔敬的心情传诵着的，并渲染上激烈的想像的抗战圣地卢沟桥境。

“我们穿过宛平城，全个宛平城还没有一条海格路长，破破烂烂的房屋，歪歪斜斜的门廊，整条街上开着的门户还不满三五家。满城也是静得凄寂。穿出城门就望见卢沟桥了，卢沟桥原就是一条平凡的石桥，桥墩上有一些小小的石狮子，永定河也跟普通的一样。当地的居民一样苦起脸挨着阴暗的日子，并不会感到自己有着特殊的光彩或宠幸……我们，就像在凭吊着历史的古迹。有位朋友指着一个方向告诉我们："就是这儿，放出来第一枪"。白杨轻轻地叙述着，像叙述一个梦。

当然，她此去北平最主要的还是为了应"中电"之请去参加《圣城记》，她的大部分时间也花在这上面。《圣城记》是大抗战中的一个小插曲，白杨指着玻璃板下面那边新近姑姑寄来的许多照片，讲着这一壮烈动人的故事。

（原载1946年10月19日《联合晚报》第4版；署名：郁文）

高风亮节永照海上　执法殉法沉冤未雪

“有怨报怨，有仇报仇”。正是天字号大汉奸丁默邨，在首都高等法院里狡辩着的时候，今行上海，说是有被他残害过的，都可以出来指明他的逆迹。以身殉法的郁华先生的夫人陈荫女士，就在这时候递呈了状子。

如果是久住在上海的，该不曾淡忘：二十八年冬季，那位江苏高等法院刑二庭刚正公平的郁华庭长是怎样给人害死的。旧话重提，那些日子的报纸连日以大号字的标题告诉过大家：十一月十三日早晨九时，当郁庭长循例从寓所搭自备包车出来的时候，就在光天化日之下遭遇了暴徒的狙击。暴徒从容不迫地鸣枪三响，还神气活现地说：“你竟不给脸!”就登上黑色的小汽车逃逸无踪。还是庭长的车夫眼快，看到汽车的牌照是“八七四一”。于是，租界当局当时也曾若有其事地派出了大车军警追缉凶犯，当天晚上就发现“八七四一”号的汽车停在“七十六号”的门口，“杀人者谁”是不用再加寻问的了，但是慑于凶焰，无可奈何。事情也就不再追究，一位正直的人就这样白白被残害了。事后还有无耻之徒，一面致函恐吓各法官，捕房，律师，不许逮捕或审理郁案人犯；一面投函报章，自称“反共义勇队”公然自认杀人，说是法官们都是

“袒护匪徒，不遗馀力，无辜之人反置重典”，而郁则尤为“其中之尤”，所以此次“受制”，正是“罪有应得”云云。当时大美晚报曾经评以：“鼓吹‘和平’者可以暴力杀人，阴谋杀人者可以公然张扬，不知视国法为何物，置地方当局于何地。”沪港舆论界总算都是一致护以正义之声的。后来由虞洽卿，徐寄顾等社会名流主持，举行了一个数百人的追悼大会。干练英明的郁夫人，领导着四个幼小的雏儿在灵前跪着：“为父报仇！为国报仇!”在那时更是撼人肺腑的声音。

郁夫人当时立即具密函转香港递重庆，诉之于蒋主席及司法行政部之前，提出：缉凶，褒扬及为留洋之长子申请准予官费继续工读等四项请求，除了缉凶一项无法立刻办到外，其余都一一照办了。而那最重要的“缉凶”，郁夫人觉得唯有静待天明之日了。

不过那时候郁夫人尚不知道其事主犯正是丁默邨。因为当时的“七十六号”，真是群魔乱舞，吴世保，李士群，都是出入其间的丑妖，自然尽是共同实施犯，吴李等先后于胜利之前，恶盈满贯，自行死去。胜利后，郁夫人虽曾再请缉凶，但略感无明确目标之苦。

说起来事情又与郑蘋如小姐有关，郑是上海沦敌期间军统的地下工作者，当时佯与丁逆称善，其后谋杀丁逆未遂，反被丁逆所害。这也是最近丁逆受鞫中的一件重要案件。不过当郁庭长被害之时，郑计犹未为丁识破，相与过从甚亲密，郑某次曾于嬉戏间以不经意之态向丁探询郁庭长何故被害，丁未加怀疑，与之直言：“事前派人劝其加入和运，竟遭他严词拒绝，如此不识事务，不识抬举，所以‘杀只鸡给猢狲看看’。”又说：“你的父亲也该识相点。你们不要以为‘七十六号’没有人啦!”盖当时郑父任首席检察官，与郁故为世交，郑蘋如曾私语：“决为郁伯父复仇。”采探丁语后，即密告其父。听说后来郑首席立刻密呈司法行政部，目前郁夫人正拟设法查获此项呈文。（郑首席后以爱女罹难，哀痛逝世。）且郑蘋如之母弟，均能为此事作证。

不过引起郁夫人控告丁逆的，还是由于上月十九日在京首次开审时，丁逆自己的辩词提醒了她。那天，庭上提出军统局代电，说丁逆自二十六年春至二十九年三月任伪特工总部主任时，曾捕杀地下工作者七十二人之多，丁逆矢口强辩，称其在“七十六号”为廿八年冬季，为时仅三月，表示在此期间以外，及上海以外之事，不能由彼负责。此语刊载报端，为郁夫人所见，方知其夫被“七十六号”谋害时，正为丁之任内，盖郁庭长适为二十八年十一月廿三日在上海遭谋害者。仇人相见，分外眼红，加上郑氏母弟证实，也绝无疑义，即于前日（二十日）向上海高院递呈请雪沉冤。

郁华庭长别字曼陀，浙江富阳人，民国二年赴日考察，民国四五年间曾任大理院推事，十七年任司法行政部长，二十年来沪就任高二分院刑庭庭长。并曾历任朝阳，东吴，及东北三大学教授。自民元至廿八年间，均献身于法界，资望极重，除精于法学外，兼长诗画，待人谦和，执法则极严正，绝无偏私。高风亮节，誉满海上。有一妻二子三女。其弟郁达夫，为知名文士，亦于战时在南洋被敌宪所害。女画家郁风，即为其长女。长子留美，为执意报父仇，去春在美投军，以期如盟国计划在九月间登临故土，杀仇雪恨。未知胜利早临，今日退伍不成，反在东北沈阳当美军联络官。

国府二十九年六月间的褒扬令上明赞郁庭长：“劝慎公明，夙著声誉，比年在沪处理中外诉讼，持法公允，尤洽与情，不幸为奸逆所忌，遂遭狙击殒命，殊深轸惜，应予明令褒扬……用彰忠荩”。蒋主席及司法行政部之数度覆文，也切申惩凶雪怨之意，而今正凶奸逆，业经明证，该是沉冤申雪之日了！

不听见郁夫人陈荫女士在庭上说得痛切：“近有大员为丁逆作有利之证，然丁逆杀人不知凡几，虽有小功，亦难抵其罪……”。

她表示必要时可以赴京作证。

杀人者死，如今已为“天亮之日”，难道丁默邨如此一条臭狗命，竟还有什么值得珍惜的吗？

（原载 1946 年 10 月 23 日《联合晚报》第 4 版；署名：凌澜）

屠 场 小 景

屠夫的尖刃划破了它的喉管，殷红的血像喷泉一样地流喷出来，一阵痉挛和一声深长的喘息，辛劳了一生的生命就此结束了！

如果你神经衰弱，那末，一踏进那矗立在横浜河畔的宰牲场，那冲鼻的血腥气，那金属相撞的一片‘朗朗’声，准会叫你心尖儿都悸动起来。是的，这儿是屠场。

你看，这成排的饲牛棚，一层，二层，到三层，强烈的腥臭混凝着泥土的气息，近千头耕牛，来自四面八方，惴惴地等待着不可知的命运。它们，茁壮和善良的，忧郁地垂下了头，张着疑惧的眼睛，有的缓钝地啮食着干草，把自己的尾巴拂到邻牛的屁股上。它们该不能理解，为什么它们要离开那辛勤操作的农村？

沿着特制的斜坡，那些到了时辰的，“赴义者”被赶上刑场。它们有的顺从地走去，有的绝望地惨厉地嗥叫着，笨重地摇动头颅，企图摆脱那系了一辈子的鼻绳。二十几间“麻电室”张开了贪婪的门，它们终于一个个被驱进去了。当电流从角尖通遍了全身的神经。“轧朗”一声，失去知觉的沉重的驱体，从麻电室的侧窟里颓然滚下，屠夫的尖刀划破了它的喉管，殷红的血像喷泉一样地流喷出来，一阵痉挛和一声深长的喘息，辛劳了一生的生命就此结束了！放完了大桶的浓浓的鲜血，庞大的尸体被扯起在正中的铁钩上，几把尖刀同时下手剥皮，两边挂起血淋淋的内脏。剥完的整头的耕牛，怪吓人的样子，沿着屋顶上特别设置的铁轨，就这样吊着推向一个检验的大房间。检验以后便是支解了，在楼下的另一间屋子里，厚厚的铁锯，劈锯着肉和骨头，就这么堆积成一大堆，一大堆。起重机再把这些陆续搬到底层，成交以后，贩子就把它们用板车装走，让血滴滴成一条血路，通过宰牲场的门口。

淌着一片殷红的漫满了整整两层屠宰处的血河，走过去，那边是宰羊和宰猪的。宰猪的在下面还有一层，那边不用麻电，临死的绝叫，透过重重窗户，一直传到桥那头的糖炒栗子摊旁边。蒸汽杂着秽臭，弥漫了通个房间。

第四层有比较精良的宰猪设备，听说还没有开放。最上面的小动物室，曾经获得过充作熊猫小姐“行辕”的荣誉的，饲养着的都是些兔儿和异种的羊，供给医学上实验用的。

在那占地数十亩的宰牲场对面，还有一个附属的化制室。在那边，饲养时死去的，宰掉后发现有毒的，被熬成油脂和制成肉粉，并且也制造骨粉和血粉。那些黑黝黝的机器，竟能把整条的牛和猪磨成齑粉。

听那宰牲场技术组的邢肇熙组长讲，这个被誉为苏彝士运河以东设备最完善的宰牲场，原先是租界的工部局建造的，后来沦入敌手，复员后市卫生局派现任厂长王志敏等接收过来。现在厂中包括着职员和工人一百数十人。场方主要负责的是检验和行政管理，至于采贩以至宰屠时的技工都由商人自办，只由财政局来抽取屠宰税。目前他们这个厂的登记户，俗称“牛老板”的，一共一百多户。

这个屠宰场中，是以杀牛为生的。另有一个市立第二宰牲场在南阳桥，则是完全杀猪的。因此，他们几乎供应了全市的食用牛肉。

目前他们屠宰的数量，远比工部局时代高好几倍，由于全市人口的激增，每天杀牛通常为四百头，最高纪录达八百头。杀猪量约为八百头，也有过超过一千头的时候。羊马等都是很少数的。每日他们能收入检验费一百余万。至于屠宰税，为牛每头九千元，猪每头四千元，每月总计在一万五千万以上。

邢组长也告诉记者，牛的来源主要是：徐州、蚌埠、丹阳和浙闽一带四个地区，猪则多半来自江北。猪是没有问题的，可是这样大量的宰牛，邢组长也为此忧心。“都是最好的耕牛呀！而且这几年农村都经过敌伪的搜掠，耕牛已经非常缺乏了。照目前，生产和消耗怕是难于平衡的……”邢组长喟叹着说。

我们的农民还没有福气拿机器耕田，但是他们却“踊跃”地把耕牛卖出来了。这儿，农民的血泪正和耕牛临终时喷出的血交流成一片。

在场门口，记者曾经问起那位有了一把年纪的老人：

“每天杀那么多牲口，你惨吗？”

“见多了也惯了，咳，那些年打仗的时候，人不也一堆一堆地死吗？”

（原载1946年10月25日《联合晚报》第4版；署名：郁文）

仁济育婴堂——弃婴的收容所

——写在儿童福利会议之前

一个软心肠的人会不忍在这儿待上一天的

丰子恺①先生有幅“最后的一吻”的漫画，画一个可怜的母亲，站在育婴堂的大抽屉面前，以绞痛的心情，热吻着怀中快要失去的孩子。看了他的画，令人愀然久之。

然而，当你偶然搭上十五路无轨电车，驶过跑马厅——那曾是都市的销金场的边沿，在迤后的那一排矮屋里，你发现那让巨大的粉字标明着的“仁济育婴堂”，面对着那深锁起被遗弃的婴孩的黯哑的嘶唤的院门，你将作如何想？

白发苍苍的老主任　叙述着悲凉的故事

那是一所带着浓厚的小城市气味的中国风格的小型建筑，朱漆低栏的小天井。记者惴惴地推开那虚掩的单扇院门，又极其小心地

① 丰子恺（1898—1975）：原名润，浙江崇德人，散文家、画家、文学家、美术与音乐教育家，我国现代漫画开创者。

轻轻掩上，一种生怕惊动了那些不幸的小生命的心情，油然涌起。在右首被题做“账房”的一间小室里，记者会见了主任张继高先生。

张先生一头苍苍的白发，说明了他饱经沧桑的经历和他仁慈的心怀，以及他对于人类不幸的深厚的同情和献出自己的愿望。虽然他接任育婴才不过是今年四月间的事，他却已能叙述它像叙述一个亲切而悲凉的故事。

“元”字健婴

先天不足营养欠良

邻室的大房间就是那些小生命的天地，一片咳呛声和此落彼起的间有嘹亮而大半哑涩无力的号哭，无间断地划碎着屋子里的沉重的空气。循着张先生不惮麻烦的絮絮解释，记者知道那些都是领着“天地元黄”的“元”字牌号的健康孩子。他们送了来，经检查后没有严重的内科症象，就给安置在这里。整齐地排列着的小铁床，以及搁搭起来的一连排木架床上面，安静地生活着六十几个孩子。记者一个个地仔细端详了他们，有几个实在长得很壮健漂亮，眉目很清秀，脸色红喷喷的，相当可爱。但大部分还是苍白而瘦削，恹恹地垂着眼皮，更有许多眼睛都有毛病，红肿着，淌着眼屎和泪水。凭常识知道，这都是先天不足和营养欠良的结果。

“黄”字病婴

只剩最后一口气了

尤其悲惨的是在一间更阴暗的冒着扑鼻药味的小房间里，那儿是“黄”字牌的病号。七条濒临在死亡的边缘的小生命，挣扎在零落的被窠下。他们痛苦地喘息着哆嗦着，痉挛的小嘴唇，翕动的鼻孔嗅不到人间温暖的气息。他们就等待着咽下最后一口气，离开这苛酷的人世间。

不是女孩子命苦

他们多半是女的，这儿提示了女孩子的更坎坷的遭遇。他们有的生下几天给送进来，有的一生下来就给送进来，送来时有健康的，有的病着，有的病得快死，甚至有的已经死了的，他们有时由家长或邻舍的好心肠的人抱进来，有的被人悄悄地朝门口一塞……育婴堂就这样把他们收下来的。他们有的是私生子，这样的爹娘常常不愿自己出面，但大部还是贫苦人家的孩子。育婴堂为了简化手续，并没有作成分类的统计，通常最多数是妈妈做女工的。

多少慈母心　流尽弃婴泪

看，那边就来了。婴儿，一个老人抱着她，她丰腴红润，正哭得泼辣。老人小心地从婴儿胸前取出写着时辰八字的红纸条儿，他深怕他们不肯收，断断续续地哀告着，说明着，唠叨着：

“是我媳妇的，实在吃不住了，已经第三个，一个女的，没有办法哟，你们做做好事，可怜我媳妇……”办事人员告诉他不能反悔，将来领不回去，代他具了结。他伸出粗糙的姆指，笨重地蘸了印泥盖上一个手印，婴孩被接过去了，他心疼地看了几眼。擎着染得腥红的拇指不知所措，呆了一会，踽踽地向院子走去，他的蹒跚的身影消失在低低的门厅外。

第二个来了，那正是妈妈，她拭着泪水，紧紧抱着熟睡的婴儿，无限哀怨地用最简短的话句回答着办事人的问话。女护士抱过了他的婴孩，她要跟着进去，被劝止了，她伫立在门前，凝睇着婴孩被安放在床上，嘴里喃喃着什么，绕过窗前，她又贪婪地睨视片刻。用手绢掩住脸，急急地出去了。她是一个女工，她说：养了他就会让一家子都饿了，她的丈夫也是做工的。她说她养了他五天，顶乖的，晚上一点不哭。

同天早晨的另一光临者是一个中年妇人，她抱来的是邻舍的孩子，她诉说着他们邻家的不幸，那个到了产期还不能休息的妇人，在养下第六个孩子的时候，就在产床上死去，留下的羸弱的婴孩由她抚养一夜后送来这儿。

弃婴数字增加　每月收容一百

正像张主任所说的那样，一个软心肠的人，会不忍在这儿待上一天。每月，这样地送来的婴儿总在一百左右，尤其这一年来，也许是因为社会生活的更加困难，弃婴的数字增加了二分之一，这些孩子，养过几个月，就有人来领去做养子养女，通常养子比养女要欢迎些。来领孩子的，不像送进来容易，必须有殷实铺保，育婴堂方面还要经常派人侧面调查。最不幸的是那些患着遗传性花柳病和旁的不治之症的，他们只能给放在阴暗的病号里让这些小生命魂归离恨天了。

经费支绌医药欠缺　死亡率达十分之一

由于经费支绌，他们没有充分的医药设备，天主堂的潘嬷嬷每星期两次到他们这儿来义务医疗，二十余年如一日，有位周太太也经常来协助，他们的卜护士长也学过医，通同尽心照护那些病婴。但逢到严重的病症，他们可没钱送医院，通常“黄”字牌的病婴很少有治愈的，每月死亡率约十分之一以上。普善山堂每天派人来收殓这些小小的尸体。

六十年的慈善事业　关心它的人太少了

这有着六十几年历史的慈善事业，近几年来关心和协助的人也太少了，除了那一栋破陋的房屋是自己的产业外，他们没有经常的基金，平日由黄涵之，屈文六，陈存仁二十几位社会人士组成董事会支持着，大部还是赖着外界的零星累积的捐款，经费时常有告绝之虞，战时的设备尤其陋劣，今春张主任接任以来，毅然翻修了这摇摇欲坠的破屋。奶妈制也早取消了。你想，一个妈妈哺育七八个婴孩，而且那些妈妈都偏用经年，哪里还有什么奶水，目前采用的是比较科学的每三小时喂给代乳粉一次，由九个护士日夜分三班照护。这样虽然仍是简陋，拼接的庭柱，刨新的木头，但那一阵新鲜的油漆味，也让人感到别是一番气象。而且在如此困难的条件之下，也可见主持人的一片苦心了。

书画义卖　盼热心人多多帮助

前天开始，他们在武胜路一九七号的堂址里，举办书画义卖，在热心人士的捐件中，也颇不少古今名家的真迹。他们同着那无数弃儿正期待着温暖的援手。

（原载1946年11月5日《联合晚报》第4版；署名：郁文）

秋风乍起群菊争妍　人生难得几回风雅

阁下不妨忙里偷闲，花它两百只洋，
到菊花展览会去欣赏一下吧！

老实说，不论谁，如果有空闲，如果可以不愁一日三餐，谁都高兴来那么一下“菊黄蟹肥，把酒持螯”的风雅玩意的。虽然一直有人认为：庸夫俗子不配赏菊。然而，纵使卖弄玄虚要费一番心计，享清福毕竟是不消学得的。

小学课本上讲到“菊花”一课，做先生的好像总爱喧染一番，因为它开放在秋风萧瑟之中，于是又是气节凛冽，又是风格清高，小学生即使不懂这些，但听得它能与严霜寒风相抗，其精神可佩，却总是理会的，于是也就信以为真了。可又谁知道当那些菊苗栽培之初，大多数何尝离得了暖室温床？而且调土，施肥，移植，分株，摘心，去蕾……照护一株菊花长大，怕还没有贫苦人家带大一个小孩子轻易！

工务局今天起在复兴公园展览菊花一万几千株，为期四天，广飨全市爱菊、好菊、慕菊者。当此灰黯萧瑟之秋，让市民赏悦，得一个怡情遣神的好去处，自是一件好事。真的，谁不愿意美化一下自己的生活自己的心境：只看菊展筹备期间多少好奇的眼睛，嵌在复兴公园绿色的围栏外，老老幼幼一大群，簇拥着不肯散开，那五色缤纷绚烂夺目的情景，曾吸引过多少路人和街头儿。

未近公园大门，那巍巍菊山一座，便已赫然在望。依着深红色的指路标，循着曲折细径徐徐走去，身前身后，那一片红黄紫翠，炫人眼目，美不胜收。那花瓣如丝，如针，如环，如钩，扁平如匙，爆裂如星；花冠有舌状有筒状；花叶或尖或团或缺，如蓬，如葵；花抱或追，或圆，或反卷，或折叠，或露心，或飞舞；……花容有清秀如小家碧玉，有华丽如闺阁名媛，真是舌不胜赞，笔不胜书。正中更有精心设计的巨型国徽一座，青天白日满地红，题为“国徽山”，匠心独出，蔚为奇观，园侧矮棚中，是些最名贵的菊种，除了工务局园场管理处的苗圃里所培养的上万株菊花中精选出来的以外，还有私人栽培的佳种参加展览和竞赛的。看：那吞瓣吐卷，或收或放，织柔若折，鲜艳欲滴的“流水飞瀑”，听说是最得国人深爱的名种，那古色古香的“旧朝衣”，那雍容华贵的“金盆盂”，也都逞辉争妍，琳瑯满目，宛若群英荟萃。

菊花之种类，岂下于数千种之多，其雅号也随人兴之所至，任意相冠。今试将此次菊展之花名册略志于后：白玉带，红玫瑰，檀香黄，鸡血红，赤兔，满头星，黄虎，雪狮子，紫牡丹，细雪青，洒金，金背大红，玫瑰天星，芙蓉牡丹，柳浪，冰盘托桂，针松青，竹叶黄，红小星，黄玉蟹，白龙眼，金钱菊，玉针，晚红，白淑霜，黄翠心，紫红针，玫瑰小星，青雪早，黄龙眼，金菊，白绣球，雪蟹，黄绒球……

步出菊径，试站在远处遥眺，排列如五彩图案，别有引人神往之处。喷泉碧池，水流淙淙，与丛花相映相彰，倍儿妩媚。数十工友正在汲水灌花。

此次为胜利后市政当局举办之第一次菊花展览，全部盆菊，都是胜利后所栽培。筹备时由市府拨款一千八百万，视目前情形，恐尚须超出，因卡车载花，及每日灌溉，所耗人工甚巨。

另外有一件事，不可忘了告诉读者。就是轰动一时的熊猫小姐尸体标本，也与菊花一同展出。幸得小姐短命夭折，洋风头没有出成功，却得让我们的国人，于活的看不成之后，得一瞻遗容，看看那深得洋大人欢心的小东西，究竟是个什么样的畜牲。

二百元钱在目前究竟算不了什么一回事，秋日黄昏有暇时，花那么几个子儿，到那香园中蹀躞一周，即使不懂，装装风雅也不错呀！

记者也是个不懂赏菊的俗夫，胡扯了一阵，可别惹识者嗤笑。

（原载 1946 年 11 月 8 日《联合晚报》第 4 版；署名：澜）

薛梅小姐哀史

歌乐山前师生结良缘　飞机窗口友伴恨离情

曾经在新一军和新夜报服务过的薛梅，一个二十六岁的女子的服毒，引起了新闻界和社会的特别注视。何况其中还牵涉着为了救济苏北难民被选出来的歌唱皇后韩菁清呢。

前天，当薛梅还整天在昏迷状态中时，她只是断断续续地喃喃低诉："我，我想不到，我为抗战为国家跑了整整八年，不，十年了，我却受她的奚落，给她嘲笑。……她笑我不能生产。是的，我怎么能像她一样生产呢？以我的教育程度，我的身世，我怎么能？……我，我靠她生活？……奇怪，我吃得不少，我吃了满满两握，那么高大半瓶，滚了几颗，全吃下去了……是那个药不行？也许太久了。一两年前的……"她闭着眼，像呓语着。

昨天记者再去时，她好多了，眼皮和嘴唇上的红瘢都褪淡了，已能张开像聚着一阵雾似的眼瞳，无力地看人。

也许是记者多事，撩开了她变幻多色的回忆。如她自己所说的，那是一个梦。那里织进了自幼失怙的凄楚，流亡剧团的豪情，那儿织进了地下工作和印缅作战，一直到胜利下来，流落在十里洋场。

这位不幸的绍兴女郎，一生下来就没有妈妈，父亲把她带到北平，在继母假意的温存和狠毒的笞挞下度过几年，直到她那当着平汉路总段长兼副局长的爸爸，亲眼看到一次残酷的虐打后，才把她带在身边，平溪路上一列花车，成了她幼时一个美满的小天地，她往来在汉口和北平之间。十一岁上死去了父亲，而过了六年，那不曾跟她离开一天的奶妈，那和她一道跪着挨继母鞭笞的唯一亲人，又去世了。那时她已在山东的省立剧院一面读书一面工作着了。

进学校的第二年，七月，局势紧张，她和许多朋友们打算回到总算还有一个家的北平，六号动身，临行，她突患猩红热而留下来。列车迎上了卢沟桥事变，炸毁了，此行的二十六个朋友，没有几个生还。

之后，她说，她今日的丈夫，当时学校的教务主任鲍东生，带出一部学生，组织流亡剧团，辗转内徙。他们由郑州向徐州，经过好几个省份，背着行头，流动演出，演街头剧也演京戏，作着抗战动员和宣传工作。由汉口而宜昌而重庆，在战时首都，他们获得了人们的注意，他们复了校，教育部又要他们改为国立歌剧学院。

在重庆，她的生活是颇为多样的。记者不想打扰她，即使比较凌乱，也让她叙述下去："我是地下工作者，本来我不想说这话的，自杀前晚，我把一切证件都烧掉了。但是我是三民主义青年团出来的，我这次原想找戴先生，但是他死了。老实说，我也很难过，今天什么汉奸这种东西都变地下工作者了，我在重庆正是捉汉奸的，特别是轰炸那时候，每天有汉奸捉住。为了工作，我进过铅笔厂油漆厂等，什么职务都干。"她还说她还到前方去工作过，那连她丈夫也不知，似乎是比较神秘的一回事。

她的话说回来，谈起那年重庆大轰炸①，弹片击碎了她的胳膊，昏迷在街上，鲍东生，那时还是她的老师，（她并未脱离学校）送她到歌乐山的医院里：“是那条胳膊让我和他结合的。”因为她感觉伶仃无告，渴望着温情，休养经月后，他们结婚了。鲍比她年长得多，在社会上很吃得开，除了剧校职务外，他有很多“事业”：食堂，汽车公司，企业公司等等，在生活上，更是嫖赌成性的，她时常劝劝他，他们的感情也还好。她也曾在他的事业上帮帮忙，后来她说她不能做老板娘，还是回学校工作。她的学校像她的家，校长和校长太太，也特别爱护她，她做过女生指导，做过设计股长，做过票务主任。

不论怎样，她的心境还是空虚凄寂的。她说：“我自杀过好几次了!”虽然她不肯说时间和什么原因，只概括地说：我举目无亲，没有相知极深的人，可以倾心谈吐。

以后，当新一军②孙立人将军负伤返国后，清华大学开热烈的大会慰劳他。就借了他们的学校，他们也演了戏。孙军长看中了他们的一些人才，要他们到印缅战场去，选择了十四个人。由鲍东生带领，组织了随军的鹰扬剧团。他们辗转搭车到昆明候机。这儿又来了一个插曲：一月后他们可以飞了，临行的一刹那，举行体格检查，飞机已经发动了，检查员宣布她的心脏衰弱禁止上机。机中她的朋友和丈夫想把她从窗洞中拖进去，同机的外国人却把她推了出来，飞机就离地了！她仰望着飞机翱翔升空，带走了她的朋友，丈夫，甚至她自己的全部行李。机上人急忙中只来得及给她丢下一个

---

① 重庆大轰炸：1938 年 2 月 18 日起至 1943 年 8 月 23 日，日本对战时中国陪都重庆进行了长达 5 年半的战略轰炸。重庆死于轰炸者 10000 人以上，超过 17600 幢房屋被毁，市区大部分繁华地区被破坏。

② 新一军：1942 年 10 月，蒋介石下令将驻印度的中国远征军新三十八师、新二十二师编为新编第一军，郑洞国为军长，孙立人为新三十八师师长，廖耀湘为新二十二师师长。

毫不相干的小包——盛着买来的面包和吃食。她在茫茫的机场上坐下来嚎淘大哭。这次是真的举目无亲了。她说她真想投水自杀，但是找不到滇池。却终于在戏剧性的遭遇中逢见了一位老亲友，而且那边新一军还有办事处。她在一个馆子里管账，住下来了。快有一年，却一病几乎死去。她丈夫赶回来用特效药把她从准备好的棺材中救起，丈夫慰住了她，又和龙三公子花天酒地了一下，走了。她养愈病体，也搭上了汽车。汽车在半途抛锚，山林间的土匪又用手枪击伤了她的胸部。她改乘滑竿，史迪威公路建造中的巨石又滚下来压断她的滑竿的杠子。她几乎遍体鳞伤到了腾冲，新一军把她接过去了。她就在救护车上的病室里养伤。后来在当地做些民众运动工作。

新一军任务完成后返国，回到南宁，抗战胜利了。他们由广西而广东，到香港耽了一段时期。丈夫就应召到东北去了。她在军中已不担负什么主要工作，眷属是奉命不准带走的，她就没有同行。

这是薛梅在病床上零零落落地叙述的她的全部故事，在来到上海以前。那也许是多余的，记者却把它一一记载下来了，完全客观地根据她自己的话。对于这一个凄凉的灵魂，大家该会寄以同情。然同时，大家许会这样感觉有着那样丰富的生活经验，经过十年人生战场的锤炼，她竟然不能顽强地生活下去，她竟然无所适从！在她的灵魂深处，究竟欠缺了一件什么东西？

至于薛梅来上海以后的种种，以及她的自杀前后，如果大家愿意，记者还会继续讲下去。

（原载 1946 年 11 月 15 日《联合晚报》第 4 版；署名：凌澜）

普善山庄的死魂灵

——这是大人先生们不关心的现象

在上海，这一无休止地骚动着的都市里，人们似乎无暇关心到不相干的人们的死亡。然而在这偌大的人口数字中，每天有成百人死去，却是毫无例外的。

虽然不曾查什么统计，凭经验我们知道住在上海的多半是外地人，他们都有一个原籍，国人的惯例，“尸骨总得归乡”，于是除了几个公墓之外，上海有了名目百出的殡仪馆，专供寄厝。前些日子报载，为了历年累积，已有客满之虞。曾勒令迁散。这是有钱人家。

同时在上海，却另有更大批无人过问的骨殖，就仅仅普善山庄在为他们安排着归宿了。

收埋路旁尸骨　未可一日间断

这一个慈善事业创始在民国二年，是皖南王骏生先生一手发起的，从事掩埋弃尸及无力埋葬者，三十四年如一日，业务开展期间，并且曾经从积极方面创设医院，施诊给药，开办义务学校，进一步服务社会。抗战后不仅院址校舍，悉数毁于炮火，连座落在闸北普善路的山庄原址，巨舍一幢，也被炸成平地。以至医院学校，均不得不暂时宣告停办，但掩埋工作却不可一日间断，岂想大上海如果一连几日没有人收路尸，将变成如何一副样子。

不信吗？请看看普善山庄历年来收埋施棺方面的工作报告，从最初每年埋葬一二百具的最低记录，逐年来级数式的增加简直是惊人的，增加至廿七年六万余具为最高。去年，三十四年，收埋的共计大小尸首一万三千六百七十八具，历年收埋的总计，则超过七十万具以上。面对着这些统计数字的表格，使人已经无法直觉地联想起，这竟是一连串人的骨殖的纪录。

儿童多于成人　命运实在太惨

这一些数字中，占着四分之三以上的全是来自街道旁的无名尸，其余极少数的才从各医院，救济会，收容所，养老堂，道义会，育婴堂等等地方来。其中，孩尸几乎五倍于成人的尸体，而且孩尸常常终是统计不周的，这儿显示了中国孩子的不幸的命运。

在幽暗的办事处里，总务长陆紫东先生就是这样跟记者谈的。他也谈到他们在大场的坟地（俗称“义塚”）重叠到不能再葬，他们在虹桥也租用过，现在的新地盘则在市郊青浦。谈到以前在大场的公墓，谈到历年的沧桑，也谈到全市上有一个同仁辅元堂和他们做着一样的工作，但范围小得多，只限于南市。谈到他们自己的经济，他们并没有恒产，全赖外界的自动捐助，勉强维持，不到不得已时，他们也不对外发动劝募，通常一年一度，在电台中广播劝募一次。他们的董事会中，王晓籁，奚玉书，黄涵之，黄金荣等都是议董，董事长是吴麟坤。创办人——为这一慈善事业尽瘁至死的王骏生先生的公子王叔英，继承了乃父遗志，现在是山庄的主任。

木棚不蔽风雨　令人无限哀愁

循着工友的指引，记者又去参观了他们的武胜路栈所。

那一间不蔽风雨的木棚，已经是飘零欲倒了，听说是毁于战火之后临时盖搭起来的。

那儿停放着十来具白木棺材，说得更真实些是六块薄板订成的木盒子，记者忽然想起当时下葬三日即已破裂的臧大二子的棺木，正是一个样的。

工友们指点给记者看那些青字号的，都是马路上倒毙的小瘪三；那些忠字号的是病亡的国军。又指着另一口说："这是昨天的枪毙犯，怕有家属来领，在这儿停一天。"

记者数一数，忠字号的有五口，从棺材的宽阔的裂缝中朝里望望，黑黝黝地看不清什么，更看不清闷在里面的无限哀愁。

孩尸棉被裹身　更是惨不忍睹

再走过去是一大堆没有棺木的孩尸。顶上搁着周身用棉被密密裹住的一段，约莫是七八岁的孩子了，看去就像破棉絮扎成的人形。那下面盘头曲臂重垒堆置着的，更是惨不忍睹。那边一张惨白的脸，这边，小脸上一对紧蹙的眼睛，眼角旁沿，鼻梁流下两条黑褐的黏液，像是眼窝里挤压出来的，更勾划出一副凄苦的面相，一只干枯的手搁在邻尸的颈项上，那边，两张苦脸覆在一起，过去点，倒竖着一支发青的脚杆，瞧不到身体……这一堆，听说不下四五十个，天哪，那些小生命如何能算曾是称为万物之灵的人的？任凭记者自以为神经毫不衰弱，看着这些，还是禁不住心里像撒了一把盐似的浮悸起来，而且，虽然天冷，那一股恶腐的重臭还是直冲。

工友们从不吝啬讲话。他们告诉记者，这些尸体最大多数都从沪西和闸北的工人区和棚户区捡来的。清早他们有人推着板车出去，陆续把满车子尸首推回来，一直到晚上，第二天就用大卡车装出去埋葬，每天除孩尸数得含糊的不算，总有五六十个光景。夏天，疫疠横行时，竟会多至一百二百以上，甚至这一间破木棚不够堆放。

而如今，西风已起，当冬天来到的时候，他们又将更忙了！

告辞出来，记者回首一瞥那蓝漆圈围着粉白十字的标志兴起无限凄怆！

（原载1946年11月19日《联合晚报》第4版；署名：凌澜）

黄毛小老虎

洋文名字叫秃盖　每天吃肉四五斤

在所有禽兽里，对于人们最为熟悉的，怕莫过于“老虎”这一野兽的名字了。即使是生长在城市里永远没有见过鸡鸭牛羊的孩子，但从他尚未开始解事的时候起，在他发脾气的当儿，做妈妈的就已经习惯于用：“老虎来了！”来唬吓他了。何况还有“武松打虎”这种在我国民间相传不衰的故事来为它烘托和渲染呢！虽然，真正见过活老虎的人，怕又不多了。

以至，纵然我们的世界已经进入了原子时代，老虎却依然对人们保有了那份：尊严，神圣，可怕和稀奇。甚至于当我们的工商百业面临了凋蔽萧条，而老板们在挖空心思图谋补救解决不得之余，居然粗野的老虎也能被借重一下，玩玩噱头以招徕顾客，作为别出心裁的一种法宝了。

想出这个玩意儿的，是吴淞路一三一号的美丰百货公司。走过百老汇大厦找到美丰，循着“看虎入内”的红色指标，付出二百只洋的饲养费，你的心里会多少有些不平常的感觉，惴惴然地满想一瞻猛虎雄姿。及至转入店堂后部，你看见木笼内躺着一头黄毛小兽，或者不免感到失望："原来是只小老虎"！然而老虎总是老虎，你站下看看，这头野狗般的东西，果然是仪表堂堂，有着百兽之王的威严。黄毛黑斑的虎纹，也熠熠发光。只可怜那个笼子还没有它挺着身子那么高，它就一刻不得休止地在里面打旋。

管理那老虎的是一个叫周鹏的青田人。听说他五月前把它买过来的时候，才是四斤重的乳虎，现在经过五月饲养，已经有三十一斤重了。那老虎当初吃鸡蛋牛奶，现在已能日吃牛肉猪肉四五斤。周鹏是到过外国喝过洋水的，就给老虎起个洋名字叫"秃盖"（想过去也许正是 tiger 的别音）。当周鹏"秃盖，秃盖"地叫它的时候，它也会理会似的摆摇头尾。听说当周鹏一个人的时候，可以把它放在屋子里跟他一块儿玩！像婴孩似的抱它；有三四个人，就得系上一条链子放出来，围看的人多的时候，它不大服帖，周鹏也就不敢放它。其实那也不过为了深怕出些岔子，实在看起来，这种老虎根本不像伤得了什么人的样子。只有把牛肉丢给它的时候，才算"呼，呼"地还有点杀气。

美丰老板这次花八百万元把这头野兽买过来。昨天陈列一日，前往参观的已经好几百人了。只是未知他们的生意可曾起色了没有？

其实，陈列老虎也已经不算是新鲜的创造，爱多亚路五五六号的四明堂药酒局，十多年前在山乡间捕得二十磅重小虎一头，饲至今日已经两百多磅，天天就养在该局的玻璃橱窗里面，行人走过有时会骇怕它撞破玻门，其实里面还隔着一道铁栏的。那头较上年纪的老虎更见安分，任凭窗外的小孩子如何戏骂敲击，也挑不起它的脾气，总是半闭着眼均匀地呼吸着，连站也懒得站起来，像在修道。

俄国的盲诗人爱罗先珂有童话叫“狭的笼”，然而事实上，那些关在狭的笼中的老虎们，并没有像诗人那样地想。它们安于“狭的笼”，因为他们已经习惯了。

（原载 1946 年 11 月 24 日《联合晚报》第 4 版；署名：凌澜）

陶行知夫人谈陶行知

正是我们失去我们伟大的人民教育家陶行知先生整整三个月的日子，记者循着幽暗的回梯，在北四川路临街的一幢房子里，会见了陶夫人吴树琴女士。

满屋子是那样紧张而肃穆，吴女士纤小的身影从紧张的工作中抬起来。像这一个创伤永远烙在每一个人心底一样，哀伤的神色还不曾在吴女士脸上褪消。

她谈着陶先生的生平像谈一个敬仰的人的故事，虽然她和陶先生相处的时间很短也很少，但她相信陶先生的精神却整个地感召了她。

虽然我老早就衷心敬佩着陶先生的普及教育，平民教育和生活教育的主张，并深深感动于他所从事的事业，不过我比较熟悉的还是他办育才学校以后的情形。

办育才学校最初的动机还是起于有一次他见到一个四岁的幼童在留声机的唱片前向往的神情，知道音乐的个性是自幼具有的，后来，先后参观过保育院，又参证了中外发明家的小史，更坚定了他专为具有特殊才能的儿童创办一所学校的决心，因为他实在不愿意无数天才的幼苗，被默无声息地埋没，于是他到香港商得赈济委员会许静仁先生的同意，由他们担任经费，在廿八年七月把那一所育才学校开起来了。

这以后，大家都知道的，物价飞跃得惊人，赈济会的供应，又没法增加，眼看着一天天不济事了，全校最大部分的经费，都靠陶先生奔走，弄得焦头烂额。每天他忙得精疲力尽回来，碰到我却还是满不在乎地说："我们在和米赛跑。"

吴女士说着灿然地笑了，光辉掠过她的瞳子。

不仅这样，她又继续说下去：后来环境也越来越恶化了，除了最严重的经济困难，还有许多不必要的骚扰，那时许多人劝他撒手不干，人家讥讽他：在这样的环境中做这样的事，等于抱着石块游泳，但陶先生却回答得那样巧妙又意味深长："我是抱着爱人在游泳呀！"在这儿，吴女士特别提出武训①先生对陶先生的影响，说是二十九年有一天，他看到了《武训传》，兴奋得了不得，说："做一个要饭的能兴两所义学，我连一个育才也支持不下去吗？"何况较之武训，陶先生有更多的朋友，有更好的理论基础。这加强了他的信心，他立刻跑到冯玉祥先生处，申述自己的决心，并且说："我们要学武训，我们要创造集体的武训。"冯先生也非常感动，立即响应，承认负担二十个学生的膳食。关于武训，陶先生还写过一个武训颂的：

朝朝暮暮，
快快乐乐，
一世到老，
四处奔波，
为苦孩子，

---

① 武训（1838—1896）：行七，原无名，名"训"是清廷嘉奖他行乞兴学时所赐。山东省堂邑县（今冠县柳林镇）武庄人。中国近代群众办学的先驱者，贫民教育家、慈善家。

甘为骆驼，
于人有益，
牛马也做，
公无靠背，
状元盖过，
当公跪下，
顽石转舵，
不置家产，
不娶老婆，
为着一件大事来，
兴学，兴学，兴学！

“这儿可以看出武训精神给予陶先生的支持和力量。”吴女士那样说。谈到生活，吴女士说，他常常是忘记自己的，有时他一早脸也不洗就出去奔跑，累病了，关起房门睡三天，什么也不讲，不让人知道，也不要人照料。可是对于人家，却又非常科学，割破了指尖儿也非得给你马上擦好红药水不可，而且，终是劝人要防止疲劳。他曾经和吴女士约法三章：吃饭，睡觉和散步的时候，绝对不谈愁事和困难。事实上，他平时有困难也多半不跟吴女士讲的，因为吴女士另外有自己的工作，因此，他们也不常在一道。

还有一回事，就是当昆明“一二·一”事件①以后，重庆开追悼会时，陶先生提防自己会死，曾经连夜赶辑成自己的诗歌集，送到友人处，并且，写好两封遗书，一封给生活教育社，一封给吴女

① 昆明一二·一事件：昆明青年学生发起并得到全国各地响应的反内战、争民主的爱国民主运动。1945 年 11 月 25 日晚，昆明几所大学的学生自治会在西南联合大学举行时事演讲会，到会者 6000 多人。演说进行时，包围会场的国民党军队突然用冲锋枪、机关枪、迫击炮对会场上空射击，进行恐吓。次日，昆明 3 万学生为反对

士。后来他玩笑把它们拿出来，他们都保存着，想不到这次猝然长逝，假遗书竟然成了真遗书！而且，七月十六日他有封信给育才学校，又一次准备死了："……如果消息属实，我会很快地结束我的生命，深信我的生命的结束，不会是育才和生活教育社之结束，我提议，为民主死了一个，就要加紧感召一万个来填补！"

虽然，陶先生随时在坦然地准备奉献出自己的生命，但是他的死对于千千万万的人民还是太大的哀痛和意外！

吴女士还有很多事情，她再三表示抱歉她讲得凌乱也只讲了一部分，她又再三申述：我们要继承陶先生的事业和精神！她现在担任着陶先生教育事业基金筹募会的职务，她热切地期待着大家的响应。

最后她拾起一张纸片，交给记者，说："嗯，这是陶先生的民生精神。你要吗？"纸片上写着：

自己要说话，也让别人说话，最好是大家商量。

自己要做事，也让别人做事，最好是大家合作。

自己要吃饭，也让别人吃饭，最好是大家有饭吃。

自己要安全，也让别人安全，最好是大家平安。

自己要长进，也让别人长进，最好是大家共同长进。

（原载 1946 年 11 月 29 日《联合晚报》第 4 版；署名：凌澜）

内战和抗议军警暴行宣布总罢课，提出立即停止内战、撤退驻华美军、保障人民民主权利、建立民主的联合政府等口号。100 多个学生宣传队上街宣传，遭到国民党特务的殴打和追捕，许多人受伤。十二月一日，大批国民党特务和军人围攻西南联大和云南大学等校，毒打学生和教师，并向学生集中的地方投掷手榴弹，炸死西南联大、昆华工校等校学生 4 人，并有重伤 29 人，轻伤 30 多人，造成了震惊全国的"一二·一惨案"。

冰淇淋放入火锅里　孟姜女出洋有问题

为筹募国民革命军遗族学校复校基金，中华音乐剧团在南京大戏院献演阿富夏洛穆夫的音乐歌舞剧“孟姜女”——行将出国的，以西洋声乐配合，并把我国平剧中的说白动作和西洋舞蹈形式相混杂的新尝试。

从辉煌的殿堂里秦始皇作梦的序幕开始，第一幕是苏州街头一片平静的熙攘，是始皇兵士的奉诏捉拿，是万喜良的潜逃，第二幕是孟家花园里孟姜女与万喜良的结合，是婚礼倥偬中万喜良的被逮；第三幕是孟姜女的执意寻夫，森林遇鬼；第四幕是孟姜女过关并演唱家传户晓的“十二月调”；第五幕是万里长城旁万千民伕辗转于苦刑劳役之下，是垂死的万喜良被活埋奠城，是孟姜女哀嚎寻来，石裂城坍，露出万喜良尸身；第六幕是秦始皇垂涎于秀色，应孟姜女之请，为万喜良修墓城上，亲自祭奠歌舞，是孟姜女痛斥暴君，纵身下墙，以身殉夫。这一在我国民间流传甚广百述不厌的反封建反暴政反战的悲剧故事，安排在舞台上的大意就是如此。

观众是拥挤的。文化界也到了不少。以田汉、洪琛[1]、熊佛西三老为中心的座谈会，一直随着演出在热闹地进行。

洪老人最为坦率而易于激动。他的中心意见是："这，作为一个尝试，在国内演出，不断接受批评并改进，是值得我们欢喜的。但如果说要拿到外国去，去到菲律宾、日本，甚至美国演出的话，这我们可是无论如何不心服的。这算代表什么？算是代表中国人的生活？还是代表中国人的思想？还是代表中国人的道德？是代表中国的旧平剧？还是新戏剧？是代表中国的旧舞蹈？还是新兴歌剧？是代表中国的旧音乐？还是新音乐？代表什么？代表什么呢？"

某报记者跑来问他今天感想如何？他说："好比生了一场大病：不胜感冒之至。"又说："我们是善意地希望能多少帮他改得好一点，现在看来似乎无能为力。"问他对于这一中西古今各种形式混合的尝试感到怎样？他说："好比冰淇淋放在火锅里吃。"他也提到：锣鼓钹铙成了中国平剧所离不了的生命，以管弦来代替它的节奏，如能成功，那真是个了不起的成就，我们不知要怎样高兴。这样，沙梅先生也尝试过，也做不成。今天，当然有几只音乐也很好的，只是不能和台上演员的动作以至情绪相配合，演员必须把动作去凑合音乐，逼着演员太僵化了。再问他剧本的主题如何，他仰首回答："噢，孟姜女这一故事，不论怎样写去，想来总是良好的，只是我不知道我们作者的意思又是怎样的。"他说：采取民间的东西，这一路线应该是好的，然而以一个外国人通过上层分子皮毛地了解一点中国，就轻易下手还是不成的。他批评某些细节的不近人情，第一幕秦皇宫根本不曾是那末一回事，尤其反感于第二

---

① 洪琛（1894—1955）：学名洪达，字伯骏，江苏武进人。剧作家、导演，中国早期电影的开拓者，中国现代话剧奠基人之一。

幕苏州街头的三个叫化子，他说："西洋人写东方，写阿拉伯，写波斯……永远忘不了写上盗贼乞丐，这种传统的印象作者也保有了。为什么非得有三个乞丐不可？为什么拿全幕的音乐都配上'老爷太太'的求乞声？简直可恶。"也批评孟家花园中的草率成婚，说是叫化子才这样干……对于第五幕的万里长城上，洪老非常激动，及至孟姜女出场，一声娇滴滴的"万郎"，他连呼："啊哟，完了完了，好容易等到一段好戏，完了！"

总之，他认为：剧本的写作和观点有问题，导演和演出有问题，各种形式的混杂有问题，而竟然要把这样一个东西拿到外国去是更成问题的。

田老大也讲得很多，大致也相同，不过对于剧本的主题有一点补充：如果说主题是反战反专制反暴政的，那末这样一个结尾也实在有点不伦不类，那一些"和解"的条款实在是使人不解的。他问："这是不是算忠实于故事？"

熊佛老的话也不少，不过最后他做了一个颇为小心的而平和的结论，他说："尽管我们说它杂乱，说它不伦不类，说它……然而，我们还是要发展中国的新歌剧的。'孟姜女'是大胆地走了第一步，也可以说是经过了一个必然的阶段，因此，对于这样的工作——那换别人来做怕也不能做得更好的——我们还是敬佩和感激的。"

应云卫①也在座，他只说："今天，我的香烟抽得特别多！"

安娥说："如果说这个要代表中国的新歌剧或是新音乐，我们是无论如何不甘心的。"

诗人李嘉时常插入诙谐的谈话，他说："这像一个中国的古董

---

① 应云卫（1904—1967）：字雨辰，号杨震，祖籍浙江慈溪，出生于上海。著名的戏剧、电影导演。中国戏剧、电影拓荒者和奠基人之一。

摆设店，也许是古董展览会吧，什么宝货都拿出来炫耀一下，连野鸡毛都搬了出来，那些台上拜堂，那些大头鬼黑白无常，简直是‘洋人大笑’！”

吴祖光①表示：不应该把什么都看做那么轻易的，一个平剧演员的上台，也得经过多少苦练，那里是随随便便就可以跑得上去的？正像西洋舞蹈不能马马虎虎学通一样。

丁聪②说……

意见一下子记述不完。听说有关方面不久将有一面正式的完整的书面意见提出。

如果为了见识一下，如果为了革命军遗族学校的复校，你还是不妨花些子儿前去观光。

（原载 1946 年 12 月 9 日《联合晚报》第 4 版；署名：凌澜）

① 吴祖光（1917—2003）：江苏常州人，著名戏剧家。

② 丁聪（1916—2009）：祖籍上海，笔名小丁。著名漫画家，舞台美术家。

随行总施粥车放赈记

这是拆棚的地方　高鼻子去施惠了

记者踏着三寸厚的泥浆，曲曲折折地绕进棚户区了。

三寸烂泥里

褴褛的人们都向这显然是意外的来客，投过来惊异的眼色。有一大群破破烂烂的女人和孩子，坐倒在烂湿的泥地上，从一堆高高的黄泥堆中挖掘出烧剩的焦黑的煤渣，投进烂锈的铁罐子里去——听说他们每天就钻在这工厂里倾出来的煤灰中过生活，拣得的东西，卖二百元钱一斤，一天拣四五斤，换上千把元。——这时，他们已都放下了“工作”。

记者向他们打听“佛教会”，忽然有人敏感地问：“来放粥的吗?”

好几个紧张的头都探出来了!

记者一面不得不简单地解释，一面就在热心的指点下，找到“佛教同仁会”了。

早过了预定的时间，行总的“活动厨灶”却姗姗来迟。因为头一天开始，什么都是生疏的，不免耽误了。

赈恤厅　好听的名词

两辆美丽的蓝灰色中型车，停在行总的第三招待所。车顶前端右角挺着一个短短烟突，烧粥的时候，那儿就冒着浓浓的黑烟。车中前端正是那部水蒸汽机，后端分装四个粥锅，还有堆置蔬菜的杂物格和隔板，真是一个完善的小型厨房。联总①派了高鼻子的洋人（格利勃少校）来指挥烧粥，试了一辆又试第二辆，水汀烧热以后，蒸汽通入锅底，生米和生水顷刻就沸了，每只锅子都可随热量的需要随时调节，工作人员在忙着翻开锅盖用大木铲搅匀着生米和水……“活动厨灶”之美中不足是：它本身毕竟还不能“活动”，因为没有内燃机，得行总的吉普卡拖着它走，还是漆在车厢上的“赈恤厅”字样更切合实际些。

贫民窟里本来不准备让大卡车行驶的，即使为赈恤而来，泥泞和狭窄却不能为你开欢迎的大门，卡车和“赈恤厅”在弄口迟疑地停下来了。

里面已经有了卡车驶来的消息。佛教同仁会打开了三个大门，老老幼幼提着罐罐瓶瓶的涌来，把门前一片泥浆踏得更其稀烂。在正门口换了红，黄，蓝，绿四种竹签，就在四个水缸前面站成了长蛇行。

人们抖索着，等着等着，纷纷猜测着，互相攀谈着……孩子们顶多，他们大都握着一大把竹签，代别人领取，孩子们永远不会放

① 联总：联合国善后救济总署的略称。由美国总统罗斯福发起，1943 年 11 月在华盛顿成立。成立目的是为战后统筹重建二战受害严重且无力复兴的同盟国参战国家。其中，受害最严重的中国成为最主要受帮助国家。其名称内的“联合国”并非指 1945 年在旧金山成立的联合国组织，而是指第二次世界大战期间的同盟国参战国家。

过仅有的游戏机会，有人把大红的竹签在地上抛掷着“白相”。行总的工作人员见了阻止他：

“不要搅坏呀！人家还要用呢！要用三个月呢！”

“三个月？”旁边的人们都相顾会心地笑了，交换着惊喜的眼光，低低重复着。

天真孩子　总是玩皮

孩子收起了竹签，不一会又在丢着了。

另一个五岁的孩子，坐在提来的铁罐上把身子摇呀摇的，罐底在地上磨得发响，旁边一个好心的妇人警告他：

“起来呀，磨破了罐子没钱补，又给妈妈打死。”又回头像对记者说：“这孩了还没打够，昨天他妈妈到宪兵队去，不把家管住给人家偷了老母鸡，妈妈心痛死了。”

孩子闪着无知的眼睛依然坐着。记者问起那孩子妈到宪兵队去干吗？

“还不是拆屋的事，那个不跑几趟呀，我们都去过。”

“你们这儿也拆屋。”

“也要拆么。人家地皮老板要要回了，人家要赚钱呀!”，“诺”，那女人点着对门的小铺子，低声说：“开铺子才赚钱么!”

“那你们这许多人住哪里去？”

“哪个知道!”

“那怎么办呢？”

“我说怎么办呢？哎哟，你这位先生，我们苦命人苦不出头呀，十七八个漏洞的臭窠我们也不图什么呀！说叫我们走，七八年住下来了，叫走哪块去呀？”

有苦无处诉　错认了恩人

那时有人喊，叫派几个工人去。大家又紧张起来，紧紧队伍，排得贴胸贴背的。然而，粥并没有来。

在人群中穿来穿去，采访的记者被当作舍施的恩人了。他们虔敬地拱手道谢着，转弯抹角地絮絮诉说着自己的苦楚，小心翼翼地作着嚅嚅的要求，起先记者不理会，后来才知道他们在说着“讨件棉袄着”之类的要求。

有个六十九岁的老头在向记者诉说：“我一个孤老头子，儿子拉车拉病死了，媳妇跟人了。现在没得办法，住在女婿家里，女婿拉几天车躺几天，拚死命养不了家……把我件棉袄救救命吧！”

那记者拿着纸笔记录着，人们忽然都涌过来了，七嘴八舌地抢着说自己的：

“我六十五岁老头子了，儿子病死了，孙女才十岁，拾荒拾不到五百元钱，可怜哪，把我件棉袄吧！”

“我们老头子拉车得了病，心痛肚子痛躺倒啦，小子没得用，我自己眼睛看不见，讨件棉袄救救呀！”

“我儿子六年前头打仗打死，媳妇嫁了人啦，我七十八岁老头子拖两个孙女儿活不下去呀！……”

“做做好事呀！我家男人死了，下面都是小丫头不中用呀……”她摊着一张一张的登记卡。

“先生，给我点药吃吃有没有？”

那位记者被团团包围了，人们争着把登记卡塞到他面前，记也来不及记，他只得连连说明。但还是有人嚷：

“他写上了！谢谢你把我名字写上呀！”

一老婆子　亭亭玉立

一个小女孩挤到前面来，递上登记卡，执拗地要求把她的名字写上，侧着低下的头娇态地报告自己的身世。

很久以后，才算搞清楚。队伍已经更长了一点。在红牌子这行的末端出现了有趣的镜头：一个六十八岁的孤老婆子穿着“胖肩胛”的羊毛大衣，婷婷站立着。记者跑过去，她里面也是穿着慈善团舍施的青布棉袄，再里面是一件深蓝色的制服上衣，一颗蓝玻璃嵌心的漂亮的铜钮扣，也许是她故意地显露出来的，闪耀在她的干皱污脏的喉头底下。再看足上她的裹过的小脚，穿的果然是皮鞋，带子抽掉了，后跟切掉了，今天又新染了泥泞，头上是一顶破绒线帽。她表现着不可抑止的高兴告诉记者：这些都是人家给的，而那些好衣服，都是十三层楼那边拾来的。

两个工友扛着火烫的像保险箱样的笨重的铁锅子进来了，大家都不安地骚动起来。

有人揭了一下盖子，有人不禁惊呼起来：“哎哟，菜都有的。”

吃剩下的？可以原谅的疑问

一副红面孔的女人张望了一下，怀疑地说：

“吃剩下来的，倒拢来的！”

“什么话？嘿，你好没有良心！”舍施主有点生气了“整听的猪肉，小菜场买来的好青菜！吃剩的？每天有那么多吗？嘿，你这人。”

你说他们已经想不到会有好的东西给他们吃吗？是的，他们不能想像，如果人类真是好的，他们也不会到现在还是那样苦，他们只能把人家舍施的东西以为是吃剩的。也许，她说错的，只是“倒拢来的”那句话！

放粥了！那些孤苦贫弱的老头子老婆子小孩子，紧张地张大了燃烧着饥饿之火的眼睛。

提着热气腾腾的粥罐，老头子用手指探一探热度，沸烫！满意地舐干净指尖，细心地咂着嘴皮。小孩子偷偷地拣一块大肉送往嘴里。

褴褛的人们蹒跚着回去了。走向那他们曾经在那儿烂了靠十年的，污臭阴湿的，跟阴沟便池接在一道的草棚棚里去。他们大多是江北人，大部分在这儿住了十来年，七八年，天灾和饥荒把他们往家乡驱出来，也有一部分是最近内战炮火下的余生。

“你们怎样过年呢？”记者忽然异想天开地问。

“过年？富贵人家有过年过节欢欢乐乐的，我们还有这个话头吗？不在大年夜冻死饿死就好了。”

（原载 1947 年 1 月 19 日《联合晚报》第 4 版；署名：凌澜）

重温当年爱国热情　上海人真可以自豪

“一·二八”①，这一民族解放战争的序幕，对于上海人，决不仅是苦难的记忆，更是爱国热情生花澎湃的日子。司机胡阿毛驶车浦江与敌共亡的英勇故事，曾被编在小学教科书里让一批的后进们诵读过。

当年上海到底燃烧在什么样的火焰里呢？记者为此特地在纪念的前夕，冒着严寒的夜气，走访了张炯伯②先生。

张先生刚为筹备这次的纪念大会奔走了一天回来。他老人家以惯有的豪爽和热情，一开头就斩钉截铁地说：“一·二八淞沪抗战虽然毕竟没有打下去，但却是八·一三全民抗战的发端。他考验了人民爱国的意志和保卫国家的力量，火样的热，铁样的力，第一次在侵略我们的帝国主义面前举起了反击的拳头。”

上海的市民，是在一·二九的清晨，黎明之前的四点钟，开始

---

① 一·二八：又称“一·二八”事变、第一次淞沪抗战。1932 年 1 月 28 日—3 月 3 日，中国军队抗击侵华日军进犯上海的战斗。九·一八 事变后为了转移国际视线，并迫使南京国民政府屈服，日本侵略者于 1932 年 1 月 28 日晚，突然向闸北的国民党第十九路军发起攻击，随后又进攻江湾和吴淞。十九路军在军长蔡廷锴、总指挥蒋光鼐的率领下，奋起抵抗，开始了淞沪抗战。

② 张炯伯（1885—1969）：浙江宁波人，民国时期上海大收藏家、钱币学家、银行家 。

听见飞机和隆隆的大炮声的。早上的报纸抢购一空，十九路军已在前线开火抵抗的消息，顷刻间像在熙攘的大上海倾下了一锅滚烫的开水。上海沸腾了。

敌寇立刻使出了毒辣的手段。最先开火的闸北，很短时间中，就给弄得火海一片了。张老先生说，那天，廿九日的中午，他站在银行公会的屋顶上，就亲眼看见日本飞机过去，瞄准商务印书馆丢炸弹的。敌人摧毁我国文化的毒计，激起了张先生炽烈的怒火，以后，也就眼睁睁看着大火延烧了几乎一日夜。

就在当天，廿九日晚上，在史量才①先生的号召下，上海市正义的工商界和金融界人士，和一些社会宿耆，在当时法界第八区有名的一八一号里，成立了地方后援会，动员全市来坚决支持前线的十九路军。以后每晚六点钟开会，三十三天来从来不曾间断过。

“那时真是要什么给什么，只要十九路军开口，没有不办到的。他们要两万套丝棉背心，一捐就捐了六万套，小姐们还在上面亲手绣上了鼓励和慰问的字句。他们为了上面弹药接济不够要三五万空罐头做炸弹，顷刻间就收集了十万多只。银行公会里征收慰劳品的忙也忙不过来，成堆的慰劳品中，什么都有，香烟，糖果，饼干，衣服，大人送的，小孩捐的，数也数不清。对于伤兵的爱护，也无可复加。前线有人跟后援会联络，前线有什么需要，晚上的会议一谈，次日的报上一登，民众都自动来响应和完成。”张老先生当时代表银行界，也是在后援会里最劳瘁的一个。他这次又特别提起了史量才先生，他至今还深深景仰和追怀这一位“祖国的人才”，除悼思外，他同时愤慨于史先生的被暗杀！祖国的大人才

① 史量才（1880—1934）：名家修，江苏南京人，杰出的商人、报业巨子，上个世纪初中国最出色的报业经营者。1912 年任《申报》总经理。1934 年 11 月 13 日死于国民党特务的暗杀。

呵，竟然不容于“祖国”，给人家打死了。当时史先生领导下的后援会，贯通了军民的抗日激情。

连张先生讲述这回事的时候也还是如此激动。他说：“十九路军的抗日是全上海全中国老百姓的心愿和一致要求。如此沸腾的拥护，强力的支援，难道还能用什么来说明的吗?”

前线的抵抗坚持下去，人民也愿作后盾。开火的地区蔓延为：江湾，大场，虹口，闸北，杨树浦和南市，敌人到处烧杀，整天地火光烛天，炮声隆隆。其间还是法界巡捕出来维持了一天的双方停战，撤退战区的难民，但是为日人所惨杀的，已经不可以数计了，亚洲大药房的经理项松茂先生也就在那时候牺牲。即使那些家破人亡的难民，除了切齿痛恨日寇以外，决没有埋怨十九路军抵抗的，到末了，只有恨政府不争气。

“日本也慌了，小小一个闸北，就守了一个月破不进。”张先生让一些兴奋的记忆扰动了，他在思索着当时的情景。“你只看，它一共调换了三次总司令：先是盐泽少将，再是泽田中将，最后调了白川上将来。人民力量之大，热度之高，是不可轻侮的。”

“起先政府当然不高兴十九路的‘盲动’，后来也没有办法了，加以人民的激情。于是派下了张治中①将军的第五军来。这其实哪里是来协助作战，是奉命挟使十九路军放下武器的。但结果第八十七，八十八师的士兵坚决要抵抗，上面就也控制不住了。当时的学生运动也正是如火如荼，一·二八以前，已经去京向政府请愿抗日，酝酿了空前高涨的全民抗日情绪。在当时的动员中更发挥了无比力量。及至听说政府将派车‘缴’十九路军之‘械’时，学生更卧轨阻止军车东下。就这样更感动了军人，誓与十九路军一同抗

① 张治中（1890—1969）：原名本尧，字文白，安徽省巢县（今巢湖市）人，中华民国高级将领，著名爱国将领。

战的。”张先生滔滔地叙述往事。“军心，民心，……真是，真是，实在因为政府还没有抵抗的决心，弹药的接济不够，到三月四日，战事竟停了下来，晚上后援会最后一次开会，全场都痛哭了！随即，屈辱的淞沪停战协定也告签订。”受难的人们回到那废墟上去，重新倔强地活下来，兴建起来，听说江湾的市中心区，已建筑得颇有规模，然而元气尚未恢复，又在“八·一三”① 的全民抗战中付出了牺牲。到今天踯躅在那些区域，你还能找到两次战后的遗迹。

“那时政府说：‘和平未到绝望地步，决不放弃和平；牺牲不到最后关头，决不轻言牺牲。’当然，国事不是儿戏，这种持重的态度我们是赞成的，但是屈辱和忍受不能没有限度呀！不然人民可受不了。像现在也是一样，中国人民反对任何帝国主义，谁像日本人般欺凌我们，我们就以反对日本人的热度和坚决反对它。中国是有前途的，中国要自主，要独立，中国人民不允许那些丧权辱国的人来卖国。不能说卖给日本人叫卖国，卖给别人就不算卖国呀！中国人民可要全心全力反对的。”

“此外，淞沪抗战以来使我们认识了人民的力量。日本帝国主义当时气势多盛，但又有什么用？穷兵黩武者必败，骄兵必败，在今日的内战中，何尝不如此呢？”张先生作着肯定有力的结论。

“我们大家要努力呀！我已是六十多岁老头子了，我还要干。小妹妹，大家努力呀！”这是最后的深意的话。对着这样一位在人民立场上斗争了十几年的老人，谁能不景仰呢？

（原载 1947 年 1 月 28 日《联合晚报》第 4 版；署名：郁文）

---

① 淞沪抗战：1937 年七七事变后，日本侵略军于 8 月 13 日大举进攻上海。中国守军奋起抵抗，淞沪抗战爆发。国民政府下达全国总动员令，调集七十万大军投入淞沪战场。日军兵力也增至三十万。11 月 5 日，日军一部从杭州湾登陆，迂回守军侧后。中国守军被迫撤退。12 日，淞沪陷落。史称“第二次淞沪抗战”。

乱世之中天生噱头　奇卉哪能歌颂太平

上海人三生有幸，继“双头怪婴”之后，又有“灵芝怪草”可看了。后者之“怪”是记者擅自加上去的，也许有渎风雅，但就海上新噱头之意味来说，或者不至于多余。

“山川有灵，瑞草呈祥”，这话听来是颇为动人的。也有说是：灵芝仙草，百年一见，所以凑太平盛世之热闹者也。若是下一番考据的工夫，那末《尔雅》上既有“芝，瑞草”之语，《宋书》上更有：“王者慈仁则生，食之令人度世”的记述。用白话翻译起来该是：“统治者慈悲仁爱的时候就生灵芝，吃了它可以成仙”。是极尽其歌功颂德神诞诡秘之能事的。上海人有福一睹，看了至少该也能延年益寿长命百岁吧！可是翻到《辞海》上，却使人扫兴得很，说是：“灵芝又名紫芝，菌类，寄生于枯死之树木上……”枯死之树木云云，实在不大雅听，但是，事实还是事实。

那末，这棵仙草究竟是个什么样的玩意儿呢？它跟普通的菌类植物香蕈之类有点相仿，不过它的茎柄不生在叶盖的正中而附着在叶盖的边缘，更加古色古香，确是不大常见的。同时普通菌类多在腐植质上发现，它却独立地生长在小溪旁的泥土中，有点特别。且看看人家对于此草之描写：“……茎长约三寸，光泽如古铜器，叶茎固长约四寸许，厚五分，阳面有云纹，颇似如意头，作深褐色而有锈，又似初出土的商鼎，而其云纹凹凸不平，则又宛如虬龙，根直无须，形如短柄，奇彩斑斓，苍劲挺拔，生长似已为时甚久。……”这些描写，当然句句都是事实，记者将此与原草一一对照，并未发觉夸张之处。不过事实上，即使你要把一段柏油马路用生花之笔描写起来，也尽可说：“凸处如丘陵，凹处如河川，汽车开过的时候，灰尘在路面上跳舞……”把它形容得绰绰动人。更何况“灵芝”毕竟是一种奇花异卉，不是寻常所见的花木可比。

说到如今，记者还没有把来龙去脉点明。原来这棵“灵芝”是去年之江大学百年校庆的时候，该校师长在杭州山中发现的，曾经争传一时。之江的校长先生还曾经大发雅兴，为百年校庆喜获灵芝广征天下诗文，以歌颂太平盛世。

至于此次“灵芝草”居然迎奉来沪，并且将在青年会公开展览三日，则是学生们出的主意。原来现在私立学校（特别是大学）的学生，每逢学期更替的时候，莫不为学费问题忧心如捣。伤尽脑筋助学：别助学章，插助学花，贴春联，设立义卖市场，生产贩卖，义演义赛，尽管花样翻新，却是任怎样也赶不上飞涨的庞大的学费。

之江的学生于是灵机一动，念头转到“灵芝仙草”上去，商得校长同意之后，决定在上海举行助学义展。同时为了使观众能更满足于二千元代价之一行起见，特地分头征集古今名人书画，作为陪展。恰好有一位当年南社诗人张氏金鉴堂主人，热心襄助，捐借了积年珍藏的名画数十幅，以供展出。其中有一部分还是去年从东北收集来的。最名贵的像：赵子昂画马，唐寅采桑图，仇英（十册）天台采药图，赵千里仙山楼阁图，吕纪花卉翎毛，李成秋山旅行图，荆浩山水，清湘枝下人山水，宋徽宗翎毛，康熙御笔，石溪山水，恽南田山水真迹，饭牛翁桐树双美人等多幅，或气魄雄伟，或意境超脱。识者都说确是真迹。对于热中此道者，倒不失为一有价值的供献。而且原收藏者本来也已打算举行私展，对于作者和作品都附有简明的介绍，更帮助了门外汉的欣赏。

从这儿也可看出学生们为维续弦歌的一片苦心了！

同时，听说，可能的话，“灵芝草”还打算当场义卖，作为“灵芝助学基金”，最低标价定为五千万元。仙草而要出卖，“灵芝”有“灵”，也许要感到悲哀，可见生的实在不是太平盛世！所幸的还算帮助了一些莘莘学子，衷心当能稍感安慰。

“人生难得几回风雅”，亲爱的读者为了长长见识，广广眼界，去一睹这难得见面的东西，在此火药气味的年头即使不图真的“延年益寿”，然而也算“襄”成了学生的“义举”何乐而不为呢！

为了学生，记者不佞捧场至此，说的倒也是句句真话。

（原载 1947 年 1 月 31 日《联合晚报》第 4 版；署名：凌澜）

私校加费内幕谈

最近几天，私立学校的下学期收费问题，在教育界引起了轩然大波。

为了市参议会决议规定了私校收费的最高标准，在过去的一旬间，先有“数千人联合签名连日在报端刊登半版地位的皇皇公告”，又有“浩浩荡荡分乘大卡车的盛大请愿”，引起了社会的偌大注意。

这回事情的发端，据说是颇有内幕的。一种甚为普遍的说法，认为是由于党和团的矛盾，同时并有对于在朝分子的“捣蛋”成分夹杂其间。当然，就一些事实的表现来看，作为一个“民间”组织的私立中小学（校长）联合会，对于牌头铁硬的堂堂民意机关市参议会，居然表现得如此强硬：不仅漠然无视参会决议“自定学费”，并且声言要“警告侮辱校长之参议员及罢免教育会所选参议员”云云。同时在廿九日下午的会议中，校长们更毫不客气地向到会的地方长官，作意气而冲动的公开质询，例如申申指陈：去年九月份到现在，物价上涨了百分之四十五。还问“市府是否能统制物价使恢复九月份之生活指数及参议会是否能担保物价不再上涨”（《东南日报》），等等。真会使人怀疑好像今天真的有了一些民主的气息似的。并且那天的会议间还突然提出第二届教育贷金问题，而在要求公开答覆后，并未获得满意或不满意的答覆之时，即贸然决议由五百校长联名罢免教贷主委陈汝惠，还要“严加彻查”。（三十日《东南日报》）这些事实，俱见连日报端。此外没有具体事实根据的传说，此地也不想涉事了。

回溯起来，事实的全部表现经过是这样的：

私立中小学校长，因见本届参议会议决了私小收费标准，所增无多，并且还有人骂到学店老板，大为愤愤。于是上月二十日，中小学联合会“在震旦大学召开了一个紧急会议。……当场分发两种铅印宣言，请到会的校长带回签名，到会人每人即席捐款四万元，作为进行这一运动的费用”。（《文汇报》）

这两份宣言，就在上月二十五日及以后几天见诸报端了。一份是私立中小学校长的维护教育宣言，官腔一番，态度比较沉着持重。但却并不拿出联合会的名义来，还把平日能孚众望的开明校长：沈同一（南洋模范）、贾观仁（中华职校）、徐松石（崇德女中）、吴若安（南洋女中）、戴介民（建承中学）等，故意顶在前面。而联合会的负资人，次日“对发表宣言的目的稍加阐述”的蒋纪周，大名反不在刊布之例。

第二个宣言是“上海市私立中小学教师为市参议会不顾教师生活任意规定学费宣言”，签名的说是有一千多，登了三天还不曾登完。而其内容，那就要泼辣尖锐得多了。此外其间并有“小教同仁，虽向有四十万元以上的，但一般均在三十万左右”以及“近几年来最大多数的校长支配经济，确是非常合理了。如照教部规定，私校学费应以百分之七十为教职员薪资，而事实，多数学校已超过此数，甚有超过百分之八十五以上的”之语，真是极尽其捧场之能事。还有“事实上，上学期各私校学生，只有增加，并无减少，故以学生失学为理由反对增费，显然也是错误的”。这样的论调。

那究竟是怎么样一回事呢？当然，那以教师名义发出的宣言，不仅刊载的广告费是校长们代出的，起草是校长们代劳的。而且那签名，在春节假期中教师们收到的通知信是这样的：“兹接××学校×××先生转来通知录奉如左：“敬启者……兹奉上教职员宣言纸若干份，费神即行分发各校全体教师在该宣言背面签名（如有教师已离校回乡代签亦可）……”，（《文汇报》）以下就通知廿七日上午去请愿。

以至，当宣言发表后，有很多跻身捧场之列在歌“功”颂“德”的教师，自己也根本不晓得怎末一回事。某校有一自身已遭解聘的教师，居然也在其列。其他，则是除了真正的捧场家之外，多半是那些善良的教师：想着校长既然那样“体谅”起教师来了，也颇为难，又不好说反对提高待遇，也就把名签上了。

至于廿七日的大卡车请愿，听说“此次请愿有若干代表闻系由校长指派，临行并一再叮咛：出去只准说‘提高学费’，其他可不必谈及。……有些代表本不愿参加请愿，但有人诱以利害曰：‘你去，下学期添你五万，如这次成功，还可略加三两万元’。”（次日《新闻报》）

浩浩荡荡的队伍是出发了。“可是当教师们被动地集合一起，互相诉说生活困难的时候，发觉一般的待遇，并不如宣言上所说：多数教师每人每月已有三十多万元的收入。有人具体地提出：如果一教室容纳学生六十人，每人收费十万元，依照教局规定……教师薪津每人平均可得四十余万元。”（《文汇报》）同时，“虹口某小学教员接着说了：‘我上学期教的是四年的书级里有七十人每周教学时间一千二百余分钟，每个学生缴学费六万元，照规定我可以拿月薪六十五万元，而结果不过十五万元，并且每次发薪，还是给你一张一个月期票……学校里，男女教员不能在一处谈话，否则校长认为有勾结反对嫌疑，校长说：房子是我私人的，校具是私人的，无论是市长，还是局长来干涉，我都不怕的。”（《时事新报》等）而且还有校长说：“你不愿意，尽可离开，现在请教员比请娘姨容易。”（《新闻报》）

教师们说真心话了：“我们不想增加学费，因为这样要增加失学儿童人数。……市府当局能彻底执行经济公开法令，那比增加学费好处还大！”大家一片喊好声。（《时事新报》）

于是经过一番争论，“大家便把请愿的主题转移到：学校经济应绝对公开，支配应绝对合理化，教师职业应有保障，和教育经费应提高至百分之三十五。而把校长们面授的目标：‘增加学费’变为必须斟酌学生家长经济情形，予以酌增，不使学生因增加学费而失学。”（《文汇报》）

“这一转变，充分地说明了无论哪个，当明白自己的权利被人剥削的时候，必然地会不顾任何压力，一致联合起来反抗；同时，对于另一被剥削阶级，也必然的会寄予莫大同情。”（《文汇报》）

一切利用他人的如意算盘遂告落空了！

几个有关的当局，都作了开明公正的谈话。潘议长首先就说：“假使私校经济绝对公开，全受政府合法之监督，其真正艰苦状况，必能为人人所了解，敢信必更能获得家长之支持，与社会之同情。”（《大公报》）吴市长于接见请愿教师时表示：“……可将学生总数，收支情形，战前学费之比较，教师实际生活之困苦，少发理论，多举事实，备文列表，请求主管当局……”并谓：“学校经济公开，必须做到。”顾教局长指示，亦复强调经济公开。（次日各报）此外，事后各报舆论，也莫不同情教师。大公，正言，商报，文汇及英文大陆报，都撰有社论时评，一致认为：在教师生活与家长负担之间唯一合理的解决办法，只有经济公开。“提倡经济公开，才是积极的步骤……应以事实为依据，以数字作证明，才能获得公正合理的结论”（《正言》社评）当然也有认为：根本的办法，尤在提高教育经费。“我们的总预算去年仅有百分之四点几用于教育文化，钱哪里去了？一大半在战场上打掉了！”（《大公》社评）

家长们更立刻同教员站在一条线上，都说：只要真的给教师，我们多出点也愿意。但是“三十四年度得收学费一万八千元，而三十五年上学期却不合理地骤增至二十万元……试问敬爱的教师们，你们收到的薪津是否也增加了十数倍？……事实上，纵然学生的学费增至百万元，而教师们仍得不到真正的实惠。……我们拥护教师们所提出之经济公开职业保障等四项要求！（二日《大公报》）

早有人具体地说过，“以战前小学学费计算每生不过六元，现参会规定为十三万，其指数已超过二万倍，而目前工人生活指数尚不过六千多倍。(《文汇报》)

到底是怎么样一回事，大家肚里雪亮了。

校长们到底自定学费了，当局也在开始考虑。而教师们却成立了生活保障会，在团结教师校长与家长之大前提下，提出了正确的口号。他们并没和校长对立，站在校长立场设想，只有经济公开，才能争取得社会之同情。同时，教育经费当然必须提高！

（原载 1947 年 2 月 3 日《联合晚报》第 4 版；署名：凌澜）

戏剧是生命　一定有前途

——曹禺先生回国谈话

有人说曹禺[①]先生像漫画家小丁，无论身材面貌和讲话的声音，会被人误认作兄弟俩。可是他自己却说："我有丁聪那样聪明才好呢！"这是曹禺先生过分谦虚的话，作为一个驰名海内外的天才剧作家，曹禺的声誉是早让那一连串辉煌的著作："雷雨"、"日出"、"原野"、"蜕变"、"北京人"……给奠定了的。

早在曹禺第一部成名作"雷雨"问世之时，不仅获得了当时的文艺界和批评界一致的推崇和赞扬，而尤其使人们付以重大的注视的，是这位青年剧作家对于一个剧本的处理上的卓异的才能。十余年来到如今，已经不会有人否认：目前我国文坛上，没有一支笔能够写剧本写得比曹禺先生的更像一个剧本。茅盾先生就这样说过。

更何况真正熟知曹禺的人说他：作为一个导演，是更优于他作为一个剧作家；而作为一个演员，又比他作为导演更好。曹禺就这

---

① 曹禺（1910—1996）：原名万家宝，字小石，祖籍湖北潜江。中国现代话剧史上杰出的剧作家和戏剧教育家。

样和戏剧结下了不解缘，而在我国新兴的戏剧运动中，成了一个杰出的战士和指挥员。

去年春间，美国国务院把曹禺和老舍①请去讲学。在美国奔波了紧张的十个月，还到过加拿大。老舍尚留美国，曹禺却为了对祖国和朋友们的过于关念，回到上海来了。

记者晤见曹禺先生是元宵那天在观众演出公司的宽大而开敞的宿舍里。他的学生们（“观众”的演员和工作人员）正以戏剧工作者所特有的热情把他团团包围。曹禺先生埋在温暖里，低声地叙述着有关戏剧以及有关美国之行的种种，师生间洋溢着亲切和温淳，使记者实在没有勇气以不识趣的问题来扰乱这一份感人的肃静。

如曹禺先生一再地谈起过的那样，他的去美国最主要的是为了介绍中国的现代戏剧。虽然大部分美国人直到目前还是传统地认为梅兰芳的那一套是代表了中国的戏剧的，但他们也决不是不知道中国的新戏剧工作者历年来的苦斗情形。只是当他们听说我国的新戏剧不仅已经接受了西洋的成果，而且已经找到了自己确定的路子，代表了我们社会的变迁，时代的潮流和老百姓的要求时，他们的确是想像不到的。知道我们在几年间走过了他们所经过的几个阶段，特别是看到曹禺先生带去的一些舞台照时，真使他们大吃一惊。他们大大敬服于中国戏剧工作者的努力以及对于工作和观众的责任感，并且认为是真正正确和正当的道路。

同时，曹禺先生原也希望争取得一点美国戏剧界的帮助。但是人家必然先问到我们国内的政治情形。内战、不安定和经济混乱，又是必然会使任何真正的文化交流和互助踌躇不前的。更何况戏剧

① 老舍（1899—1966）：原名舒庆春，祖籍北京，满族。中国现代小说家、著名作家。

在美国也并不走着好运，美国的话剧在纽约和纽约以外都得不到自己优良的场子，只能局狭在比较破陋的小戏院里。上好的院子里都在演着好莱坞的电影以及很多成名剧作家与成名演员的话剧。这就是说：美国也闹“剧场荒”！不是生意眼的，真正有意义有试验性，为了培养新人材，给予新演员和新剧作家以机会的演出，机会却是太少了。资本主义大都市中尖锐的竞争，几乎戕害了真正进步和艺术意义的话剧。很多爱好戏剧的青年，当他们想从戏剧学校的学生变成职业演员的时候，他们都失业了。在纽约，话剧所使用的演员只占全部演员十分之三。

通过了资本主义的本质来看美国的戏剧不仅不能否认其商业化的性质，曹禺先生又提到：同时也不能否认好莱坞的影响。有很多演员和写戏的人有这样的倾向：希望通过舞台到银幕上去。他们也许表示：到好莱坞去并非他们真正的志趣所在，就仅仅为了待上几年，获得了地位，也就是所谓“把经济基础打定”，以替自己的行动，作上聪明的注解。

不过曹禺先生也反对就把美国当成完全是个金元国家。好莱坞和百老汇不能代表美国，纽约也同样不能代表美国。金元不能概括美国的人民和美国的进步作家。一般地说，从事影剧工作的人大部还是比较进步有着是非观念和正义感的。就在好莱坞，只走赚钱的路子也还是不行。很多与老板维持着合同性的电影演员们，是把它看作一把虽然并不属于自己的好剑的，而希望尽可能使用得最好。同时，在商业化以外，真正反映现实，发掘得深刻，着重思想意识的戏剧，还是有更多的人要看的。

当有人提出这样的问题：话剧的路子会不会越走越长，而至终于被电影赶掉呢？曹禺先生严肃地谈到：这一甚为普遍的怀疑想法，在美国戏剧界也是存在的。但话剧决不会就此销声匿迹。一般地说，尤其在美国，电影是企业，话剧是艺术。当然，电影在努力吸取话剧中的优良成分，不容否认地，将成为将来新时代的文化与艺术的最好的工具。但就人与人之间的距离来说，话剧总是更亲切而接近的。刹那间的效果和反应，成千百的观众就在你面前为你所表现的人生而感动，这决不是电影场中所能感受的。通过一次机器放电影，总没有那么自然和富于人性味。因此，真正懂戏的人，是离不开舞台的。而人们的艺术要求对于话剧之需要，正像决不是我们有了小说就可以不要诗歌散文一样。而且电影也不会要迫死话剧的，它有许多地方得依赖话剧，比如人才的训练和剧本的选择等等。

至于我们自己的戏剧呢！看曹禺先生说得多执拗："这是我们的生命，决不会没有前途！"当然，离国不及一年，我们的话剧已落入更险恶的风浪中，是使曹禺先生想不到也非常难过的。他说：那跟时局太有关系了！但是大家已往习惯于走在最险恶的道路上，更何况又回来了一位舵手。

"我为中国文学的道路骄傲。我在美国也常常这样说。这并不是说文章写，而是我们好得始终没有忘记对人民和人民生活所应尽的义务，而不曾把文艺作为消遣和粉饰的东西。这是数十年来如一日的。"曹禺先生这样说。

曹禺先生从美国带回些什么呢？用他自己的话来说："是美国朋友的深厚的同情和关心。决不是寻常而浅薄的。"他的印象觉得：美国人民对于中国人民的苦难以及为改善自己命运的斗争，决不是知道得太少的。在各方面都显得美国人民和中国人民在感情上已经走得更接近和有着更深的相互关心。他们要求介绍中国戏，出版家也到中国来搜集文艺作品，都为了美国人民要求通过这些更多地认识和了解中国的情况与中国人民的实际生活情形。

带着多样的收获，曹禺先生留在上海了。几乎没有休息，他又在忙着打算著作，翻译和导演了。此外，他还将在本市的戏校教书。我们渴望着我们吃草的优秀艺术战士，在更成熟的技巧，思想和更觉醒的人民的意识上，为我们挤出更多的牛奶来！

末了，谨以此稿迎接伟大的团结的第四届戏剧节。

（原载 1947 年 2 月 14 日《联合晚报》第 4 版；署名：凌澜）

千万难童何处去

——四十七个慈幼团体面临断炊夭折危机

在一次座谈会上，有人作非正式的估计：上海市，行总善救物资的程度不同的受惠者，达十万人。其中儿童占绝对的大多数。又据较精确的统计：由行总负担供应主要食粮的本市留养性的慈善团体中，直接赖救济面粉过活的，共计八千余人，儿童在这里面是六千多。且不问以上的数字，是否百分之百地正确；也不谈这样的一部门工作，对于行总来说，是否已经尽了它全部的可能和达到了预期的目标。只说这儿所概略反映了的一个问题，实在是令人不由得不心悸的，特别在面临着联总行总即将结束的今天。

曾听到这样一个传说：如果随着行总的结束，对于各慈善团体的救济的物资均将停止供应，那么这些团体的大部，必然地将无法维持而中止他的工作。那简直是不堪设想的事。我们今天暂且撇开那一部分老弱残废的成人不谈，单说有一天，成百成千的儿童，又将重新流浪在大上海的街头，风雨险恶，受尽残酷的磨折，生死无告，听凭命运的拨弄，谁忍看？实在说，只要还有一点儿办法，那些团体的主持人也决不会愿意把这一群无依的孤儿摈驱出去的。

当然，在没有行总以前，这些救济团体也是自给自足的。然而大家都能想像，在沦敌八年的苦难期间，那些好心肠的先生们，都已经支持得焦头烂额了。而胜利以后，胜利加甚了经费筹措的困难，胜利也带来了更多的待救济者！由于各地复员的难民，不得安插，无法生存；由于内战打出更多的难民；由于市面不景气，人民生活普遍下降……留养的难童由战事结束前之三千余人激增至六千余人。新的团体添设了，每团体留养的人数也不得不增加了。这一方面由于的确有此迫切的实际需要，同时也正因为有了行总物资的供应，才有可能这样地大胆做了的，这是中华慈幼协会丁秉南先生告诉记者的话。

对此，丁先生代表一般儿童福利团体，提出了建议性的意见：

他认为：首先，行总分署结束以后，总署方面至少要把对于各团体主要食品的供应，继续至少维持至本年年底以后，物资如不可能，也须折合现金。其次，更须在行总整个结束以前，着力督策当地政府与社会机构，能接替与继续其未了任务。

至于各团体本身方面，在此过渡时期，唯有加紧开源节流。各团体原有董事会组织，重行加强，密切联系！鼓励其负实际责任。此外只有对收养儿童，重加审查，尽量遣回不合格者，安插年长者，鼓励私人领养等。至社会方面，应在行总协助下，运用政府与地方的力量，组成各福利团体联合机构，积极担负未了工作，共谋协进。

回到对于善救当局的期望上，记者愿意拿日前社会部在行总和联总召集的社会福利会议上所建议的话来说，即是：“希望行总将来移交善救物资与各社政主管机关时，不只移交责任，而且移交物资。”同时更希望将来接替的社政主管机关，不只接受物资，而且要切实地接受责任。

× × ×

这一次，记者顺便概略地探索了本市儿童福利团体的近况。感谢几个团体的负责人帮助记者作了统计。本市共有儿童福利团体四十七处。以主办团体分：有宗教性者，有政府设立者，有个人创办者。宗教性计十九处，其中天主教十一处，基督教七处，佛教一处；收容儿童占总数之半。政府公立者为二处。个人私立者计二十六处。以性质分有六种：孤儿院二十四处；育婴堂三处；贫儿院三处；托儿所九处；盲哑学校三处；流浪或街头儿童收容所五处。以创办时间分，计为：战前设立者二十五处，战时设立者十三处，战后增设者九处。

这些团体，有早在清光绪同治年间设立的，好些天主教主办者，都有了七十几年的历史。而创办达数十年的，占其中一半以上。说起来我国的儿童福利事业，是有着悠久的历史的，然而它的主要成就是些什么？

记者曾向一位献身这一事业数十载的先生发问：除了使得一部分苦儿得以免于冻馁而死以外，我国的儿童福利事业，曾经发现和解决了哪些问题？

回答记者的是一个苦笑！

“儿童福利在英文中叫做 child welfare，在外国，它是社会的一项重要事业，是大学的一个专门学科，包含的意义是极为广泛而多方面的。然而对于我国，竟往往仅仅成为“救死”了！除了养活他们以外，简直很少能考虑到其他的问题。”

同时，在上面的数字中我们已经见到，宗教团体主办的，在留养儿童的比数上，几占一半。我们可以说其中大部分都是真正的慈善事业，可是我们也很知道有一部分极端保守的宗教徒，别有企图，硬以自己陈腐的模子造人，逼人走向黑色的坟墓，斫伤着幼小的生命。正如一位熟悉慈幼界情形者所痛切指陈的，“这些哪儿是救人？简直是杀人！故在民族的立场上：我们应该是坚决地反对的！然而有什么办法？我们的政府不能使自己的孩子免于冻馁，又有什么理由阻止那些不幸的幼小者走向有毒的面包呢？”

有人说及目前慈幼事业的普遍困难：首先是经费的缺乏。每一单位的主持人，得把十之八九的精力耗费于筹募经费之上（行总的供应不是一切，正像一户人家不能有了食米就解决了全部问题一样）。在工作上，教养的效果上，不可能花下精神去研讨。随之而来的有教职员的待遇问题，优秀人才，甚至渐次被小学校吸收了，素质减低。还有缺乏医药的问题，难童都呈着普遍的病态，而毫无治疗。此外就是年长儿童的学业问题，与他们的出路问题。优秀儿童要升学，但是难童有着生活上和心理上的不正常，在普通学校中，常常不能适应。学得了生活技能的儿童，在失业浪潮之下，依然茫茫无路。有一位先生的话尤其发人深思：“我们培养他们独立的人格正直的精神，民主自由的习惯和作风。但是，社会不要这些，工厂更不要这样的工人，他们有的进了工厂而重又回来！”那些好心的先生，为着几十年来从来没有看到一个难童获得灿烂的前途而深深地忧郁。

我们能够说这是那些先生们工作做得不成功吗？不，决不，对于那些为孤苦无告的孩子，默默地献身努力着的善良者，我们只有致以最大的敬意的。

赵朴初①先生，那绝对不承认自己是个慈善家的救济事业专家，少年村的主持人，他说：“救济工作是积极的理性的社会工作，不是感情的怜悯，其最后目标在消灭救济工作本身。其工作，主要地在于研究问题，向社会提出问题，再进而从整个问题的解决中求得本身的个别问题的彻底解决——即社会上无救济工作存

① 赵朴初（1907—2000）：安徽省安庆市太湖县人。著名社会活动家、佛教人士、书法家、诗人、作家。

在。而对于个别的人的教和养，尚是次要的。”又说：“一面是我们在救济，要消灭救济工作本身，而我们的社会却在制造更多的待救济者。如果眼睛只看到自己所做的一种个别工作，问题是永远不能解决的。”

暂时把我国今天的儿童福利工作看做纯粹的救济（实际上几乎如此），记者相信赵朴初先生的话是回答了我们的问题。

这儿写下的是一些不完整和未经整理的材料。

谨以此文迎接即将来到的三十六年儿童节。

（原载1947年3月3日《联合晚报》第4版；署名：凌澜）

黄帝子孙天涯流血　光荣奋斗换来失望

一向生活在自己的国土上的人们，也许永远不能体味到那些远离祖国者对于祖国的异样的渴念和丝毫无保留无条件的热爱的！完全一样，我们千千万万的海外侨胞，正是以这样的心情注视着祖国，而当看到祖国日益走向内战烽火的深处时，更是如何样地痛心疾首而热泪潸潸呵！

一个晴和的下午，记者访问了我们的年青的侨胞田泉山先生。在这儿，我们所听到的，绝不是对于祖国的淡漠，对于洋面包的迷恋，也不是空洞的“民主”八股，而是渗透了千万华侨的血泪的撼人灵魂的真切的声音。田先生侨生南洋，从来不曾回过祖国，他自谦说是讲不好国语，然而也许是作为一个中国人的强烈意志使然，他对于祖国的苦难是如此熟悉，而学会中国话更是如此迅速。

像所有爱国的华侨一样，当祖国从事解放战争的时候，田泉山在海外也站上了战争的尖端，敌人的惨绝人寰的酷刑曾摧折过他，更在敌人宪兵部的监狱里消磨过他的三年多漫长的岁月。

在敌人的凶焰卷向南洋以前，田泉山在巴达维亚[①]曾经以笔服

---

① 巴达维亚：即雅加达，印度尼西亚最大的城市和首都，位于爪哇岛的西北海岸，东南亚第一大城市，世界著名海港。1619 年荷兰人把这座城市改名巴达维亚，定为荷属东印度首都；1942 年荷属东印度被日本占领，日本人将它改回原名雅加达。

务于抗日。敌人来了，间谍机关逮捕了他，使他尝受了初度的酷刑和审问。恢复自由以后，他索性进一步潜入敌人的间谍机关，爪哇警察总厅政治部工作。和他做着一样的工作的还有许多朋友，不过他们没有政治上的组织。他们尽可能破坏敌人的谍报和工作计划，并把情报供给盟军，掩护和释放盟军的工作人员等等，来帮助祖国的抗战。“我们所做的只是些毫不足道的工作，然而当我们想到我们正在为祖国尽着国民一分子的责任时，没有什么能比这更使人兴奋和骄傲!”田泉山那样说。

各地各处都有这样的情形，也有被人发觉的。于是无数爱国侨胞在受尽苦难磨虐后默默地倒下，为祖国，献出了生命和鲜血。

“那天，我得到了敌人宪兵部的电话。”在记者的询问下，田先生开始叙述一九四二年夏他的二次被捕。“我知道出了事。我相信我还有充分的时间可以跑脱。然而，如果我一走，恰好证实了他们的猜度，其结果必然是我们所有的朋友遭难，而我们的工作也将就此不能继续。我咬紧牙关自己投去了，有过一次受刑的经历，我自信尚能再忍受一次。”

他坦然承认了自己的抗日行为：“他们问我为什么抗日？简单明了：因为我是中国人，而日本正在侵凌我们的祖国。这是完全不需解释的。”此外他就再也没有说什么。当他知道了他的朋友们还在安然工作着的时候，他还有什么挂虑的？敌人的毒刑拷打丝毫无效：灌水，吊打，电刑……最后终至把棉花蘸了酒精贴在他的四肢和脊梁上燃烧，什么苛酷的毒刑全都使出来了。——这些光荣的创伤，直到今天还残留在田先生的身上。末了，什么也没有得到，只得以“危害社会，叛逆阴谋”，把他判处了八年徒刑。

“八年真算不了什么一回事。我曾亲眼看到很多熟朋友不动声色地走向刑场。我记得在幼年读小说时也读到过烈士们慷慨就义的悲壮故事。我们都不是烈士，都是平凡的华侨，然而，只要是为了祖国，死刑又算得了什么？对于年青的华侨男女，再没有什么能比‘祖国’两字更响亮更亲切的了！只要祖国一声号唤，就会把自己的任何一切都献奉出来的。当以后我们看到日本战犯被判处死刑时灰白了脸昏仆倒地的情形，什么是黩武主义的武士道精神！才叫人好笑呢。”

田先生也谈起那些苦难的日子，他说：毒刑拷打并不是最可怕的，可怕的倒是在监狱里挨着这看不到尽头的日子。“一天又一天，在阴暗的牢狱里，我们吃着浆糊。”说着他摇了摇放在写字台上的浆糊瓶子。“挨受着难堪的凌辱和寂寞，好多身体熬不住的朋友都死过去了。要不是坚信和渴望，看到祖国的胜利，要不是认为应该留着自己有用，我们真觉得自己会疯狂，真有几次想自杀。”

“终于胜利来到了！我相信我是不大会流泪的，然而那时，当我想到那许多默默死去的朋友，回顾这一片过去的苦难，我要说我是哭了的。”田泉山随即转入盟军工作，他管理着日俘的集中营，他沾染着正义终于获胜的光荣。

南洋的侨胞疯狂似的迎接祖国的胜利，为祖国祝福和欢呼。他们遐想着祖国的荣耀，富强，祖国国际地位的提高，他们以为他们从此可以舒一口气抬头做人。祖国将会含着眼泪来紧紧拥抱这一群海外的孤儿，并且永远好好地保护他们！

印度尼西亚的人民也向华侨欢呼，他们深信胜利后的强大中国，将会有力地声援和支持东亚各弱小民族争取独立和解放，中国将领导亚洲走向自由和富强。

然而，一切都落空了！落空了！南洋华侨张大着含泪的眼睛北望着祖国，祖国正丢尽了胜利的荣耀日渐走向毁灭！“护侨”？不见胜利后一年多来，华侨的鲜血流遍了越南，暹罗，菲律宾，东印度……哪一处不是华侨的生命财产被残害被毁灭：祖国正进行着血腥的内战哪儿有暇顾盼一下海外的祖国儿女的哀哀啼泣？“祖国呵祖国，你在哪儿?”那是一个侨胞被屠刀戳进胸膛时的绝望的呼唤。

仅仅在东印度，田先生列举了华侨死伤在千百人以上的大惨剧就有：“泗水之炸”、“三宝垅之围”、“万隆之火”、“文登大烧毁”、“巨港惨案”等等，规模较小的更是举不胜举。“宣慰团”，那华侨儿女曾寄以无比热望的祖国专使，去了一趟仅仅贴了一张“姜太公在此百无禁忌”的巫符，他们走了以后，惨案还是照样发生了一次。

华侨的眼泪向肚底咽，他们看明白了，他们坚决地喊出了反对内战。

“每一个海外的侨民和祖国同胞联合起来，坚决争取祖国的独立民主和平和强大！唯有有了强大的祖国，才能做到真正的‘护侨’，唯有东亚各弱小民族的人民和中国人民联合起来，才能建设自由富强的亚洲，确保世界的和平。”这是我们被访的侨胞的结论。

（原载1947年3月6日《联合晚报》第4版；署名：凌澜）

画描血淋淋的现实　九十艺人同一笔调

正像文学中有如匕首投枪的杂文，也有重兵大军的巨型著作一样，在美术这一艺术领域里，它可能有泼辣尖锐的对现实的血淋淋的揭发，挑战，也可能是含蓄而沉着地，鼓舞而建设性地，发挥着对现实的积极的动力，其动机和效果是一样地推着现实社会向前。

这样，我们且去看看大新画廊上美术作家协会主办的美术联展。这儿包括着九十个作家的作品，作品的种类则有油画，水彩，粉画，速写，雕塑木刻，漫画，素描，毛笔画，书法等二百余件。虽然每一位作家擅长的表现方法各不相同，每一位作家对现实的看法和所要表现的思想，也略有程度上的差异，然而这儿有着一个绝无例外的一致，就是：大家所表现的是健康的，积极的，向上的一种明确的意志，以及与不健康的，颓废的，落后的倾向坚决斗争的意志。这就也正是美术作家协会八十几个会员结合起来的基点。

这次展览的一个特点是油画部门的特别富丰，几乎占了全部内容的一半以上，油画恰好是相当于文学著作的一型，而且比较困难把笔锋直接针对社会现实。自然，你也许会说：一幅风景，一丛花草，究竟哪一点可以说它跟当前现实有着莫大的关联呢？是的，然而，面对着这些画面，你首先得严肃地承认：这些决不是吟风弄月，清高自赏，而是确确实实地有一种另外的东西在。譬如：邱堤的花卉，张乃鸠的村野里一座静静的田庄，萧淑芳、吴作人的静物，朱育和翁逸之的风景等等，你看着看着，不觉得作家的深厚的艺术良心，燃烧的生命力，透过和谐的画面，深深地感召着你，鼓舞了你，使你呼吸着振奋而有力的气息，使你感受着人生的意义，使你更执着地喜爱人生，使你想无我地呈献出自己来……

油画中，赵无极的“人像”是杰出的作品。这一位享有世界公誉的人像画家，他的画有着卓异的独到，那不仅是如实地把对象写照下来，像摄影一样地真实。他的画中，除了对象的存在以外，还有作者的自我存在。

使人们没有想到的是：麦杆、刃锋等几位握惯刻刀的作家，这次也举起了油画笔。木刻家的艺术本能使他们在油画布上写下了更现实的东西，这是大胆的尝试，像刃锋的“构图”，像麦杆的“三等车厢”和“菜贩”，他写下了生活的沉重的负荷，坚忍和劳动。虽然，对于色彩以及作为一幅油画的构成，他们也许还不最熟稳，然而，以他们勇敢的尝试，如果加上以后的恒久的努力，相信他们将会有更大的成就的。此外像钱辛稻的“当敌人要来的时候”和“拉丁”等。张文元以漫画家的手法画了“饥渴”和“乞丐”，一派沉重。陈秋草的“锯木”充满了劲。秦威的画有着一种特殊的青灰的色调，流露着抑止的感情……

戴英浪的“瞳之火”（一名“作家之眼”）是惹人注目的。炽烈的正义之火，煅毁了铁链，枷锁和阻挡的手臂，顽固的卫道者被无情地焚毙在一边。可以说是战斗意志最充沛的一幅。徐甫堡的艺术修养和长期战地生活经验结合了，他写出了抗战的史诗。除了“逃难”，“伤兵”等以外，他的那幅：士兵们尚在沉睡中的朦胧的战场的“晓”，是感人极深，最堪推荐的。

水彩部分有潘思同，王少陵，朱金，王挺琦，梁白波，张正宇等作品。梁白波之“边疆人饰”与“上海花街”最获注意和好评，女性作家特具的纤细的情愫。王少陵的“纽约街景”有着一抹轻快，是繁荣都市的意识反映。

著名的漫画家小丁这次意外，渗透了他笔底下的边疆女，给予了跃跃的生命和神往的表情。画出了两幅水彩，他含蓄地跟人家说：“我也会画水彩的。”他的水彩别是一番风格，尤其是“屋顶”一幅，给人清新明快之感。“雪后”其实是尚未完成的画稿，写雪景冻僵了指头，指头不僵了，雪也溶了！

木刻永远有着最强烈的战斗性。邵克萍的“夜阑人静”（一名“想”，写征者家属之苦思）是精心杰构，剜人肺腑。陈烟桥之“作家像”刻画了自己的灵魂。漫画有沈同衡的“八八六十四卦”，和余所亚等作品。

雕塑在我国直到如今还在艰苦地摸索着自己的道路，刘开渠是辛劳的垦殖者，他的成就也是尽人皆知的。这次除了他的作品外，还有胡意秋、沈寿澄、黄永泰、汤维枝等人的出品。

李华的水墨画是和他的木刻并称的。他的“清明时节”，那浓郁的气氛，亲切感人，是难得的佳作。庞薰琴向以毛笔画闻于国人，这次出了“渔女”等幅。还有叶浅予①画“戴爱莲”等。在国画中，我们可以看到作家们意欲注以新的生命的努力，同时也看到这儿有着两条不同的路线：把握和融会了原来的形式，渗入新的；或是心急地给换上一件新的外衣，甚至，插上一点花，我们毋宁说前者是更正确的，像确有根基的国画大师齐白石，以及钱瘦铁

---

① 叶浅予（1907—1995）：浙江桐庐人。著名画家。长期从事绘画教学和以舞蹈、戏剧人物为主的国画创作及漫画创作。

等的作品；然而，我们决不应抹煞后者的意义，他们的尝试是宝贵的，即使他们的努力完全白花，那也至少把经验提供给了第二次尝试的人们，何况也不尽然呢！

（原载 1947 年 4 月 2 日《联合晚报》第 4 版；署名：凌澜）

迷途的羔羊

妇孺救济会来了一个电话，叫记者立刻去一次，说是：

“我们这儿今天又来了一个姑娘遭遇比金弟还要惨得多!”

那个不幸的十五岁女孩子姓蒋，名叫兰弟，几年来残酷的命运，使她惹得了一身毒疮，从头顶到脚背，从面颜到周身，恶毒的细菌无情地毁蚀着她。她不能站，不能坐，几乎也不能睡。此刻，她正呻吟在市立第四医院的花柳病房里，妇孺会昨天下午把她送了过去的。

据说，她是无锡东江人，幼年四五岁时在郊外游玩，就被歹徒拐走了！她还能依稀记得她爸爸叫蒋孝山，是一个教书先生。当时她跟着拐子走到无锡城里，拐她的人不知被人家识破还怎么的，竟畏罪逃走了，她就流落在街头。后来，一个摆粥摊的小贩老头子收养了她，倒度了几年平安的苦日子，想不到她的悲苦还没有终止。几年前的一个六月夏天，她又遇到了一个拐子叫何志清（那人现正在无锡地检处吃官司）将她带到家里后，竟由夫妇两人通同合谋，把那未成年的女孩子强行奸污，随即把她卖到上海某窑子里卖淫，她就生活在老鸨的毒鞭下了。老鸨见她年纪小，想在她身上发一票大财，也没问她，就声称处女，抬高身价，结果，嫖客出了很大的价钱，发现并不是处女，就跟老鸨大闹，老鸨迁怒于孩子把他毒打了十几次，打得死去活来，并且继续接客以后，不觉间染上了一身花柳病，毒发以后，痛楚难言，后来她偷偷积下来一点嫖客给她的赏钱，积了几万元，今年正月初三，冒险逃出火坑，找到北火车站，买了一张车票，逃到无锡去了。但到了无锡，还是举目无亲，她竟仍旧回到那个姓何的歹徒家里去，住在那何志清的母亲处，事情立刻为何志清得悉，又赶去把她强奸了几次，并且逼她同到他自己住的地方去，以便把她再行卖掉，何就把她强押上车，那时，蒋兰弟在前面哭哭啼啼，何志清在后面狰狞满面，为路上警察发现，觉得形迹可疑，带到警局中，兰弟一一哭诉了，警局就把两人转送地检处。那边地检处已在开庭侦查了，但那个无家可归遍体病痛的女孩子，竟也因此不得不被关在看守所里，实在是不适当的，那边转请了上海的地方法院，法院即和社会局洽商后，无锡地检处就把蒋兰弟送出来了，昨天，法院派法警把兰弟护送社会局，再备公函转妇孺会收容。

妇孺会见她满身病毒，怕传染给别人，会中又缺乏优良的医药设备，就先把她送到市立第四医院，治愈恶疾后再行加以收留。

“从这一个女孩的惨绝人寰的遭遇上，反映了多少社会的丑恶呀!”妇孺救济会的周总干事叹息着说。据他谈称，近来贩卖人口的情形已经减少，这种年口，贩了人口也没人要呀。但“逼良为娼”的恶行却在日见猖獗，目前发现的才只是其中极小的一部分。因此该会正想把工作的重心放到这一问题上去，以解救最不幸的妇女于水深火热。

接着记者参观了会中的各部门，虽只短短的一刹那，却发现收容了一百多人的一幢日本式的三层木屋子，里面竟藏着一百多段辛酸的故事。这儿有丧生在内战战场上的连长的孀妇，这儿有几个月咬紧嘴唇不说一句话的受了深重刺激的年轻少妇，这儿有受虐的婢女，这儿有无告的孤儿……人间的苦难，这儿几乎都具备了！

关于这些，记者愿意在下次继续报道。

（原载 1947 年 4 月 17 日《联合晚报》第 4 版）

大同学潮透视

在国立大学如火如荼地抢救教育改善生活声中，本市的几个私立大学学生，都在为着改革本校的校政而努力，而行动着，如大同沪江之江等。其中最典型内容最丰富的，就是大同。

大同自十六日下午开始罢课以来，至今天（二十日）已是第六天，由于校方始终不作任何答复，学生就一直坚持着。

大同一向比较沉默，那是由于校方一贯地想尽方法把学生维持在散漫的状态中，并且加以压制。然而这次，以“经济食堂”和助金会的问题为导火线，大同的学潮竟一发而不可收拾了！不用说，那是校方历来腐败校政招来的。

大同的学生没有任何自由

大同校方几乎是毫无理由地压制校内一切学生活动的。他们平日第一个致力的目标是尽量禁止学生团体的设立，学生自己选出的自治会他说不承认，连级会，毕业同学会，外省学生同乡会，助学金会都不许组织。学生要组织团体，当然按照规定向校方登记，校方对付的方法始终是：“不准许”、“拖”、“出尔反尔”和“不承认”。譬如，理学院要组织一个“理学院同学会”，校方设法使他们缩小为“化学系同学会”，还是系主任帮着学生成立的。但后来校方却硬要学生把“会”字取消，说：叫做“化学系同学”好了。又有一个“大同摄影社”和“三八化学工业社”校方都命令把“社”字去掉，这样不伦不类的名称，真叫学生啼笑皆非。由此也可见校方对于学生团结的害怕，连“社”“团”等单字也要望之生畏，想出如此荒天下之大唐的办法来阻止。据学生说：目前大同全校近二十个团体，几乎没有一个是正式为校方承认的。这就是大同学生的结社自由！

大同学生的集会自由呢？没有大礼堂，在纪念周没有废止以前，大同也从来不举行纪念周，让全校同学聚在一道。连毕业典礼都没有！校方最希望学生每学期把钱交来静静坐在教室里，前排不认识后排，教授不认识学生，学生也不认识职员，毕业了，你独自拿一张文凭走！永远不让学生有过集体生活的机会。而学生们自己要开开讲座，练练歌唱等等，校方则自下午五点钟下课以后，把教室全部上锁，免得借用。有一次同学自己发起旅行佘山，约在校中集合，校方竟把校门也锁上了！

学生自己的壁报和布告等等是一概遭到“撕光”的命运的。自治会智育部出的学术性壁报，或是看电影的广告，白天贴过一天，晚上立刻就被撕得粉碎。智育部出的旅行特辑就被真的撕成一丝一丝。有一次学生看见校长的姊姊在撕壁报，把她的手拉住了。有一次“三八特辑”不见之后，被在教务处发现。几星期以前，智育部要请校中葛传规教授作英文演讲，也为校方阻止。一次，智育部请吴之翰教授为壁报写稿，郁训导长竟当面干涉：“不准!”大同的言论自由就是这样。

学生若要参加校外的学生运动，校方更不惜以最后手段对付。“六·二三”的时候，大同的故事曾是轰动一时的。这次事情之后，校方就不管反对，开除了五个学生。此外如参加抗暴运动等，校方也把许多学生记了过。胡代校长还曾经在某次大学校长会议上公开宣称：大同不招思想不好的学生入学，校内学生思想有问题的，校方都侦查圈定，随时注意他们。

苛捐杂税名目繁多　校内设备一应不全

尤为学生反感的是征收不合理费用。学生们称之为“苛捐杂税”，而从来不曾为学生改善一些设备。大同收杂费十五万，其数之高为各校罕有，然而大同没有宿舍，没有礼堂，没有交谊室，没有运动场，连好好的开水缸也没有！厕所里草纸也没有。学校里雇校工，缴费单中另列仆费一项，而校工待遇极低。图书馆费收一万，学生只能凭学籍证在馆内阅读，要借出去，再付三万保证金，新书也不见增添。电机四年级教授讲课要印点讲义，校方还要另向学生收讲义费。此外，学生学籍证遗失了，补一张要付五千元钱，有自由车的学生，领的一块小木牌掉了，又要交三千元钱。而下雨天，几百辆自由车在雨里，学生再三请求搭一个车棚，土木系学生愿意设计，校方却一直不答应。实验室的仪器坏了不修，弄得可用的极少。联总曾拨款补助我国每所大学美金五万元添置仪器，大同的也未见下落。这样的例子，学生们一下子可以举出一连串来。

教授当作雇员　职员“皇亲国戚”

学生还表示校方的经济和行政都是不公开的。校中有一个校务会议，教授参加得极少，教授简直被校方当成雇员，跑来学校教教书就行了，别的不用管，对学生事情热心点都要被干涉。因此学生习惯于把校方几个当权人物名之为校方执政团。校内校长任用私人特别多，尤其是职员，几乎多半是有裙带关系的“皇亲国戚”。有一个学生说：“某次校长家属里去世了一个人，教务处里面尽看见白鞋子了！”真是好笑。于是学生们有时就把“校务会议”呼之为“家庭会议”。校长自己平常不在学生前露面，在大同读了三四年的学生，大多数连校长的影儿也不曾见过，校政大部由校长的妹妹胡若范掌握。这样的一个学校当局该是不大会把学生幸福放在心上的。

学生还有一个口号叫“取消课程配给制度”，原来大同没有选课自由。明明不是必修科，校方却要你非读不可，如理工三年级一定要德文。德文的内容是物理和化学，但电机和土木的学生却也一定要读。你可以考不及格，因为学分已够，是不计在内的。但必须坐在那里，因为缺课满二十小时要扣总学分一分的。对此种不合理制度，学生们莫不大呼冤枉。

自治会选举强欲改变　不能达目的拂袖而去

校方对于自治会的态度尤称离奇。上学期的自治会是校方所欢喜的一批学生所控制的，校方看着顺眼，可惜一学期中很少为同学做出件把好事情来。这学期开始，全校依照校方所规定的办法在校方监督之下进行改选了。不幸那些校方中意的学生人数太少，又实在得不到同学拥护，在产生二十分之一代表时已经大部落了选。就在一百零四个代表进行选举的当天，校方忽然宣称，代表中有的学生曾被记过，有的则工科不及格，不合规定，欲加解散，并另外提出一张修正名单，表示照此更动，即可承认。而所谓记过，原来正是今春抗暴运动结束后，校方将十三个同学记了十六只大过处罚，后经二十余班代表签名要求取消，二十班并推派代表联合向校方交涉收回成命，学生并不认为那几个学生行为有什么不当。至于功课不及格，学生表示尚有补考机会且为数极少，代表既经全体选出，自然不能更改。校方就怫然而退，宣称代表大会无效。虽然也因而有几个学生代表随校方离场，但代表大会超过法定人数，就继续举行，当即选出自治会理事十三人。校方因此对本届自治会不加承认，处处排斥压制之。后来自治会竭力为同学进行福利工作，学校则不惜破坏，譬如自治会要为同学代办电车派司，有五百多学生登记了，自治会请校方盖章证明学生身份，俾获优待，校方竟然拒绝。直到后来才改由校方代办，事务处人员也因而蹙眉，发牢骚曰："这些事情本来让学生去做好了！"不过校方预先向同学收了钱，得五百万，存在银行里，这是与自治会代办的唯一不同。此外，上届自治会有会费五十八万，校方也不允移交。校门进口处有一间小的会客室，是上届自治会办公处，如今校方却把门整天上了锁，不让自治会或助金会进去办公。使这两个会员只好在露天，在锁着的门口，搭一条长凳，办办公。

不承认助金会合法　学生在长凳上办公

尤其使学生不满的是校方不承认助金会。上届自治会不会做事，学生自己却办了一个非常出色的助金会，在去年学期濒结束时由清寒同学大会产生。清寒同学自己和热心肠的同学，想尽一切方法，通过各种形式，竟然获得六千万的巨款，超过上海一切学校的纪录。这学期开始时，解决了二百多清寒同学的学费问题，最高额每人获得六十几万，从学费到实验费，全部解决。是全校最有成绩的一件事情。这学期学生们预感到以后学费问题的严重，决定提早成立，校方竟然又称不准，并公然在同学面前训斥："读得起读，读不起拉倒！"校方是唯恐学生做出好事情来，更唯恐能做好事的学生得到同学爱戴！但助金会还是在清寒学生怒吼下成立了，现在已经积极展开工作，不仅有劝募，而且有生产。

后来助金会再与校方交涉合法问题，校方竟然偷偷拿出六项条件来：一，捐款及生产利润须缴校方存入指定银行。二，学生应向校方申请。三，核准须由校方审定。四，非自治会办理。五，募捐方式须经校方核定。六，办公可在训导处（按：据学生谈，本非自治会办理，仅一部分干事为自治会理事）。如此条件，学生当然无法答应，代表谈不下，就把条件公布了，学生大哗。助金会也就终于只能仍在长凳上办公了。

在重重的压迫下　学潮就发生了

那种种数不胜数的违反学生意志的措施，弄得大同全校学生怨声载道。校方压制愈甚，学生愈不能忍受下去。要求改革校政已经是每人心底里的愿望。于是以经济食堂的问题为导火线，大同的学潮就这样爆发了！

校方拒绝经济食堂的几项要求，的确是最找不出理由的。经济食堂里有着二百多个就膳学生，（仅出极廉代价）本来由行总供给食品，行总结束后，供应停止了，不过尚有一部分黑面粉留着，做了黑面包维持到现在。吃完之后，二百多同学的伙食就将宣告无着！据学生说，最近学生救济会打算配发白米，但是规定不能个别领了带回家里去只能供给经济食堂，学生决定自己接办经济食堂，使它继续下去。就请校方供给厨房、厨司、炉灶，燃料，同时，学济会最近有一部分物资，凡成立合作社的学校，可以免费配给二百箱。学生们于是决定自办合作社，一方面可使同学获得廉价物品，一方面合作社有了基金，渐渐扩展，获得经常利润，可以由此维持“经济食堂”。如此一举两得的好事只待校方准办并借给社址就行了，想不到校方竟然不准。累次交涉，一拖两月，学生愤怒异常，正是一触即发之势。

本月十五日中午，经济食堂就餐学生，因每日仅以开水佐黑面包，极为无味，那天借到一架留声机，在食堂开音乐唱片，想藉此作为精神调剂。谁知校方赶来，说是事先不通知校方，下令禁止，并要将机片没收。当时学生不满已深，立刻通过组织“经济食堂争取吃饭权利委员会”提出四项要求，向训导处郁训导长请愿，自下午一时相持至四时。郁导训长表示无权答复，但以人格向学生保证，次晨一定可自校长处获得答复，万一没有答复，他负责带学生去见胡代校长。恰好那天晚上自治会召开第二次全体代表大会，经济食堂代表出席控诉，全代会决议自治会全力支持。那晚的大会接着几乎变成了申诉晚会，代表们纷纷提出，得到了校方对学生压制的事实与种种无理的措施，罗列了十五项“校方态度一斑”的控诉，当场通过向校方提出八项要求如次：

一、要求校方接受经济食堂所提四项要求：

（一）坚决要求校方准予办合作社并供给社址，否则贴补食堂之经费。

（二）由校方供给厨房及厨司三人，炉灶及燃料。

（三）请校方以后不再无理干涉经济食堂之行政。

（四）请校方立即答复。

二、要求校方取消一切不合理之制度。

三、凡具名布告刊物不得撕毁。

四、取消一切不合理之费用。

五、保证学生思想自由集会自由。

六、取消学生团体登记制度。

七、改善一切设备。

八、要求校方公开承认现今之学生自治会。

当晚并决定次日下午召集全体学生大会（这些会议都在教室

前面空地的露天举行）。

十六日，郁训导长失信于学生，不仅胡代校长未来，连他自己也一天不曾到校。下午自治会的全体大会开了，到会一千余人一致拥护自治会通过的八项要求，并决定步行至胡代校长寓所请愿，轰轰烈烈的罢课也接着开始了。

校长拖延政策　学生坚持到底

像各报所登载的消息那样，校方到目前还是置之不理，不管学生的送信、通知、登报，几个负责人都视若无睹，避不见面，把学校丢在无政府状态中。学生们深知这又是校方“拖”的老政策，坚决不为他们“拖垮”。一面急电南京吴稚晖①校董等表明待命之意，一面函告校友会，访问教授，争取同情与支持；另一方面则作长期打算，努力建立有系统之学术活动，竭力使全校学生减少在罢课期间之学业损失。学生们说：“校方怕死我们团结，我们一定要团结坚持到底！”

（原载 1947 年 5 月 21 日《联合晚报》第 3 版；署名：幼文）

① 吴稚晖（1865—1953）：原名朓，后名敬恒，江苏武进（今常州）人。清末举人，1905 年加入同盟会，1915 年和蔡元培、李石曾发起组织勤工俭学会，曾任里昂中法大学校长。1924 年起担任国民党监察委员、中央研究院院士等职。1949 年去台湾，任总统府资政、国民党中央评议委员。

姐妹之情　革命之谊

——忆琏姐①

琏姐与我们永诀已整整二十年了。她那温婉中透着刚毅的音容犹宛然在目，但在为祖国社会主义现代化建设事业奋进的行列中，我们却过早地失去了这样一位忠心耿耿地为党的事业埋头苦干的优秀战士。

琏姐比我年长七八岁，我小时候，这位表姐在我童稚的心扉里留有某种传奇的、神秘的印象。母亲带着叹息的叙说使我获知，琏姊的降生伴随着丧母，她父亲把哀怨倾泻于襁褓中的“怜儿”（琏姐的小名），一而再地要置之于死地。然而她却奇迹般地活下来了。她被认为是“大难不死”的幸运儿。——但是，在“史无前例”的十年浩劫中，她却未能幸免于难。——我稍长后，在长辈

① 琏姐，即陈琏（1919—1967）：曾名陈怜儿，浙江慈溪（今余姚）人。蒋介石侍从室主任陈布雷次女。1939 年加入中国共产党。先后就读于昆明西南联合大学、重庆中央大学。1946 年在北京贝满女中任教。1947 年和袁永熙结婚，不久夫妻双双被捕入狱。后被保释出狱。1948 年初秘密离沪进入解放区。新中国成立后，任共青团中央少儿部部长，团中央委员。1962 年起在华东局宣传部任文教处处长。“文革”中被诬陷为“叛徒”，1967 年含冤自杀身亡。1979 年获平反。

们忧心忡忡的窃窃私语中，被我竖起耳朵听到了几句震动心弦的话："怜儿、泽永和协群都是共产党……"（后二人是我的大哥和另一位表姐。事实上，当时他们谁也不是共产党员。）作为爱读闲书的高小学生，"共产党"是我心目中叛逆的英雄。半是崇敬，半是迷惘；为什么父亲是国民党的大官（也许是出于对年轻时干的蠢事的负疚，他后来加倍疼爱怜儿），女儿竟是共产党?！而且她看起来又是那样文静！

抗战爆发后，我和琏姐远离了，但心却渐渐地更靠近了。在伟大的民族革命战争中，琏姐战斗在大西南国民党统治的心脏地区，而我则作为一个颠沛流离的战地流亡学生，辗转到了敌后的抗日前线参加了革命斗争。在后来相聚的年月里，我曾听她谈起过那段时间里她经历过的一些动人心魄的事件。

解放战争期间，组织上派我到上海地下党工作。1947 年秋，从报上获悉琏姐和她的爱人袁永熙①在北平被捕。尽管被查获的唯一证据，只不过是有关"民青"的材料，他们夫妇也严格保守了组织机密，但敌人还是没有轻饶了这对陈布雷的女儿和女婿。怀有身孕的琏姐被投入监狱，袁永熙更是备受酷刑。后来琏姐告诉我，在妊娠反应期，狱中的一切都令她作呕，特别对于爱洁成癖的她。当时，属于她的唯一的洁物，只有被捕时随身带着的一小方手绢，用它洗漱，枕着它睡觉，靠它阻隔一点监狱里污浊不堪的空气。由于他们夫妇的坚贞，敌人一无所获。长期地毫无理由地监禁这对夫妇，不仅对陈布雷，而且对国民党政府也是脸上无光的事。1948

---

① 袁永熙（1917—1999）：祖籍贵州休文县，官宦家庭出身。昆明西南联合大学经济系毕业。1938 年加入中国共产党。曾任中共地下党西南联大党总支书记、云南省青工委员、平津南方局负责人、北平学委书记。昆明一二·一学生运动的主要领导人。新中国成立后，任清华大学党委书记。1957 年被划为右派，1962 年摘帽。"文革"中被诬陷为叛徒，1979 年获平反。平反后，出任北京经济学院（后改名为首都经贸大学）党委书记。

年春，他俩先后被取保交陈布雷监管。出狱后，琏姐被送往慈溪老家。在那里，她失去了第一个孩子。后来，两人到了南京，尽管都有一份“差事”，但行动受到严格限制。有一次，他们获准到上海看望亲戚，散散心。照例也来到我母亲即琏姐的五姑母家。在我大哥的房间里，琏姐轻声询问：“不知有没有办法到那边去?”《山那边哟好地方》是当时流传极广的歌曲。意思十分明白，他们想试探到解放区去的可能性。我大哥没有回答。我在一旁干别的事，听得真切，按照地下工作的原则，当然也没有接茬。这也可说是某种含义的“三岔口”。我立即向组织作了报告。当时联系我的上海地下党学委委员钱李仁同志请示上级后，答复我：“上海党组织知道这两位同志，他们想到解放区去，上海的组织可以帮助送他们进去。”是的，他俩的党组织关系虽然不在上海。但是，作为北平地下党学委负责人的袁永熙同志，曾在1947年春，经钱瑛同志介绍，在上海与上海地下党市委和学委的领导人刘晓、吴学谦等同志座谈、交流学生运动的经验。对陈琏他们也知道。组织上要求我利用亲戚关系，继续设法同他们取得联系。我很高兴终于可以为琏姊（当然也是为党组织）尽一点力了，但一时却苦于无适当机会，因琏姊他们已离沪回宁。不久，机会很快来了。1948年冬，陈布雷在内心矛盾痛苦的重压下自杀了。我以吊唁的名义，赶往南京，就在人群熙攘的灵堂旁侧，与琏姐夫妇取得了联系，商定了具体行动方案。没过多久，他俩就化装离宁来沪。在地下党交通部门的精心安排下，他们终于如愿以偿地奔赴解放区。为了防备万一，组织上决定派我和他们同行。在交通员的带领下，我们从镇江进入苏北，一夜行军，就过了封锁线。几天后即到达上海地下党设在苏北接应大批撤入解放区人员的华中工委。工委决定仍由我送他们到中央。临出发时，又有李琦涛等三位同志同路。

我们一行开始了长途跋涉。六人中数琏姐身体纤弱，但她不以为苦，始终迈着坚实的步伐。我们穿越硝烟方尽的淮海战场，不断遇到成群结队的国民党俘虏兵。偶尔赶上一辆顺路的卡车，我们也跟着各色衣衫的人群一拥而上，参与“挤沙丁鱼”的行列。尽管密密实实地挤在车厢里，胳膊腿全然动弹不得，远不如步行舒服，但终究可以节省时间。就这样，我们经过设在山东兖州的华东局，直奔石家庄。当时，党中央在平山西柏坡。经联系，我们被告知无须去西柏坡了，中央正准备转往即将和平解放的北平。于是，我们就加入了向北平进发的大队人马之中。

初解放的日子充满了欢腾和激动。那年春天，我们一连参加了全国学代会、团代会和青代会的工作，琏姐还出席了妇代会。多次欢欣鼓舞地见到毛主席。多次聚精会神地聆听周总理长达六七个小时的形势政策报告，从中午讲到掌灯。我们贪婪地记啊，记啊，手都记麻了，而总理仍毫无倦色地侃侃而谈。

我们共同在北京迎来了新中国的诞生。神州大地，阳光普照，似乎再不会有什么阴霾。然而，像革命战争时期一样，建国后的道路，并不总是坦直的。

1962 年我和琏姐在北京重逢时，她正考虑离开北京调到华东去工作。她告诉我，周总理劝她：“你还是留在北京工作好，中央更了解你。”短短一句话，洋溢着多么深沉的关怀！琏姐和我的眼睛都湿润了。这绝不只是由于在重庆时邓大姐曾直接联系过陈琏，也不因为解放后总理亲自同她有过不少工作接触，更主要的是总理对这样一个具有特殊的家庭出身的共产党员无微不至的关怀，想把她置于自己的保护之下。敬爱的周总理当时显然还不可能预见到“文化大革命”将把我们的国家抛入这样一场可怕的劫难之中，但也绝不能认为他是毫无所感而发。琏姐后来在“四人帮”罪恶渊薮之地的上海含冤去世，然而，纵使不是在上海，她也未必能摆脱这一厄运。

党的十一届三中全会以后，“文革”的阴霾已经廓清，历史恢复了本来面目。但是，党和人民所付出的沉重代价，将被我们永远记取。

安息吧！琏姐。

（原载西南联合大学北京校友会、西南联合大学上海校友会合编的《陈琏的道路》，1987年光明日报出版社出版）

心惠[①]同志是我走向革命的启蒙老师

安佳来信要我为他父亲写点纪念文字。我笔头懒惯了，加上事情多，一直延宕下来。按说我是应该写一点的。

我认识心惠同志是在 1942 年秋天。那时我在龙泉树范中学读初三，心惠同志在龙泉城郊坊下（大学生们把它美称为“芳野”）的浙江大学就读（浙大和树范都是从杭州内迁的）。同在该校的还有另一位慈湖中学校友叶咸元（现名胡安群）。他们两人有时星期天进城来，总要去看看在县卫生院工作的他们早年的同窗、我姐翁汶英。我在姐姐那里遇到他们，后来他们也到相邻的中学来看我。当时虽不像现在这样有校友会，但同乡同校的情谊还是很深的。心惠同志知道我喜欢读书，就经常给我带些浙大图书馆能借到的和他们同学中间互相传借的书来，主要是俄国革命文学著作，如高尔基的三部曲、《铁流》、《夏伯阳》等，还有鲁迅的杂文集和一些哲学、社会科学书籍。这在其时其地都是非常难得的。

我是 1941 年家乡慈溪沦陷后，为了不愿在敌占区生活，和我

---

① 心惠：翁心惠（1922—1982），原宁波市慈湖中学教师，中共地下党员，兼任训导主任，曾任宁波市副市长。

姐姐两人徒步穿越积雪皑皑的四明山（当时新四军还没在这儿建立根据地），奔向国民党统治区的。然而大半年时间，在浙南闽北投亲靠友，辗转流亡，耳闻目睹的是日寇进逼，山河破碎，及国民党反动统治下的种种黑暗腐败现象。虽然后来在龙泉上了学，但我却看不到国家的前途、民族的希望在哪里，不知抗战的前景会怎样，思想上十分苦闷。心惠同志给我借来这些书，我如饥似渴地阅读着，以至到学期末同学们都在为应付考试点着一盏盏桐油灯“开夜车”，我则在同样的油灯下，沉浸在读革命书籍的无比喜悦之中。读这些书使我思想豁然开朗。虽然当时在反动当局的严密封锁下，我对中国共产党领导的解放区的情况几乎还一无所知，但我懂得了社会发展的必然趋势和应该选择的道路。这段时间的读书，对我的思想发展有着重要影响。

心惠同志不仅为我借书，还鼓励我写作。在我们学校看到我办的壁报和写的文章，他说我似在不自觉地仿效鲁迅杂文的风格。他建议我随时写下自己日常的感受，并让我写点小作品由他代向报刊投稿，有时还帮我修改。至今还记得一个小例子：我写过一篇《光亮》的短文，其中讲到乌云严密封锁着夜空，连一丝绚烂的星光也不许透出。心惠同志看后向我指出，既是“一丝星光”，用“绚烂”就不合适。我很信服他的细致和严谨。后来有几篇短文在外省报纸副刊上发表了，可惜的是我以后没有像心惠同志那样笔耕不辍。

记得还有一次，可能是浙大举行校庆纪念还是什么活动，准备了好多文艺节目，搞得挺热闹。这在当时的山城龙泉是难得的盛会。心惠和咸元同志邀请我们姐妹去参加。正好我们一位表亲赵璇也在浙大上学，她也请我们去，说晚上可以住在她们女生宿舍，不必赶回城里。我们就高兴地去了，过了一个丰富多彩的夜晚。第二天心惠同志带我到他们的教室去。当时他们班上一些爱好文学的同学组织了一个“春雷”社，大家有作品都由自己手抄，合在一起，装订成册，共同传看。这个册子也以《春雷》命名，一期接一期，办得生气勃勃，经过心惠同志介绍，我早已是它的“小读者”。那天在教室就认识了几位“春雷”成员。记得有个叫潘德钧的，每期《春雷》都有他的作品，有时还写小说，我印象较深，但那天没碰到。当天心惠同志还在课桌旁给我讲解了一些哲学术语和概念。

1943年夏我离开龙泉到温州上高中，翌年到了浙东解放区。在我们一伙同乡青年人中，第一个闯到新开辟的浙东抗日游击根据地参加革命的是叶咸元。有了这条路，其他人就陆续走上去了。在我之前的是建阳暨南大学的叶谦元、董楚光，这两位好友曾不同程度地影响和鼓励我投身革命。抗战胜利后我遵照党组织决定离开解放区时同他们依依分别，令人难以忘怀的是，在解放战争中他们献出了年轻的生命。

后来我没有再见到过心惠同志。回忆在龙泉的大半年时间里，心惠同志确曾像师长般帮助过我，可以说，他是我走上革命道路的一位启蒙老师。从他以后的整个经历，我进一步了解到他毕生都是那样地勤奋努力，诲人不倦。永远怀念心惠同志！

（1997年8月18日于北京，原载《翁心惠先生诞辰七十五周年纪念文集》）

深切缅怀永熙同志

我和永熙同志接触时间不长，但他忠诚于党的事业，处逆境时矢志不渝和他的睿智沉稳，都是令我很尊敬的。

永熙同志是我的表姐夫。我是在他和我表姐陈琏于 1947 年 9 月在北平被国民党特务逮捕后的第二年才首次见到他的。因他的身份关系，他们在北京蹲了一段监狱后被押送到南京，后来先后交陈布雷“严加看管”。第二年晚些时候，他们已可到上海陈布雷的家里走走和串串亲戚。有一次他们夫妇到我家看望我母亲（陈琏的五姑母），趁着到我大哥翁泽永房间坐一会儿的机会，琏姐说：“不知道有没有办法到那边去?”当时屋里只有我大哥和我在场。他们虽不知我是地下党员，但我大哥曾任郭沫若秘书，而我是抗战胜利后从浙东解放区出来的，亲友中都知道，因而他们抱有兴许能通过我们哪一个向组织透露信息的希望。我从陈琏的话中了解到他们想去解放区，立即向当时党内联系我的（国统区）全国学联党组书记钱李仁报告。组织上很快给我回话说：上海党组织知道这两个人（他们从西南转往北平途经上海时，永熙同志曾同上海地下党学委书记吴学谦等同志座谈，介绍昆明“一二·一”运动情况，交流学运经验），并说：他们想去解放区，上海党组织可以帮助。

要我利用亲戚关系，设法同他们取得联系。我正苦于没有适当的合法机会去南京找他们，11 月 13 日陈布雷自杀身亡，我母亲即日前去奔丧，我也就以吊唁和照顾母亲为由去了南京。

在繁乱纷杂的治丧期间，我找机会同永熙同志联系（他比陈琏不引人注目）。他知道上海党组织答应送他们去解放区，非常高兴，迅速同我商定了下一步联系的具体办法，约定待上海组织安排好后，他们夫妇立即秘密赴沪转往解放区。个把月后，在上海地下党学委总交通乔石的安排下，陈琏和小袁（大家都这么称呼他）来到上海交通员顾金德家中，取到了事先准备好的身份证件。组织上决定让我陪同他们去解放区。当时我和乔石在相识数年后刚确定恋爱关系，组织上知道后曾征询我们的意见，要不要改派别人。我们商量觉得由我承担此任务最为合适和稳妥，还是遵从组织原决定不变（此后我们两人南北相隔数年，至 1952 年才调到一地工作）。我和陈琏夫妇在顾家碰头后，立即换了装，由交通员带着我们三人，杂在“跑单帮”的人群中，连夜乘坐拥挤不堪的三等火车去镇江。到镇江后过了长江，即按事先安排好的交通路线快速穿越边缘地区。陈琏不惯走长路，小袁和我一路帮她。晚上就住在农民家里，受到农妇的热情招待。不几天终于顺利抵达苏北解放区的目的地。当时正是大量转移输送上海等地需要撤出或转移的党员、积极分子和民主人士去解放区的高峰时期。上海地下党和华东局专门在苏北设立了一个华中工委负责这方面的事。我们到华中工委报到后，按照中央意见，要我们继续北上。除陈、袁和我三人外，后来又增加了上海地下党学委委员李琦涛、蔡英屏二同志，不久又加了一个工委的范小凤同行。范在上海国民党总工会里隐蔽得挺好，因偶然事件紧急撤退，传闻伪工会的头头们听说此事后大惊说：“连范小凤也是共产党员啊？!”

当时正是淮海战场硝烟未尽的岁月，我们在边沿和间隙地区穿插行进。沿途还能遇上基层群众举行祝捷大会和听到祝捷的阵阵凯歌："捷报、捷报！消灭了黄伯韬……"大家充满了胜利的喜悦。我们多数情况是靠两条腿走路，有时遇上顺路的卡车就赶紧往上爬，尽管挤得水泄不通，气也透不过来，但终究比走路快捷和省劲。有一次还搭上了小火车。当时一路不断遇到成群结队的国民党兵，他们是被俘后除自愿参加解放军者外，其余均被发给路费遣送回乡去的。在卡车和火车上都有许多这种兵。我们除了在华东局城工部由部长谈了一次话以外，又在山东莒县农村华东局组织部招待所稍事逗留，核对中央发来电报的名单和内容，然后就向石家庄进发。

这段时间我跟陈琏、永熙同志一路同行，朝夕相处。他们刚摆脱了国民党的魔掌，踏上解放区投奔组织，迎接着解放战争的胜利，心情非常愉悦。我们一路上说说笑笑，还学了包括《东方红》在内的几首歌。他们不多谈自己的事，但我还是获悉了一些情况。在黑暗的国民党监狱中，对爱洁如癖的陈琏来说，比恶劣的生活条件更难以忍受的是污脏不堪的环境，她说那时只有一小方入狱时未被搜走的小手绢是她唯一的洁物，白天靠它洗擦，夜晚枕它而眠。对小袁就更不"客气"了，多次被施酷刑，他体弱屡屡晕刑，昏死过好几次。我也更多知悉了昆明"一二·一"和北平"五·二〇"学运的情况，对永熙同志在那些运动中表现出的政治智慧和所作的卓越贡献，感到由衷地钦佩。

到了刚解放的石家庄后，我们被告知不必再去党中央所在的平山西柏坡，因北平即将和平解放，中央将前往北平。不久我们就并入向北平进发的中央机关的队伍中了。

进北平后我们立即投入了中央青委主持的准备召开第十四届全国学生代表大会、第一次全国青年代表大会和新民主主义青年团第一次全国代表大会的紧张工作中去。三个大会开过后我们三人都留在团中央工作。

这中间，党组织对陈琏和袁永熙二同志被捕问题进行了审查。他们被捕后，都没有暴露党员身份，没有泄露组织秘密，党的组织、同志和工作未因他们被捕受到任何损害，这都是确切的事实。陈琏很快通过了审查，她被保释没办什么手续。袁永熙则有一个关节，他当时曾同我谈起，在狱中曾和其他难友不止一次地挫败了敌人逼供、诱供和迫使他们悔过的阴谋。后来有一次，狱方给他们每人发了一张表，内称“余受共党煽惑，参与颠覆政府、反对民国……”（他当时同我谈后，这几句话我的印象特别深）。据他说，当时敌人一方面制造强大压力要大家签字，另一方面也玩弄手腕，形成许多难友中有一种准备签字的气氛。为了对付敌人的阴谋，他和有的难友琢磨出一个办法，即在印好的表格的内容上，在某些句前添上“并未”二字，这就成了“余并未受共党煽惑，并未参加颠覆政府、反对民国……”然后签字。有的难友赞成这个办法，就这样办了。他们当时觉得这是对付了敌人的计谋。更多的具体情况他没和我细说，我也不了解。我只听说在审查中，组织上认为他这是一种变节行为，最后作出了开除党籍、重新入党的组织处理。这段时间他思想上很沉痛。跟他相熟的同志都劝他要正确对待组织和自己，振作精神，接受教训，更加努力地为党工作。据他说，过去曾长期直接领导他、也是他非常敬仰的钱瑛大姐，也同他进行了语重心长的谈话。后来，永熙同志很快投入正常工作。在团中央主持学生部的工作干得挺不错。记得 1950 年春苏联共青团中央第一书记米哈伊洛夫访华时，永熙同志和北京团市委学生部部长汪家镠同志曾向米哈伊洛夫介绍了中国学生工作的情况，米哈伊洛夫听后十分赞赏他们的介绍。当时汪家镠同志只有 19 岁，尤使米感到惊讶。

以后我调离团中央。“反右”时只从报上看到永熙同志在清华大学被打成“右派分子”的报道。后来听说他被下放到南宫县教书。尽管他尽力搞好教学工作，但在“四人帮”横行的“文革”期间，他仍备受折磨，险些丧生。直到党的十一届三中全会后，他被错划右派案得到改正，被捕问题也得到正确处理，并被分配到北京经济学院任院长，得以在有生之年继续为党的事业发挥余热。

在他后半生的坎坷经历中，他忠贞不渝，坚守信念，顽强地挺了过来。我在北京再见到他时，他一如既往地保持着坦然、沉稳、乐观的性格，察觉不到饱经创伤的印迹。晚年他不幸罹患中风半身不遂，我多次去探望，见到他拄着双拐在楼道里艰难而顽强地锻炼行走，期望能战胜疾病，夺回健康。可惜他的身体受到的摧残太多，终于未能康复。

（原载西南联合大学北京校友会编《第二条战线的功臣——袁永熙》，中国工人出版社 2001 年版）

深切怀念黄源[①]老师

黄源老师在今年1月2日走完了他一生不平凡的光辉历程，与世长辞。惊闻这一噩耗令我十分悲痛也完全意想不到。去年10月我到浙江医院探望他老人家时，他精神非常健好，同我亲切交谈亲自赠给我他的回忆录、鲁迅先生给他的书信手迹和他的影集三本珍贵的书，还特地移坐桌前亲笔题签。当时黄老夫人巴一熔同志写了“郁文同志惠存”的字条供他参看，但他写时特意加上了乔石的名字，而且还在回忆录上过谦地写上“指正”，另两本则写“惠存”。这既体现他的一片盛情，也反映了他思维非常清晰。署名时他习惯地写了“黄源时年九十有七”。我们大家都高兴地说，黄老肯定能活过百岁，他自己也笑着说：“一百岁没问题吧！”我说以后凡到杭州一定来拜望他，他百岁诞辰要来拜寿。临别他还送我到大厅门口。谁料这一晤竟成永诀！特别令我感到莫大遗憾的是：一月份因我和乔石不在北京，没有及时看到讣告，竟未能在他老人家告别仪

---

① 黄源（1905—1999）：名启元，字河清。浙江海盐人，曾留学日本，著名作家、翻译家，长期追随鲁迅。1938年参加新四军，1939年加入中国共产党。新中国成立后，历任华东军政委员会文化部副部长、华东局宣传部文艺处处长、浙江省文化局局长、浙江省文联主席、中国作家协会浙江分会主席等职。

式上敬献上我们的花圈寄托哀思。后来在我奉书致哀后，巴老函告了黄老11月病情转危及逝世后组织上和各方人士隆重哀悼的情景，并告我黄老骨灰安放在海盐南北湖黄源藏书楼园内，墓碑上书“鲁迅学生清廉学子黄源”。我闻知十分感动。这碑文太好了！概括了黄老一生最主要最可贵的本质。他不愧为鲁迅的学生，毕生执著地坚持鲁迅的方向、鲁迅的道路、鲁迅的精神、鲁迅的骨气。“清廉学子”非常贴切地反映了他清正、高尚、刚直、廉洁的品德和终身保持着的“学子”本色。

黄老对于我，不仅是一般的老领导、老师长，而且在我走上革命道路早期曾给予我很大影响，还是我的入党介绍人。

我认识黄老是在浙东解放区。当时以何克希和谭启龙同志为司令和政委的新四军浙东纵队在四明山区建立了较稳固的根据地，谭启龙同志同时是浙东区党委书记。黄源老师任浙东行政公署文教处处长，还有其他兼职。1944年他创办了浙东鲁迅学院并任院长，副院长是楼适夷，教育长兼党支部书记是林尧（当时名陈成刚）。我是第一期的学员。那一期主要是培训当地的小学教员，也有些地方知识青年，后来几期实际上是干部训练班性质，解决当时各方面对干部的急迫需要。我其实只学了半期，以后就留院当干部，边干边学，从组长、队长到副指导员。浙东鲁院共办了三期半。之所以有半期，是因为第二期和第三期中间临时有一批学员，有从上海和邻近城市来的，也有当地青年，记得还有田胡子部队被我们消灭后的某些文职人员也送到鲁院来临时学习，有两个女的开始时思想还很紧张。学了一段，有的分到工作岗位了，有的转入第三期。第三期规模要算是最大的，有区干队、民运队和财经队，分别培养这三方面的干部，还有一个新生队，因当时前来投奔解放区的青年络绎不绝，就先在新生队适应和了解一段。民运队和新生队在下管镇鲁院本部，另二队分别在附近处。我是民运队副指导员。

黄源老师办鲁院的方针很明确，主要让学员学习毛主席的《论持久战》、《新民主主义论》等著作，第三期还学《论联合政府》。通过学习、讨论和听报告，帮助学员认清国际国内形势、抗日战争的前途和共产党的方针政策，进而解决跟共产党走革命道路，树立革命人生观、世界观的问题。

我自己正是沿着这条路走过来的。我本是慈溪中学的学生，家乡沦陷后，我和姐姐抱着不愿做亡国奴的思想，徒步穿越四明山，到国民党区域去寻求光明。然而现实粉碎了我们的幻想，在日寇进逼下，又被迫“逃难”。后来我总算在龙泉、温州上了学。这期间，目睹国民党反动统治黑暗腐败，正面战场节节败退，思想上极为苦闷。虽然读了一些社会科学著作和苏联十月革命时期的文艺作品等，向往进步，却和实际联系不起来。在国民党的严密封锁下，我对共产党的政策主张和党领导下的敌后抗日根据地的情况一无所知，不知国家的前途、民族的希望在哪里。后来幸而有慈中校友因偶然的机会回家乡，遇到并参加了“三五支队”（当地群众都这样称呼我们这支部队），我由此才知道老家有了共产党、新四军。正值温州再遭日寇侵占，我就又从温州步行回家乡，经友人介绍，上四明山进了鲁迅学院。我如饥似渴地阅读毛主席著作，真犹如久旱逢甘霖，多年来苦苦思索不得其解的种种问题，读了毛主席的论述，加上听报告和讨论，全都迎刃而解，思想上有豁然开朗之感。我十分庆幸得到进鲁院学习这样的机会。

黄源老师经常关心着鲁院的青年同志，常从百忙中抽时间来看望大家。他做报告和与人谈话，多半是讲一些实际的事和他的亲身感受。谈到他是鲁迅的学生，他说：我这个学生向鲁迅先生学些什么呢？主要是学鲁迅的做人，鲁迅的战斗精神。学习他坚定不移地坚持正确的方向，爱憎分明，嫉恶如仇，“横眉冷对千夫指，俯首甘为孺子牛”的骨气。学习他对待工作严谨认真、一丝不苟的态度。我们作为鲁迅学院的学员，要无愧于“鲁迅”这个光辉的名字，在这伟大的民族革命战争时代，为民族解放和人民幸福做出自己的贡献。

我由于家庭关系比较特殊（陈布雷是我的舅父，我父亲抗战时期又在陈身边工作），黄源老师对我更为关注，数次与我谈话，鼓励我背叛反动家庭、投身革命队伍做得对。我的老家在慈溪乡下，家里还有母亲、祖母等。黄源老师问我母亲的态度，我说，我母亲是家庭妇女，知道我要上山，就对我说：“你要到共产党那里去，你不想想你舅舅、爸爸是做什么的?”我说，现在是国共合作抗日，主要是把日本鬼子打出去。对于打日本，她听得进去，也就没再说什么。黄源老师教育我对家庭首先要划清界限，同时也应尽可能教育争取，他甚至还问及我家中生活有没有困难，说共产党对国民党人的家属有困难也会关心的。我答曰还可以过得去。在当时条件下，黄源老师竟还想到做这样的统战工作，真是体现了共产党人的胸襟（后来我知道，黄老投身革命后，家中老母、孩子的生活几濒绝境，他自己却完全顾不上）。

黄源老师非常注意让青年人到实践中、到群众中去经受锻炼。在鲁院就有三次把全体学员、干部派去参加群众性的活动。一次是山区农民搞庙会，把菩萨抬出来祈求好年景，我们鲁院同志搞了些节目参加进去，在群众中活动，使传统的庙会实际上成为开展党的宣传教育工作、移风易俗的群众文化活动，从中我们也深深感受到山区群众对文艺活动和文化生活的殷切需求。另一次是农田发生严重虫灾，农民又想靠求神告佛来消弭灾害，鲁院同志全部下乡参加发动群众治虫、灭虫的活动。还有一次是在此之前，为庆祝苏联红军攻克柏林这个二次大战中的重大胜利，搞了一次大规模的民间文艺形式的化装大游行。这些活动，虽不可能很深入，但也使我们在同群众的实际接触中，学到了不少在鲁院学不到的知识，获得了一些新体验。黄源老师说，这种做法是他根据自己的亲身体会和经验运用到办院实际中去的。

在工作中教育培养和放手使用青年干部，是黄源老师办鲁院的另一突出举措。这固然有形势和工作的客观需要，但也与黄源老师的远见及对青年同志的理解和信任分不开。就像我这样一个十八岁的高中生，一参加革命工作就被大胆使用。到后来，特别是鲁院第三期时，较老的同志去搞区干队，财经队以有关部门自己管为主，而民运队和新生队的干部就都是参加革命不久的年轻人，有来自暨南大学的学生，有从上海浦东来的女青年等，多是第一期的学员，有的入伍比我早些。记得当时学习新发表的《论联合政府》，都是头天晚上校领导（主要是林尧同志）带着我们队干部先学，领会精神，解决疑难，第二天我们再和同学员一起学，我们戏称：真是“现炒现卖”。学员结业作思想小结，我们和大家一起，学习着用历史的、唯物的观点，来分析每位同志的经历和思想发展轨迹。由于人手少，我们队干部是从学习、政治思想工作、党的发展工作直到生活全管。虽然压力不小，但大家干劲很大，日以继夜地奋力工作，心情非常舒畅。及至抗日战争胜利，我们鲁院全体同志编为随军工作团，兴高采烈地分头跟着部队去扩大解放区，做发动群众、宣传教育和后勤工作。记得当时第一个解放的县城是上虞，青石板的街道那时看来也显得很宽阔。但不久就接到中央通知，决定浙东部队撤往苏北。在大家忙着做北撤的准备时，我突然被告知，区党委组织部决定改派我到国民党统治区去搞党的地下工作，我再三请求重新考虑，但组织上告诉我区党委是从革命需要的全局出发才这样决定的，我最终服从了党的决定。

黄源老师和林尧同志介绍我入党时，主要是林尧同志同我谈话，而黄源老师同我的一次简要谈话，很普通，又很有分量。他谈道：入了党就要为共产主义奋斗终生，就要准备在革命事业需要时牺牲自己的利益，直至一切。他强调的“终生”和“一切”令我深深铭记。后来，正是遵循这一教诲，我克制个人感情，服从组织决定，依依不舍地离开了解放区和那里的领导与战友，包括我心照不宣的恋人（他后来在解放战争中牺牲了年轻的生命）。

此后，我与黄老联系较少。刚解放时，我正好有机会从北京到上海，曾去上海军管会文化处看望黄源老师。当时大家都忙碌欢欣，也没顾得多叙旧。建国之后，百废待兴，大家都忘我地投身于工作和事业中，我又有较长时间在东北和西北工作，很久都同黄老没什么来往。反右时，我的家人、亲友以及熟悉的领导和同志，有不少人被划为右派分子。我的表姐夫——清华大学党委书记袁永熙（陈布雷的女儿陈琏的丈夫，解放前他们夫妇被国民党逮捕，出狱后组织上正是派我去同他们联系，把他们送进解放区的），那时《人民日报》把他被打成右派的情况登了整整一版，我反复看了也弄不清是怎么回事（他后来被送到河北农村，“文革”中差点被打死）。浙江省省长沙文汉和陈修良夫妇，报纸上也是头版头条通栏标题登得大大的，说他们是极右分子，同样令人读了无法理解。我没在报上看到黄源老师也被打成右派的消息，是很晚时才听人说起的，心里很震惊和惦记，但多年无联系，也不知他在哪里。现在回想，如果当时设法找找和他通信的办法还是可能的，若给他写写信，对他多少是个慰藉，我没能这样做，深感愧疚。后来，黄老获得平反后到北京开会，我得到消息去住地拜访他，他还是那样乐观开朗，以身心健康相告慰，说七十多岁了，还能坚持“三班到”（即上、下午和晚上三场办公），对他多年蒙冤受屈的事只字未提（直至这次从他的回忆录中我才知道详情）。近几年，我从一线工作退下来后到杭州较多，有机会多次去探望黄老，他还戏谑地说：要不是早年被错打成“右派”，成了“死老虎”，恐怕就难逃“文革”一劫，活不到今天了。事实上，黄老损失了 23 年的宝贵光阴，他最深深心痛的正是未能在他这段盛年时期为党和人民做出本来可以做的更多贡献，用他自己的话说，“为了一个不肯奉承的个性，真是付出了‘非常代价’”，但他“心胸开阔，经得起打击”，故而得以健康长寿。

读黄老的回忆录，感人至深也深受教益。黄老出于给青年人留下一点资料和经验教训的强烈责任感，以耄耋之年，病弱之躯，在儿辈支持下，耗竭了从80多岁至90多岁十几年的精力和心血，完成了这20多万字的工作。他自己说，只求真实地记下，不过多追求文字、结构。惟其如此，他娓娓道来，如叙家常，显得那么质朴、自然。当然也出于黄老的本性，他的回忆录写得特别真诚。对自己的功过利钝，他实事求是，也勇于剖析。对历史的是非曲直，他按自己所知，秉笔直书，不回避，不文饰，是即是，非即非，毫不含糊。他撇开个人和家庭所遭受的巨大创伤，对于错整过他的同志，宽厚地说：认识了改了就好，共产党毕竟是共产党，我都原谅了，团结一致努力，国家才能强盛。这是何等宽阔的胸怀！

黄老的一生，从追随鲁迅先生反文化“围剿”，到投身新四军，参加共产党，皖南突围，九死一生。五十年代力排众议，坚持正确的文艺方向，直至遭受错误批斗时，仍严正宣告：对党对共产主义的信念坚定不移！蒙冤下放农村劳动时，白天下田，晚上读书，还视为补上了深入基层、了解农民这课基本功；甚至不顾身处逆境，跑去找地委书记反映浮夸风……这些闪光的片段，一脉相承，贯穿其间的正是一身硬骨头和一颗爱国爱民的赤子之心！

我深切怀念黄源老师，黄老永远是我们晚辈学习的榜样。

（原载于《新文学史料》2004年第1期，人民文学出版社）

记青少年时期的一些往事

我在慈城出生，虽然生活了八九年，但小时候记事不多，真正给我留下深刻印象的是慈湖中学的近两年时间。

我因上学早，故1937年抗战爆发时（不到11岁）已小学毕业了。家里觉得战争时期女孩子就别上学了，让我姐和我辍学在家。家已搬回慈溪乡下老家。我们就在家乡搞搞抗战救亡宣传活动。过了两年，当时慈湖中学因县城校舍被日寇飞机炸毁，全校搬到罗江镇芦山寺办学，离我家只有20里地。于是我和姐姐都到慈中上学了。

失学两年，重回学校，倍感珍惜。又正是求知欲旺盛的年龄，因而对向我们传授知识的老师留下难忘记忆。

教语文的陈舜谋老师，除课文外，给我们讲授了许多唐诗宋词。我现在会背的诗词，基本上都是那时学会的，真可谓终生受益。有年暑假，陈老师老母病故，他自己创作了一首悼念的七绝，我至今背得出。

教数学的钱万斯老师，他讲课的特点是让学生对概念搞得非常清楚。他不要求学生背书中的公式，而务求学生懂得为什么是这样的公式。他的透彻讲解启发了我对数学的浓厚兴趣。他教的班每周测验一次。我每次都得 100 分。结果在我学期总成绩数学一项，钱老师毫不犹豫地填上了罕见的满分“100”。

德高望重的陈谦夫校长十分令人尊敬。他年事已高，仍经常在学校里巡视。同学们尊称他为“谦夫先生”。当时学校有一项奖学金，奖给每学期各个班级学业成绩第一、德智体皆优的学生。提供奖金的是一位不愿公开姓名、自称“六六老人”的长者，因而称“六六老人奖学金”。我在学业和操行不成问题的情况下，每每都为争取体育成绩达到够格的 70 分而费一番努力。那时谦夫先生把各班得奖同学找到他房间，谆谆教导我们要力戒骄傲，更加努力，还让我们给“六六老人”写信。后来在学校被迫停办后，我和姐姐及同学还曾到谦夫先生家里去看望过他。他请我们到他的称为“望云小舍”的书斋喝醇香的好茶。

然而好景不长。1941 年 4 月，日寇进犯浙东，慈溪宁波相继沦陷，慈中被迫关闭，我们又失学了。为了不愿在日寇铁蹄下生活，我姐和 15 岁多的我，得到思想开明的母亲的支持，在 1942 年春节过后，决定穿越积雪未融的四明山区，前往当时称为“内地”的国民党统治区去。

上路头一天还有一位远房表舅同行，他是去山区找他任职的县政府机关，半天后就分路了。我们请一位老乡帮助挑行李，穿行在四明山中。晚上投宿农家，用带着的米煮饭吃，并用来支付“宿费”。当时山里农家没有油灯，用一条长长的竹篾片点上火插在茅屋墙上照明。就这样我们徒步走了三天，终于到达嵊县。我们找到在当时迁往该地的宁波中学任教的表姐夫胡绳系，向他借了点路费，继续去永康投奔大舅父陈屺怀。陈屺怀是我母亲的堂兄，是从杭州避难到永康安家的。由于有了盘缠，就可不必全靠两条腿走路了。有时在公路上遇到过路的运货卡车，只要跟司机商量好，付点钱就能上车。虽然车上往往挤得水泄不通，很不好受，但毕竟比走路省力，也快得多。这样经过若干天到了永康。

我因想上学，慕名到“战地流亡学生登记处”登记，指望按他们所许诺的那样分发入学，结果杳无音讯（后来更听说了他们所收容的流亡学生在日寇进犯时的悲惨遭遇，幸未置身其中）。无奈我在42年春末自费进了丽水碧湖的“联初”（杭州内迁的初中联合举办）。没想到一上学就因屡遭敌机空袭，常常整天在野外“跑警报”（躲空袭），根本无法上课。没过多久，因日寇进逼，又“逃难”了。我和姐姐转辗在浙南闽北，要不是有亲戚相助，不知会流落何处。以后我先后在龙泉、温州上学，我姐后来去了上海。

我在国民党统治区的亲身经历和所见所闻，使我十分苦闷，不知国家的前途、民族的希望在哪里？抗战多年，正面战场节节败退，尤其是1943年的湘桂大溃乱，使人触目惊心。虽然因阅读进步书藉，包括《大众哲学》、通俗政治经济学讲话等社科书和苏联的文艺作品，使我早有朴素的革命向往，但由于国民党的封锁，当时我对共产党领导的敌后抗战毫无所知。直到1943年，在龙泉浙江大学上学的慈中校友叶咸元因闹学潮愤然回乡，才知家乡已有新四军浙东游击纵队（当地老百姓称“三五支队”）在进行抗日活动。他兴奋地参加了这支向往已久的革命队伍后，立即把信息传给他熟识的从家乡出去的志趣相符的校友和同学，带动他们陆续回家乡参加了革命。

我也得到了相关信息。1944年秋，在温州中学上学的我，又逢日寇进犯温州，学校迁往泰顺，我就决定离校回乡投奔新四军。正好有一个亲戚，要从温州回宁波做生意，我就跟着他坐的轿子走回去了。轿夫走得快我跟不上，于是每次我都顺着大路先走，等轿夫超过我后到前面休息时，我赶上去再先走，这样就可以跟得上了。走了五六天，从温州走到了宁波。再坐小轮船回到了家。

回家后母亲知道我要“上山”参加共产党的队伍，就说：“你要想想你舅舅、爸爸是干什么的?”她意指我舅陈布雷是国民党的高官，我父也在他身边任职。我回答：“现在国共合作抗日，首先要把日本鬼子赶出中国去!”也就把她说服了。两三天后我就上山了。

那天我背着行李卷，穿过必经的日本鬼子的据点丈亭镇去四明山。在丈亭镇街上，迎面走来穿大皮靴的日本兵，我因是本地人心里踏实，若无其事地同日本兵擦肩而过。

进入四明山，在山口遇到第一个哨兵时，我首次叫出了亲切的称呼“同志”，心中油然升起一股暖流。

我直奔经先期回乡参加革命的董楚光和叶谦元（叶咸元之兄）两同志指引介绍的浙东解放区鲁迅学院所在地。有意思的是，鲁迅学院所借用的杜徐岙祠堂，恰好是1942年初我和姐姐去内地进四明山时第一站休息的地方。当时我们姐俩就坐在这个祠堂的门槛上吃茶叶蛋。经历一番曲折，我终于投入了抗战的革命队伍。当晚，就在鲁迅学院（第一期）一大队的晚会上，我讲述了自己投身抗战革命队伍所走过的曲折道路。那天是1944年11月2日。我18岁。

当时的浙东解放区鲁迅学院，基本上是为适应革命形势发展的需要，为各条战线培养干部的学校。第一期主要以轮训当地（包括根据地和边缘区）的小学教员为主，也吸收一些地方知识青年。学习内容主要是革命世界观和革命的基本理论。

我进鲁迅学院后，如饥似渴地学习了毛主席的《新民主主义论》、《论持久战》和《中国革命与中国共产党》等著作，真有如久旱逢甘霖！我多年来苦苦思索的种种问题：“中国的出路何在?”“能否把日本鬼子赶出去?”“青年人有什么前途?”等等，全都迎刃而解！思想上真有一种豁然开朗的感觉。多年来苦于不知如何行动，也得到了解决。

从此我的人生之旅翻开了崭新的一页！

令人永难忘怀的是：引导我参加革命的董楚光（即我表兄董善宝）、叶谦元二同志，都在解放战争中献出了年轻的生命。

（原载《古镇慈城》总期第49期2011年9月）

《胡绳系[1]先生百年诞辰纪念文集》序言

二〇一二年春将迎来胡绳系先生百年诞辰。为了对这位尊敬的前辈表示最深切的怀念和崇仰之忱，胡绳系先生的几位子女决定出版一本纪念文集。文集将收集胡绳系先生生前各个时期的著作、文稿、书信和照片，还将收集人们近年来发表在各种报刊上纪念胡绳系先生的文章。

胡绳系先生的夫人陆香玲女士是我的表姐。我素来景仰这对伉俪的高尚人品。胡绳系先生的经历曾较坎坷，但大家对他一贯治学严谨，爱校如家，为人正直，乐于奉献，工作极端认真负责，一丝不苟的教学态度以及始终勤奋、刻苦的钻研精神深表钦佩。胡绳系先生一生中对慈湖中学的贡献尤其突出。他出任慈湖中学校长一职时正当 1942 年抗日战争的艰苦岁月。当时慈中在原慈溪县城北门外慈湖畔的新旧校舍，早在抗战初期被日寇在空袭中炸毁，随后宁波、慈溪都被敌寇攻陷。在这样困难的条件下，他仍然当仁不让、义无反顾地接受了老校长陈谦夫先生的嘱托，接任了慈湖中学第二

---

① 胡绳系（1913—2000）：字赤南，号靖夷，浙江慈溪（今余姚）人，书法家。1937 年毕业于国立浙江大学文理学院，长期从事教育事业。1942 年起接任慈湖中学校长。解放后蒙受冤屈，1989 年获得平反，复出任宁波师范学院讲师。

任校长。他在到敌后开辟抗日根据地的新四军浙东纵队的大力支持下，分别在东区长石桥、北区观海卫、南区黄山和西区三七市的敌后，富于创意地实行分散办学。胡绳系先生不顾当时环境的恶劣，日伪军的不断滋扰以及办学经费十分支绌等种种困难，经常冒险奔走在各区之间指导校务，使广大莘莘学子得以在战乱岁月勤学不辍。1945 年 8 月抗战胜利后，他随即将分散在各区的分部迁并到慈城，暂借寺庙祠宇房舍，进行复校。接着，他又不辞辛劳，亲自前赴上海、宁波等地，向乡里耆宿亲朋故旧，筹募建校经费。当时有人建议将慈中搬至慈城内，借旧有房舍复校，但他始终坚持在慈湖湖畔原校址的废墟上重建校舍。今日慈湖中学已经拥有一大批辉煌的教学大楼，配套设施一应俱全，其中无不凝结着胡绳系先生的艰辛与苦劳。他对于慈中的贡献直可与阙峰与慈湖的山水交相辉映。

胡绳系先生又是一位道德修养极受人们景仰的长者。他在上世纪五十年代虽曾在一定时期内被蒙受冤屈，但他始终认为，自己从没做过亏心事，坚信党和政府终究会实事求是地对他做出公正的结论。最后经过组织认真复查予以彻底平反昭雪，落实了政策，恢复了公职，这样才使他在晚年得能重上宁波师范学院的讲坛。他主讲的心理学、教育学和有关书法的课程，深受全体师生的热爱。他还为师生们书写了“吾心自有光明月，千古团圆永无缺”、“得失塞翁马，襟怀孺子牛”等书法作品，以自勉勉人，他的崇高形象永远活在人们的心中。

今天，胡绳系先生的子女们为他的百年诞辰出版纪念文集，我忝为表亲，特写序言如上，以表我对这位可敬的老人怀念之忱！

2011 年 10 月于北京

（原载《胡绳系先生百年诞辰纪念文集》，2011 年 10 月出版）

下编　怀念郁文

郁文永远活在我们心中

朱 良

郁文同志离开我们走了，我们无限悲痛。就在2012年12月27日，她还同一些同志聚会并讨论如何为乔石同志多留下一些宝贵的历史资料。我接到郁文病危通知赶到医院，只看到她最后一眼。

哪里有学生运动就到哪里采访

我最早认识郁文是在1946年，当时我在上海圣约翰大学，以后又在全市性的学生团体搞公开出头露面的学生活动。郁文在抗战胜利后从浙东新四军转到上海，在之江大学搞学生运动，并担任了进步的《联合晚报》（1946年4月15日至1947年5月23日）的记者，还担任《青年知识》半月刊的编辑。她经常到一些重点学校采访，并到重要的学生集会、游行示威的第一线采访，迅速、准确、大量地报道了上海学生运动，也报道了全国各地重要学生运动的信息。

抗战胜利后，远在重庆的国民党中央政府在上海竭力庇护、收买汉奸，同时准备对共产党领导的解放区发动全面内战。上海学生开展了反对汉奸校长的斗争。1945 年 12 月四千多学生集会、游行，“欢迎”美国总统特使马歇尔，要求“公正调停内战”。1946 年 1 月，一万余学生和教师、工人等公祭昆明为“要求和平、停止内战”而被杀害的于再等，同国民党三青团合作开展“解决教师困难”的义卖尊师运动。

6 月 16 日，我们把五千多学生参加的“尊师运动庆功大会”转变成了“要求减低军费”、“反内战、要和平”的动员大会。6 月 23 日五万多学生和市民集会、游行欢送上海人民和平请愿团去南京，到达下关车站时多名著名民主人士和新闻记者被特务打伤，周恩来亲自去慰问，毛泽东和朱德也发了慰问电。三天以后，即 6 月 26 日国民党政府开始了全面内战。1946 年 12 月 24 日圣诞夜发生了美国兵强奸北大女学生的暴行。北平、上海和全国五十多万学生参加了声势浩大的“抗暴运动”。

1947 年 5 月在全面内战的关键时刻（3 月 19 日中共中央撤出延安，5 月 16 日华东解放军取得孟良崮大捷），在中共上海局的统一部署下，上海各大、中学校学生普遍开展了纪念“五・四”运动的活动。5 月 20 日上海、杭州、苏州的学生代表去南京，同南京的学生汇合，举行了有六千多人参加的“反饥饿”、“反内战”的大游行，遭到军、警、宪兵、特务的毒打，125 人受伤，28 人被捕，造成了震惊全国的“五・二〇惨案”。在随后一个月中，一场空前的“反饥饿、反内战、反迫害”的群众运动发展到全国 60 多个大中城市。毛泽东 1947 年 5 月 30 日发表文章指出：“中国境内已有了两条战线。蒋介石进犯军和人民解放军的战争，这是第一条战线。现在又出现了第二条战线，这就是伟大的正义的学生运动和蒋介石反动政府之间的尖锐斗争。”

国民党政府和他们的报刊对学生运动总是歪曲事实，污蔑造谣。而郁文不顾特务的监视，冒着危险到学生中去采访，以最快的速度把当天上海学生斗争的情况和全国各地学运的信息在《联合晚报》上报道，对鼓舞、教育和动员学生起了重要的作用。当时还没有全市性的学生报纸，因此国民党政府对《联合晚报》恨之入骨。1947 年 5 月 24 日，上海有近百名学生被逮捕，很多学生被打伤，就在这一天，《联合晚报》和《文汇报》及《新民报》被查封和停刊。5 月 30 日又对学生进行了更大规模的逮捕和镇压。

转入地下参加建立全国学联

《联合晚报》被查封后，党组织立即抽调郁文参加筹组全国学联的工作，这同她在《联合晚报》和《青年知识》半月刊工作时，同许多城市的读者、订户主要是学生组织和进步学生有联系有关。可以说郁文是对全国学生运动全面情况了解最多的人之一。

1947 年“五·二〇”南京学生游行时，党组织派浦作和王光华去南京同南京、杭州、苏州的学生代表酝酿筹组全国学联。6 月 17 日至 19 日，在上海召开了全国学联成立大会，7 月 10 日宣告正式成立。1948 年 1 月全国学联成立党组，郁文曾任党组成员。

当时成立全国学联的主要目的，除了能对全国学生起号召作用，同各地的学生组织建立接触、联系外，就是想走向世界，同国际上的进步学生组织取得联系。能争取到国际上的了解、同情和支持，对于处在白色恐怖下的中国进步学生将是很大的鼓舞。

在 1947 年 5 月时，上海党组织已同意交通大学青年会会长钱存学（党员，抗战初期就参加革命，懂英文）随同“中华基督教全国协会”代表团去挪威首都奥斯陆参加世界基督教青年大会。在成立了全国学联后，党组织就决定让钱存学利用去挪威的机会设法找到进步的国际学生组织。钱存学到了挪威以后获悉 1946 年已在捷克首都布拉格成立了苏联共青团领导的国际学联，他马上带了国内准备好的全国学联介绍信和入会申请书去了布拉格，介绍了中国学生“反饥饿、反内战、反迫害”斗争的情况，受到热烈的欢迎。国际学联理事会决定向国民党政府提交抗议书。国际学联和许多国家的学生组织多次发电报声援中国学生的正义斗争。钱存学在国际学联总部工作了一年半，还担任过国际学联副主席。

钱存学出国前，上海学生党组织的主要负责人吴学谦曾同他多次深谈。郁文利用她担任记者、编辑时积累的材料为钱准备了一大箱子上海和全国学运的剪报、资料和照片。这对钱在国际学联的工作帮助很大，使这位对全国学生运动全面情况不太熟悉的钱存学得以多次在布拉格举办中国学运照片展览、写文章、作报告，扩大了国际上对中国学生的了解和声援。

事过 66 年，在我写这篇文章时，钱存学还说：“郁文的这箱资料和照片太重要了，太珍贵了。没有这些材料，很难以全国学联代表的身份在国际学联工作。”

二十多年默默无闻搞研究工作

郁文 1963 年在中央高级党校理论班学习后到中联部工作，一直默默无闻地搞理论研究工作。

我是 1972 年到中联部的。我第一次同郁文有工作上的直接接触，是 1978 年底十一届三中全会后，参加主持中联部工作的李一氓副部长召开的中联部核心领导小组扩大会议，学习讨论如何贯彻全会的精神。大家都主张应该为老部长王稼祥平反（王稼祥 1962 年初面对国内三年困难，对外四面出击的情况，提出了一系列正确的意见，主张要采取对外和缓的政策，要为社会主义建设争取和平的国际环境，被指责为犯了“三和一少”的错误。“文化大革命”开始后，康生又上纲为“三降一灭”错误，即投降帝国主义，投降修正主义，投降各国反动派，扑灭世界革命”）。郁文和我都参加了起草《中共中央对外联络部为所谓“三和一少”、“三降一灭”问题平反的通报》，1979 年 3 月 9 日，华国锋、邓小平等中央领导同志批准印发各省、市、自治区党委和中央党、政、军、群众团体各部门。

郁文担任中联部研究室副主任、主任的时候，正是我党对外工作重大调整的时刻，中联部对一些重大的理论、政策问题进行了认真的研究，例如：国际共运大论战的重要理论问题和经验教训；关于战争与和平问题，战争是不是迫在眉睫；国际共运独立自主的经验，是不是要坚持“无产阶级国际主义”；二战后发达资本主义国家阶级结构的变化；几个社会党和社会党国际的历史和现状的研究。郁文领导研究室对上述一些问题进行了认真的探索并写出了不少有参考价值的调研精品，有的报送了中央。

善于发挥多党合作的政治协商精神

郁文原名翁郁文，她出身于书香门第。蒋介石的大笔杆子陈布雷是郁文的舅舅。郁文这个所谓家庭出身问题使她在历次政治运动中特别是“文化大革命”中受到很大的冲击，也影响了对她的任用。

1982 年中联部成立了体现共产党领导的多党合作、政治协商精神的外围组织——“中国国际交流协会”。1986 年郁文被调到交流协会任副总干事，1988 年任总干事，1993 年任副会长，同时担任了第七届、第八届全国政协委员和外事委员会委员。她对内尊重并善于发挥各民主党派负责人和无党派人士的作用，这些党外人士都对交流协会有特殊的感情；对外主张不限于双边来往，可以举办国际研讨会等多种形式同更广泛的人士来往，不限于政党，对

“左”、中、右各派人士都要做工作。郁文以她深厚的理论功底、丰富的知识，谦虚、友好和温文尔雅的风度，用外国人能懂的语言，同外宾广交朋友，为党的对外工作和民间外交发挥了积极的作用。

郁文永远活在我们心中。

2013 年 12 月

（作者是原中共中央对外联络部部长）

1944 年投身革命的郁文

巴一熔

1944 年，在抗日战争的烽火中，在浙东慈溪，一位不足 20 岁的年轻姑娘，毅然决然投奔了四明山的新四军，把自己的一生献给了中国共产党领导的人民革命事业。她，就是郁文同志。

进入四明山后，郁文在黄源任院长的浙东鲁迅学院做了一名睡地铺吃地瓜、六谷和老咸菜的学员。不但生活清苦，而且随着敌情的变化，学员们还要日夜行军。这一切，昔日的富家姑娘全部挺了过来，而且从不叫苦，样样走在前。郁文的突出表现被院长黄源看在眼里。因此，在鲁迅学院毕业之时，黄源亲自做她的入党介绍人（由于她的社会关系，一般人不敢做她的入党介绍人）。成为共产党员后，郁文工作更加积极了，她不止一次要求下基层连队工作，但黄源没有批准，他要发挥郁文更大的作用，他先是选拔她担任副指导员，给她锻炼机会。1945 年秋，日寇投降后，党中央命令浙东新四军北撤苏北。就在这时，经过反复考虑的黄源向谭启龙书记提出，让郁文去上海从事地下工作，而且专门到上海的高校做学运和团的工作。浙东区党委采纳了黄源的建议，并通过地下通道将郁文介绍给上海的地下党领导。后来，凭着对党的忠诚和特殊的社会关系，郁文在上海高校学生中做了大量的工作，对反对蒋介石进攻解放区、争取知识分子起到了很好的作用。1949年5月上海解放，黄源率领华东大学五百学员跟着陈毅大军进入上海，从北京出差到上海的郁文，还赶到军管会文艺处看望老师。

郁文虽为高官夫人，却平易近人，真诚热心，没有一点架子。黄源晚年长住医院，郁文每到杭州必定要抽出时间到医院探望。2003年1月2日黄源去世，郁文迅速发来唁电，写了纪念文章。黄源百年诞辰，已是七旬多的郁文赶至上海、海盐参加纪念活动。难能可贵的是，她仍一如既往地关心着我，只要有机会一定来我家看望。今年5月份，已经八十多高龄的她到杭州祝贺姨妈的百岁生日，在杭州前后只有三天时间，她坚决要求秘书安排到浙江医院看望我，还说："等你过百岁生日我一定来祝贺！"令我十分感动。

2012年

（作者是浙江省科委离休干部，为著名作家、原浙江省文联负责人黄源的夫人）

师生情谊七十载

——追忆敬爱的郁文阿姨

洪蓉芳

2013年1月29日晚，我手机上的一条短信传来意想不到的噩耗：“敬爱的阿姨郁文昨天深夜仙逝。”这条短信是郁文阿姨的外甥胡安生给我发来的。当时我的脑子一片空白，这不可能！我马上回拨询问，不幸得到了证实。真是一个晴天霹雳啊！郁文阿姨，半年前您给杭州姨妈过百岁寿诞，前后仅有三天时间，您还在百忙中惦记着97岁的师母，也就是我的婆婆巴一熔。那天，您手捧鲜艳的红玫瑰，赶往浙江医院，来看望她。一见面，你俩都激动地说：“老战友啊老战友！我们又见面啦！”看见躺在病床上的师母精神不错，思维清晰，您非常高兴，拉着她的手大声地说：“您过百岁，我一定来祝贺！”您爽朗的笑声，至今还在耳边回响。可是您怎么却那么匆忙地走了呢？我们还盼望您再来杭州和我们相聚啊……

我的公公黄源是鲁迅的学生和战友。鲁迅逝世后，抗日战争全面爆发，他携笔从戎参加了新四军。1944年，在四明山浙东抗日根据地，他创办了鲁迅学院并任院长，培养了一大批当时根据地急需的文教干部。就在这时，寻求光明，不愿做亡国奴的郁文阿姨成了鲁迅学院第一期的学员。昔日的富家姑娘，和大家一样睡地铺，吃地瓜，如饥似渴地学习进步思想，日以继夜努力工作，积极深入到群众中边学边干，同年12月，在黄源和林尧（鲁迅学院教导主任）同志的介绍下，郁文阿姨加入了中国共产党。

“一日为师，终身为父”，郁文阿姨一直用自己的真诚和爱心诠释了对老师的尊重。不管工作多忙，她心里一直惦记着培养自己的黄源老师。上海刚解放，有机会出差到上海的郁文阿姨，就赶到军管会文艺处去看望他。后来由于运动很多，加上黄源被错划右派整整23年，他们彼此失去了联系。我的公公平反后，郁文阿姨得知他正在北京开会，就兴奋地赶往驻地看望，看见老师虽然已经七十多岁，但是身体健康、乐观开朗，感到非常欣慰。此后只要有机会来杭州，总要抽出时间来看望老师。2003年黄源逝世，在外地的郁文阿姨回到北京后才看见讣告，悲痛万分！她为没能及时在老师的告别会上献上花圈寄托哀思感到终身遗憾。当年下半年，郁文阿姨终于有机会来杭州，首先赶到葛岭来看望我们，一进客厅，她望着老师的遗像哽咽地说：“恩师我来晚了，没有最后看你一眼，对不起啊……”

2006年5月是黄源百年诞辰，由上海鲁迅纪念馆、浙江省作协、海盐县委在上海、海盐两地举行了纪念活动。郁文阿姨尽管很忙，但还是亲临上海参加纪念会，并赠送了乔石叔叔为黄源百年的题词“丹心铁骨”。这四个大字，遒劲有力、含义深刻，与会者无不感动得热烈鼓掌。在纪念会上，上海鲁迅纪念馆馆长王锡荣请郁文阿姨讲几句话，可她谦虚地说：“今天，我是来聆听大家缅怀黄源老师的发言的，对我来说，是一次难得的学习机会。”她听得非常认真，频频点头，还流下热泪，完全沉浸在缅怀老师的真情之中。在那天下午的研讨会上，浙江省作协党组副书记郑晓林作了

“今天，我们继承黄源哪些精神遗产”的演讲，郁文阿姨予以高度评价，还鼓励他继续研究；萧军女儿萧耘在会上唱了一首黄源生前喜爱的歌曲——王洛宾的《在那遥远的地方》，优美的歌声使会议气氛达到高潮，郁文阿姨翘起大拇指，连连称赞唱得好。纪念会的伙食比较简单，郁文阿姨留下来，和大家一起就餐，她谈笑风生，平易近人，许多与会者纷纷上来与她握手，大家都感到，郁文阿姨就是一个慈祥的长者，就像是家里的亲人。

黄源百年诞辰活动，第二天易地海盐南北湖黄源藏书楼继续进行，郁文阿姨为了完成一个心愿，不顾年迈坚持去了海盐。当她看见青山绿水环抱中徽派风格的“黄源藏书楼”时，她欣慰地笑了。在参观藏书楼陈列室的时候，她看得非常认真仔细，不断地停下脚步，询问展品中的一些细节。这天有一项重要活动，就是给黄源墓献花，这也是郁文阿姨海盐之行的目的之一。她手持红色玫瑰，缓缓走向藏书楼园中的墓地，她凝望着铜像，然后深情地说：“恩师，我来看您了！没想到您的藏书楼那么漂亮，您能够和自己珍贵的藏书在一起，您一定不会寂寞了！”

我公公逝世后的 10 年间，郁文阿姨一如既往地关心我们，只要有机会来杭州，她就一定登门看望师母。为了使师母能够健康长寿，郁文阿姨经常寄来一些按摩经络的健身资料，让我婆婆感动不已。去年 5 月，郁文阿姨到浙江医院探望，一下车就问师母的身体状况，每天吃些什么？我说：“现在检查结果都不错，就是缺点蛋白，我每周给她炖个甲鱼。”结果当天晚上，郁文阿姨就给我发来短信：“小洪，现在的甲鱼都是人工养殖，不太理想，我百岁的姨妈就是每天吃点雪蛤滋补，很好，所以我要送她一盒雪蛤，明天中午我就要飞北京，请你上午到刘庄来拿一下。”我婆婆捧着郁文阿姨送的雪蛤，热泪盈眶：“我 1938 年参加革命，战友中高官夫人也不少，可是像郁文同志这样真诚热心，实在难得！实在难得啊！”

八十多岁的郁文阿姨思维敏捷，对新生事物，总是愿意去学习。有一天，我手机上收到一条短信，落款竟然是“郁文”阿姨，当时我既兴奋又钦佩，从此我和她经常短信来往。家里有什么情况，特别是我婆婆身体怎么样，我都会及时向她汇报，以便让她安心。她只要到杭州来看我们，就一定会提前短信通知我，我会把这喜讯告诉家人。去年 8 月份，我们整理出版了我婆婆巴一熔的回忆录《新四军女兵的记忆》，书出版后我马上给郁文阿姨寄去，不久收到了她发给我的短信：“小洪：你好！今天收到巴老寄来她的回忆录，非常高兴和感谢！请你先代我向她老人家表示感谢。我已经开始拜读，稍后再给她写信。郁文”。郁文阿姨啊，我万万没有想到，这条短信竟然是您发给我的最后一条短信！我会永远保存在我的手机里，以作留念。

今天正是 2013 年的清明节，无限的思念涌上我的心头，不知道您能听见我的呼唤吗？郁文阿姨，我真的真的好想您！此时此刻，悲痛的眼泪又一次蒙住了我的双眼。您在天堂里，一切都好吗？您一定又去看望黄源老师了。郁文阿姨，与您相聚的时间虽然短暂，但您那份充满真诚的爱，一直温暖着我们，感动着我们。我们会将这份爱继续传递下去，让更多的人去分享，让更多的人去缅怀！

2013 年 4 月

（作者是黄源、巴一熔的儿媳）

郁文在浙东鲁迅学院

范执中

我与郁文同志在浙东敌后抗日根据地的浙东鲁迅学院（简称“鲁院”）学习、工作近一年时间，1945 年 10 月北撤前，她奉调去国民党统治区做学运工作，我则随军北撤。自此，天南地北，直到抗美援朝凯旋归华东军区，方知她曾在杭州工作，却已调离浙江。以后大家都忙于工作，少有联系。今年 2 月，我在外地偶尔看到当月 9 日《人民日报》第四版“郁文同志逝世”的讣告：她于 1 月 28 日在北京逝世。当时，我不敢相信，立即给离休在宁波的郁文同志生前好友郑爱芳电话，问及此事。她泣告：怎么也没有想到郁文就这样匆匆地走了。去年 10 月，她来参加慈湖中学 110 周年校庆，还在宁波相聚，畅忆在四明山、在上海的往事。郁文列数四明山不少老战友名字，深情地说：当年正年轻，风华正茂，现今都是耄耋老人了，能有个机会相见相聚有多好。

郁文同志的心愿，也是许多老战友的心愿，却成永远的遗憾。然而，战争年代凝结的友谊岂止永存而且常青，斯人已逝，70 年前的往事历历在目……

四明山上的“鲁院”是 1942 年 7 月中共浙东区党委成立后为

适应斗争需要开办的，与区党委的“党员培训班”、“三北游击司令部”（新四军浙东游击纵队前身）的教导队（后为抗日军政干校）、“医务人员训练班”、“电台、报务人员训练班”，都担负着培训和输送党政军急需的基层干部任务，“鲁院”稍有不同的是侧重于文教、民政、群运方面的事业。“鲁院”于 1944 年 7 月筹建院党委，任命黄源（时为浙东临时行政委员会文教处长）为院长。我由他举荐参与筹建工作。9 月，第一期在四明山的杜徐岙开学。学员大都是三北地区、四明地区选送的小学教师，也吸收部分中学学生和社会知识青年，共 160 余人，编为三个大队。11 月初，三北地区又送来十来个学员，其中就有翁郁文（后改为郁文）同志。她插班二大队女生班，与我同一个大队，她有个慈湖中学同学董善宝（又名董楚光）也在这个大队。后来，我才知道郁文同志正是受董善宝影响来四明山的。这之前，她不愿做亡国奴，告别她求学的慈湖中学，告别亲人，辗转来到国民党区域，先后在龙泉、温州上学。这是一个追求光明、向往进步的爱国青年，她读了一些社会科学著作和苏联的文学作品，也读过鲁迅、郭沫若、巴金的作品，却与实际联系不起来，更弄不清中国共产党的性质及其路线、方针，对敌后抗日根据地的情况一无所知。为了补上已经结束的政治常识学习，常见她手不释卷地自学。她还如饥似渴地阅读浙东书局翻印的毛泽东的《新民主主义论》、《中国社会各阶级的分析》、《中国革命和中国共产党》、《在延安文艺座谈会上的讲话》以消解认识上、思想上许多疑问。当转入“辩证唯物论和历史唯物论”专题学习时，每一次讲授她总是认真听、认真记，在班里讨论的发言论证有据，联系实际，不尚空谈，对大家多有启发。在一次大队举行的学习体会交流会上，她的发言紧密联系个人所见所闻，联系她的家庭实例，弄清了多年苦苦思索不得其解的许多问题，从而体会到要使自己成为一个革命青年，必须认真学习政治理论，提高思想觉悟，转变立场，树立革命的世界观和人生观。

年底，结束第一期学习，学员回原地分配工作。我与郁文、董楚光、黄吟斌以及李健民、王伯暄、章海兰、蔡秋四个大队干部留学院，分任 1945 年 3 月 1 日开学的第二期的大队长、政治指导员。郁文同志是女生二队队长，我在李健民任处长的教务处当干事。这样，又在一起工作到 1945 年 9 月底北撤。

第二期的学期仍为三个月，不同的是，《新浙东报》登载了《招生简章》，报名者踊跃，经地、县考试，学院复试，录取 160 余人，编为男生两个队、女生两个大队，学习内容也从培训党政军基层干部逐步有所调整。据此，各学员队按照学院制订的教学方案，紧紧抓住提高政治理论水平，转变立场，树立革命的世界观和人生观这一重点实施教学。女生二队的效果明显且有特色。教务处为推广她们的经验，专门召开了大队领导、班委、学员代表参加的会议，由郁文同志就“唯物史观”这一专题学习的体会发了言，她认为这是一次比较系统的马列主义基础理论的学习，又是关系到思想改造、转变立场，把自己锻造成革命者的重要一环。她说，“怎么让大家学得有兴趣、见效果？从我的体会来说，至关重要的就是联系实际。”她以自己为例，作了这样的阐述：我是不愿做亡国奴而弃学、离家，从沦陷区跑到浙南国统区求学的，算得上是个爱国青年，也读了一点社会科学的书刊和进步的文学作品。然而，国民党的反动统治、腐败成风，弄得民不聊生；对入侵的日本鬼子不抵抗、节节败退、国土沦丧，还不准民间开展抗日救亡活动，让人迷茫，不知所措。无奈之下返回慈溪老家，直到进入四明山，参加刚开办的浙东鲁迅学院学习，弄懂了一些革命道理，靠的就是把自己的所见所闻，融入革命理论进行剖析，再作探索、再学习、再提高。要说女生二队的教学有点成绩，这与指导员蔡秋善于发现、综合、运用学习理论必须坚持联系实际的原则有关。

在“鲁院”准备举办第三期时正处于抗日战争取得最后胜利的前夕，浙东抗日武装和解放区有了很大的发展，为了大反攻和扩大解放区，区党委决定暂缓开学，对已来报到的160余名学员进行一个月的短期培训，及时向党政军输送急需的基层干部。郁文同志承担了专门从事地方群众工作的20余人的培训任务，出任这个被称之为民运队的队领导。接着，又参与对后来新到的150余名学员的培训工作，不到20天，全部编入随军工作团，担负接管新解放的大中城市和新解放区的建政和群运工作。不久，抗日战争胜利后国共两党在重庆谈判，于10月10日签订了《双十协定》，其中，我党为顾全大局，主动提出让出包括浙江在内的南方八个解放区及其抗日武装。9月20日，华中局、新四军军部转中央电令：浙东纵队必须于七天内北撤苏北。

从9月30日到10月7日，浙东党政军整体分批北撤。就在这时，鉴于郁文同志经受了锻炼，并且入了党，又有国民党上层社会关系，区党委分派她立即去国民党统治区从事党的地下工作。临行前，在刚解放的上虞城依依惜别，她紧紧握着董楚光的手，也是向送行的战友们说：“待到全国解放那一天，我们再相见。”

自此，郁文同志战斗在上海的学运战线，直到新中国成立回到浙江，在杭州市青年工作委员会工作。以后则又先后在钢铁战线和中央对外联络部工作，1986年12月起，出任中国国际交流协会副总干事、总干事、副会长。我一直在部队，大家忙于工作，少有来往，成为终生遗憾。

郁文同志由一个爱国、追求进步和光明的学生，在革命斗争的实践中锻炼成长为党和国家的高级干部。她在浙东鲁迅学院学习、工作期间，树立起对马克思主义的信仰、对社会主义和共产主义的信念。这是她在布满白色恐怖的上海进行党的秘密工作中，在新中国建立后从事经济建设、外事工作中，不畏艰险、经受锻炼，不断增长才干，建功立业的精神支柱。郁文同志不愧是中国共产党的优秀党员，久经考验的共产主义战士。

2013 年 10 月于杭州

（作者是中国人民解放军 20 集团军离休干部）

她是我们中的一员

——忆郁文同志二三事

张彩珍

1994年春节，同济大学几位学生运动领导骨干拜望曾任上海地下党同济总支部书记乔石同志。合影时，大家拉郁文同志坐中间，不仅因为她是热心的女主人，还因为我们之间有深深的战友情愫——她担任上海地下党主办的《联合晚报》记者时到同济采访并报道进步学生运动，她所写的报道给予学生运动宝贵的支持。我们这些地下党员在“文革”中都有被“打倒在地再踏上一只脚”的惨痛经历，“文革”结束后萌发了叙旧谈心的强烈愿望，常到同济学生会理事长杜受百家里聚会。时任中联部部长的乔石同志有时也参加。1987年11月乔石当选中央政治局常委后，不大方便出来参加这类活动，我们就通过郁文安排到乔府聚谈过几次。每次都受到乔石夫妇盛情款待，郁文总是张罗餐饮，招待吃宁波饭菜、糕点，喝福建名茶大红袍等，充满了人情味，一点没有首长夫人架子。

例如，有一次我们商议向上海市委组织部建议解决同济地下党秘密外围组织一些骨干的离休待遇问题，郁文积极参与，仗义执言，还答应帮助整理材料。她客观评价同济学生在历次学运中走在前列，与交通大学并称为上海学运“南北民主堡垒”。特别是1948年1月29日同济“争民主，反迫害”斗争得到上海学生广泛支持，却遭到国民党统治当局残酷镇压，当局借口前来劝阻学生赴南京请愿的上海市长吴国桢“被打”，逮捕了上百名学生运动积极分子。积极参加这次斗争的就有不少秘密外围组织骨干。郁文协助时任第八届全国人大委员长的乔石公正评价这些人的历史贡献，几经努力和周折，终于帮助他们争取到离休待遇。1998年，同济出版纪念“一·二九”学运50周年专辑《冲破黑暗迎曙光》，当年亲临第一线指挥的吴学谦、乔石分别撰序和题词。乔石在题词中指出：“同济大学1948年‘一·二九’反抗国民党暴政、争取民主的斗争，是毛泽东同志所说解放战争时期的第二条战线中的一次重要斗争。”

我与乔石夫妇还有一些个人接触，有几件事印象颇深，很受教益。

一、1954年各大行政区撤销前，我在中共中央西南局宣传部工作时，给时任杭州市青年团书记的乔石写过一封信。1948年1月29日，我被捕入狱，出狱后，乔石同志为发展我入党进行了一系列培养教育，在我被开除学籍化名到上海慈幼教养院执教时，他到那里引领我宣誓入党，并建立地下联络站，指派我联络介绍进步青年去解放区。这为我的人生打开了新的一页。我给乔石同志写信就是感谢当年他对我的培养。回信表示，这是组织的培养教育，不必感谢他个人，并告知他已与郁文结婚，她也是上海地下党一道工作的战友，婚后生活很幸福。我即转告关心乔石的老校友，大家都感到欣慰。

二、1994年根据我的倡议，女部长球队成立了，与我同在第八届全国人大教科文卫委员会当顾问的胡克实等同志说我晚年干了一件大好事。当时媒体争相报道我队在全民健身活动中的活动，认为这是反映社会进步的新鲜事。我去乔府希望得到乔石同志的鼓励，并拉郁文入队。乔石说：“我一向支持女干部锻炼，郁文入队就免了吧！”郁文也持支持但不参与的态度。这使我感到他们不愿在热闹的社会活动中“抛头露面”，从而也提醒我节制对“女部长球队”炒作。十几年后，我给郁文带去一双队里发的布鞋，她不肯收。我介绍说，这是安徽岳西县一家企业赞助的“养生鞋”，鞋底垫有一层树叶比较透气，有利于运动排汗，这双 39 号我穿大了，送你正好。她说号码倒合适，但请你理解……我打断她的话头说，请你放心，吴仪、彭珮云、顾秀莲三任队长都交代我这个操办队务的副队长：一定不要花国家的钱，接受社会赞助也要严守财政纪律，队里主要发保障运动训练比赛的用品。我还举例讲了吴仪同志穿上队里发的银灰色坎肩曾被人议论“像个清道夫”，你穿上这双黑布鞋，顶多也像清道夫吧！她听了哈哈大笑，似乎是看我的面子才收下了。这事也启发了我，使我更坚定了拒绝一些境外企业提供的巨额赞助和赠送的珠宝首饰之类礼物，倍加注意保持共和国女部长的品位和形象。

三、进入新世纪后，我们这批同济老校友中有好几位相继离世。年纪最轻的我帮助善后时总听到家属表达的愿望：希望乔石同志送个花圈，寓意对“文革”受到的迫害的拨乱反正。每次我通过郁文都顺利办成，从而慰藉英灵。我因此产生了想和郁文谈心的愿望。在和郁文会面谈话时，我谈到，我们这批解放战争时期在党的培育下成长起来的知识分子，如今本可颐养天年，但我们中许多人在“文革”中身心备受摧残，过早离世了。原同济地下党总支委员、上海学联主席团成员王宗恕去世时不过 70 多岁。他是 1948 年 1 月 29 日被捕学生中关押时间最长的 11 人之一，获释当年就与我一道奔赴大别山解放区，1965 年晋升为少校，担任中国军事科学院政治部正师职秘书长。“文革”中江青、王洪文之流居然要把我们这批在狱中坚持斗争，一心跟党走的热血青年整成一个比

“61 人叛徒集团”还要大的案子，并以我被捕为线索。江青在一封体委专案组长诬告王猛主任包庇重用我这个“叛徒”的信上批：“先把物证抓在手上，然后考虑下一步工作。千万不要打草惊蛇，要沉着、慎重对待。”王洪文批：“同意江青同志意见，我来落实。”（注）我是看到中央下发的“四人帮”罪证材料和《王猛将军传》才知原委的。我对郁文说，百思不得其解，我有什么罪证，还成了牛鬼蛇神？江青也是上海地下党员，还是“第一夫人”！郁文宽慰我说：中央对“文革”已作出正确结论，平反了多少冤假错案。“四人帮”篡党夺取了大权，才能“打倒一切”。汲取“文革”教训，党和国家已加强了对权力的监督、约束和制度建设，我相信今后不至于七、八年再发生一次这类祸国殃民的浩劫吧！她还引“沉舟侧畔千帆过，病树前头万木春”的诗句鼓励我说，你不是又有了“春天的故事”吗？成为国际奥委会授予奥林匹克勋章的第一位中国女性，我们也为你高兴！这番谈话让我豁然开朗，不再对往事耿耿于怀。告别时，她到院子里送我上车。司机说，乔石夫人显得比你还年轻。我说，她长我 4 岁。

我与郁文还多一层宁波乡谊，在宁波驻京办常有机会欢聚。今年 2 月 2 日却在那里听到她这样鲜活的生命骤然离去的不幸消息，无比痛惜。次日，我到八宝山送别，受杜受百等老校友之托，在遗体前多鞠了几个躬。遇到全国政协副主席、前同济大学校长万钢满脸悲怆地从灵堂出来，我说，我写信给乔石同志希望春节团拜时见到他。我只能在心中默默祝老委员长多多保重。

惜斯人先逝，但她那热情干练、清廉厚正、儒雅谦和的大姐风范，将永远激励我。

2013 年 5 月

（作者是原国家体委副主任）

注：《中国共产党历史大事记》载：1976年12月10日中共中央向全党全国人民下发“四人帮”罪证材料。材料之一第12页载：毛主席、党中央从来没有委托王洪文、江青管体委，他们却要插手体委的工作。1974年3月19日江青在信上批：“先把物证抓在手上，然后考虑下一步工作。千万不要打草惊蛇，要沉着、慎重对待”。王洪文批：“同意江青同志意见，我来落实。”《王猛将军传》中也详记此事：“文革开始，张彩珍因为学生时代的被捕经历被打成叛徒。江青还有意以此为线索，搞出一个比‘61人叛徒集团’还要大的案子，因为当时与张彩珍同时被捕的学生有100多人。”“1974年批林批孔期间，原专案组某成员写信给江青告王猛的状，其中就有王猛包庇‘叛徒’张彩珍的事。”“1978年6月19日作出为张彩珍平反的正式决定。后来，张彩珍出任国家体委副主任。”张彩珍现离休，任中华全国体育总会顾问。

难忘的一小时

郑爱芳

郁文，你走了，匆匆地走了！当校友会来电告诉我这一噩耗时，我愣住了！我不相信自己的耳朵。可是中联部寄来了讣告及一帖遗像，才回过神来：是真实的！

记得 1944 年秋，浙东四明山办起了鲁迅学院，你和我都参加了，在学习中我们认识，在参加共同的爱好——歌咏活动中，我们相熟。我们俩同岁，那年都是 18 岁。在追求共同理想中，我们成为同志。

学习结束，你留院工作，我回武龙山区原岗位。此后，我们一直没有联系，一别近 70 年。

去年 10 月母校慈湖中学 110 年校庆，你在校报上看到了我的名字。这个爱芳是不是就是我要找的爱芳？主动打电话来了解我的地址。这样我急急地先给你写信，往返三次通信。你决定参加校庆活动，可是我因身体不好无法参加，但又不想错过这次难得的见面机会。最后你就决定我们在宾馆见。10 月 25 日下午，你从北京飞到宁波，安顿好生活就让女儿给我打电话。我就急急地来到宾馆，在会客室里等了一会儿，你来了，我们相拥，觉得见面真难得……

当你问起鲁院的李偀民时，我因没有联系说不出地址，但答应会向省新四军研究会询问；当说起李偀民编的《反内战五更调》时，你信口唱起来了：“……田胡子当司令，大吹牛皮，打打格种（上海活：这种）土匪是我拿手好戏，鸦片带在身边，半打太太一道去。”我也接上茬唱道：“勿晓得大祸就在眼前，还要神气活啦真难看。”二人大笑。

接着我还问起两件事情：一件是1947年春，我和李勤在家乡龙山演进小学教书打埋伏。快到期末，国民党县党部来通知，要我和李勤于假期参加培训。我们俩一商量，头天结束，第二天溜了，我去上海，和老同志余毓秀见了面。她比我早到上海，在工厂做临时工，帮助我设法联系了地下党组织，很快就帮我安排去小学教书。我弄不懂谁在关心我这个乡下人，使我顺利地找到了立足点。去学校报到那天，我走在马路上，因头夜下过大雨，马路有积水，一双跑鞋已湿透，冷不防身后一辆小车停下，下来一个女的，我一看是郁文，心里很高兴。她说：“我送你去，上车吧！”我马上钻进后座坐好，想问问情况，可是她一言不发，我也不好问。因为那时有条纪律——不该知道的不要问。到了校门口，叫我下车，就这样分手了。她接上说：“那时我已经不做具体工作了。”我就说：“假如不是你郁文下来叫我上车，我是不会上车的。”组织安排我到法华镇路兴建二小去教书，学校地处近郊。期中，校内一个周文海先生约我到戏院门口见，说有事相告，我马上去了，一见面就说：“地下党要我通知你，敌人黑名单里有你的名字，明天不要去学校了。”他说完飞一样地走了，来不及问一句话。这件事情是不是你的关心？她说：“六十多年了，也记不起来了。”我觉得你不想谈过去的事，你认为这是小事，可在我的心中却牵挂了六十多年，要是当时不及时离开，我可能就会平白无故地死在敌人的屠刀下，也就不可能活到今天。

我们聊了一小时左右，我告诉她，“你的姐姐已经等在门口，我们就谈到这里吧。”就这样分手了。谁知这一别竟成为永诀。这一小时的相聚，深深地在脑海中抹不去，抹不去啊！

2013 年 3 月

（作者是原宁波慈湖中学副校长，离休干部）

我的好友郁文

姚芳藻

接到北京来电，说是郁文走了，我大为震惊：这怎么可能呢，不久前我刚刚在新闻里看到郁文出席乔石著作出版新闻发布会的消息，她怎么一下就走了呢？

听完电话，青年郁文的样子浮现在我眼前：圆圆的脸，充满智慧的眼睛，短而直的头发，一件蓝阴丹士林布的旗袍，一双平底鞋，郁文年青时候的形象始终逗留在我的脑海里。掐指算来，我与她相识整整67年了。当时，我们都是20岁的小姑娘，抗日战争的胜利，燃起了我们想在社会上大干一番的梦想。我们都是上海地下党创办的《联合晚报》的记者，郁文负责采访文教新闻。那个时候，反对国民党统治的学生运动风起云涌，她一个人挑起这副重担，把学生运动报道得具体细致，有声有色，十分激动人心。后来我才知道，原来郁文在之江大学读书时，就领导过学生运动。而且当时上海学生运动几个党的领导人之一，以资料工作为掩护，就在我们报社，他叫蒋经逸，就是乔石。

郁文采访的范围，绝不止于文教界，她活动的面极广，邓颖超、周扬来上海时，就是她写的专访，访问记让我们充分感受到了解放区灿烂的阳光。还有一篇写一个上海青年，被黑社会所逼，一步步走向死亡，特写触目惊心，精彩极了，我真不知道她是怎样得到线索，怎样进行采访的。

郁文的文章细腻动人，思想性强，文法上找不到一点差错，我们大家都很佩服她。报社的另一个记者杨学纯，是她的同乡，说：“郁文受过鲁迅学院严格训练，文法上绝对不会出错。”

鲁迅学院，那不是解放区才有的吗？于是我知道郁文来自解放区，她不仅在鲁迅学院学习，而且在那里参加新四军，入党。

1946 年 6 月，全面内战爆发。1947 年 5 月，《联合晚报》被封，郁文与我各奔东西，互相不通音信，一直到 1962 年，她来上海，到《文汇报》找我，我们才见上一面。而那时的我，由于经历了 1957 年剧烈的阶级斗争，人人与我划清界限，揭发批斗我，我已没有一个朋友。1962 年虽然摘了帽，但依旧有一顶“摘帽右派”的帽子，为怕惹是生非，人不理我，我不理人，我依旧没有一个朋友。

郁文的来访，大大出乎我的意料，她还记得我这个可怜的朋友。她劝导我，鼓励我，相信我还会有光明前途的。她不但到《文汇报》来看我，而且她还请我上她哥哥家去玩。她说，她现在住在那儿。

我如约前往，与她整整谈了一个下午。我认为她是喜欢新闻工作的，她这几年在干什么？有没有作品在报刊上发表呢？

这几年她跟着乔石走南闯北，在鞍山、酒泉钢铁战线上为实现毛泽东一年钢铁翻一番，15 年赶超英美的豪言壮语而艰苦奋斗。她负责调查研究，写了大量调查研究报告，这当然只能供领导参考，不能在报上发表。在酒泉，正是三年灾害时期，生活特别艰苦……现在，一切苦难已经过去，她和乔石将去北京中央高级党校学习。她来上海，就是准备买一些马列主义书籍。

我与郁文再次见面又是 20 年以后了。那时，我已得到平反，调入中国大百科全书出版社上海分社工作。为了组稿，我得去北京，一到北京，我就想见见我的好朋友郁文。

可是郁文已今非昔比，乔石是国家领导人，中联部部长，她是堂堂的部长夫人，而且还是全国政协委员，她还记得我这么一个小小老百姓吗？

不管怎么样，先打一个电话试试，如果她不欢迎我，我不去就是。哪里想到，我一个电话过去，她非常高兴，约我第二天下午就到她家里去。她详细地讲了她家的地址，告诉我从我这里出发，乘几路公交车，到哪里下车，下车后又怎么走法，直到看到一座小桥。她特别强调这座小桥，讲了好几遍，说走过小桥，就到她家了。

第二天，我按照她讲的路线行走，下了公交车走了一程，就看到这座小桥了。那桥上冷冷清清的，没什么行人，只有一个女人静悄悄地站在那儿。北京十月的天气，已经开始寒冷，她静静地站在那儿，不觉得冷吗？

我走近小桥，终于发现，站在桥上的不是别人，正是我的朋友郁文。她干嘛在桥上等我呢？怕我找不到她的家吗？她的家非常好找，桥脚下的那幢灰色古香的建筑就是。她挽着我走进大门，迎面就碰到几个警卫人员，我马上理解了，要不是郁文陪着，我进门会有多少困难呀！

“我陪着，免得你麻烦。”郁文笑着说。

可是为了我不麻烦，她花时间受寒冷在小桥上等着，增添了多少麻烦啊！

这就是郁文，我的好朋友。

（作者是原上海《文汇报》记者，中国大百科全书出版社编审）

向郁文鞠躬告别

费福泉

突然接到北京寄来的“快件”，拆开一看，大为震惊，怎么郁文同志、我的老战友突然走了？十分难过和悲痛。

读了中联部寄来的“郁文生平”，我比较全面地了解了郁文同志的经历和高贵品德，也让我忆起往事。我认识郁文同志是在1945年秋抗战胜利后，当时我高中毕业，一时找不到工作，经组织安排，考入之江大学土木系读书。在“反内战、求和平、争民主、反独裁”的斗争中，在学校积极分子集会和群众活动中认识了郁文同志，她是教育系学生。1946年国民党军队占领张家口，蒋介石召开“国大”之际，我去《联合晚报》社晤乔石同志时，刚巧遇见郁文同志，才知她当记者了。一直到1947年“五·二〇”（“反饥饿、反内战、反迫害”）斗争之后的一天，李琦涛同志告我组织上拟安排郁文同志和另一位女同志（后知姓张）在我家做资料整理工作。本打算让郁文住在我家，后来考虑到有所不便，她们俩都“晨来晚去”，由我妈（她被医院解雇，待在家里）为她们准备午餐。当时，正是盛夏季节，我家客堂楼上非常炎热，阳台上又在烧菜做饭，妈妈看到她们挥汗不止，十分心疼，就设法把一条被单布，用两根竹头撑了出去，以遮阳、减热，当然仍然是热。她们不停地翻报纸、剪报纸，调浆糊、粘贴，满头大汗。我按组织纪律不过问她们在干什么，来来去去只是点点头招呼，对我家叔婶说是她们在“补习功课”。乔石同志经常来“看望”她们（由姓张的女同志外出打电话，郁文同志不外出）。整整一个夏天，到秋凉才告一段落。她们同我母亲相处非常好，妈妈也称赞她们彬彬有礼，很高兴为她们服务。一直到了晚年，只要谈到“老蒋”（乔石）、“小翁”（郁文），她就津津乐道这段往事。这件事，一直到前几年，我读到交大学运史《水之源》（二），从钱存学的文章中才得悉，当年她们整理的是有关“五·二〇”斗争、中国学运的资料。钱将这些资料携去布拉格国际学联展出，引起很大反响，各国进步学生团体纷纷声援我国学生的正义斗争。

此后我们没联系，一直到上海解放后，1953 年我在市青联工作期间，一次接待外宾联欢活动安排在市少年宫举行，我致词后，郁文同志笑咪咪地走过来同我握手致意，我才知她在华东青委工作，因患肺结核病正休养中。后来只知郁文随乔石去东北、去大西北，到工业战线上工作了。再后又知他们调到中联部工作了。1980 年全国总工会召开外事工作会议期间（我在国际海员俱乐部工作），曾随王关昶同志去中联部探望吴学谦、乔石同志。那时郁文同志亲切热情地端出冷饮招待我们。郁文同志亲切地询问我妈的近况，盛赞我妈的为人。

1982 年起我在市政协工作，每年随张承宗同志出席全国政协会议期间，征集统战工作史料。一次同钱李仁同志谈起中联部老同志时，谈及郁文同志。1986 年会议期间，老钱告我郁文同志正在法国，待她返国，一定转达我的问候。离京前夕，郁文同志同我通上了电话，热情地交谈，并说要来看望我，我说后会有期，这次就不必急匆匆赶来赶去了，想不到这次竟是最后一次通话！以后只是信件来往。后来她还曾帮我们老同志反映无锡强拆民房一事，十分尽心尽力。

每逢过年，我们互致问候、贺意。今年收到的贺年卡，竟是最后一张！

心潮起伏，哀思绵绵。絮絮不休，一抒心怀。只想表达一个意思：郁文同志永远活在我们心中！

2013 年 2 月

（作者是上海市政协机关离休干部）

至诚至礼的郁文

林眉云

2013 年 1 月正是寒气袭人的时日，突报乔石委员长的夫人郁文同志病逝。瞬间，震惊和哀伤弥漫空间……

过往和郁文的交往一幕幕展现在眼前。

那是 90 年代初一个初夏的下午。那时乔石委员长和郁文同志因政务来到浙江，她在百忙中抽出时间来我家看望乔石同志的老战友、我的老伴周峰①和我们家人。

她步履轻捷地走进客厅，热情地和我们握手，脸上洋溢着老友重逢的喜悦。

正在这时，我女儿端着茶进来，郁文同志打量了一下，向我投来了询问的目光，我告诉她说："这是我女儿，在少年宫当老师，今天正好轮休在家。""噢，当老师好呀，像你妈妈一样当个好老师不容易啊……"就这一次见面，她心里有了牵挂，之后每次见面都会问起："你家小姑娘好吗?"

---

① 周峰（1921—2007）：曾任共青团杭州市委书记，杭州市长、市政协主席。

那天，老周也很兴奋。他们谈论着改革开放以来的变化，国家经济发展的前景；国强民富的未来……谈话间，我感到她对党和国家的赤诚之心。

送走了郁文同志，我回到了客厅。老周深有感触地对我说："郁文是个非常不错的女同志！"

2000年，乔石委员长和郁文同志再次来浙江，这次，我们到他们的驻地看望。乔石同志亲切地接见了我们，中午还留我们吃饭。午餐安排在小客厅里，一张小圆桌，四人围坐。四菜一汤，另有一壶绍兴黄酒，俭朴随意。席间，乔石同志再三推荐说："这黄酒不错，可以喝一点。"醇厚的酒味，让午餐变得更轻松。

郁文同志喜欢吃黄瓜。生黄瓜蘸酱，她边吃边说："浙江的黄瓜特别好吃，嫩！"席间，她不停地照料着委员长和老周，又不时地招呼我，聊些家常话。她的热情、随和，让聚会充满家庭般的温馨。这次与乔石、郁文夫妇的聚餐，我们感受到的是真挚的友情和温暖的亲情。

2003年，老周的股骨头坏死病发展，影响到行走和活动。同时，心肺功能也开始衰退，辗转在各个医院治病。这一次，住进了浙江医院，我辞去了所有的社会职务和工作，每天24小时陪伴在老周的病榻旁。郁文同志不知怎么知道这个情况，她急急地给我打来了电话。询问老周的病情，更是对我关心备至，当得知我一个人日夜陪伴在医院时，一再提醒和叮嘱我："你也有点年纪了，一定要保重自己的身体……"反复叮嘱的语气中带着一丝牵挂的焦虑。这一次的北京来电，让我终身难忘。至今，我想起仍禁不住老泪纵横。郁文同志的这一份真挚情谊，深深地留在我的心底。

这以后，乔石同志在杭曾应大家的要求，接见了当年在共青团杭州市委共事的老同志们，我们又一次见到了委员长和郁文同志。她刚洗过头，浓密而蓬松的短发，打理得很精神。老友相聚，喜笑颜开。握手、叙谈、拍照……大家带着艰辛岁月留下的真情，欢度这难得的时光。

周峰同志的病情自2006年后急转直下，于2007年底病逝。老周的“讣告”颇费周折才送到了乔石委员长和郁文同志那里。很不巧，他们正好离京外出了。当他们得知消息后，立即请工作人员安排，打电话慰问并在追悼会前送上了花圈。事后，郁文同志还专门来信说：“我们从驻京办得到讣告，离开追悼会的时间很紧了。最后总算赶上了，尽到了我们的一份友情。”她为此而释怀。她就是这样至诚至礼！

点点滴滴，说不尽我和家人对她的记忆、对她的思念！

郁文同志千古！

2013年6月

附诗一首

追　思

——悼郁文同志

寒风凛冽含悲行，
千里京都会故人。
相遇相知难作别，
高风亮德尚余馨。
生从马列求真理，
别去泉台有英名。
举杯遥祭千古魂，
西子春暖忘卿陵。

友　眉云

2013年6月8日

（作者是周峰同志夫人，浙江省特级教师）

郁文同志和杭州青年干部教育事业

钱永祥

2013 年 1 月 28 日晚，杭州共青团的老前辈郁文同志在北京与世长辞，噩耗传来，我倍感意外和震惊。

郁文同志 1952 年 10 月 8 日，经中共杭州市委决定任市青委会宣传部部长。1953 年 4 月 6 日在团市委宣传部长岗位调往华东局。

郁文同志，短发，脸白净，温文尔雅，和蔼可亲。她来杭州和乔石同志结婚，也没举办任何仪式，就领了个证。郁文同志工作认真负责，结婚第二天就上班了，在生活上平易近人。

郁文同志为杭州市首届团代会召开作出了贡献。她和周芝山、陆鑫康、李德容、何金亮、陈炳亮、孙霆、李新民、钟婴、杨泽民、徐国恒、蔡杭芝、高在山等十八位同志是杭州市首届团代会筹备委员。周芝山同志为主任委员，陆鑫康、郁文、李德容等三同志为副主任委员，都是主席团成员。郁文同志和大家一起为筹备好大会，做了许多工作。

作为在杭州工作过的老领导，她和乔石委员长一直关心着杭州的青年工作。记得 1994 年 5 月 3 日下午，中共浙江省委办公厅电话通知我，要我去省委机要室取一个文件，我取回一看，十分高兴，那是全国人大常委会委员长乔石同志为杭州青年学院的题词，题词内容是“继承青年工作光荣传统，发扬艰苦朴素、勤奋学习的精神，培养跨世纪的社会主义四化建设人才”。

这个题词是我写信委托在北京的原青干校的老前辈周志诚同志帮助联系索求的。周志诚与郁文同志保持着长期的友好往来。他对郁文同志说明了我们的请求，郁文同志很高兴地答应了。

乔石委员长的题词，为我们指明了办学的方向，鼓舞着我们不断地创新发展。1994 年 5 月杭州市团校获市政府批准，同时挂牌成立杭州青年学院。6 月 28 日，在文三路新校区打第一根桩时举行了挂牌成立仪式。从此，团校走上了突出主业、发展两翼的新发展阶段。

此后，郁文同志更加关心杭州市团校、杭州青年学院的发展。记得在 2001 年老同志回团校开联谊会的时候，他们对我说有一个心愿，希望能够见一下曾任杭州市青年团书记的老领导乔石委员长。为满足青干校老同志和团校教师员工的要求，在会议结束以后我抱着试试看的想法，给委员长办公室写了一封信，说明了情况，很快就得到了委员长办公室的回复，回信说，愿意和大家见面，由我们定时间、地点和人员。青干校做了充分准备，最广泛地联系了老同志。我们最后决定：趁委员长来杭州参加西博会开幕式的时间，去他下榻处接受接见。10 月 16 日，接到委员长办公室的通知，委员长今天要接见我们，这比西博会开幕式整整提前了一周时间。

2001 年 10 月 16 日上午，乔石同志和郁文同志来到杭州西湖国宾馆的草坪上，热情地接见杭州青年干部学校的老同志和杭州市团校的全体教师员工。乔石和郁文同志走到大家座位旁时，亲切地向大家问好，并且和坐在前排的同志一一握手，关心地问这问那，营造了一个轻松的气氛，一时的寂静和紧张马上消失了，大家高兴地配合摄影师完成了一次又一次的拍照。由于参加接见的同志有400多人，只有分批照相，在拍完第三批后，委员长说结束了，郁文同志马上说还有第四批，她的说明给我解了围，让全体同志都见到了委员长，并且顺利完成了合影。乔石和郁文同志平易近人、和蔼可亲的形象给每个同志留下了深刻印象。

从那次接见以来的十多年时间里，郁文和乔石同志一直关心着学校的建设和发展，我去北京开会顺便去看望他们的时候，郁文同志总是热情接待，询问学校各个方面的情况，指导我们做工作，亲自为我们修改青运史征集研究稿等。也正是在郁文同志和乔石同志的长期关心下，团校人“继承青年工作光荣传统，发扬艰苦朴素、勤奋学习的精神”，坚持“求实、严谨、进取、奉献”的校风，坚持改革创新，坚持突出团青干部培训和青少年科研两方面“主业”，同时大力开拓发展学历教育和社会培训这“两翼”，特色办学，全面发展，各方面成绩斐然，市团校已基本形成杭州市乃至浙江省团青干部培训中心、青少年信息资料中心、青少年科研中心和青少年素质提高中心四位一体的格局，进入全国城市团校前列。

今天这位令人尊敬的老前辈、老领导与我们永别了，我们深感悲痛，我们决心要化悲痛为力量，以党的十八大精神为指导，把党的共青团干部教育事业做得更好，为全面建成小康社会培养更多的青年人才而奋斗！

（作者是原杭州市团校校长、共青团杭州市委青运史研究室主任）

郁文在杭州市青委

葛缘樵 等

20 世纪 50 年代初，浙江省杭州市和全国各地区一样，在中国共产党和人民政府领导下，开展了轰轰烈烈的各项政治运动和教育活动，涤荡了旧社会留下的污泥浊水，建设着新中国的秩序。全市各行各业的人民特别是青年，都意气风发地投入到伟大的革命洪流中来。

当时杭州百废待兴。当时的“青年团杭州市工作委员会”（即“中国共产党杭州市委青年工作委员会”，简称市青委）在广大青年中开展了广泛的、适合青年特点的丰富多彩的革命教育活动，成为教育和带领杭州市广大团员、青年参加各项革命活动的核心力量，起到了十分重要的作用。杭州市的广大团员、青年在各自的单位和岗位上表现得朝气蓬勃，干得热火朝天，发挥了先锋带头作用；而且有一批批的青年工人、青年学生响应组织号召，参加了下乡土改工作团队、市区政府机构的组建和军事干部学校，等等。

当时领导和主持青年团杭州市工作委员会的骨干力量主要是杭州市委从部队转业干部和原地下党的成员中调派来的。郁文同志是在 1952 年来到青年团杭州市工委工作的。根据当时杭州市青年工作局面迅速发展的需要，青年团杭州市工委的机构不断地扩展壮大。团市工委机关设立了包括办公室、组织部、宣传部、青工部、学生部、少儿部、军体部及后勤财务等部门。下属还有十来个城区和郊区的区团工委和市学联等机构。同时先后从杭州市各工厂、学校的较大的基层团组织中选调了一大批团干部来充实到各个部门工作。我们几个也就是那时期前后参加青年团杭州市工委工作的。记得当时团市工委机关里人丁兴旺，一片蓬勃景象，大都是十八、九岁或20岁出头的年青人，大家怀着参加革命工作的火热心情，投身到杭州市的青年工作中来。但是回想起来，那个时期我们中大多数人还只是初出茅庐的学生，对党的工作、党的政策和如何开展青年工作知之甚少。当时我们在进行各项工作中很重要的就是依靠包括郁文同志等团市工委的领导干部、骨干力量的带领、指导和帮助。

郁文同志在解放前就参加了党的地下工作，新中国成立后又曾在团中央任职。1952年调来青年团杭州市工委后，担任团市工委宣传部部长。她早年投身革命，参加了党的组织，有着宝贵的革命经历，积累了丰富的开展党的工作和群众运动的经验和才识。在当时杭州团市工委的日常工作和生活中，她对我们大家进行谆谆指导和亲切帮助，引导我们更加深刻地懂得了投身革命、报效祖国的道理，帮助我们学会了如何在团员、青年中贯彻党的政策和打开工作局面。郁文同志积极奉献、克己奉公；身教言传、关心群众；热忱待人、和蔼可亲，深受大家的敬重和爱戴。

记得有段时间郁文同志身体不好而被安排为半休，但郁文同志仍以任务需要为重积极坚持工作。当时团市工委正在筹备杭州市第一次团代表大会。这是一次十分重要的大会。大会要全面、正确总结杭州解放以来的青年工作，规划和提出以后的青年工作方针和任务，民主选举产生杭州市青年团的领导机构，并将“青年团杭州市工作委员会”更名为“青年团杭州市委员会”。大会准备事务千头万绪，其中一项重头戏，就是要起草好大会工作报告等文件。团市工委经过慎重研究，决定由郁文同志担任大会文件起草小组组长。郁文同志在团市工委书记直接领导下，不顾自己还在半休期间，带领一批同志加班加点，深入调研，如期完成了各项报告的起草、完稿任务，对第一次团员代表大会的胜利召开做出了贡献。

后来，由于国家经济建设的需要，郁文同志调到经济建设第一线工作。我先上了大学，后转到部队工作。20 世纪 80 年代我调来北京后，得知郁文同志在中联部工作。我曾到中联部她的家中拜访。当时离 50 年代在杭州团市委工作期间已是约 30 年之后了，我曾疑虑郁文同志是否还记得当时的一个刚参加工作的学生，不料郁文同志听说是原来在杭州团市委工作过的同事，就非常热情地来到大院的大门口传达室来接我们，并带我们回到家里，亲切地接待和共忆 50 年代在杭州团市委工作时期的生活以及人和事。

多年来，每逢新年我给郁文同志寄送贺年卡以表达敬意，郁文同志在百忙中都亲笔给我回函和寄赠精美的贺卡。写此文时，我手边正放着她寄给我的这些贺卡，看着郁文同志亲笔写的祝词、签名，怎么也不能接受郁文同志和我们永远地告别了。此刻真是感到无限的惋惜和悲痛！

大家都深深地怀念郁文同志！她一生的革命精神、情操和风范都将作为宝贵的精神财富留传后世，永远教育和激励着我们！

2013 年 11 月

（此文由原青年团杭州市工委葛缘樵、高在山、孙嘉宝、戚传根等同志回忆，葛缘樵执笔）

郁文在酒钢

韩显沛

我跟郁文同志在鞍钢时便相识了。她给人留下文质彬彬的印象，而且我知道她写得一手好文章。

1960 年是乔石在酒钢任职的第二年。这一年年初，郁文追随丈夫来到酒钢，担任酒钢党委副秘书长兼党委调研室主任。

1960 年底，我和部分处级干部参加一场报告会。会上，甘肃省委负责人传达了中央监委书记钱瑛对甘肃农村的调查报告，指出农村形势很不好。大家心里明白，在这种情况下，在甘肃搞大规模的工业建设已经不可能了。

事态的发展果真如此。1961 年初，中共中央西北局召开兰州会议，会议以解决甘肃问题为主要内容，其中形成一项重要决定，就是暂缓酒钢建设，疏散职工，易地就食。

酒钢从国家大局出发，开始组织疏散职工。已经集结的五万多人，建设主力基本撤回鞍山，其余人员疏散到新疆、陕西、辽宁、江西、黑龙江等地。经冶金部和甘肃省委批准，酒钢的疏散队伍组成了几个工程管理处。

1961 年初，在郁文来到酒钢仅数月后，乔石任酒钢陕西工程管理处党委书记，前往西安任职。时隔不久，乔石经公司研究同意，从西安赴北京中央党校学习。此时，郁文同志独自留守酒钢，与酒钢其他留守的职工一样，吃了很多苦，但是，她从来没有怨天尤人。后来，鉴于酒钢迟迟不能上马，加之与丈夫孩子分隔三地，她向时任酒钢党委组织部副部长的我提出去北京学习的要求，我向党委汇报后，组织批准了。

大约在1962年七八月份，郁文离开酒钢赴中央党校学习，与丈夫团聚。

2013年3月

（作者是原酒钢党委书记）

郁文关心舟山发展

王家恒

我与郁文同志于1983年相识，到去年（2012年）10月，郁文同志回乡时和她最后一次见面，我们交往整整30年。其中前五年，有机会相见；以后每隔10年有机会相见一次。平时我们书信往来，联系不断。谁也没有想到，2013年1月29日突然接到中联部的急电，告郁文同志逝世。当时我正在吃晚餐，悲伤袭来，难以自持。随后，我委请代送花圈表示沉痛悼念，并写唁函向家属子女表示亲切慰问。

一、信仰坚定，爱国爱党

郁文同志出身于浙江慈溪的一个书香门第。早年参加革命，在白色恐怖的环境中，坚毅沉着，无所畏惧。她共产主义信念坚定，对党和人民无限忠诚。无论在革命战争年代，还是社会主义建设时期，始终立场坚定，旗帜鲜明，以党和人民利益为重，对党的事业兢兢业业、勤勤恳恳。就是在受到冲击的“文革”时期，仍信仰坚定，坚持原则，继续努力工作。她一生光明磊落，襟怀坦白，严于律己，乐于助人，谦虚谨慎，艰苦奋斗，廉洁奉公。

郁文同志是乔石委员长的夫人，作为委员长的战友和伴侣，她在长期的革命和建设中，殚精竭虑，默默地做出重要贡献。郁文也是舟山人民的朋友，她关心舟山的建设和发展，特别对舟山的教育文化事业给予极大的帮助和支持。

二、促成“东海学院”诞生

我们于1985年创建“东海职专”，希望能为教育文化比较落后的舟山地区做一些贡献。后来在将这所学校改建为“东海学院”的过程中，遇到了许多困难，郁文都热心相助。在她的支持下，乔石委员长为“东海职专”题了字：“群策群力育英才，艰苦奋斗建设新舟山”。这题词为我们的发展指明了方向，也为后来申报“东海学院”打下基础。后来，乔石委员长又为“东海学院”题写了校名。

我曾两次进京，向有关教育部门要求将“东院”正式列入高校序列。郁文同志认为我们的要求合理，十分支持。她以全国政协委员的名义，向国家教委提出建议，后来得到了国家教委的批复，发出了“文教办［1992］231号”文件。根据她的建议，国家教委与浙江省教委商议，结合浙江省省属高校布局，对“东院”的独立设置一事进行统一研究，明确了“东院”发展方向，同时指出如果确有必要成为独立设置的普通高校，可按普通高校之检查、验收工作结束后，按程序由主管部门报普通高校评审委员会评审。东海学院经过全国高校设置评委专家组的考评，最终于1996年4月18日经国家教委批准，正式列入高等学校序列。此事，体现了郁文同志关心和支持教育事业发展的一片赤诚。

三、支持舟山旅游文化事业的发展

郁文同志数次来舟山为公公婆婆扫墓，调研考察。她了解舟山历史文化内涵深厚，旅游资源丰富，认为应在文化建设上多花功夫。在她的支持和帮助下，乔石委员长为家乡多处景点和单位题了字，如朱家尖旅游景区、舟山日报社、浙江海洋学院等，提升了这些景区和单位的知名度。

近年，舟山群岛新区成立后，郁文同志十分关心。舟山市档案局计划出版舟山档案史类丛书，很想请乔石委员长题写书名。当他们听说首长身体欠佳时很是犯难，是郁文同志再次促成了委员长的题词。乔石委员长为该丛书题写了“舟山记忆”作为书名，书名是那样地鲜明、确切，又有深厚的历史底蕴，又明白易懂，贴近群众。大家都感到极好。

乔石委员长和郁文同志为舟山群岛所做的许多事情，已成为家乡人民的珍贵记忆。

郁文同志千古！

2013 年 6 月

（作者是原中共舟山地委常委、舟山地区行政专署副专员，中共浙江省顾问委员会委员）

谦虚谨慎　平易近人

——追忆郁文同志

高　华　许　亭　黄述贤

今年1月30日，我们接到讣告，惊悉郁文同志因病逝世。我们十分悲痛，当即去寓所吊唁，并参加了2月3日于八宝山革命公墓举行的遗体告别仪式，并向郁文同志的亲属致以亲切的慰问。

我们与郁文同志相识于1983年，我们曾到万寿路中国国际交流协会拜访，她热情和我们交谈。郁文对社会上反腐败的舆论很重视，给我们留下了深刻的印象。我们在民航工作，有几次她为亲属购机票，给我们打电话，态度十分谦和，还问我们有没有困难，并一再表示谢意。

高华与乔石同志曾一同就读于上海敬业中学（抗战时称为南方中学），乔石同志十分关心母校和老校友，每年敬业中学北京校友都聚会，高华在会后给郁文同志去电话，告知聚会情况和老同学对乔石同志的问候，请她转达，她对这些老同学的姓名、简况都记得很清楚。

每逢新年，我们都互通电话或寄贺卡问候，每次我们寄去贺卡，都会收到郁文同志回复的贺卡，一笔好字，端正规范，她有时还随卡寄来一些珍贵的邮票。2008 年 11 月她送黄述贤、许文选和高华各一册党的十七大纪念邮册，大家都很高兴。在寄贺卡的同时，我们把民航挂历也一并寄去几份，她收到后分送给身边工作人员，但她又不愿多麻烦我们，2008 年她告诉我们不要再寄了。

我们和郁文同志交往虽然不多，但这些接触给我们留下了深切的印象，她谦虚谨慎，廉洁奉公，艰苦朴素，平易近人，乐于助人，她是我们的良师益友，是我们学习的榜样，我们永远铭记她的优秀品质和高尚风范。

2013 年 7 月

（作者是民航离休干部）

慈祥亲和的好大姐

——忆郁文同志二三事

孟富林

郁文同志与世长辞的噩耗传来，我们非常震惊，也非常悲痛。我们党又失去了一位好党员、好同志，我们失去了一位好大姐。我们和郁文同志见面都习惯地称“郁文大姐”，这种称呼很亲切。

我和郁文大姐相识很晚，接触也不多。大约在90年代初期，乔石同志任全国人大委员长时，我们才认识的。我在乔石委员长来安徽视察工作时、在陪同乔委员长出访时、到北京看望乔石同志时，和郁文大姐有了接触。虽然和郁文大姐相识晚、接触少，但是我们对郁文大姐的印象深刻。她所展现出的亲和力和干练的作风，使我们永志难忘。

一

在80、90年代，乔石同志多次到安徽检查视察工作，还曾经到皖南山区考察旅游事业发展，到大别山老区了解人民生活水平和经济发展状况，到淮河两岸检查受灾救灾情况，视察淮北平原经济和社会发展情况，视察皖江城市带发展情况，视察合肥城市改造和发展。乔石同志视察安徽，郁文大姐大部分时间都陪同。郁文大姐在视察中，见到群众总是问长问短，非常亲切。记得在1997年秋天，在乔石委员长视察黄山时，郁文大姐看到山上小石阶路上，一些农民肩挑一百多斤农副产品到北海宾馆供用，满身是汗，她当时关切地说："你们太辛苦了，上山要注意安全啊！"挑夫们回答说："谢谢领导的关心，我们要用自己的汗水来保证山上宾馆来客生活的需要。"郁文大姐又动情地说："黄山宾馆吃的东西，很多是从山下靠人工挑上来，很不容易，我们用餐时要注意节约啊。"

大约在1994年春天，乔石同志到大别山金寨县老区双河镇视察，到村庄和农民交谈，又到农民家里看望。郁文大姐看到群众住房有了改善，但是吃的、用的还是有困难时，关切地说："老区人民对革命贡献很大，解放已这么多年了，我们一定要关心和支持老区人民过上好日子，建设好农村。"

又记得大约在1999年10月，乔石委员长到安徽淮南、寿县、阜阳视察，一路上看到淮河两岸有很大变化，非常高兴。在淮南看到煤矿生产很好，矿工生活水平有很大提高时乔石委员长说："我们一定要关心矿工生活。"郁文大姐在旁补充说："煤矿生产一定要注意安全，不能出事啊！"在寿县参观了博物馆，寿县是全国历史文化名城，历史悠久，文物繁多，曾是"五国之都"。参观时，乔石委员长特别感兴趣，不时询问管理人员有关情况。郁文大姐说："文物宝贵，一定要保护好。"她又很关切地说："你们管理人员很辛苦，在这里默默无闻工作，向你们致谢，祝你们家庭幸福安康。"管理人员回答："感谢首长们关心，我们一定要把文物保护好、宣传好，发挥好作用。"到了颍上县，乔石委员长视察了八里河和迪沟等一些生态建设典型后，连声赞扬："这些常受灾地区生产恢复发展快，还建设生态园，真了不起。"郁文大姐说："淮河人民对国家作出很大牺牲，一定要关心他们的生产生活，让他们过上幸福生活。”乔石委员长每到之处，很多同志都想请他题字留念，委员长有时欣然挥毫题词，有时因太忙而推辞。郁文大姐倒是很理解大家的心情，一再说服委员长答应题字，以满足大家要求。有的当时就题，有的答应回北京写好后寄来，大家特别高兴。据我了解，凡是委员长承诺回北京题字的，都没有爽约。都题好寄给每位同志。我当时也请委员长题一幅字，待他回北京后没多久就收到了。委员长的亲笔题字是抄郑板桥的一首诗，“衙斋卧听萧萧竹，疑是民间疾苦声。些小吾曹州县吏，一枝一叶总关情。”我如获至宝，一直在很好保存着。

二

1997 年 4 月下旬，乔石委员长访问欧亚四国（法国、意大利、挪威、蒙古国），我有幸作为代表团成员随同访问。第一站是法国，一上飞机，看到乔石委员长和郁文大姐都非常亲和。飞机起飞前，二老一道看望了我们陪同同志和其他工作人员及机组人员，一再嘱咐“要注意安全”。到法国巴黎的当晚，乔石委员长和郁文大姐又到我们的住处看望，郁文大姐亲切地问：“你们到过巴黎没有？要注意多休息，调整时差，注意身体健康”。我们忙答：“谢谢委员长，谢谢郁文大姐。您二老也要注意休息，多加保重。”在法国我们参观了图卢兹宇航公司总部、飞机制造组装线和空间研究中心。因是初春季节，寒气袭人，郁文大姐看到我们着衣不多，她关切地对我说：“孟主任，初春天气还比较冷，你们要注意多穿衣服，防止感冒。”我忙答：“谢谢大姐的关心。”

访问法国后，我们又到挪威访问。途中，在瑞典哥德堡暂停了两天，我们几位主陪同志有时到街上游览，特别是晚上出去，郁文大姐非常关心，叮嘱我们一定要注意安全。我们到挪威后，在该国首都奥斯陆和卑尔根等地参观访问时，郁文大姐很亲切地要我们合影留念，大姐如此随和，我们感到特别温暖和鼓舞。

我们到意大利的罗马、比萨和米兰等城市和农村访问时，看到郁文大姐不仅对我们主陪同志关照，同时对一道访问的所有工作人员和机组服务人员都很亲和，不时和他们打招呼，也时常和他们合影留念。我们常说："郁文大姐真是一位慈祥亲和的长者。"

我们访问的最后一站是蒙古国，在首都乌兰巴托等地参观访问时，主人接待非常热情，但是我们对喝马奶、吃羊肉很不习惯。郁文大姐看我们吃得不爽，关切地说："你们在会餐时要注意口感，不要勉强吃一些东西，一定要注意身体健康。"一席话温暖了我们全身。

我们代表团在访问欧亚四国过程中，由于乔石委员长正确领导，由于全国人大常委会的同志和主陪同志及所有工作人员、机组同志的积极努力，大家相互关照，加上郁文大姐对大家的关心，一切活动都很顺利，紧张有序，忙而不乱，圆满地完成了出访任务。访问结束，我赞了四句话："随团访问二十天，相互关照亲无间，奔波四国忙考察，访问目的全实现。"

三

郁文大姐对老同志很尊重关照，对地方上年纪大的老同志也很尊重。

乔石委员长是我们很敬仰的老领导，对我们的工作帮助支持很大。我们离退休后，每次到北京，总是想看看他老人家，每次联系都有求必应，郁文大姐视我们如亲人。尤其使我们感动的是郁文大姐对乔石委员长照顾无微不至，不仅陪同他到地方视察、出国访问，周到地照顾好乔石同志，回到北京在家里同样地细致关照。郁文比乔石小两岁，也是高龄老同志了，她对乔委员长照顾得是多么细致、多么周到、多么感人！

郁文大姐匆匆与世长辞，我们很感意外，十分悲痛。谨以这篇短文怀念郁文大姐。“惜哉星殒钱江水，流水千秋永不沉”。郁文大姐美德长存，英名永留。

2013年7月

（作者是原安徽省人大常委会主任）

我的恩师郁文

吴兴唐

岁月流逝，在我人生 70 多年的路途上，幸运地遇到过几位对我人生有深远影响的恩师。郁文是其中最重要的一位。

从 20 世纪 80 年代中期到 90 年代后期，从中共中央对外联络部研究室到中国国际交流协会，总共 15 年时间，是我政治生涯和业务工作最重要和最有收获时期。这 15 年中，前几年在郁文直接领导下工作。后来郁文去交流协会任总干事，我主持研究室工作。我们仍保持经常的工作联系。再后来，郁文任交流协会副会长，我去交流协会任总干事，仍在郁文领导下工作。

在这 15 年中，凡遇工作中的大事要事或者疑难之事我总是同她交流看法，征询她的意见。那些年，她工作繁忙，又要协助乔石的工作，时间特别宝贵，但她从不借故推托，总是耐心细致地分析我所提出的问题，使我受益颇多。特别是我们可以直言不讳地对时政弊端和“官场”生态环境交流看法。有时我还会从书生意气出发提出种种疑问，发发牢骚。她从不讲“大道理”，更不扣“大帽子”，而是帮我分析对与错以及如何正确对待。

2011 年 9 月，中国国际交流协会成立 30 周年庆典之后，在万寿宾馆自助餐厅就餐，我走到郁文旁边坐下。交谈中，我说："许多领导同志都出了文集，我想乔石同志也可出文集。"郁文说："已有编辑组编辑一本文集叫《乔石谈民主与法制》，已有样书。"她停顿一下说："啊呀，怎么把你忘了呢，你来参加吧！"我说，既然已出样书，就不参加了吧。她抱歉地说："这是我的疏忽，你一定要参加。"第二天她托人把样书送来，并约定3天之后去谈一次。3天之后，我如约去她家，编辑组长陈群也在。郁文说，虽然出了样书，但还有许多工作要做。她要我对文集样书发表看法。我说，文集编得很好，书名也很好。民主与法制正是我国当前政治生活中的两件大事。出版乔石同志关于民主与法制的论述，结合当前实际情况，既能看到历史背景又具有深刻的现实意义。郁文很赞同我的看法，并要我在文集出版时写一篇文章发表。从那之后约一年半时间里，似乎回到从前，我可以同郁文经常探讨出版文集问题和谈论时政要闻。同时我们都有"职业病"，离不开谈论国际形势和对外政策。我看她，虽然高龄，身体尚好，依然那样从容与和善。

2013年1月下旬，接到陈群的电话，说郁文已住进医院并昏迷病危，又过了几天就逝世了。这真是晴天霹雳。起始我一直不敢相信这是真实的。因为在一个月之前，她还同我们编辑组成员一起吃饭，谈笑风生。我还简要地向她报告有关出版乔石第二部文集的编辑设想，她十分赞同。在灵堂，我在她遗像前放声痛哭，我失去了一生中最好的也是最后一位恩师。我暗暗地发誓，一定完成好她的遗愿，继续努力编好乔石文集。

往事历历在目。往事不是飘忽的烟，也不是虚幻的梦，而是在脑海中一张张不断转换的底片。

20世纪80年代中期是一个历史大转折时期。我从我国驻联邦德国使馆工作将近5年后回国。我面临我的工作选择，有三个去向：一是去交流协会，二是去研究所，三是到中联部研究室。当时研究室主任李骥和副主任郁文在我一回国时就找我谈话，希望我到中联部研究室工作。我有点犹豫。郁文看出来了，就约我到家里去谈谈。我说，研究室工作对我来说完全是一项新的工作，任务艰巨，并且要坐冷板凳和放弃所学的外语，恐怕难以适应。郁文没有直接回应我的问题，而是详细介绍了研究室的当前工作以及人员情况。然后她说："现在中央要求打开党的对外工作的新局面，对研究室来说都是新的工作，大家都在边干边学。我也是从头做起。同时，研究室工作默默无闻，不像交协那样有很多对外交往，也不像研究所那样个人可以著书立说。如果你来研究室，将担负形势与政策研究工作，主要为部里起草报送中央的形势分析报告和对外政策建议。这是一项要求很高的工作，你来中联部工作比我还早，还写过一些文章，一定能胜任。"她又说："但是你要有思想准备，要有'吃亏'的思想准备。起草报告的工作，程序十分繁复，要有高度的思想性，要经过集体讨论和修改，要善于融合各方面的意见，而最后出来的报告已经不是你自己的了。无利又无名。"她停顿一下说："老乔知道你刚从使馆回来，想了解一下情况。"乔石当时已进入中共中央书记处，但仍兼任中联部部长。我简要地报告了在使馆的工作情况。乔石详细询问了德国社会民主党的基本主张、群众基础和活动状况以及德国现代企业制度和社会保障体制实施情况。在我作了介绍后，乔石说："你了解不少情况，还有自己的见解。使馆这几年工作对你搞研究工作是有用的。中联部研究室工作是进行综合性研究，对你来说也可以说是新的工作。但可以触类旁通。我赞成你到研究室工作。"乔石问郁文："研究室人员中有从使馆回来的吗?"郁文答："还没有。"乔石指着我说："那你现在是从使馆回来到研究室工作的第一人。"在乔石和郁文的鼓励下，我决定到研究室工作，而且一干就是10年。

初进研究室，在李骥主任和郁文副主任领导下，一切从头做起。李骥思维活跃，郁文认真细致，我学到了很多东西。几个月后，李骥调任，郁文任主任，我任副主任。

20世纪80年代中期，世界形势和国际共运形势酝酿着重大的转折性变化。郁文主持下的研究室任务十分繁重，在钱李仁、朱良、李淑铮等部领导的领导下，进行了深入的有成效的调研工作，向中央报送了大量具有重要参考价值的调研精品和方针政策建议。当时，中央提出开创党的对外工作的新局面。调研课题集中在世界形势和国际力量对比的变化，国际共运形势特别是苏联和东欧国家形势发展变化的预测，各国社会党及社会党国际的状况和同我党发展关系的动向，政党外交的新形势及新方针政策。由于中联部没有下属的研究所，因此研究室还承担了专题研究的任务，主要是对现代资本主义和现代社会主义的发展以及社会主义思潮的变化进行调研。钱李仁部长提出了长期、中期和短期调研规划。郁文对上述课题都花了大量心血，提出了许多创造性的前瞻性的观点。

1983—1984年期间，在乔石主持下，中联部正在综合研究国际共运大论战问题，起草了六个材料。郁文参加了这一项工作。她要我抓紧时间，提出修改意见。郁文对我说，“文革”十年中央作了决议，而“论战”十年，对我国政治生活和国际关系都有重要影响，我们应做研究和提出看法。这是我所承担的第一个重要任务。

起步好才能走得稳。我起步的“第一课”就是郁文对我提出过的需要有“吃亏”思想。我任副主任后，郁文让我承担主要报告的起草工作。这真是一件难办的工作，要求高、时间紧，无利又无名。给别人做嫁衣裳，做得好也可出名成为大师，这项工作连给人做嫁衣裳还不如。也不如到“写作班子”集体写作，写出来有成品，成绩也有我一份。现在这样工作，送上去后已不知是谁的作品。我写得很快，但从不自己修改，写好后赶紧送出去。而郁文对我的初稿作了精心修改，从结构、思路、分段到错别字和标点符号。修改别人文章实际比自己写还难。同时，我写了几篇之后就过于自信，不情愿听别人提出修改意见，在讨论我写的稿子时，对别人意见都要顶回去。翻来覆去讨论，覆来翻去修改，不胜其烦。一次在讨论修改稿子时我说，稿子改来改去，部领导各位每人一种意见，捏不起来，我不是泥水匠。郁文听出我有情绪，于是找我谈话，再次提到“吃亏”。她说：“不要怕吃亏。只要用心，几年下来就可能把自己培养成这方面的专家。”

要说“吃亏”，郁文几十年来是最为“吃亏”的，但她从不抱怨。郁文对我说：“同老乔和我一起参加革命斗争的同志，很多都牺牲了。想起他们，我们没有什么可抱怨的。”郁文出身书香门第，文字功底十分深厚。解放前曾在上海地下党主办的报纸和刊物任记者，发表过文章。但解放后主要从事调研工作，撰写内部文件。1963 年 4 月进入中联部后主要在研究室工作，撰写调研报告，而从未发表过个人署名的作品。不仅如此，她还把对外发表文章和参加调研的机会统统让给我，使我能够之后获得国务院职称委员会批准的“研究员”以及 20 多年陆续公开发表一些文章的机会。

1983 年年底，胡耀邦总书记向中联部领导提出，中联部要在党中央机关带头建立新闻发言人制度。部领导确定由研究室领导任新闻发言人。朱良副部长到办公室找我谈话说：“部领导本来请郁文任新闻发言人，但郁文提出她的身份不方便，推荐你为发言人，部领导已作出决定。”第二天我向郁文汇报工作，她鼓励我要有信心做好发言人工作，同时对设立新闻局和第一次新闻发布会作了详细的规划。她还提出，由于乔石那里的工作越来越多，要我主持研究室的全面工作。

新闻发言人工作是一项既有“风头”又有“风险”的工作。不能说错话，但也不能板着脸打官腔。外国记者往往根据他自己的理解刊登你的发言，这会引起国内一些人的误解，甚至批评。同时这又是“出风头”的工作，报上经常有名，电视也有时“出镜”。这引起一些人闲言碎语，甚至“打小报告”。带着这些困惑，我求教于郁文。郁文听后笑着说：“我正好也要找你。有人向中央告状，说你是乔石的侄子，所以当上了发言人。真是无稽之谈。我已向中央作了说明。”乔石和郁文对自己子女和亲属要求十分严格，是一贯的和难能可贵的，这是大家都十分熟悉的。

1986年12月，郁文调任中国国际交流协会任总干事。1987年年初，郁文同我商量，如何加强研究室同交流协会的合作，相互补充发挥优势。她说：“研究室研究工作是强项，但缺少对外交流；交流协会对外交往多，但欠缺研究。因此可以相互补充，共同做好工作。”她要我以交流协会“理事”的名义参加一些对外活动，特别是同国外学者的交流和参加主题研讨会。1988年春，郁文告诉我，交流协会正在筹办于次年召开的“第三世界国家发展战略国际讨论会”。她邀我参加从筹备到开会再到总结的讨论会全过程。这使我获得组织大型研讨会的经验和交流协会工作流程的经验。

在这次讨论会之后，我同郁文商量，能否在研究室成立一个能对外的研究中心，以便可以同交流协会一起进行对内对外的学术性交流，郁文十分赞同，要我向部领导写报告。在部领导指示同意后，由中联部周士琴副秘书长具体筹建并成立了“当代世界研究中心”。

从1988年开始，苏联和东欧国家的政局发生重大变化。1991年苏联解体、冷战结束，国际格局发生急剧变动。研究室根据部领导的部署，积极主动向中央提出调研报告和政策建议。如何看待苏联解体，主要原因何在？如何对待改变了社会主义政治体制的俄罗斯和东欧国家？如何看待美国和西方国家对社会主义的“和平演变”？如何对待社会主义思潮？对这些问题都议论纷纷。对此我多次同郁文交流看法。我的看法和意见都得到了她的肯定，因而使我能更坚定地提出后来事实证明是正确的观点。

1993 年年中，我又面临一次工作岗位的转变。部领导通知我有一位局长来任研究室主任，我只任新闻局长，挂在研究室。我要求去交流协会工作又被拒绝。我对此十分不解，去找了郁文。郁文说："你来交流协会工作是合适的。但部领导已经决定，我就不好再说什么了。是否可以再找部领导谈一谈。"我对此表示理解。后来李淑铮副部长批准我去交流协会任总干事。此时郁文已是交流协会的副会长。我到交流协会后，郁文交待我做好三件事：第一，交流协会要进行广泛的对外联系。当年李一氓提出建立交流协会，开始李一氓想叫"了解协会"，就是要同国外各界人士交往，相互了解。后来大家认为还是用"交流协会"名称好，但英文仍用"了解"（understanding）。对各国的左中右、上中下各方人士都要接触，要广交朋友。第二，交流协会是各民主党派领导人对外活动的一个重要平台，也能体现我国的多党合作制。要尽可能多地安排民主党派领导人的对外活动，充分发挥他们的作用。郁文自己有好几次的出访机会，她都建议先考虑担任交流协会领导的民主党派领导人。她还向乔石推荐，请雷洁琼副委员长参加乔石委员长率领的访日代表团。第三，交流协会在对外活动中有不少鲜活材料，整理出来可以写成调研材料，对交流协会年轻干部也是一种锻炼。就此，我向吴学谦会长和张香山副会长作了汇报，他们都表示十分赞赏。郁文自己也以身作则，带头做好上述三点。她在出访日本、美国和俄罗斯等国时，都尽可能多地与各方人士交流。在访美期间她主动同美国国会中对我国有成见的议员交流，收到了很好的效果。她对我说，对右派和对被认为"反华"的人也要做工作，这是很重要的工作，不要求做几次工作就期望他们会转变立场，但可达到相互了解的目的。

郁文教我如何“做文章”。在这里，“做文章”既是文字写作，又是“为人处世”。“为人处世”也是一篇大文章。郁文言传身教，从不大篇“说教”，而是在关键时候的点拨与开导。

她的平等待人和民主作风是大家公认的。她时时处处关心别人，关心她所接触的一切人，几十年如一日。她作为乔石委员长的夫人，从不摆“架子”，从不显示“高人一等”，而一直是保持谦虚谨慎的态度。这是非常不容易的，也是为大家所敬重的。

回忆无法间断。时间越过一年又一年，她那一点一滴的教诲，春雨润物细无声，她那特有的风范深深影响着我的为人处世和工作作风。她那老共产党人的政治敏感性和立场坚定性，又糅合着不急不躁和不走极端的政治态度，她那流畅秀美而又不刻意显露的文字底蕴，她的朴实、婉约、大方的温文尔雅的仪态，她那浓厚的东方传统的文化素养和亲和力，深深地影响着我和我的一批同事。回顾以往，我和我的许多同事对郁文都怀有无以穷尽的尊敬、感激和思念。

2013 年 6 月

（作者是中联部研究室原主任、中国国际交流协会原总干事）

难忘的记忆　无尽的思念

陈雪英

郁文同志溘然长逝，噩耗传来，我泪如泉涌，哀思绵绵。我为失去一位可亲可敬的领导、一位真诚热情的朋友而悲痛。

1965年，我大学毕业分配到中共中央对外联络部十一处（研究室的前身），和郁文同志在一起工作，朝夕相处，直到1986年底她调离研究室。此后，我们仍时有联系。2010年5月开始，我参加“乔石同志资料小组”的工作，又在郁文同志的直接领导下。在几十年和她相处的岁月中，我得到她许多帮助、指导和教诲，留下了难以忘怀的记忆。郁文同志追求光明，探寻真理；襟怀坦荡，刚正不阿；勤奋刻苦，忠诚敬业；联系群众，助人为乐……我深切地感受到她人格的魅力，感受到一位革命老前辈、老共产党员的高贵品质。

认识郁文

我刚认识郁文时，就觉得她十分平易近人，待人真诚和蔼，工作干练，风度不凡，令人尊敬。这是我同她接触中得出的直观印象，对于有关她的其他情况我并不知晓。

1966年“文化大革命”开始后，各单位都要成立“文革小组”，大家认为郁文党性强，觉悟高，有水平，有魄力，口才好，便选举她为十一处“文革小组”成员。不料，“造反派”为了打击不同观点的群众，就拿郁文的家庭出身说事，并把有关她的人事档案材料用大字报的形式张贴公布出来。这对郁文同志无疑是个不小的冲击，而我看完大字报后却对她多了几分了解，加深了对她的认识。

原来她是大家闺秀，有优越的生活条件，有得天独厚的社会关系，她完全可以过舒适安逸的大小姐的生活，但她没有。她放弃了她可以享受的一切，选择了走革命的路。当时我想，马克思和恩格斯都出身于非无产阶级家庭，恩格斯还是资产阶级家庭出身，但他们一生都在为无产阶级和劳动人民的利益而奋斗。虽然不能拿郁文同马克思和恩格斯相比，但不“唯成分论”是一样的。我一直牢记陈毅同志说的一句话：“要看成分，但不‘唯成分论’，重在个人表现。”所以，我认为郁文同志绝不可能反党反社会主义，我坚信她是好人，是真正的共产党员。

在“文化大革命”中，她虽然受到冲击，但始终坚持真理，坚持原则，努力学习，刻苦工作，勤奋敬业。1966年底，我们单位有一位同志为赶写一份长篇大字报至凌晨两三点钟，太疲劳了，结果抄错了一个字，被打成“现行反革命分子”。郁文几次说起他的事，认为他不可能是反革命。在一次批斗这位同志的会上，批斗口号此起彼伏，批斗会结束后郁文对我说：“他们喊‘×××老实交待’的口号我们都举手了，但他们喊‘打倒反革命分子×××’、‘砸烂×××的狗头’等口号，我们十一处很多同志都没有举手，我也没有举手，因为他不是反革命。”由此足见，郁文坚持原则的立场多么坚定，多么鲜明！联系到1976年清明节，在那“黑云压城城欲摧”的日子里，郁文和研究室的同志一起，冲破重重“禁令”，到天安门广场悼念敬爱的周总理的情景，我更是感慨万千！

随着“文化大革命”运动的深入，郁文同志受到半隔离审查，被剥夺了工作的权利。但她没有消沉，每天照样按时上班，利用这一难得的“空闲”时间，关在一个小北屋里拼命读书。她读马列著作，读《毛泽东选集》，读得非常认真，摘录了许多卡片，做了大量读书笔记。

为了进一步审查郁文，我的同事赵志民奉命对她进行内查外调。后来，赵志民欣喜地告诉我：郁文是一位了不起的好人。他说：“郁文表现真不错，她确实了不起。”他说，从调查材料看，没有一个人说郁文的坏话，都说郁文好，说她在学校读书时就积极参加抗日救亡运动，并用自己的行动影响和带动周围的人。有的说，他们读到的第一本毛主席的《论持久战》是从郁文那里得到的；有的说，《共产党宣言》是郁文送的。他们说，“是在郁文的影响和引导下走上革命道路的”。赵志民同志还告诉我，在外调中查到郁文写的一些家信，其中一封是关于抗美援朝的。当时郁文的妹妹想报名参加抗美援朝，她妈妈不想让她妹妹当兵，郁文得知后给她妈妈写了一封长信，讲述抗美援朝的意义，讲“国家兴亡匹夫有责”的道理，写得特别好。听了赵志民同志的讲述，我非常感动。郁文在我脑海里的形象更加高大，更加光彩照人！尽管当时她还在被审查之中，还没有获得“解放”。

大家都认为郁文同志是个能人，从她的资历、政治理论水平、思想品德、工作能力和经验等方面来看，她完全可以胜任更重要的工作，担任更高的职务，但她从不计较个人职务的升迁。她总是严格要求自己，工作上高标准、高要求，生活上低标准、低要求。她说，想起上海地下党牺牲了那么多同志，自己能幸存下来，还生活得这么好，已经很满足了，已死而无憾了。她的心胸多么敞亮、坦荡，品质多么高尚，多么令人敬佩！

不知疲倦的领导者和实干者

郁文同志具有较深厚的马列主义理论基础，具有严谨的学风和良好的文字修养。她勤于思考，善于思考，才华过人，是一位有理论、有思想、有见解的领导者和实干者。她为工作倾注了全部心力和才智，不论是对待具体的编辑和研究工作，还是领导工作，她都竭尽全力，始终如一。在工作中，她十分注意从大处着眼，从国内外大局出发考虑问题，进行探索和研究。同时，她又从小处着手，埋头苦干，踏实认真，一丝不苟，精益求精。

上个世纪 40 年代，她就担任上海地下党报刊的记者、编辑和撰稿人。新中国成立后，她在各个不同的岗位上从事文字、研究和领导工作。她在中联部继续搞编辑和研究工作，这是她的老本行，对她来说是驾轻就熟，但她从来不因此放松对自己的要求，从对每一篇文稿的取舍、具体内容的核实和删改，到文章结构和文字修辞，她都认真琢磨，反复推敲。她首先考虑文稿的内容是否有新意，对中央领导和有关读者是否有参考价值，然后进一步考虑如何使文稿的思路更清晰、重点更突出、表达更准确、语言更通达精炼，甚至对有些技术问题她也从不放过。同时，她又特别尊重作者的意见，凡是文稿内容有重要修改，她都要反馈给作者，耐心同作者商量，直至最后取得共识。所以，在 1986 年底郁文调离研究室时的欢送会上，一位资深的研究人员对郁文说了这样一句评语：“郁文看过的稿子可以说是滴水不漏，只要她看过，我们就放心。”

1969 年党的“九大”增加了许多新的中央委员，他们中有许多人对世界共运和国际问题比较生疏。为了使他们更好地了解这方面的情况，70 年代初周恩来总理指示中联部办一个综述性的刊物，部里决定由研究室负责办一个月刊，定名为《共运月报》。这项工作从筹备到出刊都是郁文同志具体负责。她深知这项工作的重要性，必须花大力气，除了各地区局提供相关资料外，她每天都要阅读大量资料，亲自收集、摘录、整理材料，从中选取有价值的内容，力求最终形成的文稿能比较全面和准确地反映共运的形势、动态、各党的重要情况、值得关注的社会思潮及重大国际问题，以使中央领导、中央委员和有关部门对共运情况有一个概括的全貌的了解。为此，郁文同志经常加班加点，甚至睡觉时都在思考，一旦有了灵感，有了思路，立即起床把它记录下来。因为工作太忙，太紧张，特别是刊物临出版前，精神高度集中，所以有好几次她都累得病倒了。

粉碎“四人帮”，特别是党的十一届三中全会之后，我们党开始全面纠正过去的左倾路线，党的对外联络工作也在拨乱反正、总结经验、调整政策、开拓创新中不断前进。这一时期工作任务特别繁重。郁文和研究室的其他领导一起，根据中央确定的外交工作要为我国社会主义现代化建设服务、为改革开放服务、要争取一个尽可能长时期的和平国际环境的总方针，按照部领导的部署和要求，领导研究室一班人努力奋斗，开展了卓有成效的工作，拓展了工作面，加强了对世界共运、政党情况、社会思潮、形势政策和综合课题等方面的研究，报送了大量有重要价值的材料和调研成果，为中央决策提供了参考。

经过调整，我们党打破了只同共产党和工人党发展关系的框框，继同发展中国家政党建立友好关系之后，1981 年开始同社会党（包括社会民主党和工党）建立正式关系。由于过去同社会党虽有某种联系，但没有正式的政党关系，所以这方面的研究工作近乎空白，资料非常缺乏。郁文同志当时虽不直接主管这项工作，但她仍竭尽全力想办法，并从家里找来乔石同志摘录的马、恩、列、斯对社会党有关论述的几箱卡片，为开展对社会党和社会党国际的工作与理论研究提供了很大帮助。

郁文在乔石同志调到中央以后，工作更加繁忙。她既要尽最大努力协助乔石同志，又要领导研究室的工作，为此她只有减少休息时间，夜以继日地工作。郁文陪乔石同志去北戴河休假，其实就是换一个工作地点。她每次去休假都要带一大摞文稿去处理，休假结束了，她带去的文稿也审读处理完了。郁文同志就是这样分秒必争、不知疲倦地工作。

联系群众，关心他人

“对同志像春天般的温暖”。雷锋同志这一人生格言用来形容郁文同志再合适不过了。她对群众有一颗赤诚火热的心，对研究室（包括其前身十一处）的同志从工作、学习到生活都十分关心。她善于做各方面的工作，化解各种矛盾。原十一处有一位级别和职务都比她高的老同志性情比较急躁，加之那位同志当时闹更年期，脾气特别大，她发起火来，大家都不敢吭声，但时任党支部委员的郁文同志总是耐心地给她做工作，开导她，最终都能使她转怒为喜，哈哈大笑。每每看到这种情景，我对郁文佩服不已。

郁文十分关心下面同志的成长进步，重视培养干部，创造条件给他们锻炼的机会，给他们压担子，引导他们朝着正确的方向前进。20 世纪 80 年代，我们单位陆续来了一些大学毕业生，郁文很重视，亲自审读他们撰写的调研文稿。有一次我那个处一位年轻同志写了一篇稿子，她阅后特意把我找去，说稿子写得不错，有较好的文字功底，嘱咐我要好好培养这位同志，不要耽误了人家。这不仅反映出郁文关心同志，特别是年轻同志，同时也反映出她爱才的迫切心情。

郁文总能同大家打成一片，只要能抽出时间来，她就和大家一起活动，做广播操，或去郊游。最让我难忘的是80年代以后举行的新春联欢会，她带来亲手制作的冰淇淋。我们单位从来没有小金库，新春联欢会既没有条件去酒店、餐馆会餐，也不可能去娱乐场所唱歌、跳舞，而是靠大家“自己动手，丰衣足食”。我们每个人根据自己的情况，把最拿手的菜在家里做好带来（也可以不带），或在现场制作，郁文每年联欢会都提前一天做好一大盆冰淇淋，配上几十个小碟和小勺子带到办公室。联欢会除了讲话、自由交谈外，主要活动是唱歌、猜谜语、做游戏等，大家边开会边吃东西，最后一个节目就是吃冰淇淋。这在当时是比较稀缺的食品，备受欢迎。联欢会虽然简朴，但很热闹，大家玩得尽兴、开心，吃得痛快、称心，领导和群众不分彼此，融为一体，感到格外亲切。

郁文不仅在生活中同大家密切相处，而且在学习和工作中同大家平等交流，敞开心扉发表意见。为了弄清某一个问题，大家常常在研讨会上展开激烈争论，包括几位室领导在内有时甚至争论得面红耳赤，大家畅所欲言，阐述自己的观点。但争论过后，又回到往常的平静，大家照样相处融洽，丝毫不影响相互之间的感情。正是这种平等、民主作风，营造了研究室研讨问题、探寻真理的良好氛围。

郁文有一颗仁爱之心，只要听到别人有难处，她就十分同情和关心。她帮助打扫院子和管理花房的老周的情景，至今还历历在目。老周家在河北农村，当时温饱问题都没有解决，20世纪60年代中期他又得了一对双胞胎，生活更加窘迫。郁文同志知道后，经常给老周送粮票（当时凭粮票吃饭，郁文家里能节省下一部分粮票），并找来一些小孩的衣服送给他，帮他解决了不小的困难。还有洗衣房的老何，老家在四川，丈夫去世后生活很困难，郁文也常常帮助她。老周、老何都是普通的工勤人员，郁文同他们的接触并不多，只是认识而已，她关心和帮助他人的热心肠，由此可见一斑。

郁文同志对待保姆同样宽厚仁慈。20 世纪 70 年代末，她请了刚从安徽农村来打工的保姆张阿姨照顾年近八旬的婆婆。张阿姨到郁文家不久就把粮本丢了，她吓得嚎啕大哭。郁文下班回到家看见张阿姨哭得这么伤心，就问她发生了什么事，当得知家里的粮本丢失时，郁文不但没有生气，没有批评、指责张阿姨，反而安慰她，这使张阿姨破涕为笑。接着，郁文给粮店写了一张条子请张阿姨送去，说明了原由，请粮店保管好粮票，不要被人冒领，随后申请补发了粮本。张阿姨在老家除了焖饭熬粥、炒简单的青菜外，别的菜都不会做，郁文就手把手地教她，后来张阿姨学会了做不少菜品。随着时间的推移，张阿姨逐渐认识了一些朋友，出门买菜、办事碰到熟人不免多聊一会儿，郁文的婆婆一个人在家待久了感到寂寞。当婆婆同她谈起此事时，郁文总是开导婆婆，说阿姨出来打工不容易，请婆婆多多谅解她。后来郁文家里为了攒一笔钱买一套好一点的书柜，决心暂时不请保姆，张阿姨离开了郁文家，但仍在我们大院里做保姆。张阿姨挂念老家的婆婆、丈夫和小孩，但又不会写信，每次都来找郁文帮忙。郁文虽然很忙，但对此总是有求必应，从不拒绝。后来张阿姨又回到郁文家当保姆，张阿姨几个孩子来北京时，郁文都热情接待，每次都给孩子们送些棉布之类的东西带回老家。张阿姨每每同我谈起这些事时，对郁文充满了感激和敬意。

郁文同志对我也毫不例外关爱有加。她不仅在思想上和工作上给了我许多指导和帮助，而且在生活上对我十分关心。我的孩子出生的时候，正值“文革”时期，我丈夫在四川部队上，当时不能请假来照顾我，我在北京举目无亲。但是，我得到单位许多同志的帮助，郁文更是跑前跑后为我奔忙，并找来一些旧被单给孩子做尿布，到医院给我送吃的……后来有一段时间我的身体很不好，她经常安慰我，鼓励我，并以她自己过去得肺结核时与疾病作斗争的经历开导我，帮我树立信心，还送给我一本《练功十八法》，叫我坚持锻炼，并教我学会了三招简便、省时、容易坚持下去的锻炼方法，对此，我一直牢记在心。有一次中午我睡过了时间，迟到了，当时大家对自己要求十分严格，没有人迟到早退，所以我在去办公室的路上心里十分紧张，我抱着挨批评的心情进了办公室，我说："对不起，我迟到了。"但使我没有想到的是，郁文却连声说："能睡着一会儿就好，能睡着一会儿就好！"这话语像一股暖流涌上心头，我感动极了，让我终生难忘。

郁文不仅关心我，还十分关心我的家人。我的孩子生病了，她带上好吃的东西来看望，我孩子至今说起来仍感慨不已，说："郁阿姨不仅关心同事，而且对同事的孩子也那么关心，那么真心实意，没有半点做作，太让人敬佩了。"我丈夫得了重病，郁文很挂念，在百忙中几次打来电话慰问。2003 年底，我丈夫重病复发，她得知后带着慰问品专程到我家来看望。那时她快 80 高龄了，还这么惦念、关心一位比她年轻的普通同事，我们真是感到受之有愧，十分感激。

贤妻良母好儿媳

郁文所扮演的妻子、母亲和儿媳的角色，我们了解得不是很多，我们所见所闻和所感触到的只是一鳞半爪。即便如此，大家也公认她是一位贤妻良母好儿媳。

郁文和乔石始终鹣鲽情深，相敬如宾。他们在生活上互相关心，互相体贴，互相照顾，郁文同志更是处处为乔石同志着想，关心他的生活和健康，每当乔石同志有重要外事出访活动，她便是乔石的第一参谋和助手，帮助乔石选购衣料，购买生活用品，事事考虑周全，细致入微。他们在学习和工作上共同探讨，相互切磋，常常为一篇文稿讨论到夜深人静。当然，郁文对乔石同志更多的是尊重和敬慕。乔石同志调到中央以后，郁文同志更是殚精竭虑协助乔石同志工作。例如，当时有许多老同事、老朋友给乔石同志写信反映各种问题，有的还请乔石同志帮助解决问题。为了节省乔石同志的时间，郁文不顾自己工作一天的辛劳常常替乔石同志回复大量来信，并协助乔石同志处理其他工作文稿，一直工作到深夜，常常12点钟以后才休息。

作为母亲，郁文尽心尽力扶养、教育子女，使他们健康成长并成才。她是孩子的母亲，更是朋友，总是以朋友的态度与孩子们相处，了解他们的所思所想，与他们同追求，共欢乐。70年代初，大孩子在延安插队时得了重症肝炎，回北京治疗了差不多一个月还不见好转，她急得眼泪直流，这是我第一次看见她哭。平日里我们觉得她比较坚强，对如何护理病人也比一般人懂得多，可面对孩子患病，坚强的母亲也会变得软弱，这就是慈母心，伟大的母爱！当孩子的病情逐步好转以后，她给孩子买来当时不多见的录音机，让孩子边养病边学外语，后来她的孩子进入北京外语学院（即现在的"北京外国语大学"）读书，学习成绩优秀，毕业后留校当老师。随着我国对外开放步伐的加快，他参加了联合国同声翻译的考试并获通过，但由于学校教学工作的需要，他未获准参加复试。后来，他考入英国剑桥大学读博士，再后来，他通过考试成为联合国官员。老三考大学前发现得了肝炎，如何安排他的学业？我们都在为郁文着急，但她经过冷静思考，决定让孩子边治疗、休养边复习，争取当年上大学，最后顺利考上大学并完成学业。郁文四个子女上中学时正值"文化大革命"，郁文和丈夫都受到审查，四个孩子中学毕业后有三个去农村插队，一个在商场当售货员，他们都是靠自己的努力进入大学学习的。老大、老二被推荐保送上大学，老三、老四是1977年恢复高考后同时考上大学的，而且上的都是名牌大学。这也反映了郁文同志对子女教育的成功。

作为儿媳，她关心、体贴、照顾、孝敬公婆。郁文的公公、婆婆长期与她住在一起，郁文不仅仅是同他们和谐相处，而且是打心眼儿里爱他们，尊敬他们。每当谈到公公婆婆，她都十分动情，特别是谈到她年轻得肺结核时婆婆对她无微不至的照顾，她脸上便充满了笑容，对婆婆的感激之情、崇敬之意油然而生，久久地沉浸在无比的满足和幸福之中。郁文十分理解公公婆婆的艰辛和劳作，一辈子不容易，过去吃了不少苦，所以，她要使他们生活得幸福、快乐，安享晚年！婆婆年老以后患上了眼疾，郁文对婆婆更是关怀备至，不管工作多么忙，都要亲自给婆婆上眼药。后来有了保姆，她仍坚持这样做。早晨给婆婆上完眼药后去上班，晚上上完眼药扶婆婆回房就寝以后才去忙其他事情，几十年如一日，从不间断，婆婆活到 90 岁离世。这是多么难得的好儿媳啊！

她不仅对公公婆婆照顾周全，体贴入微，而且对小姑子也十分关爱，亲如姐妹。有一次她小姑子要回南京自己的家，郁文看见小姑子穿得比较素，便关切地对她说："你怎么穿得这么素？你儿子还要去机场接你呢，你一定要打扮得漂漂亮亮的，要精神一些。"小姑子说所有东西都收拾打包了，郁文就立即把自己最漂亮的围巾找出来。小姑子配上她那漂亮的围巾，确实精神多了。

郁文同志不仅是一位忠诚敬业的好党员，好干部，好领导，而且也是一位贤妻良母好儿媳，是善良勤劳的中国女性的典型代表。

2013 年 7 月

（作者是中联部当代世界出版社原总编辑）

不尽的哀思

郑忠祥

今年 1 月 28 日，郁文同志溘然离世。这半年来，她和蔼的笑容、安详的神态，仍历历如在目前。她为人谦和、平易近人，她总是一心扑在工作上、一心扑在党和人民的事业上。她的精神、她的品格，永远是我学习的楷模。

我是 1964 年从复旦大学毕业的，毕业后就分配到中联部，在西亚非洲局工作。因为乔石同志是我们局的一位领导，我也自然认识了郁文同志。一开始我对她了解不多，只知道她很早参加了上海地下党，还曾在离我老家不远的浙江四明山上打过游击，她还曾和乔石同志同在上海《联合晚报》工作、相识，她还采访过郭沫若、邓颖超等名人，她的报道在上海有广大读者，有不小影响，但她从来不宣扬。

1973 年，我从中联部河南沈丘五七干校“毕业”，回到中联部，分配在研究室（局）工作。当时研究室领导有叶蠖生、乔石、李骥等，郁文同志在综合处负责《月报》等的编辑工作。那时，部里虽有不少刊物，我一直认为《月报》编辑得最好，最有可读性，每期一出版，我总是先睹为快。

有一天，郁文同志找我，“这几天你有时间吗？帮我们搞一期月报吧”，我立即欣然接受任务。“班门弄斧”才能向郁文同志学习嘛，经她阅改的文章就是佳品。看过我编辑的稿子，她对我说：“总的说，你编辑得很好，但有一点你还可以注意，一篇报道也好，写一个文件也好，你要注意读者是谁，这样写出来的口气就统一了。”几十年过去了，她的话语仍响在我的耳畔，这对我是最珍贵的教诲，使我受益匪浅，终生不忘。

我认为，如果郁文同志没有深厚的思想、理论和语言文字功底，是编不成如此出色的刊物的。《月报》文字简练、形式活泼、信息量大。当时，毛泽东、周恩来等领导人都会阅读这份刊物。在敬爱的周总理住院期间，邓大姐还找中联部副部长张香山说：“以后这些刊物文字再少些，但内容不能少，要求原汁原味地加以报道，倒不需要作什么评论。”在那些日子里，郁文等同志殚精竭虑，编辑了许多极具研究价值、参政价值的精品和上品，得到上下普遍好评，为党的外事工作、编辑工作作出了卓越的贡献。

1980 年，我离开中联部去中宣部新闻局工作。在这之前，郁文同志曾找我谈话，她像家里人一样为我分析情况，挽留我，希望我继续在研究室工作。但我因为其他一些原因，还是去了新闻局。至今，我仍对郁文同志曾经有过的关怀念念不忘，她的真诚使我感到十分亲切和温馨。

有一次，我回中联部“老家”看望几位老同事。正巧见到郁文同志，她说：“正是午饭时间，到我家吃便饭吧。”一进门，乔石同志年迈的母亲高兴地和我讲起宁波话。我对乔石同志的老妈妈也一直十分尊敬，一是因为老太太是我的老乡，和她说话，听到了亲切的乡音；二是我曾听说，她是苦出身，9 岁起就在上海一家英国人开的缫丝厂当童工。她待人总是那样热情、诚恳。那天，我还见到了乔石同志，虽然我是乔石同志的老部下，同他很熟悉，但我还是有些紧张，心里想现在他是个大官了，会不会有架子啊！饭后，吃过西瓜，老太太对乔石同志说：“快把你的手帕借我用一下”，乔石同志从口袋里掏出手帕，对他老妈妈说：“妈，借给你。”老妈妈接过手帕擦过嘴说：“还给你。”乔石同志接过手帕放入自己的口袋里，幽默地说：“我孝顺了儿子，没有孝顺我的母亲。”老太太说：“侬对我蛮好的，蛮好的，我很满意！”我听了他们的对话非常感动。一个人不管官有多大，对父母的孝敬是我们中国人的优良传统，乔石同志、郁文同志对老母亲的孝顺在中联部也是有名的。

2010年，经郭庆仕同志推荐，郁文同志亲自打电话邀我参加乔石同志著作的编辑工作。4月26日下午，我到乔府拜望，在客厅刚坐下，郁文同志就迎面进来，我起立迎上前去。多年不见，郁文同志热情依旧，还是原来的朴素着装，还是这样和蔼可亲。只是她耳朵有些聋，腰有些不灵便了。

“现在许多领导同志都出了书”，她说：“也有些读者向出版社提出，希望看到乔石同志的书，我把你们请来，大家一起收集资料，尽快把书编辑出来。”她没有把我看作外人，一直侃侃而谈。对我来说，那是一次如沐春风、极为难忘的见面。

在编辑《乔石谈民主和法制》一书两年中，我们从来没有想到，这就是郁文同志最后的岁月。在我们的合作过程中，她只要看到一篇好文章，就及时地推荐给我们，她还把自己对一些文章的意见讲给我们听，编书中要注意什么问题也及时告诉我们。由于她对国情和世界形势有深刻了解，每次见面、每次谈话我们都能受到启发。

每次见到郁文同志，总感到在她面前我们可以无话不谈。有一次我好奇地想，郁文同志是个“笔杆子”，我还见过她在大庭广众中的脱稿演讲，她演讲也是个好把式，她在游击队里打过游击，不知道她会不会打枪？我就向她开门见山地问："你当过四明山上的游击队员，你会打枪吗?"她微笑着回答，"会是会的，只是有时打得不太准"，我们听了都笑了。和她在一起，我似乎又回到中联部研究室工作。真的，我非常感谢郁文同志对我的信任、友情和关怀。

2012 年 6 月 20 日，这是一个难忘和喜悦的日子。经过两年的努力，《乔石谈民主与法制》一书出版座谈会在人民大会堂隆重举行。王兆国、厉以宁、陈冀平、黄书元等贵宾前来祝贺。那天，郁文同志提前来到人民大会堂，她穿着白底蓝色小花的衬衫，显得又朴素、又端庄，她高兴地与多位贵宾晤谈。在会上，人民出版社社长黄书元盛赞乔石同志在民主法制化、法制民主化方面所做的大量工作，为推动我国民主与法制的进程作出了卓越的贡献。这一天郁文同志神爽气足，显得格外高兴。

去年 12 月 27 日，我有机会又一次见到了郁文同志。见面时，我们还高兴地互致 2013 年新年的问候，吴兴唐同志告诉她，我们正开始编辑乔石同志的第二本书。那天她思路敏捷，对答如流。大家听她爽朗笑谈，竟然乐而忘返。谁也不会想到，这就是她和我们的最后诀别！

光阴如梭，我从 1964 年第一次见到她算起，相识也有近半个世纪了。不管在哪一段时间里，她都给我们留下了非常美好的印象。郁文同志作为乔石同志的夫人和助手，默默无闻地做了大量的工作，真是一位贤内助。她的一生确是革命的一生、战斗的一生，也是光明磊落的一生。她学识广博，文字功底深厚，谦虚热情，乐于助人，连许多工勤人员都经常赞扬她的为人。是的，她的优秀品质是值得我们永远学习的。

2013 年 1 月 30 日，我怀着极其悲痛的心情，去她们家里向她告别。以前，每次我们都是怀着愉悦的心情去见她的，唯有这一次是去告别，向她的遗像告别。这里正是她和我们谈话的地方，正是我们多次讨论书稿的地方。今天，郁文同志遗像高挂着，她微笑着，亲切地看着我们，我不禁泪流满面。那天，我们还含泪瞻仰了中联部为郁文同志收集的一组遗像，我感到郁文同志仍然活在我们中间。回家路上我又一次进入沉思和回忆，郁文同志的音容笑貌、谆谆教诲，仍在我脑海里浮现。

2月3日，我们踏雪去八宝山向郁文同志作最后告别。老天也有情，不知从什么时候开始漫天雪花纷飞，我们下车时，雪竟越下越大。我愿披着皑皑白雪，用雪花表达我内心的极度悲痛。走进大厅，见到郁文同志安躺在万花丛中，此刻，泪水和悲思一齐涌上我的心头。“郁文同志，安息吧！您太累了。我们都没有想到，您会这么早、这么快地、悄悄地离开了我们”。

永别了，郁文同志！您永远是我深深钦佩的老师，我将永远怀念您！

2013年6月

（作者是中国记者协会国内部原副主任）

深深的怀念

李耐冰

突然得知，郁文同志脑部大面积出血，已上呼吸机，情况不好。仅过几天，噩耗传来，郁文已停止呼吸，永远地离去。不幸的消息，无法回避，只有难过和痛惜！稍后冷静一想，郁文同志真是修养到家，87 岁高龄，没有多少病痛，也不劳累别人，顺畅走完人生之路，福哉！幸哉！那天——2013 年 2 月 3 日，尽管天寒地冻，我也要踏着湿滑泥泞的路，迎着满天纷飞大雪到八宝山向她最后鞠躬，送她最后一程！

曾几何时，研究室多少往事浮现眼前。那时，郁文同志住在中联部西院小楼，我亲眼看她每天忙个不停地奔走在办公室和宿舍之间，她工作、家庭两不误，是个面面俱到的能人，一方面作为研究室的领导，她要带领一班人完成部里重大共运的调研和编辑出版的任务，向中央报送大量有关共运动态和各国社会思潮等有参考价值的材料；而作为乔石同志夫人，她还要协助乔石同志起草和修饰有关文稿。她勤俭持家，孝敬年老婆婆，养育 4 个孩子，个个成才，是一个默默奉献的贤妻良母。她自己生活很简朴，一件旧式衣服穿了好几年，几位女同事劝她换一件吧，她总是说还能穿，就是舍不得换。她在工作上，能干苦干；在生活上克勤克俭，我对她很钦佩！

难忘的是她爱憎分明。记得1976年天安门清明时节的纪念碑前，为追思周恩来总理，狠打豺狼，群众自发地抒发内心的情感，如山的花圈上，飘拂着无数的革命诗篇。天安门前热闹非凡，我们许多同志也坐不住了，不约而同地一起奔向天安门。郁文同志毫无畏惧地、勇敢地同我们一起去，面对纪念碑默哀，并同我们一起在纪念碑前合影，留下历史性的纪念！

郁文同志十分注意团结同志，平衡关系。1986年她已调离研究室到中国国际交流协会任副总干事，在新的工作岗位拓展民间外交领域的活动。她在研究室和我直接交流并不多，但有一天，我意外得到通知，郁文同志决定让我参加国际交流协会一个友好访日代表团，同她一起访问日本。代表团是应日中友好国民运动联络会议邀请的。我们于1987年10月20—29日在将寒而未寒、寒露与霜降之间深秋的美好时节访问了东京、大阪、神户等地。因日方知道郁文是乔石同志夫人，处处尊敬有加，日程松紧结合，郁文则巧抓机会很有风度地发表讲话，适时做友好工作，宣传我国的国情和对外主张，达到此次访问的目的。而她对待团内同志既亲切又平和，我真有一种同领导零距离接触的感觉，大家都感到这次访问很有收获，既紧张又愉悦！

此后，我只有偶尔在部内某些集会上见她一面，再也没有机会同她多交流了。

如今，斯人已去，风采犹存！

2013年4月清明节

（作者是原中联部研究室研究人员）

我的良师，我的忘年交

穆毅锐

2013 年 11 月，我离美回国参加北京大学校友理事会，看望父母和其他亲人，同时也实现了一个心愿：去看望已经离去的良师益友、我的忘年交郁文同志。

当我和乔凌来到八宝山骨灰堂，看到郁文同志骨灰盒及照片时，不由悲从心来，泪水盈眶，我情不自禁地说道："郁文阿姨，真对不起，小穆来晚了……"

今年 1 月末，接到郁文同志病逝的消息，我一时茫然无措，在悲伤中难以自拔。此后很长一段时间，我常常陷入沉痛回忆之中。郁文辞世，不仅使我失去一位尊敬的师长，也失去了一位可亲的忘年老友。

记得去年 7 月我回国参加毕业 30 周年北大同学聚会时，还和妻子小张一起去玉泉山看望她。我们一起吃午饭，在院子里一起散步近半个小时。郁文还鼓励我和小张去爬玉泉塔。那时，我看到她精神和气色都很好，食欲也不错，生活作息很有规律，感到非常欣慰，相信她一定能健康长寿。我还和郁文约好今年带孩子一起再去看她。

郁文的突然辞世使我感叹人生苦短，曾几何时，我们这些

1982年大学毕业参加工作的年轻人、“80年代的新一辈”，已经成为新世纪的老一辈。岁月无情人有情，我因而更加怀念在中联部研究室工作6年的那段美好难忘岁月，怀念那些先后离去的老同事，如朱良润、武军、俞漪雯、李骥和郁文等同志。

我1982年从北京大学国际政治系毕业后，分配到中联部工作。从1982年到1988年6年间，我有幸在李骥、郁文主任等领导下在中联部政策研究室从事国际共运理论问题研究，并承担一些翻译和联络工作。当时郁文同志是室领导，她给我的第一印象是对待调研、编辑工作极其认真、细致，看问题深刻而且常有独到的见解。记得1983年初，在讨论部里出版的国际共运刊物创刊号社论的定稿时，郁文同志基于多年国际共运理论研究的经验，提出了如何分析和看待80年代国际共运形势的一些观点，受到部里好评。后来，80年代中期，郁文同志主持钱李仁部长提出的中联部长期、中期和近期调研规划。这项工作由研究室牵头抓总，会同各地区业务局定期完成。其中特别是三大重要课题：（1）开展党的对外工作新局面；（2）总结和评述国际共运大论战；（3）研究当代社会主义和当代资本主义的新发展。在郁文领导和主持下，研究室全力以赴，做出了重要贡献。

郁文待人和蔼可亲。她对我们这些刚参加工作的年轻人，无论从工作到学习还是生活都关怀备至。郁文对我们的关心首先体现在政治上的培养和工作中的严格要求。有几件事给我的印象很深。记得1982年11月，苏联领导人勃列日涅夫逝世，中苏关系面临新的形势。郁文等领导派武军和我列席部务会议，我们聆听并记录下中联部部长乔石、副部长张香山等人讨论国际共运形势和中苏关系新动向的发言。会后，我们连夜整理会议纪要。第二天是周末，我们又加班加点，一丝不苟地校正、核实，综合概述了部领导的观点。当我们把条理清晰的部务会议纪要交到室领导和负责从事起草有关重要文件的老同志手中时，他们对我们这些文革后分到部里工作的北大国政系毕业生的工作能力给予充分肯定。

郁文同志是我们研究室的领导，在她主持下，我们研究室的讨论会民主气氛极为浓厚，无论是老同志还是新同志大家都畅所欲言。她鼓励研究室里的年轻人勤奋学习、多动脑筋思考问题。在1985年的整党中，她为我们的发言把关，从党和国家发展总体上把握大局方向，修正我们的观点，同时一丝不苟地替我们修改发言稿；在发展青年党员时，她总是殷切地对年轻人提出努力方向和进步目标；在选派研究室年轻同志出国工作、学习和进修深造时，郁文也处处体现了对青年干部的爱护和培养。我记得她特意拿来乔石同志有关学习马列著作的读书卡片供研究室的年轻人学习参考。我们几位新来的大学生在吴兴唐同志带领下工作，当时老吴刚从我国驻联邦德国使馆卸任回国，我们因而也提出希望有机会学习德语，我们的想法得到了郁文同志支持。她不但在工作安排上为我们腾出时间，还积极与其他局处联系，安排我们参与联络接待德国社民党外宾以及中日3000名青年联欢接待活动，让我们在实践中锻炼和学习。此外，她还批准送我去北京语言学院进修德语。

和郁文同志相处的6年中，我耳闻目睹，感到她精力旺盛，无论工作还是家事，都亲力亲为。记得1984年左右，郁文同志在西院的住所进行装修，她尽量不麻烦单位同事，而是利用周末自己收拾、整理和从事力所能及的搬运工作。而我恰好在周末加班，目睹并参与同她和家人包括与乔石同志一起搬运沙发的情景。郁文同志既指挥又参与搬运，里里外外一把手。后来在1987年左右，我们研究室接待社会党国际的外宾，为取得最好接待效果，无论从接待安排还是请中央领导会见宴请的细节，郁文同志都是事事过问，严格把关，她具有极强的感召力、亲和力及组织运作能力。

另外，使我深为感动的是她对子女要求非常严格，不搞特殊化。我经常看到她的子女们上下班步行进出住所。在北京语言学院进修德语时，听到几位来自北医的同学说，她的小女儿小溪在校时也是非常低调、朴素和朴实，无人知晓她的身份。

1988 年，我因妻子已赴美留学而办理了出国手续。我出国定居之后，始终保持了与郁文同志联系和书信往来。每逢新年，我们互致贺卡和照片问候，我们的忘年友谊不断延续着。郁文阿姨在信中特别告诉我她北京的住址，“回国时欢迎来玩”。她还语重心长对我们说“叫你们‘小穆’是重温当年的温馨，这是岁月变迁改变不了的。我家的孩子，过了 50 年纪，也仍称他们‘小’，有时他们也戏称自己‘永远长不大了……’”她对我和我妻儿一直关心着，对我们的学习和工作提出希望和鼓励，并提了很多有益建议。为我们能够“带来国外信息，取得成就感到欣喜”，为我们“学业和事业的成就及美满的家庭生活深感欣慰”。2006 年郁文同志在贺卡中还特意提到，当时中国驻美大使“周文重同志我认识，记得 1984 年习仲勋同志率团参加阿尔及利亚国庆活动时，他和我都是代表团成员。如遇到周大使，请代问他好”。

我出国 25 年，对这位忘年师长、朋友的真挚友谊愈加珍惜。同时也为她在不同的外交活动领域取得的成就，为她作为党和国家重要领导人的夫人仍保持朴实、低调的本色而钦佩，也为她离休后的身体健康感到由衷的高兴。自 2004 年后，每次回国出差开会和探亲，我都会同她联系，只要她在北京，我和妻子总会去看望她。

郁文同志的突然离去，不但使她的家人、朋友和同事们震惊和难过，留下了难以弥补的遗憾和空白，也使我失去了一位德高望重的师长和忘年益友。

2013 年 12 月

（作者是原中联部研究室研究人员）

斯人已逝　风范长存

——深切缅怀郁文同志

中国国际交流协会秘书处

2013 年 1 月 28 日，中国国际交流协会原总干事、副会长郁文同志，永远地离开了我们，离开了她为之呕心沥血的民间外交事业，但她永远活在我们心中。她的逝世，是中国国际交流协会的重大损失，也是中国民间外交事业的重大损失。噩耗传来，我们痛惜失去了一位可敬、可亲的大姐。抚今追昔，我们愈发怀念与郁文同志在一起的日子。

矢志民间外交，厚植人民友谊

郁文同志 1987 年出任中国国际交流协会总干事，后又担任中国国际交流协会副会长、顾问。在协会任职期间，她广交海内外朋友，不断夯实对外交往基础，积极拓展民间外交领域，为民间外交事业的发展殚精竭虑、鞠躬尽瘁。

与德国的民间交往是中国国际交流协会长期以来的工作重点。郁文同志从夯实中德关系民意基础的大局出发，为中德两国民间友好作出了突出贡献。1988 年 6 月，郁文同志率团访问联邦德国。访问期间，她积极开拓中德民间组织交往合作渠道，与德国艾伯特基金会、伯克勒基金会、矿山能源工会等民间组织负责人进行广泛交流，探讨彼此合作的领域和途径。她深入德国厂矿企业，了解其生产、管理和工会运作情况。她赴德国家庭做客，体验德国普通人的日常生活，感受德国民众对中国人民的友好情谊。郁文同志为中德民间友好倾注了大量精力，她的坦诚、热情和睿智深深感染了对方，很多德国朋友通过她更深入地了解了中国和中国人民。前人栽树，后人乘凉。得益于郁文同志等许多老前辈的不懈努力，如今中德两国民间交往已是枝繁叶茂、硕果累累。

郁文同志对中日民间友好同样倾注了大量心血。在中日关系时有起伏的背景下，郁文同志克服困难，致力于从民间角度做工作，为推动中日民间友好积极奔走。2003 年 9 月，为配合纪念中日和平友好条约缔结 25 周年，郁文同志率交流协会代表团对日本进行了友好访问。她访故交、结新友、叙友谊、促合作，开诚布公、娓娓而谈，如一泓清水直入对方心田，将民间外交做人的工作的优势发挥得淋漓尽致，成为中日民间外交史上的一段佳话。

付出总有回报。郁文同志长期耕耘民间外交，收获的是不断加深的中外人民友谊，她也因此获得了广泛的国际赞誉和尊重。2000 年 4 月，南斯拉夫驻华使馆代表南政府授予郁文同志“南斯拉夫之星”勋章，以表彰郁文同志对促进中南两国友好关系的突出贡献。

一生淡泊名利，永葆高风亮节

虽在民间外交领域卓有建树，郁文同志却没有丝毫自满，在工作和生活中更是严于律己、宽以待人，其崇高的品格堪称后辈楷模。她虽是党内从事民间外交的老干部，却温良敦厚、平易近人，处处为他人着想，与其交往总令人如沐春风。她很关心年轻同志的思想、工作、学习、生活和进步，常与年轻同志交心，在政治立场、政治理论、业务知识等多方面给予年轻同志悉心指导。在年轻人眼中，她就是一位和蔼又可亲的大姐。每当年轻同志有困难找到郁文同志时，她从不推脱，总是全力帮助，积极解决。郁文同志个人生活十分简朴，但对于公益和慈善事业十分慷慨，她个人收入并不丰厚，却经常捐钱捐物。她总表示，自己作为一名共产党员，为人民做点贡献理所应当，只怕贡献做得少了。

得知郁文同志逝世的消息后，交流协会秘书处的工作人员自发地聚在一起，追忆与郁文同志共同工作和生活的点点滴滴。当忆及郁文同志对自己的关心、爱护和照顾时，很多人都流下了激动的泪水。郁文同志以自己的言行举止、高风亮节阐释着一个共产党员的精神风范，昭示着一种高尚的人生境界。她永远是我们学习的楷模！

斯人虽已逝去，风范永存世间

郁文同志的一生，是光辉灿烂的一生，是追求真理的一生。新民主主义革命时期，她投笔从戎，参加革命，将个人生死置之度外；社会主义革命和建设时期，她抛洒汗水，投身祖国的建设和外交事业；改革开放之后，她又致力于民间外交，成为人民友谊的使者。她将个人的理想、追求和幸福，与国家和民族的前途命运紧紧联系在一起。她的崇高精神和高尚品格永远成为激励我们奋勇前行的精神动力！

郁文同志虽然走了，但留给我们的是期望，是鼓励，是寄托。她的音容笑貌仍不时浮现在我们眼前，她的谆谆教导仍不时在我们耳边回响。她给我们留下了一笔宝贵的精神财富。作为民间外交事业的后来人，我们要继承和发扬郁文同志的崇高精神和优良传统，不断推动民间外交事业发展，努力增进中国人民与世界各国人民之间的友谊，以积极拓展民间外交事业的不懈努力和追求作为我们对郁文同志永远的纪念。

郁文同志永垂不朽！

2013 年 6 月

春 晖 永 恒

——怀念郁主任

陈新权

很多年了，我们习惯了有郁主任的日子，万万没有想到她会突然离开！

2012 年最后一天的晚上，我去人民大会堂观看新年音乐会。散场时，我在东门口碰上了小智。他是乔石同志的警卫秘书，也来看音乐会。相互寒暄后，他对我说，郁主任生病住院了。我说，前两天还好好的，怎么就病了？他说，先是觉得肚子不舒服，后来发现有心衰，经过抢救，稳定了。回到家中，仍觉得放心不下，我又与小智联系，问可否去探望。他说，现在郁主任身体虚弱，医院要求多休息，不主张探视。他说他会积极协调，一旦可探视就及时告诉我。过了两天，小智主动来电对我说，医院仍认为不便探视。我心里很惦记，但也能理解，只要对郁主任恢复有利就好。我天天期盼着，觉得只要能去探望了，就说明她的病情大为好转了。同时，我也总是认为她不久就会恢复，她的身体和精神一向都那么好。

2013 年 1 月 23 日，我正在京西宾馆参加中央纪委的研讨班。这个研讨班是十八届中央纪委一次全会后紧接着举办的。吃完早饭，刚回到房间，我就看到手机上显示陈群来过电话，接着就看到我的秘书发来的短信：“刚才陈群电话说郁老师脑出血，现在状况很不好。”我顿时一惊，怎么会是这样呢？我立即和陈群通电话。他说：“你尽早来，看了就知道了。”我的心又往下一沉。我迅速请了假，大会一散，就匆匆赶去北京医院。郁主任的大女儿乔凌、小儿子小东和首长处几位秘书陈群、老田、建刚等都在那里。首长处保健医生张大夫向我介绍说，脑出血是凌晨发生的，量很大，不可能手术，只能寄希望奇迹发生。进到病房，看到郁主任静静地一动不动地躺在病床上，旁边的仪器在显示着生命体征。这一幕给我以巨大的冲击，我从没见过，也没有想象过郁主任会这样。我接触的她，我心目中的她，总是笑容可掬，总是精神抖擞，总是忙忙碌碌……。

我第一次见到郁主任，是在 1992 年的 7 月下旬。那一年，罗建平同志离开乔石同志处，组织调我去做秘书。我是 7 月 23 日报到的。那时乔石同志在东北考察工作，陈冀平同志也跟去了。过了几天，乔石同志回京了。有一天，乔石同志和郁主任一起到中南海办公室来，也见了我一下。我是从 1990 年开始接触乔石同志的，郁主任是初次见。乔石同志说：“你来了，先熟悉一下，过两天我们专门聊。”郁主任没说话，笑着向我点点头，非常儒雅，非常和蔼可亲。也许因为我是一个从小很少与母亲共同生活过的人，郁主任这微笑在我心中油然升起一股暖意。打那以后，我同郁主任的联系和接触很多。乔石同志称陈冀平同志“小陈”，可能是为便于区别，郁主任称我“新权”，这出乎我的预期。因为从我 16 岁当学徒工以来，除了在大学学习期间，在所有单位均被称“小陈”。但这也使我感到格外亲切，因为我没有另外的小名，家人和亲戚打我小时就叫我“新权”。郁主任这样称呼我，后来乔石同志也这样称呼，让我有回家的感觉。对我适应和熟悉首长处工作给予巨大帮助的主要是两个人，一个是郁主任，一个是陈冀平同志。那时乔石同志处只有两个秘书，就是陈冀平同志和我。我报到没多久，有一次郁主任与我们谈起一个文稿。郁主任政策水平、理论水平之高，文字表达能力之强，出乎我的意料。后来冀平同志告诉我，郁文同志很早就参加革命，打小就文采出众，是从中联部研究室主任退下来的。由此，我也明白了大家称她“主任”的缘故。

作为工作人员，我同乔石同志和郁主任在一起的时间比家人多，尤其是出差期间，更是朝夕相处。我第一次以秘书身份随乔石同志出差，是 1992 年 8 月去大连。那是乔石同志去出席一个反盗窃的工作会议。以前，我在中央政法委研究室工作期间曾在 1990 年 10 月随乔石同志去过浙江、四川和湖北，1991 年 1 月随乔石同志去过山东。乔石同志十分强调轻车简从，出差通常只带一位秘书，按规定带两位警卫秘书，别无其他随行人员，一共只四个人。那次去大连，冀平同志和我一起随行，是因为我刚来，要我熟悉一下出差的情况。这以后，就是我和冀平同志轮流跟。后来冀平同志到中央政法委工作，刘镇同志来到首长处，我和他轮流跟。刘镇同志到全国人大工作后，1994 年底和 1995 年初，陈群和宋北杉两位先后来到首长处，秘书增加到三位，通常出差就带两位，另一位留守。大约从 1993 年的下半年开始，出差时郁主任也随行。我们同她的直接接触就更多一些了。因为随行人员少，除了工作之外，一日三餐秘书、警卫秘书都同首长和郁主任一起用，晚餐后有时还一起去散步，说说笑笑，宛如一家。郁主任身体和精神都极好，总是兴致勃勃，常常令我们意外。1995 年乔石同志到四川黄龙考察。由于海拔的原因，上到一定高度后，当地的同志就招呼折返了。我们几个工作人员觉得他们不会走太快，就乘机又向上爬了一段。赶回来与大家会合，我们谈到上边的景象很奇特。郁主任像小孩一样着急地说：“为什么没叫我，我也可以上去的呀！”我们几个很不好意思。这的确是一个错误，怎么会没想到叫郁主任呢？是不是我们在潜意识中觉得郁主任上了年纪，不适合再往上爬？没想到她会有这么高的兴致！记得乔石同志访问斐济时，郁主任曾和我们工作人员一起在海上坐渔民的小木船，还乘小潜艇下海底看珊瑚礁。

郁主任待人十分平等，谈事情总是用商量的口吻，总是很认真地倾听工作人员的意见，善于发现其中合理的东西。只要我们说得有道理，她都充分肯定。工作人员做好一件事情，她都很高兴地赞扬，发现工作人员的才能、潜质，都给予鼓励，而且表现出由衷的高兴。工作人员都感到，和她在一起很放松、很开心，做事也格外认真。

郁主任待人非常和蔼。对工作人员，平时总是问长问短，问寒问暖，体贴入微。和她在一起，总有如沐春风般的感觉。1994 年 4 月，乔石同志从万寿路搬家到圆恩寺胡同，我的一项任务是把书房整好，主要是把书分类上架，摆放好。我在书房里干活，郁主任不时进来送茶送水，和我聊几句，还关照我小心，别从架子上摔下来，干一会儿就歇歇，别累着。有时乔石同志过来看看，见我挪动整箱书时，还要来帮手。那时他们的孙子乔非只有五六岁的样子，长时间坐在地板上看着我整书，和我聊天，问这问那，慢条斯理地，很会说话。后来还看到他们的外孙穆辰，他比乔非略大一点，个子高一些，两个人跑进跑出的，十分活泼可爱。我深深感到，在乔石同志和郁主任身边工作真是幸福！家里的公务员、小战士，郁主任待他们像对自己的孙辈孩子一样，甚至有人担心说，这样会不会惯坏了这些小孩。实际上刚好相反，郁主任以慈爱待他们，他们也十分敬爱郁主任，对自己的要求也更自觉，做事也更用心。

郁主任十分关心工作人员素质的提高。处理事情、待人接物、谈吐修养，我们都受到她的深刻影响。有一次，她专门打电话给我，表示希望新来的工作人员把字写好一点儿，但又不便直接提醒，问我可否侧面提提。正是有乔石同志和郁主任的影响，我们这些工作人员，大多养成了练字的习惯。值夜班时，如有空闲就在报纸上划来划去，天长日久，也有所得。

1997 年，乔石同志在党的十五大时从党中央领导岗位上退下来，1998 年九届人大一次会议时从全国人大常委会委员长职位上退了下来。首长和郁主任替我们这些工作人员着想很多。一天，在首长家办完事后，首长、郁主任一起和我坐下来聊了一会儿。首长说："我已退下来了，你们都还年轻，出去工作更好。再说，我退了仍用三个秘书，也有压力。但我一时还舍不得你离开，你再留一段。"我说："我非常愿意继续在首长处工作，跟随首长一辈子。"首长说："那不要，出去好，早晚都要出去。"郁主任也说："我们很想把你留着，但留久了，也不好意思。"过了一段，首长和郁主任又和我谈。首长说："我们真是舍不得你走，但我退下来了，没什么工作了，你这样高学历，又年轻，呆在这里是个浪费，早点儿出去找个事干好。"郁主任也说："出去工作好。"我深深感激首长和郁主任这样替我着想，但我又确实不愿意离开这里。后来经组织协调，确定我到新设立的中央金融工委去工作。大约在 4 月，我们随首长和郁主任去广东深圳，住在麒麟山庄一号楼。我的心情矛盾极了。既然定下来要去金融工委，我也不能不有所准备，有时也看看金融方面的书，但又总是心不在焉，甚至不愿意相信即将离开，夜里常做一些莫名其妙的梦，白天有时望着对面山上的树林发呆，还有一点儿对未来不确定性的恐惧。在首长处工作这么多年，如沐春风，心情舒畅，无忧无虑，出去了，离开这个温暖的"家"，未来会怎么样？一想到这些，就觉得十分孤单，心里十分空寂。后来金融工委来电希望我回京商量有关的事情，我没能陪首长和郁主任住到底，提前回了北京。出发的那天早上，首长和郁主任亲自送我上车。因还不算正式离开，大家都没说道别的话，但彼此的心里都明白，眼神也透露出，这可能是我作为秘书最后一次随首长和郁主任出差了。

过了一段时间，首长和郁主任从深圳回来了，我尚未去金融工委报到，我仍如常在首长处上班。六月初，首长和郁主任计划着去新疆。虽然按照秘书轮流的原则，我该在北京留守，但首长和郁主任专门提出要我随行，他们说，考虑到我没去过新疆。但不巧的是，出发前两天，金融工委通知我去报到，去参加会议。我多么希望向他们请假，但首长和郁主任要我听组织的。这样，那次去深圳就真成了我最后一次作为秘书随首长和郁主任出差。1998 年 6 月我去金融工委上班，首长和郁主任仍会为一些事找我。我常会接到郁主任的电话，收到郁主任写的条子，不时会去中南海办公室或首长家里去。每每这样，我都很珍惜，视作难得的机会。我常想，仍然能够为首长和郁主任做一点事，是自己莫大的荣幸。后来，郁主任用上了手机，她就常给我发短信。80 多岁的人，短信从无一丝差错，每个标点都准确无误，真令人钦佩。她用的手机很老式。我说："换一个新的吧。"她说："用习惯了，换新的还要适应，再说能用就换了也浪费。"

2003 年金融工委撤销，我到国有金融机构监事会工作，后来又到保监会工作。虽然 2003 年我自己提出可不再列在秘书名单中，但工作和交流都一如既往。2010 年前后编辑出版《乔石谈民主与法制》期间，郁主任找我次数更多，更为频繁。首长的这个文集 2012 年出版，要开一个发布会，郁主任专门嘱咐要我参加，并希望我能发言。只可惜由于我到意大利等国考察，错过了时间，后来我的《用法制来保障民主——读乔石同志谈民主与法制》一文发表在《光明日报》上，我把转载此文的《新华文摘》呈送给她。她非常高兴，专门发短信致谢。

首长和郁主任对我们这些离开首长处的工作人员一如既往地关

注关心。每次见面，郁主任都会高兴地说到，看到冀平同志讲话了，北杉怎样怎样了，从简报上看到新权的发言了，罗建平同志在广西干得很好啊，陈群工作很有成绩等等。她关心地询问我们的近况，也很乐意听我们向她谈自己的各种想法。她还常向我谈起身边工作人员的情况，说他们的工作、生活有什么困难，要如何帮，等等。每每听着郁主任念叨这些事，我都有这样一种真切的感觉，她不只是我们工作、生活上的良师，她也是我们大家共同的“母亲”。

经年累月，我们对郁主任的感激之情、依赖之感成为我们精神世界的一部分。把郁主任交办的事办好，去看望郁主任，和郁主任聊天，做一点儿什么事让郁主任开心，成为我们的一个追求。平时我们注意搜集那些郁主任感兴趣的事物，以便见面时与她分享。有一次，我把出差时看到当地展出的乔石同志照片拍下来，和我拍的一些自然风光照片一起编到一个电子相册里，郁主任高兴极了，立即拿到首长房间一起看，一边翻看，一边评论。首长和郁主任对自然风光照片也很感兴趣，不断地问我，这是哪座山啊，这是哪个湖呀，还说，这天空真蓝，这花真漂亮……看到去过的地方，往往会谈到一段愉快的往事，真是其乐融融。2011 年，也就是郁主任 85 周岁那年。同往年一样，“十一”前我到首长家看望，并祝郁主任生日快乐。很长时间我们不知道她的生日，后来知道她的生日在十月，但始终不知道确切是哪一天，她不让我们知道，以免我们费事为她祝寿。后来我听说，郁主任过生日只是和家人一起吃了一顿饭。我虽然“十一”前专程前去看望，但总觉得意犹未尽，觉得 85 岁生日是个大日子，应该庆祝一下。我就和陈群等商量，大家都希望聚一聚。郁主任终于同意了。那是金秋时节一个美好的夜晚，乔凌和小东也来了，冀平、北杉、陈群、老田、建刚、世勤等首长处前后几任秘书和警卫秘书都来了。郁主任兴致勃勃，根本不像80多岁。大家纷纷向她表达感激之情，向她送上美好的祝福，衷心地祝愿她健康长寿。郁主任高兴地与大家合影，美好的一瞬成为永恒。那是我们第一次也是唯一一次为庆贺她的生日相聚在一起。我们把相聚时的照片整理成集子，还放大了几张。2012年春节期间，我去珠海向首长和郁主任拜年，把这些照片带了过去。当天，他们的大儿子小明、儿媳周进和大女儿乔凌等都在，大家传看着这些照片，都称赞郁主任的风采。那次，阎海旺书记与我同去，他说多年未见到乔石同志和郁文同志了，很想去看看。事后，他多次谈到，真没想到郁文同志身体这么好，脑子也好，思维敏捷，谈吐清楚，完全不像那么大年纪的人。

如今郁主任躺在病床上。我期盼着“奇迹”的发生，我愿这只是她多年忙碌操劳后的一次短暂休息。

1月28日，我本来是有会议的，而且这个会是因我前几天看望病危的黄枬森老师改到这天的。但我惦念着郁主任的病情，医院已经通知准备后事，我心急如焚，觉得无论如何也得去看看，于是再次提出改会期。到了北京医院，小明、乔凌、小东、夏波（小东的夫人）、小溪（首长和郁主任的小女儿）都在那里。小明带着我去看郁主任。她仍像前次看到的那样，只是眼睛上蒙了一块毛巾。来到休息室，一边议论着病情，一边商量修改了生平材料。将近12点临离开时，我再次关切地向小溪问郁主任的病情，因她是医生、是专家。她说，不知能不能熬过今夜。我的心再次往下一沉。虽然是在准备后事，但我还是不愿相信郁主任会离去，我一直在希望“奇迹”发生。郁主任的身体是那么好的呀！

仅在2012年的12月，我就见过郁主任三次。一次是首长生日之前，18日，我因要去辽宁出差，提前去看首长。那天上午，郁主任、蒋阿姨（首长的妹妹）同我聊了很长时间。第二次，大约是23日。首长生日刚过，小明和周进去外地前，约我见面。郁主任和蒋阿姨也来了。郁主任心情很好，谈吐风趣。第三次，是29日晚上，冀平同志约我们见面，迎接新年。郁主任、蒋阿姨、乔凌，还有陈群、老田、建刚、香峰（首长处警卫秘书）等都来了，气氛热烈，充满温情。郁主任和蒋阿姨精神都很好。郁主任穿了一件亮蓝色的上衣，显得十分漂亮、十分高贵。她谈笑风生，对答如流。对每个人，她都问长问短，问寒问暖，体贴关怀之情令人感动。当我夸她衣服漂亮时，她很开心地说："谢谢。"离开时，她走路轻快，笑容可掬地向大家说："祝新年好！"在众人簇拥下她上了车，摇下玻璃窗，向大家招手，连声说着"大家新年好"！

那样生气勃勃的郁主任，仅仅不到一个月的时间，怎么就能熬不过去呢？晚上下班时，我电话问了一下情况。回家的路上，突然手机上显示了香峰的名字，我的心顿时一紧。定睛一看，是香峰短信告知启用新的手机号码。虚惊！万幸的虚惊。我祈祷啊，郁主任您一定要坚持住，您一定会熬过来的。但是，晚上10点半，电话又响了，陈群打来的，不幸的事情还是发生了。郁主任逝世了。我和我的妻子都沉默着。从懵懂中苏醒过来后，我含泪给小明他们发了表示沉痛哀悼和深切慰问的短信。

1月29日上午，我到首长家中去吊唁。仍然是这个院子，仍然是这幢房子，物是人非，没有郁主任亲切的身影、慈祥的笑容、温暖的话语。迎面门廊上，挂满了郁主任生平照片，门庭、走廊里，还有右侧的房间也都是。灵堂就布置在左边的客厅里。多少次，郁主任在门庭里迎接我，看着我把外衣挂上衣架！多少次，郁主任和我在客厅里叙谈，并不时劝我喝茶，吩咐给我端来水果！多少次，郁主任站在门廊上送我，不断地挥手，直到我看不到她。从来也没有想过有这么一天，我只能对着她的遗像默哀、鞠躬！我的悲伤之情无法控制。小明带我到休息室。我泣不成声，小明在旁边跟我说话，我无法正常应答。过了好一阵，稍稍平复后，我说，“很难想象没有郁主任的日子”。我缓缓站起来，含泪看着郁主任的生平照片。小智过来安慰我，他的眼中也闪着泪花。不一会儿，老田要我以工作人员的名义写一个挽联。我写道：“郁主任永远和我们在一起——全体工作人员敬挽”。我一边看照片一边与周进、小东、夏波、小溪交谈，接近中午时才离开。沿着长安街回单位，翻来覆去地看着讣告，一路流泪，多么希望这不是真的，只是一场梦！

遗体送别仪式定在 2 月 3 日上午。2 月 2 日夜里下了雪，3 日早上仍在继续，大地一片洁白，天色朦胧。乘车前往八宝山，一路上漫天雪花缓缓而下，无边草木影影绰绰。八宝山大礼堂，笼罩在雪花和雾气之中，近在眼前，但又显得神秘而遥远。熟人相视无语，默默致意。我到亲属休息室和小明他们打了招呼。礼堂里工作人员正在做最后的准备，人还不是很多。我一个人来到郁主任身边，静静地站着。仪式快要开始了，我进到第五休息室，遇到束怀德、蔡武、杨崇汇等同志，尤其是多年不见的朱良等同志。大家都为郁主任的突然病逝感到惋惜，蔡武同志说：“不久前还收到她的贺年卡，真没想到!”送别仪式开始了。我和妻子缓步进入大厅，再次凝望郁主任遗容，深深地鞠躬，以表达崇高的敬意和无限的哀思。从大礼堂出来，雪下得更大了，大朵大朵的雪花落入苍松翠柏之中。我透过车窗呆呆地望着远方。世界是如此混沌！人生无常，郁主任，您就这样匆匆离去了。87 岁的生命通常亦属高寿，但相对于您的高尚品质、出众才华和您存在的意义来说，实属远远不够！我在您的关心、支持下工作，在您的栽培下成长，在您的关怀下生活 20 多年，时间不可谓不长，但相对于我们的心愿来说，实在太过短暂！我们没想过您会离去，我们不适应没有您的日子。

清明前夕，我和陈群、老田、建刚等如约前去八宝山祭拜郁主任。这是一个春光明媚的日子。郁主任永远在我们心中，就像这和煦的春光一样，永远普照着我们！

2013年6月

（作者是乔石同志的原秘书，现为中国保监会纪委书记）

绵绵思念无穷期

——怀念郁文同志

陈　群

郁文同志走了，在今年 1 月 28 日。她走得那样匆忙，甚至没有来得及和多年心心相印的老伴道别，没有向孩子们叮咛几句，也没有给我们这些首长身边的工作人员留下任何嘱咐，她像平时一样生怕打扰别人，就这样安安静静地离开了我们。但在我们心中，她没有走，至少没有走远，仍和过去一样，在不远处的一个地方，陪伴在相濡以沫的老伴身边，她那双充满智慧的眼睛，闪着慈母般的目光，静静地注视着我们的一言一行。像以前一样，我们工作做出了成绩，她高兴；我们遇到了挫折，她鼓励，期待着我们克服困难，继续奋斗……

郁文同志的一生，就是这样一步一个脚印，踏踏实实地走过来的。她在革命队伍中，是一位真正的共产党人和出色的党的干部；在同事中间，是一位和蔼可亲的“大姐”；而在家里，她则是一位具有传统美德的贤妻慈母。她的心中有一个最基本的做人准则，这就是严于律己，宽厚待人，把爱奉献给他人和社会。

郁文同志出生于书香门第，江南宁波有一个叫慈城的小镇，那里风光旖旎，人才辈出，那就是郁文的故乡。国民党“文胆”陈布雷先生，是她的亲舅舅。按理说，出生在这样的家庭，她可以不愁温饱，不必冒着抛头颅、洒热血的危险走上革命的道路，但在1942年初夏，这地方被日本侵略者占领了，“国难家仇”，引发她革命的激情，从此郁文同志人生的道路改变了。

去年10月，我陪郁文同志回家乡参加慈湖中学110周年校庆。她与师生座谈时说：“我出去许多年了，现在回到故乡仍有一种亲切感，我这辈子都对母校怀有感恩之情，是这所学校的校长和老师们，指引我走上了革命道路，成为对国家与人民有用的人！”

郁文同志是在浙东人民抗击日寇的烽火中，毅然离家走上革命道路的。当年她与母校许多热血沸腾的同学们一起，在四明山敌后抗日根据地参加抗日队伍，进入新四军鲁迅学院。她的母亲问她，要想想你舅舅、爸爸是干什么的？意思是指她的舅舅陈布雷是国民党高官，父亲在他身边任职。她回答：“现在国共合作抗日，首先要把日本鬼子赶出中国。”她毅然上了四明山。在浙东抗日根据地，她与进步的学生们一起，在院长黄源等前辈们的教导下，坚定了革命意志，从此成为一个为共产主义事业奋斗终生的战士。

郁文同志一生都在勤勤恳恳地为党和人民工作。抗战胜利后，她到上海从事地下工作。尤其是她在《联合晚报》工作期间，写了不少观点明确、文笔犀利、鞭挞国民党反动派的文章，宣传、报道国统区的学生运动，支持他们“反内战、要和平”，“反饥饿、反迫害、争民主”的斗争，为中国人民解放事业作出了贡献。这些文章至今读来，还非常激动人心。全国解放后，郁文同志先是从事青年工作，后到经济建设战线。1963年4月调中央对外联络部工作。无论到何处，人们对她的评价总是一致的，即：工作能力强，实事求是，为人低调，作风严谨，关心同志。郁文同志在1999年7月离休后，无微不至地照顾乔石同志的身体健康，协助处理一些事务。近两年她帮助出版乔石文集，我也有幸参加了这项工作，受到郁文同志的指导，多次聆听她的教诲，感到受益匪浅。

在我的印象中，她是一位有着博大胸怀、知识渊博的女性，不但勤勤恳恳地做好本职工作，坚守革命者的道德情操，而且知书达理，相夫教子，深爱着自己的丈夫和家庭，处处维护乔石同志的形象，坚守高洁的家风。有一些小事，至今记忆犹新……

1999年9月，我跟随乔石和郁文同志到湖南常德了解洞庭湖的治理情况。那时南方的天气还很热，首长和她都穿着衬衣和长裤，深入基层调查研究，亲切与当地的同志进行交流。当时常德市委正在征集古今书家墨迹，欲镌刻在“诗墙”上。工作结束后，市委领导向首长“讨要”一幅书法作品，说希望“给常德人民留个纪念”。首长同意了，说：“我在1996年习字时，写过屈原的《离骚》，觉得还满意，回京把它寄来吧。”乔石同志书写的《离骚》是长卷，六尺宣纸纵向对开，成二十五轴，首尾长达十余米。市委领导同志收到后非常惊喜，如获至宝，说要按惯例支付“润笔费”，郁文同志知道后立即阻止。她说：“首长有明确要求，写字绝不收钱。谢谢他们的好意！”就这样谢绝了市委领导同志。

2002年春季，郁文同志的老家宁波驻京办事处送一台投射机到家里，说首长和郁文同志的年纪都大了，看录像比读文字资料方便一些，算是家乡人民的一片心意。开始郁文同志坚决不要，说首长与她很少看录像，但家乡的同志非常热情，她终于“拗不过”，只好把东西留下了。事后郁文同志取出钱，写了一张便条让我处理：“陈秘书：给宁波驻京办郑主任的投射机款，先送给你，请便中送去。此款是不够的，还有屏幕，但郑坚持，恐再说也无用了……”这张便条，现在我还保存着。落款是4月9日，我处理后在旁边注上：“钱已面交郑建飞”，落款为4月21日。

这两桩都是平凡的小事，但郁文同志处理却是认真的，她时时处处注意维护乔石同志的声誉，像鸟儿爱惜羽毛一样，维护着党的声誉。

郁文同志对自己、家庭和身边工作的同志，要求是非常严格的，尤其是在工作上更是认真、细致、一丝不苟。因为她是记者出身，后来又担任领导职务，我们经常有一些文稿上的事求教于她。每次送稿子给她，她都一遍遍仔细读过，反复斟酌，然后根据她的眼光，提出中肯的修改意见。如我们在编辑出版《乔石谈民主与法制》一书时，送稿给她审读，近50万字的文稿，她费了一个多月的时间，一字一句地审阅、校正。这年郁文同志已经86岁高龄，她头脑清楚，熟谙文字，且对工作一丝不苟的精神和严谨的工作作风，使我们这些参加编辑的同志深受教育。有一次，文句中涉及到一个形容词："倍感亲切"，郁文同志认为用"备感亲切"更贴切，让我们查《词典》予以修正。她说："这两个词都可以用，我的意思是，'备感亲切'似乎更好一些。"结果我们查找了《词典》，果然后者比前者要"周全"些，就按照她的意思改了过来。

还有一次，郁文同志审阅一篇稿子，原文"我们一定要把这个工作做好，真正能够跟上我们国家四化建设的需要。"她征求我们的意见后，把"这个工作"改成"这项工作"，又把"能够"和"我们"四字去掉。经她这样修改后，这段文章就变得文字更通顺，语言更精炼，符合书面规范要求。

这样的例子很多，说明郁文同志在晚年，仍对工作一如既往的负责，她也在这项工作中表达了对乔石同志的敬重和深深的爱意……

郁文和乔石同志育有二男二女，四个孩子中没有一个是仰仗首长"威望"和权力，吃"皇粮"的。在思想和事业上，郁文同志更是鼓励他们自强、自立、自由、自主地发展。在她的教育下，四个孩子都通过自己的努力考上大学，其中，长子和长媳分别是是剑桥、牛津的博士，幼女和幼婿是美国的医学博士，孩子们在学业和事业上卓有成就。在自身修养上，孩子们也都继承父母办事认真、行为高洁、对人宽厚、为人低调的品格，成为有道德有情操的人。

郁文同志是我们队伍中有大爱之心的长辈。她对在首长身边工作过的同志的关心和体贴是无微不至的。记得 2003 年到 2005 年间，我经组织上批准，到宁波担任市委副书记，当时留在北京的妻子身体欠佳，经常咳嗽。郁文同志知情后，从报纸上剪下一个小偏方交给她，说："陈群同志下派地方工作了，你在家要多关心自己。"我知道后心里很感动。

2008 年冬，我在国家电力监管委员会任职，因患病到中日友好医院做手术，郁文同志得知后，即派身边的工作人员到医院探望，并送来了鲜花和水果，躺在病床上的我，情不自禁地流下了热泪。当时我离开首长已有好几年了，郁文同志却仍像过去一样关心、惦记着我……

郁文同志心地善良，待人仁厚，乐意助人，无论在工作上，还是生活中，都具有一颗金子般的心，凡同事或下属干部有困难求教或求助于她，凡她认为是合情合理的、符合规定的，必满腔热情、不遗余力地"出手相助"。在她的一生中，她给予帮助过的同志是无数的。"谁言寸草心，报得三春晖"，她给予我们的恩情每个人都是不会忘记的。我在乔石同志身边工作了十几年，早已把首长和她视作我的人生中最爱戴的人，那份感情甚至觉得超越了血缘亲情，存在于"革命大熔炉"的同志关系之中，这是我仅用这篇小文章无法表达的。

郁文同志离开了我们，每当我想起她工作生活中的点点滴滴，眼泪仍然会止不住地流下来……我为我在工作生活中，失去这么一位好长辈、好老师、好同志而悲痛万分！我总觉得她没有走，还留在首长和我们的身边，她只是去做短暂的旅行，她还会回来，与我们一起工作、生活。此刻在我的脑海里，出现臧克家的两句诗："有的人活着，他已经死了；有的人死了，他还活着。"

郁文同志永远活在我们心中！

2013 年 7 月

（作者是乔石同志的秘书）

郁文教我做人做事

吴世勤

2013 年 1 月 28 日是一个悲痛的日子，我们敬爱的郁主任永远离开了我们！她老人家在现实世界中太累啦，要好好休息一下了！

自上世纪 90 年代起一直到 2008 年，我在首长和夫人身边工作近 20 年。我一直感到，首长和夫人对我就像对自己的孩子一样，无论是政治上、思想上、工作上还是生活上都无微不至地给予关怀、帮助、指导和照顾，想起来心里暖融融的。

记得我刚到首长处时，怯生生的，很有顾虑。郁主任看出了我的心事，对我说：小吴哇！请你坐一下，我们聊聊天。郁主任和我聊起了家常，询问我的家庭情况，父母身体怎么样，负担重不重，生活上有没有困难，有几个孩子，上没上学，在哪里上学，问得很关切，很细致，我都一一作了回答。郁主任还问到我的文化程度，平时喜欢做什么。当她听我说喜欢看书时高兴地说，爱读书好，多读书、读好书，我这里书多，有历史、政治、哲学、文学、人物传记都有，你可以随时借阅。说起我的工作，我说，我刚来首长处，还不了解情况，怕做不好工作。郁主任说：我们这里不复杂，事情也不多，首长和我要求都比较简单，希望你在工作上不要有顾虑，机关的规定是“懂规矩、守纪律”，按照规章制度做就行。

郁主任和我的这次谈话，解除了我思想上的顾虑，增强了我做好工作的信心。在首长处工作的这些年里，我一直是按照郁主任的要求“懂规矩、守纪律”去做的。“懂规矩、守纪律”虽然只有六个字，但它却包含了丰富的内涵，首先是要抓紧学习政治、学习党的路线、方针、政策，学习各种规章制度，只有熟悉地掌握了法律法规、制度规矩，才能懂规矩、守规矩。其次是守纪律。对于在首长身边的工作人员来说，守纪律尤为重要。在首长身边工作，有时会有一种优越感，如果不注意修身，自觉遵守党纪国法，就很难完成组织上交给的任务，甚至还会给领导添麻烦，惹是非。在首长身边工作的这些年，郁主任教我如何工作，如何接人待物，如何做事，也教我做事做人的规矩，在生活上她就像母亲一样关怀照顾，使我如沐春风。

郁主任善于言传，更注重身教。她对自己要求非常严格，首长的工作非常繁忙，除了到办公室上班，还经常参加各种会议。每当首长出门时，郁主任总是为其准备好衣帽，亲自送出大门，直至上车挥别。到了吃饭时间，总要等首长回来一起开饭，无论时间多晚。上世纪八九十年代，首长经常到基层去考察调研，为落实中央轻车简从规定，通常是只带一个秘书，一个警卫秘书，一个警卫员，郁主任总是仔细交代事务，遵照中央规定，自己不随首长前往，不给地方添麻烦。直到后来按照规定可以随同出访时，她才一起前往。

郁主任尊重长辈、对父母尽孝，也是我们的榜样。她的婆婆在世有病期间，天天亲自喂水喂饭，梳头洗脸，擦洗身子，照顾得无微不至。郁主任到杭州出差，不管工作多忙，都要安排时间去看望黄源老。黄老是鲁迅先生的学生，是鲁迅先生去世出殡时的十六位抬棺者之一，也是郁主任的老师和入党介绍人。

郁主任对工作要求非常严谨、细致，安排都考虑得很缜密周到。如果是外出，她会告诉你该准备些什么，该做些什么工作，交代得清清楚楚。在工作上郁主任喜欢事先有交代，事中有反馈，事后有汇报。

郁主任接人待物谦恭有礼，从不倚仗权势怠慢任何客人。无论来访者职位高低，她都一视同仁热情接待。尤其是在出差期间，个别客人没有事先通报，突然来到驻地要求会见，她也热情接待，不会因为自己忙而把客人拒之门外，她认为那是不礼貌的行为。

郁主任生活简朴，是勤俭持家的典范，尽管是粗茶淡饭，遇有剩饭剩菜从不倒掉，也还要存放好下一顿吃。她常说，一粥一饭来之不易，须倍加珍惜。郁主任平时注意仪容仪态，整洁利落，但从不讲究穿绫罗绸缎，披金挂银。有时衣服扣子掉啦、袜子破啦，还亲自动手缝补，有时我们劝她一双袜子值不了几个钱还缝它干嘛，丢掉算啦！每逢此时，她总是说，半丝半缕，当恒念物力维艰，艰苦朴素是我们的传统美德，生活富裕了，传统美德不能丢！

郁主任的毅力非常坚强。大夫建议她，每顿饭后最好要坚持散步 30 至 40 分钟。郁主任每次吃完饭都会坚持散步半小时左右，一日三次，雷打不动，风雨无阻。有时赶上刮风下雨或者下雪天气，在楼内也要运动够这个时间，这种认真执着，非常人所能坚持，十分难能可贵。

郁主任对身边的工作人员非常关心爱护，总是把大家的困难和要解决的问题放在心上。记得我刚到首长处工作的时候，赶上我爱人住院做手术，郁主任叮嘱我，要多照顾一下你的爱人，多陪陪她，多做些家务，不要惹爱人生气，去买些补品，帮她尽快恢复健康。那些温馨的话语令我终生不忘，至今回想起来仍然倍感亲切。

我在首长和郁主任身边工作了近 20 年，现在体会到这是我人生中最美好的时光。我从首长和郁主任身上学到了我这一辈子在其他地方学不到的东西，首长和郁主任就是我的恩师，郁主任的言传身教像春雨一样时时刻刻在滋润着我。在首长身边要做好工作、完成好任务，必须对事业忠诚，对工作要有敬畏心，自觉地把个人置身于党纪国法的约束之下，按照法无禁忌有可为，法无授权不可为的规矩去做。

我从郁主任的言传身教中学到了那种对待工作事无巨细认真负责的精神，那种接人待物谦虚谨慎的态度，那种拒绝奢华、艰苦朴素的作风，那种永葆革命本色、不计个人名利得失的高尚品质，那种坚强的革命毅力。这是我一生享用不尽的财富，我要衷心感谢她！

2015 年 1 月

（作者是乔石同志的原警卫秘书）

风 华 绝 代

程培珠

壬辰年大寒后最寒冷的日子，她的心脏停止了跳动。一曲乐章戛然而止，余音袅袅，中华大地上必将传颂她的美丽传奇。

她出身书香门第。似乎得自祖上的传承，她具有深厚的文字功力。自上世纪漫长的火与血的年代，她把少女的激情和对理想的追求，都奉献给一个朴实的人，一个伟大的事业。从此，她为这份爱情、这个理想，付出了一生一世的坚贞和守护，无怨无悔。

她生长于山清水秀、小桥流水的江南，但是，她大半生的活动都在北方，因此，她兼具南方女子的温柔细腻和北地巾帼的豪爽大度；她善解人意、亲切周到、果断干练、总理内外而不强势。她气质中的知性优雅，融和了名门闺秀的教养和天性的厚道善良，应对得体，进退有道，即使是在社会激烈的变革中，仍然不失自身特色，为女性中之翘楚。她本色、自然，毫无矫饰，所有接触过她的人都印象深刻。她是革命时代的职业女性，成就地位非凡，同时，也用一生，演绎了中国女性传统中最高段数的相夫教子。她把古典与现代，以最完美的方式结合起来，87 年的壮丽人生，高尚风范，一般人难以企及。

她是贤妻。她与丈夫在政治上志同道合，她顾全大局，甘当助手，鼎力辅佐丈夫。无数个不眠之夜，她挑灯夜书，为会议讲稿核对引文和校对。当丈夫起身要去开会了，她才带着沉沉睡意上床小睡。长期熬夜，有很多年她日夜颠倒。很多重要文件中，她都付出过心血，可是，肯定没有一个文件，记录下她的名字。

她是慈母。在工作的同时，她也挑起家庭重担。一个家庭的品质，与做母亲的教养和气质息息相关。在坚守原则的丈夫和处于青春期有些叛逆的子女之间，她的劝解与疏导，关怀儿女同时又维护丈夫的威信，给予这个家庭不可缺少的润滑和粘合，她的爱是维系亲子之间的情感纽带，直到多年以后，孩子们对于这个家庭的眷恋，还是来自于母亲的温暖关怀。相较于很多缺少亲情的高层家庭，她的母性关怀使这个家庭拥有暖暖的亲情，同时又不缺少严格的家教。曾经，家里请了保姆照顾孩子的爷爷奶奶，孩子们被要求不得“沾光”。每个孩子都必须自己洗衣服，会自己做饭。随着一家之主走向政权的核心，位高权重，社会上的各种关系也攀附而来，儿女们在外面也会有各种交往。为此，父亲与子女两方会为了坚守原则和人情难却而争执，身为妻子、母亲的她，在这亲情与大局之间，仍能聚拢一家人，在一个屋檐下，让孩子们无论走得多远，还时时回念感受家庭的温暖。

上个世纪50年代，生长在南方的她与丈夫，一起被派往东北继而西北工作。正是战后世界范围的婴儿潮时代，她在六年的时间里，生育了四个儿女。为了工作，不得不把几个孩子轮番送到南京，请孩子的爷爷奶奶帮忙照看。做母亲的牵肠挂肚，利用探亲的机会回去看看孩子，却发现孩子根本不认妈妈。孩子的疏远，曾经深深刺痛她的心。后来又经历了很多变动，“文革”下放五七干校，一家人终于返回北京。那是一个动荡的年代，社会在高压下透着些许诡异。身处政治的漩涡，她与丈夫如履薄冰。与此同时，家中老少三代，衣食住行，事无巨细，也都要她来操持。和所有的媳妇一样，她也要面对婆媳关系，婆婆不可能理解媳妇工作的重要性，难免在孙儿女面前唠唠叨叨。而她从来都是体谅老人，总是教导孩子们：爷爷奶奶辛苦了一辈子，很不容易。你们小时候，都是爷爷奶奶带大的，要永远牢记爷爷奶奶的恩情。

正是她的气度和厚道，她的大家风范，给了她的孩子们最好的人格资产。在当今社会，一派浮躁喧哗之中，他们做人谨慎而低调，朴素厚道，待人随和友善，并且能够有居安思危之心。《周易》云：积善之家必有余庆。

晚年，她又把全部精力，用于照顾退休的丈夫。平淡但是忙碌的生活，同样没有多少属于自己的享乐。儿女们散居各处，这个家，还是担在她的肩上。她一如既往地操持里里外外大小事务，她的大家风范和人格魅力，仍然感染着身边的人和事，所有接触过她的人，都能对她生出崇敬之心，同时感到自己也受到了尊重。她待人细致周到，而无丝毫做作，对所有为这个家帮忙的人，都由衷地感谢，警卫班和司机班的战士，年复一年陪着退休的首长，他们自己的将来呢？她会理解他们的想法，关心他们的前途。她自己的儿女都没有让她这么操心。甚至偶尔请来做按摩的医生，也能从她那里感受到真诚的尊重。这两年，也许她的孩子已经留意到母亲的衰老，但是，她还撑着操持家中事务，她太累了！

她与丈夫在共同的理想追求中相遇，结发一生。她鼎力辅佐自己的丈夫，却从不居功自傲。她几十年默默站在丈夫的背后，直到最后一程，她走在了他的前面。

这是一个时代的结束，将来的世界，很少会再有这样的人了。就像她一向高贵的为人，总是为别人想得很周到，总是记得别人的好处，却不愿给别人添麻烦，她的离开，也带着几分潇洒，几分突然，一个转身留下了风华绝代。未来世界的人们，将穿透历史的烟尘，遥望这位才华横溢、气质如兰的奇女子，她的传奇永不消逝。

焚香，顶礼

郁文阿姨千古！

2013年1月

（作者是郁文女儿乔晓溪的同事）

记我和郁文同志的几次偶遇

果永毅

今年春上的一天，在人民日报大院里遇到我的同事郑园园，得知郁文同志不幸病逝。说起郁文同志，我不禁回想起上个世纪八九十年代与她的几次偶遇。

我第一次遇到郁文同志，是在上世纪 80 年代中期的一次外事活动中。记得是在某个非洲国家驻华大使举行的晚宴上，我和郁文同志被安排在同一桌，而且是邻座。她主动和我打招呼，并递过一张名片。我仔细看了她的名片：郁文处长。这个名字和当时中国社会科学院副院长郁文的名字一模一样。她好像看出了我眼光中的异样感觉，遂主动介绍道：社科院有个男郁文，我是女郁文，名字一样。她的直爽和幽默，一下子吸引了我。我们交换了一些对非洲形势及中非关系的看法。给我的感觉，她的观点很平实，分析也很中肯。我当时并不知道她是乔石同志的夫人，更不了解她是和乔石同时参加革命的老同志。

几年之后的另一次外事活动中，郁文同志又和我在同一桌，而且还是邻座。这一回，她又递一张名片给我，上面印着：郁文副局长。这时，我依然不知道她的背景。

不久，还是在外事活动中，我第三次遇到郁文同志。说来也真是和她有缘分，又是在同桌邻座。她第三次和我交换名片：郁文局长。我仍然不知道她的庐山真面目，只当她是一位普通的局级干部。

1988 年夏天，我陪同人民日报副总编辑陆超祺访问波兰、保加利亚。老陆是部级干部，乘坐头等舱，我坐经济舱。飞行途中，老陆到经济舱找我，说头等舱空荡荡的，只有他和一位女干部，他说那人像是北京市副市长。我说北京副市长中只有两位女士，一位吴仪，另一位何鲁丽。老陆让我陪他去头等舱，我不敢打破规矩，没有去，让老陆有事叫我。

我们在法兰克福机场转机。我和老陆到贵宾休息室休息。落座不久，只见两位西装革履的中年男士急匆匆地走进来，径直走到我们面前，问道："你们看到乔石同志夫人郁文同志吗？我们是中国民航法兰克福办事处的负责人，我们不认识郁文同志，到处找不到她。"在我的认知中，这是第一次把郁文的名字与乔石挂起钩来。我立刻意识到与老陆同乘坐头等舱的女干部，原来是郁文同志。我立即陪民航的两位同志去找郁文。在旅客休息大厅的一个角落里，我一眼就看到了她。她安安静静地坐在一群旅客中间，平常得不能再平常。毕竟有过三次同桌邻座的缘分，郁文同志也认出了我，见我走过去，老远就起身打招呼。寒暄过后，我向她介绍了民航法兰克福负责人。我们一起转到贵宾休息室。面对两位热情殷勤的负责人，郁文同志一再表示不要给他们添麻烦。

在贵宾室，郁文同志问我："认识郑园园吗？"我说："她是我读研究生时的同学，现在是人民日报国际部的同事。"郁文同志笑着说："我们是亲戚。"这又是一个意外。相识近二十年，园园从未提起过她的这门亲戚。我回国后问园园，才知道郁文是她丈夫胡平生的姨妈。

我最后一次见郁文同志，是在1997年，她陪同乔石委员长访问法国。访问期间，乔石委员长和代表团全体成员接见使馆人员、中资机构负责人和媒体记者。乔石委员长向大家一一介绍了代表团的成员，唯独没有介绍郁文。坐在旁边的蔡方柏大使笑着提醒："还有郁文同志呢!"乔石委员长说道："她也算一个?"我感到委员长这样说，是不想突出夫人，他用幽默的方式表达了这个意思。蔡大使说完，郁文同志赶快从后排的人群中站起来向大家示意。这时，全场人员对她的谦和低调的作风报以由衷的、经久不息的掌声。

这就是我和郁文同志的几次相遇，时间短暂却印象深刻，至今难以忘怀。温婉文雅，沉稳低调的郁文同志的形象就这样留在我脑海中。

2013年4月

（作者是原人民日报社国际部副主任、高级记者）

郁文童年趣事

翁汶英

小时候，我和四妹郁文相处的时间比较长，也很亲密。在我的记忆中，她从小就很诚恳、坦率，从不说谎话，是个极为忠厚老实的姑娘。我们宁波人有句老话："三岁看八十"，这是说，一个人的品性在童年时就定了。就我的记忆把她童年时代的一些趣事记述下来。

小时候我家住在慈城后新屋中央大门，地处城隍庙跟前，比较热闹。每当有戏班子到庙里演出，各地小贩都聚拢来做买卖。有一次妈妈给郁文一枚铜板，她就拿了钱到炸臭豆腐摊，对小贩说："我买半块臭豆腐。"因为她知道，每块臭豆腐的价钱是两枚铜板。摊贩笑着答道："小姑娘，那剩下半块咋办？好吧，这次就一枚铜板卖给你吧！"她一高兴，得意忘形地拿着一块臭豆腐回家，并马上告诉妈妈："我用一枚铜板买了一块臭豆腐。"实际上，我们的妈妈是从来不允许小孩子自己拿钱去买吃食的。但这次也只得哭笑不得地回了一声"好呀！"

一般情况下，我妈妈是不让幼小子女在外面随便买零食吃的。每年秋冬时节，家里会请人来制作冻米糖、松糕等，作为全家长期食用的小点心。郁文小我五岁，当年小妹华娓刚出生，我和弟弟泽宏都已上小学，郁文还没有上学，在家一个人玩。郁文玩到快中午，常常感到无聊，可能也有些饿了，就去缠妈妈。这时妈妈常会拿出自家制作的一小块点心应付她。当我和弟弟中午放学回家，郁文便会很快跑来开门，并马上对我们说："三姐！三哥！刚才姆妈给我吃了好东西，你们猜猜是啥？"但是马上她会接着说："我吃了冻米糖了！"我们那时也还小，十分眼馋，也想吃，但是时间已经快要吃中饭了，妈妈不可能会给我们吃。到了第二天，快近中午了，郁文又来缠妈妈。这时妈妈就对她说："今天可以再给你吃一块，但千万不能告诉三姐、三哥，否则以后就不再给你吃了。"郁文当时对妈妈答应得好好的，但是到时候她还是告诉我们她吃点心这件事。这样周而复始，她就是藏不住事。上几年，我曾当面问过她，可还记得这事吗？她笑笑说："记得呀！我也不知道当年怎么会这样顽固的呀！"我以为这便是她从小就心直口快、不说谎的良好习性的表现。

郁文从小很聪明，上小学后她爱学习，因此成绩一直特优秀。语文、算术两门功课总是考100分。有一次语文考试，和她同桌的一个女生，平时成绩一般。她知道郁文总得100分，又看到她一拿到考卷很快就做完了，便低声对郁文说"帮帮我也拿个100分。"郁文很大方地便把试卷移到她旁边。那个同学一高兴，很快就照抄了起来，但她可能那时心急、太高兴，匆忙中竟把考卷上学生姓名也抄上了"翁郁文"三字。当老师批改试卷时发现后，便把两人都叫到办公室讯问，并说，平时坐在一起的同学，互相帮助是应该的，但考试时一定得老老实实，不能抄别人的，否则就犯错了。今天也不问是谁抄谁的了。

我的大哥翁泽永从小习惯于留西式头发。他的头发较长，发质也较硬，所以他的头发有点卷曲，每晚睡觉时差不多总用网眼式压发帽套在头上。有次郁文看到后就问大哥："你的压发帽是不是很重？竟能把头发压牢压平？"从此我家就出来了又一句笑话"压发帽是很重的"！

在我们还较小的时候，有一次家里来了客人，菜肴不够招待。妈妈叫我们去熟食店买一盆切斩的火腿回来。店里的伙计问我们要什么部位的？因为郁文平日喜欢圆圈圈那样平整点肉类吃，她便随口回答说："那就买点火腿脖子吧！"这下可把这个伙计笑歪了嘴。他答道："火腿哪有脖子的呀！"

1936 年夏，抗日战争初期，我们从杭州逃难回到老家慈溪，又到官桥外婆家做客。当时当地的一批中小学生，自发组织成立了抗日救亡宣传队，人数并不是很多。当时得到大舅父陈屺怀同意，陈明玕、陈明楞、郁文和我四个女学生也参加了宣传队。我大哥翁泽永当时从杭州回来探望我们，他已在搞部队宣传工作，学会了不少抗战新歌，如《大刀进行曲》、《游击队之歌》等。我们宣传队就请他教唱这些歌，现学现唱，宣传队出去演出时，就用上了。宣传队曾在云回寺、明德观以及远到相岙的五峰寺演出。郁文当时是队里最年幼的一位队员，她跟着大家天天东奔西走，每天要走不少山路，但她却人小志大，走在崎岖的山路上，从来没有落在后面过。大家夸她实在太不容易。

有关郁文小时候的故事是讲不胜讲的。最后我不得不悲痛地对郁文在天之灵埋怨一句。你整个一生都留给大家诚恳、坦率、从不说谎的好印象。但是 2013 年 1 月初，你曾对我说过："三姐，我因患急性肠胃炎住院了，你寄我的照片、贺卡都收到，病好了，过春节时再回贺卡……"可我左等右等，一直等到今天也没收到你回的贺卡。最近我们的老同学、浙大教授来信就说："急性肠胃炎不是大病，北京有那么多大医院怎么这点病也治不了？"是呀！我难以相信。是你最后骗了我吗？谁来回答?!

当然，2013 年 3 月，我们收到了由乔兄签名的贺祖源姐夫九十华诞的贺卡；同时还收到你的子女小明、小凌、小东、小溪贺三姨夫生日快乐的花篮。有了以上两件，我们感到满意知足了。但是没有你的承诺兑现，我始终还是把它埋在心里的深处！亲爱的妹妹，愿你安息！

（作者是郁文的姐姐）

我和郁文七十年的交往

胡祖源

郁文同志去世的噩耗从北京传来，所有曾经和她有过交往的人，无不顿时惊呆。去年10月下旬她赶来参加母校慈湖中学110周年校庆，接着，她又顺道到舟山、奉化两地扫墓、访旧，虽已是87岁的高龄老人，但她硕健、坚强、乐观、开朗，谁也想不到这次因急性肠胃炎住院治疗，竟就此永离尘世。生命竟如此脆弱和无奈，格外引起亲友们的惋惜、难受和悲痛。

我在2004年6月曾在《古镇慈城》季刊第13期上写过一篇题目叫《我是道地的慈城人》的文章，专门介绍郁文的成长历程和她对革命事业的卓越贡献。郁文是我老伴翁汶英的胞妹，而我认识她还在我同汶英结婚前。那是1941年初秋，郁文和姐姐从家乡徒步翻山越岭地前往浙南投亲求学，在路过嵊县长乐时曾专程到离长乐二里地的太平村省立宁中高中部校址访问胡绳系先生和我，后来绳系先生嘱我陪伴她俩走回长乐设法找便车南去，两位从未离开过故乡的姑娘家匆匆上路，在兵荒马乱的世道下，我们都感到忐忑不安。

再次和郁文见面已是抗战胜利之后。她从浙东到上海进之江大学，一面读书，一面参加党领导的地下学运活动，后来又到上海

《联合晚报》担任记者。这时我和她的胞姐已经结婚，并且有了一个儿子。从那时起，我们曾和她先后在上海广元路 20 号、多伦路 265 弄 36 号、东体育会路 10 号和愚园路 1032 弄 54 号，同住在一个屋檐下。

她在担任《联合晚报》记者期间，从早跑到晚，十分忙碌，她的哥哥翁泽永当时曾开玩笑地给她起了个绰号："撞活灵"。当时的《联合晚报》是全上海唯一夜间出版发行的新闻报纸，由于它立论公正，文字通俗优美，新闻真实丰厚，十分畅销，发行量远远高出晨报。那时我也在一家经济类报纸任兼职记者，但它比较专业，发行量只有《联合晚报》的十分之一。著名作家郭沫若先生对郁文的报道十分赞赏，那时他和他的太太于立群时常来我岳家。他特地赠给郁文一张条幅，上面写道：

"人即是文，是何等样人，方能写何等样文。

荆棘之上不能开玫瑰，槟榔之上不能结葡萄。"

这个条幅很长时间都悬挂在郁文同志在北京的寓所客厅的一侧墙上。

郁文同志从小就有勤奋读书的好习惯，她一回到家就拿起书看，手不释卷。她常说："书到用时方恨少，事非经过不知难。"她总是不停地读书充实自己。有一次，她在我家看到一本光明书店新出版的厚度十厘米以上的苏联列昂捷夫写的《政治经济学基础教程》的书，这是在《金融日报》担任二版编辑的地下党员徐里平先生特意送给我阅读的。因为二版上刊发的都是我采写的新闻稿或特稿，他为了提高我的认识从而提高稿件的质量而这样做的，当然这是后来他担任上海军管会宣教系统军代表时对我说的，我当时却对此毫无觉察，也没有翻读过，可是郁文一看到此书就识了宝，她立马把书借了去，以后我看到她日夜不停地读它，后来还书给我时，我发现书中有她亲笔批注的不少语句和加重点。

1948 年前后，国内形势陡紧，一天，郁文同志悄悄地离开了家，从此，我们跟她分别了好几个年头。解放后，我听老伴说，她曾去杭州见到了郁文，她当时已在杭州市青委工作。而我一直到 1979 年秋天才再和她见面，那时我已在新疆社会科学院做经济学研究，在党刊上发表了《社会主义与竞争》的论文，那时全国还在强调计划经济，而竞争却是市场经济的重要手段，我的文章最初在内部刊物上刊登后受到首肯的有，主张批判的更多。但当时商业部研究部门读了我的论文后认为很有道理，便邀请我去北京参加全国商业经济理论讨论会。我到北京以后住在商业部当时相当寒酸的招待所，八个人一间。一天晚间忽然有人对我说："你的亲戚来找你了。"我迎上前去一看，认出了是郁文，她热情地握着我的手说："我们一别几十年了，难得啊，难得。"她匆匆地跟我谈了一会儿就对我说，我还有事要办，这个星期天就请来我家吃饭叙谈吧，她给我写了她家的详细地址和走法，便告辞了。我去了她家，见到了她的家人，还跟她的婆婆认了本家，原来婆婆也姓胡，是从原慈溪东乡田湖村搬到舟山的，而我们原慈溪西乡丈亭胡家村，也是从本邑东乡田湖村搬去的。

上世纪 80 年代以后，郁文同志曾多次陪同乔石同志到过新疆，他们每次经过乌鲁木齐，郁文都拨冗前到我家探望。他们的情谊令身处边疆的我们全家老小备感亲切、安慰。

郁文同志最突出的优秀品质是：她任何时候总是把关心别人、为别人考虑放在第一位，但却很少关心自己。她仁厚善良，助人为乐，她的一生中帮助过的亲戚、同志、朋友难以计算，她给予别人帮助从来都是经过深思熟虑，遵守政策和法律，绝不声张，更拒绝任何形式的回报；她待人接物、处事处世从来是既认真细致，小心谨慎，又严肃真诚；无论大事小事，她都勤勤恳恳，兢兢业业。对待要做的事，她全身心投入；对待与她相处的人，她真诚相待。她写文章一丝不苟，全神贯注，反复琢磨。不久前，她为《古镇慈城》第 49 期写的那篇回忆她青少年时代的往事的文章，发表以前曾再三再四地来信来电要求改动或补充，她说："写出去的文字必须做到精益求精，经得起时间和客观历史的考验，才对得起别人。"

本世纪初，我以回忆录的形式写了一本叫《柳暗花明》的小册子；与此同时，我女儿也写了本叫《小草物语》的小册子。我们把这两本书送到她的手中，请她过目指正。后来她为此专门和我单独谈了一次话，她说：我过去对你缺乏了解，曾经也说过对你过头的话，现在才认识到你们全家的确遭遇了诸多不公正的待遇。这是时代的错误，你们要想得开，还得全面地对待这类问题。辩证法说得好，事物都有两重性，祸福始终是相依相存的，好事不一定总是好事，坏事也不一定是坏事，古话说得好："塞翁失马，安知非福？塞翁得马，安知非祸？"这样一想你们就能心平气和地大踏步地走在人生的大道上，轻松愉快地往前奔去。她的话给我极大的启发，所以在我的那本小册子最近重新再版时，我女儿慎重地在"后记"中特别强调了感恩的观点，强调对曾经帮助过我们的人固然应予感恩，同时对打击过我们的人也应感恩。这些都是郁文教导的结果。

郁文的性情是如此的温和，生活兴趣是如此的浓郁，精神状态是如此的良好，思路又是如此的清晰而有条理，加上她的神采是如此飞扬，生命力是如此旺盛，所以这次她突然撒手离去，永远地告别人寰，这使人情不自禁地痛哭流涕，唏嘘悲伤。

许多人都记得这四行诗句："有的人活着，他已经死了。有的人死了，他还活着。"

许多人也记得这两句藏族谚语："绸缎虽旧，花纹不褪；英雄虽去，英名永存！"郁文同志就是这样的人，她的精神必将永存。

（作者是郁文的姐夫）

四姐点滴事　长留我心间

翁华娓

我们家兄妹五人，我是老五，最小，所以家里叫我“小尾巴”。郁文排行老四，所以我一直叫她四姐。在我生命的历程中，有许多年我与四姐的来往比较多，同哥哥姐姐相比，我们之间联系更频繁，交流更多。四姐在我心中留下了许多温暖而难忘的记忆，以至于她的离世，我常常觉得这不是真的。

1950 年 10 月，抗美援朝战争爆发，我在上海家人的支持下报名参加了中国人民解放军。参军后，部队送我到沈阳中国医科大学当时专门为部队培养医生的军医班学习。学习到第六个年头，我和十来位同学被分配到鞍山市立医院实习。上个世纪 50 年代中后期，四姐和乔石姐夫正在鞍山钢铁公司工作。让我到鞍山实习，真像是老天爷有意的安排，让我有机会和四姐一家相聚相处。

我们一起实习的同学，家都不在鞍山。星期天，我就常带着同学到四姐家里去玩，其实就是大家聚一聚，放松一下。我们一起做饭、包饺子，嘻嘻哈哈，叽叽喳喳，打闹聊天，十分快乐。每次我们到了四姐家，她总是马上带着孩子出去，以便把房间腾出来让我们闹腾一整天。现在想起来，我们这群年轻人是多么的无忧无虑，又是多么的不懂事。我们休息玩耍，却把四姐一家赶到外面；而四姐又是多么善于为别人着想，多么宽厚待人。她和姐夫忙碌工作了一周，其实也需要休整。她理解我们的需求，把能够提供的方便都给了我们。

1956年底，我们实习结束回到沈阳，等待毕业分配。我被分配到辽宁省军区下属204医院工作。不幸的是，还没有报到，我就突然患上急性黄疸性肝炎，204医院就去不成了。我一边养病，一边在军区医院的培训部帮忙做些临时的工作。

我的病情反反复复，三四年也没有痊愈。到了1960年，由于身体以及家庭出身等方面的原因，部队要求我转业到地方去。转业去哪里呢？我向四姐征求意见。一天，四姐特地抽出时间和我谈心。她说："这几年你工作表现很好，这次分配绝对不要向组织提出任何要求，要绝对服从组织安排，要到艰苦环境中去锻炼自己。"后来，我确实按照四姐的意见做了。在决定我一生去向的选择中，我做到了完全服从组织分配，去了边远的广西柳州，去了最基层的企业，去为最普通的老百姓服务。在数十年的医生生涯中，我工作兢兢业业，从未出过一点差错。我的付出，得到了当地病患者的尊重和认可，大家都对我很好，亲切地叫我"翁医生"，方方面面对我很关心照顾。回想起在柳州的生活，我就想起我和四姐的那次谈话，是她鼓励我到基层，而我也因牢记了四姐的告诫和教诲，才能独自在柳州坚持工作到退休，其间没有向组织提出过任何要求。

四姐在家里，她不仅是个好妻子也是个好母亲。她非常疼爱孩子，关注着他们成长过程中的每一个环节中出现的问题，无论是健康还是学业，有问题她都想方设法去解决。记得1957年的冬天，当地流行腮腺炎，那时算是很严重的传染性疾病。老大小明传染上了，老二小凌还未感染。四姐找到我，问我有什么办法防止小凌感染。我说，可以把已得过此病的直系亲属的血液，通过直接注射的方法注入对方体内，以获得抗体。四姐当时也在患病，不能输血，而姐夫已有抗体，她同姐夫商量后，决定让他抽血。次日，姐夫带着小凌到市立医院，让医生抽出他的血，给小凌做肌肉注射，直接注入臀部。此法虽然有风险但果然见效。小凌得以平安度过严重的传染期。

一年一次的探亲假，我有时会分成两段，前半段到上海去探望母亲，后半段去北京看望四姐。1967 年，正是“文革”风暴凶猛的年头，广西武斗打得很凶，正常生活工作秩序全都打乱了，我去探亲后，单位就说你暂时不必回来。所以那年夏天，我在四姐家住了较长的时间。那次，我走进中联部大院，看到处处是大标语、大字报，其中不少矛头指向四姐和姐夫，如“陈布雷的外甥女必须老实交代”等等。我想，四姐肯定出事了，心中忐忑不安。到了她家，才知四姐和姐夫都被隔离审查了，实际上就是被关了起来，不能与外界联系了。由于我当过军人，中联部的造反派同意我去看望四姐。她被隔离有几天了，但情绪很稳定。她镇静地对我说：“不会有什么事，他们拿不出证据。”

不过，四姐还是十分担心局势会进一步恶化，担心万一她和姐夫长期隔离受审，家中孩子无人照顾，影响身心发育发展，甚至发生意外。为防止出现难以逆料的后果，四姐万般无奈之下“讨救兵”。她请我到南京去一趟，把姐夫的母亲蒋妈妈接到北京来。蒋妈妈出身贫苦，早年在纱厂当女工，支持过革命工作。把蒋妈妈请北京家中“坐镇”，料想“造反派”不敢对她怎么样。我按照四姐的安排，很快到南京搬来了“救兵”。蒋妈妈到北京后果然里里外外一把手，把家中诸事安排得井井有条，家中有了主心骨，孩子们心里也踏实了，全家得以平安度过那段艰难的岁月。

“文革”期间，四姐已不可能事无巨细地照顾孩子了，更不可能带他们外出游玩，她心中一直感到非常歉疚。有一次，四姐委托我带孩子们去爬长城。我带着四个孩子一大早乘坐火车前往八达岭，不料途中火车出了故障，拖到下午 4 点才抵达，我们在长城只玩了一个多小时就匆匆返回。不过孩子们依然游兴高涨，极为兴奋。我很高兴做一回“领队”，代替四姐尽一份母亲的责任，我也由此体会到什么叫“舐犊情深”。

每每想起四姐的点滴小事，我都感到十分温馨，回味无穷。敬爱的四姐，你严以律己，宽以待人；你热爱生活，面对变故有勇气、有担当，有智慧。在我人生旅途中，你是一个标杆！敬爱的四姐，我心里是多么思念你呀！

2013 年 8 月

（作者是郁文的妹妹）

逝 者 如 斯

——纪念郁文阿姨

陈必大

80 年代初的一天，一个我多年的朋友到北京骑河楼 6 号那个破败空荡的清华招待所大院看我爸爸。一通的回首往事。送朋友出来，他忍不住问起：乔石和你们家到底是什么亲戚？我略一沉吟，选了这样一个切入点：“你知道陈布雷是我外公，对吧？”“我当然知道。”“那好，陈布雷的妹妹是乔石的丈母娘。”简捷明了，他有点没想到：“关系老近咯！等于乔石的太太是你们的阿姨欸。”

岂止是老近的亲戚，郁文阿姨和我妈妈陈琏之间更有一层曾经共过生死的革命情谊。

一

1947 年秋，我父母袁永熙、陈琏在北平被军统特务逮捕，递解到南京。所幸叛徒指认时，认定地下党姓袁的负责人不是这个稚气未脱学生模样的小个子。半年后，在老蒋示意下，陈布雷派人出面具保，我父母出狱，经过一段软禁后出来做事。又隔半年，外公陈布雷“油尽灯枯”，厌世自杀。我父母也因此解除了“监管教育”，一心想归队。

郁文阿姨的出现，助他们达成了心愿。郁文阿姨在1988年写的《姐妹之情 革命之谊》中（见《陈琏的道路》光明日报出版社1989年版）描述了那次的胜利大逃亡：她们怎么在灵堂接头、试探、请示、策划和具体实施。在外公治丧期间，表姐妹之间的商讨，没引起任何人的注意，而且风雨飘摇的国民党政权也已经顾不了那么多了。接下来，在上海地下党的安排和接应下，郁文阿姨和我父母一起化妆潜逃，一路护送他们北上，经镇江、兖州、石家庄，最后，于1949年初到达新中国未来的首都北平，向中央青委报到。

新中国成立后，这对年轻的女地下党员顺理成章地进了团中央，并且一起工作到1952年。1952年郁文阿姨南下杭州，去与乔石完婚。

二

她们的再次相见已是10年以后。1962年初，郁文阿姨回北京，进中央党校。一个星期天下午她找到我们在林业部宿舍的家，扑了个空。保姆说妈妈带我们去隔壁和平里第五工人俱乐部看电影了，郁文阿姨怕我们看完电影又去别处，硬是在寒风中等到电影散场。妈妈看到郁文阿姨远远地就伸出双手时，快步跑下台阶，四手紧握。

这十年是中国经历了“三反五反”、反右、第一个五年计划、“大跃进”和三年经济困难的10年，是大建设大折腾的10年。郁文阿姨夫妇大部分时间转战于中国的钢铁战线，先是鞍山，后是酒泉，生活条件艰苦，孩子都不得不寄放在南京亲戚家。郁文阿姨的

4 个孩子，大的一对兄妹生于上海，长得很像，小的一对兄妹生于鞍山，也长得像，但两对兄妹之间却一点都不像。大概一方水土养一方人，从怀胎十月就开始了吧。

郁文阿姨夫妇虽然辗转奔波，备尝艰辛，但总还夫唱妇随，长相厮守。我父母呢，虽然家一直在北京，但终因老爸被打成右派，母亲不得不划清界限，劳燕分飞。父母分手的直接后果就是父亲被流放到农村，到了“文革”就轮到了妈妈。这件事影响之深远，直到半个世纪后的今天，我依然能痛切地感觉到。

那个晚上，妈妈和郁文阿姨一定谈了很多。十年间的磨难变故，让她们变得谨慎小心，心有戚戚焉，只希望折腾结束。郁文阿姨回到北京，妈妈也离开这个伤心之地到上海重新开始，希望将来一切都能好起来。和十年前反过来，这次是郁文阿姨留下，妈妈带我们离开。真是“人生不相见，动如参与商”。

三

从三年困难时期结束到“文革”，“好起来”只持续了三四年。

那几年，郁文阿姨好像没来过我们上海的家，尽管她母亲就住在上海。这让我想起了 1962 年我们第一次去福明村的老房子见外婆——陈布雷的遗孀、我妈妈的继母。那是我妈妈和郁文阿姨 1948 年逃离上海后，第一次的母女相见，尽管有五姑婆（郁文阿姨的妈妈）、六姑婆、姨妈、舅舅和外婆家的亲戚作陪，有我们三个第一次见面的外孙、外孙女，气氛还是很不自然。

我姐姐现在坚决否认她当时的吹牛——说她恶作剧，在陈布雷家的抽屉里吐痰。但这确是当时蒋介石在海峡那边高唱“反攻大陆”时的社会气氛。郁文阿姨和妈妈一样，都能感受到重提阶级斗争对他们这种家庭背景的人形成的巨大的压力。

四

“文革”爆发，妈妈殒命，家破人亡。我们姐弟三人分别去了东北和西南插队，星流云散。

1973 年，因“林彪事件”，开始对被打倒的老干部进行复查。我们也为被上海市革委会定性为敌我矛盾，开除出党的妈妈准备了申诉材料，由在吉林插队的姐姐带到北京，通过团中央和全国妇联的老同志交到邓颖超手上。后经邓的干预，妈妈的结论改为“敌性内处”，党籍不予处理。我们姐弟在政治上的“黑”褪去了些，可以被招工进厂了。

郁文阿姨也是 1973 年从干校回北京恢复工作的。姐姐说当时去中联部看了郁文阿姨，还住了一夜，但详情记不清了。

我去的那次已是粉碎“四人帮”之后了，当时乔石姨父正准备秘密出使印支三国，去向兄弟党通报中共准备纠正“四人帮”时期输出革命的极左政策。席间，郁文阿姨的儿子小东说：渔民吃鱼是不许翻身的，不吉利，会翻船。乔石姨父说：翻船怕什么？再翻回来就是了。小东说：人都掉水里了，船翻回来有什么用？……

本来也只是饭桌上的打趣抬杠，并没有什么微言大义，只是在历尽劫波、斯人已逝的情境下，让我心中别有一种触动，挥之不去。

五

我父亲右派改正后回到北京，以后我们每年春节去北京探亲，郁文阿姨都必定专门请我们一家到家里吃饭，不管乔石姨父升到什么职位。有一次我和前妻还带着我们两岁的孩子，送客时乔石姨父低声对郁文阿姨赞叹说："这孩子长得真好。"这让我的前妻丞心（上海话：暗暗欣喜）了好几天。

1997年我出国前，郁文阿姨和乔石姨父还特地在家里给我父亲办了80大寿。后来父亲生病住院，郁文阿姨也来探视，帮助联系医生医院。说起来，我妈妈去世已经几十年了，我爸爸这个表姐夫也早已离婚再娶，可郁文阿姨对我们几十年都不改家人般的亲切。曾经的革命同志遭了难，关照她的家人是生者对死者的责任，亲戚关系，反倒成了使事情显得更自然的托词。

父亲去世后，我曾于2004年、2009年两度回国，探视疾病缠身的继母，也都应邀去赴郁文阿姨的家宴。姨父看上去老了许多，但郁文阿姨仍然精神矍铄。以前姨父在位时，一起合影多少有些犯忌，到后来就无所谓了，八十多岁的人，总是见一次少一次了……但谁曾想，才过了3年，竟与郁文阿姨永诀！

六

细想两家的先人还真有不少相似之处。郁文阿姨的父亲和我的外公陈布雷都出身于乡绅之家，读过四书五经，也接受新学，抱着书生报国的心情，后来都为蒋委员长做事。郁文阿姨和我妈妈也是相似的出身，相似的学养，相似的精神品格和相似的从救亡到激进到革命的心路历程。两代人选择相同的道路，不由得你不相信阶级的烙印、时代的烙印。

到了我们这一代，虽然我们也有相似的家庭背景，相似的教育和经历——红卫兵、知青、上大学、出国，可是时代不同了。经济的自由化导致中国社会的多元化、碎片化，理想主义和宏大叙事的大时代过去了，现在是追逐金钱与时尚的个人主义的"小时代"。我们是应该向后去追寻过去大时代的话语体系和使命感呢，还是应该建立新的适应当下社会经济结构的法律制度呢?

我们是亲身经历了前后 30 年的一代，理解过去又面向更自由的未来。我们讲述先人的故事也是在尽一种责任，防止未来误解过去。我相信，希望此文的读者们也相信：任何时代都不会没有美好没有爱，没有牺牲精神，没有普世情怀。

罗素说人的生命之河终将汇入大海。孔子说得更深沉：“逝者如斯，不舍昼夜”。

一代一代都会过去，也都会留下些什么被后人记住。

（作者是郁文的表姐陈琏的儿子）

我们铭记她的恩德

胡祖侃

2013年1月28日晚在电话里传来郁文姨妈病逝的噩耗，我们全家悲痛万分。她去年10月25日风尘仆仆地赶到宁波，参加母校（慈湖中学）成立110周年庆典活动。怎么会这样快离我们而去呢？这是所有与她相识的人所意想不到的。

我与郁文姨妈既是亲戚，又是慈湖中学校友，但我们从未见过面，因为我长期在远离家乡的四川工作，对她的情况知道很少，后来得知她在中共中央对外联络部工作。

我们都是《慈湖校友》和《慈湖水》刊物的读者，她在刊物上发表的文章我能看到，我偶尔在刊物上撰写的文章她一定也会读到，这也许是我们之间的一种间接交流吧！

郁文姨妈对故乡慈城的建设、慈湖中学的发展非常关心，曾提出过不少的意见和建议。她对我们家人的生活也十分关心，尤其是平反先父冤案一事，她时刻挂在心间，并尽自己最大努力给予帮助。

1979年10月在农村务农的先父，在原慈中翁心惠老师全力推荐和戴竹馨①同学具体帮助下，以代课老师的身份，登上宁波师专

① 戴竹馨：原慈中学生，后任宁波师范学院党委书记。

（后来升级为宁波师院）的讲台，他讲授心理学和书法，这两门都是他的特长，很受学生的欢迎。

在郁文姨妈和王幼于①先生亲切关怀下，先父不断向省高院申诉，1989 年 4 月先父的冤案终于得到浙江省高级人民法院的平反，撤销原判，还他一个清白，迎来了迟到的春天，也是先父一生中最为高兴的日子。

后来，郁文姨妈又盛情邀请先父到北京她家中做客，他感受到郁文姨妈的亲情与关爱，感受到她乐于助人、不图回报的高尚情操。

2002 年我们为先父出版《胡绳系书法集》一书以及 2012 年为先父百年华诞出版的《撷藻怀馨》文集，郁文姨妈在百忙之中抽出时间，为这两本书写了序言。她对先父在慈中任职期间的表现作出了客观公正的评价。郁文阿姨为我们所做的一切，我们将永远铭记。

2013 年 6 月

（作者是郁文的表姐陆湘玲的长子）

① 王幼于：原慈中教师兼教导主任，解放后担任慈中校务委员会主任委员（即校长），1951 年离开慈中，在北京开明书店和中国青年出版社工作，任编辑和副总编辑。

我有幸两次面见郁文姨妈

胡祖戈

2013 年 1 月 28 日，传来了郁文姨妈仙逝的噩耗，这个讯息犹如晴天霹雳，令我悲痛万分。

郁文姨妈是我母亲的表妹，她家在翁家村，与我家隔江相望。旧时胡翁两家素有往来，我当时还不记事，印象中好像以前从没有跟她见过面。直到 1993 年，我才和郁文姨妈在北仑电厂的工地上相识。当时北仑电厂利用世界银行贷款正在兴建，它的主设备由美国、日本、法国、瑞士等发达国家引进，是国内最大的电厂。这年秋季的一天，她陪同姨夫乔石委员长一同前来北仑电厂视察，当时我担任北仑电厂工程公司的副总工程师，单位领导原先并不知道郁文姨妈还跟我有亲戚关系，后来经我向单位领导申明情况后才得以相见。我随同省市和电力局领导一起陪同乔石姨夫和郁文姨妈考察了北仑电厂的汽轮发电机房运转层、集中控制室、主控制楼等关键核心部位。郁文姨妈特别关心工程进展情况，并再三勉励我要认真工作，为家乡电力建设作出贡献。她又详细询问了我父亲的相关情况，并约他当晚在宁波新芝宾馆见面，不巧我父亲当时没有在宁波，从而失去了见面的机会，事后父亲非常遗憾。

2000年3月底，我的父亲因病医治无效不幸去世，享年88岁。治丧期间，翁家诸多亲人都送了花圈，有的还亲临吊唁，充分寄托了他们对我父亲的敬意和哀思！

父亲去世后，我在清理他的遗物时，还发现了以前郁文姨妈赠送给他的钢笔和手表，并有多封往来信件，信中充满了对我父亲的怀念和鼓励，她多次嘱我父亲要珍惜身体，争取健康长寿，信中还对他能够不辞辛劳，发挥余热，坚持教书育人表示敬意！

郁文姨妈平生待人一贯真诚、亲切、随和。她虽身居要职，工作繁忙，需要考虑和亲自过问的事情繁杂，但她对我家的情况始终十分关注。我父亲去世后，为了缅怀先人，我们特地先后编辑出版了《胡绳系书法集》和《撷藻怀馨——胡绳系先生百岁诞辰纪念文集》两书。郁文姨妈亲自为这两本书撰写了序文。她在序文中对我父亲执教的生平，特别是在重建慈湖中学的工作中所作出的贡献作了充分肯定，还对他的书法艺术给予高度的评价。序文寄到后，郁文姨妈又先后多次发来短信，对序文中的一些句子加以修改或补充。我和我的兄弟姐妹们，无不对姨妈的认真、细致、严谨的作风肃然起敬，认为她永远是我们晚辈学习的榜样！

郁文姨妈对故乡教育事业一贯极为关怀，亲临参加慈城中城小学、慈湖中学多次庆典活动。在母校慈湖中学100周年校庆时，她带来乔石委员长的亲笔题词，给全校师生以极大的振奋和鼓舞。

就在2012年10月25日举行的慈湖中学110周年纪念庆典的当天下午，她约我在宁波新芝宾馆与她相见。当时她虽因旅行略显疲惫，但和亲友们相聚在一起时，还是显得十分热情健谈，总想把心里话说出来给大家听。讲到先父彻底平反改正一事时，她特别嘱我把它记录下来，强调这是得益于前新四军领导人之一，时任中顾委常委、并担任国务院古籍整理出版组组长李一氓老前辈的支持与帮助。姨妈讲，李老当年曾托我父亲收集宁波一古寺（延庆寺）

的史料，说我父亲在天一阁详细查阅资料后整理成文寄给了他，李老收阅后感到十分满意，特又向姨妈问起了我父亲的经历，当他得知我父亲那时还没有彻底落实政策，还是宁波师范学院一名代课教师时深感惋惜，后来李老便为此事专门写信给时任浙江省委书记李丰平同志，提出改正意见。上级领导结合翁心惠、王幼于、戴竹馨等同志的证明材料，我父亲的历史冤案才得以彻底平反改正，转为正式教师，并聘为讲师。郁文姨妈叮嘱我，这一情况应让我们所有兄弟姐妹知道。

这次会见虽然十分短促和匆忙，但还像昨天的事一样，每每想起，我内心就激动不已。郁文姨妈令我永世难忘，纸短情长，写下这篇悼念文字，向敬爱的郁文姨妈致敬，并祝愿郁文姨妈在天国安息！

2013年7月

（作者是郁文的表姐陆湘玲的三子）

郁文阿姨回故乡

胡亭亭

金秋10月，阳光普照、桂花飘香，借着慈湖中学110周年校庆的良机，四姨郁文来到了宁波，我和91岁高龄的母亲随同参加了这次活动。

2012年10月25日下午，我们去宁波新芝宾馆见四姨。四姨考虑到妈妈已经91岁高龄了，就安排我和母亲一起住到宾馆里，这样也方便老姐妹拉家常。四姨就是这样心细，时时想到照顾身边的人。第二天是慈湖中学的110年校庆，活动不少，四姨说，今晚她要好好想想明天的见面会讲些什么，所以当晚我们就不打扰她了。

26日9点出发赴慈湖中学参加校庆活动。车行大约20分钟就到了慈湖中学，学校里的操场上布置得十分热闹、喜庆，操场周围是展示校友风采的大幅画板，大家都在画板上寻找熟悉的身影，我们看到了四姨的照片。小凌（乔凌）说，她也看到了我爸爸的照片。主席台布置得极有韵味，有师古亭的造型，有古镇的造型，还有一口大钟。在操场的入口处是乔叔的题字“古城名校，教范学模”八个大字，大家纷纷在此留影。9点18分校庆庆典活动开始，当台上唱起慈湖中学校歌时，我注意到四姨一直打着节拍跟大家一起高歌，她是那么深情，一字不差地把几十年前学会的校歌完完整整唱了出来，她的记忆力真惊人啊！庆典活动中，大家最关注的是老同学、老朋友会面。四姨让我们去找来了祖风和张思安等亲友见了面。在阳光下，妈妈和四姨一直坚持到了庆典会结束，然后我们一起来到学校的阶梯教室，参加“郁文与师生校友见面会”。

校方作了比较完备的安排，他们把四姨的经历用 PPT 展示给大家，并由学生向大家作了介绍，学校还把四姨几个阶段的照片制作了一个画板赠给了四姨。四姨的讲话同样精彩，主题是“要学会感恩”。她说，在他们那个年代，学校被日寇飞机炸毁，他们失去了读书的机会，校长找到了一个寺庙——芦山寺借地办学，使她有了读书的机会，所以她很感谢当时的校长和老师。现在的慈湖中学风景优美、设施完备，所以同学们也要感谢社会、国家，给了同学们这么好的条件，要感谢校长、老师的辛勤培育。她没有讲大道理，就是围绕着“感恩”这个中心，娓娓道来，令人感动。

下午没有安排活动，征得四姨同意，我让爸爸胡祖源、我丈夫刘启明以及我们的亲戚胡祖戈一起来与四姨见个面，四姨很高兴地会见了大家。她讲了一段话，讲话前，她让我弟弟安生拿出笔来作记录，这样郑重其事，这是我以前从未见到过的。四姨讲了什么呢？她简要讲了胡祖戈的父亲胡绳系先生的平反经过（参见本书胡祖戈文：《我有幸两次面见郁文姨妈》），并请祖戈把这事转告他的弟弟和妹妹。四姨说，胡绳系的学识、书法得到了大家的一致肯定，他是个有真才实学的人。

27 日上午乘车去舟山。从宁波西上了高速公路后，经过镇海，然后经过了金塘大桥、西堠门大桥、桃夭门大桥、响礁门大桥、岑港大桥后，就到了舟山。其中金塘大桥是最长的，大约有 22 公里，有了这五座大桥，从宁波到舟山时间就大大缩短了，交通就更方便了。四姨一路行，一路赞不绝口，说十多年不见，宁波的发展真是快啊！我们先一起来到了清陵，这里是乔叔叔父母亲的墓地，墓地和普通的百姓墓地在一起。小明说，当时他父亲说过“他们来自普通老百姓，就还是回到老百姓中去吧”！从山下到墓地要上几十个台阶，妈妈和四姨居然也一口气跟着上来了。午休后，我们先坐车经过朱家尖大桥（又叫观音大桥），抵达码头，然后乘船到了普陀山，妈妈已经有几十年没有来过这里了，上次来时，是为了祭拜骨灰撒进普陀山下海里的外婆。

大家先来到了普济寺，这是普陀山最大、最古老、最有名的一个寺院了，恰逢周末，又临近观音生日，普济寺里人非常多。在普济寺的方丈处大家休息、座谈了一会儿，小凌说这位方丈是普陀山的大和尚。离开普济寺我们又坐车到了南海观音处，这是后来建起的一座观音塑像，面临大海，蔚为壮观。两处地方参观完毕，已经五点了，天渐渐暗了下来，大家乘车到了码头，再乘快艇离开了普陀山返回舟山码头。

车子载着我们到了沈家门海鲜大排档。我们在 60 号大排档坐定，一边是大海，一边是一桌桌的食客，人声鼎沸，热闹无比。大排档里的海鲜的确十分新鲜，梭子蟹肉很饱满，也很鲜嫩，虾蛄也是肉头饱满，我给妈妈剥了一只，又给四姨剥了一只，还真费了好大力气。小明给妈妈送来了大黄鱼的鱼头，说是这里的习俗——把鱼头送给最尊贵的客人吃。四姨心仪毛蚶，她一下吃了好几只。这下可真是尝到了家乡的味道。

28 日上午，我们前往溪口雪窦寺看大佛。经过一个小时左右的行程到了雪窦寺，佛学专家、四姨的表弟赵一新已经等在那里。我们乘两层电梯，再走十几个台阶就到了大佛脚下，大家纷纷去抱佛脚。从大佛顶上下来后，我们来到了怡藏方丈的殿里，这位方丈十分健谈，今年 5 月他曾给小姨婆的百岁寿辰题过字。当然这也是因为他与一新关系很好。一新说他来雪窦寺不下 20 次。雪窦寺的建筑比起普济寺更现代、更堂皇一些。

29 日上午，我们乘车赴杭州湾跨海大桥参观。四姨说，杭州湾跨海大桥已经造好有几年了，一直没有机会来看看，这次总算能一睹它的风采了。大约 10 点就到了杭州湾跨海大桥的“海天一洲”，一个美丽的讲解员向大家娓娓道来，从杭州湾的地质情况，造桥中的起起伏伏、波波折折，讲得十分到位。四姨一边听，一边仔细看介绍，她是那么认真、专注。

下午下起雨来。绚文阿姨、老葛叔叔还有俞继光姑丈公一家来看望四姨。我们一起在四姨房间拍照、聊天，很是热闹。四姨很清楚地回忆起 1993 年到余姚时，小硕颖还送了一件礼物给她，而今小姑娘已经出落成亭亭玉立的少女了。硕颖还用平板电脑给四姨展示了 1993 年在余姚四姨和大家的留影。四姨很高兴地说：“你们还保留有这张照片，将来给我也添印一张吧。”4 点多他们向四姨告别回家了。临行前，四姨专门向绚文阿姨问起明楞大姐的情况，并请绚文阿姨带去她的问候和礼物。四姨就是这样，心中装满了对所有亲友的爱与关怀，无一遗漏。

晚饭后，雨还在下。四姨说，今天的活动量并不大，可惜下雨没法散步了，我建议就在宾馆的长廊走走。于是我们陪着四姨来到长廊，四姨非常高兴，她说这里真好，雨中的空气像是洗过了一样，尤其清爽，真是一个散步的好地方啊。散步时，我们说到宁波的发展，四姨说，没想到下了飞机只有一刻钟就从机场到了宾馆，真快呀！说起宁波，虽然城市不算大，但是环境、居住、出行都还方便，真算得宜居城市。对于这次的宁波之行，四姨非常高兴，说家乡的菜尤其好吃，可惜就是还有一样——醉蚶没有尝到。我说，现在还不是吃醉蚶的时节，记得妈妈前几年总是在春节前自己动手制做醉蚶的。我和四姨手拉手，来来回回走了好几圈，她的步伐是那么矫健，丝毫看不出是个80多岁的老人，后来我们问可以回去了吗？四姨说再走最后一圈。分别时，当地的一位年轻同志小余说：“祝您做个好梦！”四姨说：“梦里还在想着醉蚶呢！”逗得我们都哈哈大笑起来。那天晚上，四姨很开心，故乡浓浓的人情味使她十分放松。

30日上午，我们出发去宁波博物馆，这是一座十分别致的建筑，建筑的外立面采用了上百万块明清以来旧砖瓦，同时运用竹条模板混凝土做法，在墙面上展示竹子的纹理，传递出凝重的历史信息和浓郁的乡土气息。设计者王澍获得了被誉为建筑界诺贝尔奖的普利兹克奖。我们主要参观了宁波博物馆的主题馆——东方神舟，四姨对展馆内容同样怀着浓厚的兴趣。参观结束后，馆长请四姨签名留念，四姨挥毫写下“郁文二〇一二年十月卅日”几个大字。

喜出望外的是，午饭时小余通过朋友找来了醉蚶，四姨尝到了记忆中家乡的滋味——正宗的醉蚶。午餐后，我们向四姨告别，老姐妹俩亲热地拥抱在一起，依依惜别，难舍难分！短短的六天时间，我们和四姨一起向东看大海（普陀山），向南看大佛（雪窦寺的弥勒佛），向北看大桥（杭州湾跨海大桥），吃饭时大家说，明年再来一起看大山——去看看四姨曾经战斗过的四明山，四姨高兴应允。这真是一段难忘的行程啊！

没有想到的是，仅仅相隔不到三个月，我们竟然和四姨天人永隔了。她走得太匆忙了，太让人意外了，太让人心碎了！冥冥之中，这次的宁波之行是她的故乡告别之行吗？她是那样的有朝气、有活力，她的思维是那样的敏捷，记忆力是那样的强劲，她对身边的每个人是那样无微不至地给予关怀、照顾与帮助，她的离去让我们每个人都悲痛万分！今天我以这篇短文追忆四姨回乡的日子，追忆我们与她相处的幸福日子，缅怀她给予我们的爱！敬爱的四姨我们永远怀念您！

2013 年 2 月

（作者是郁文姐姐翁汶英的女儿）

郁文阿姨的高度

胡安生

敬爱的郁文阿姨 2013 年 1 月 28 日突然离我们而去。消息传来，我悲痛万分，泪飞如雨。与郁文阿姨相处日子的情景，如电影般在眼前展现。我不敢相信，也不能相信，那个充满朝气与激情的阿姨，那个平易近人，乐观豁达的阿姨，那个在思想上、精神上永远追求最高境界的阿姨永远离开了我们。

我与郁文阿姨相处的时间虽然不长，但实实在在地感受到她人品之优秀、情操之高尚。下面说说几件印象深刻的事，以志纪念。

"'家国幸甚'我当之有愧呀!"

2005 年 10 月，是阿姨 80 岁生日。为庆贺阿姨的生日，我早就选了一块上等青田石，经过近一周的构思设计，篆刻了一枚"家国幸甚"的印章，作为送给阿姨的生日礼物。当时，郁文阿姨正好随同姨夫在杭州参加"杭州西湖博览会"活动。我兴冲冲地拿着这枚印章到宾馆向她表示生日的祝贺。没有想到的是，郁文阿姨看了那四个字，对我说："安生呀，'家国幸甚'我当之有愧呀！”她还给我讲述了陈氏家族中前辈的功绩：参加过辛亥革命的陈屺怀；抗战中冒着日寇的炮火撰写通讯稿的陈叔同，保护四库全书的陈训慈等长辈的贡献，然后深情地说：“陈氏家族中，为中华民族做贡献的人多不胜举，我只是其中小小一员。”接着，她又说起了当代的一些杰出人物。最后，郁文阿姨说：“这块精料，你还是留下吧。这么好的石料，堪配大用。”

此事过去近 10 年了，我一直没磨去这“家国幸甚”，因为我心中仍然觉得她是完全配得上“家国幸甚”这四个字的。

“向你们弥补欠账”

郁文阿姨对自己的要求严格，她对自己以往说过的一些不恰当的话，会设法更正弥补，从不文过饰非。

记得 1976 年 7 月，那时政治气候十分诡异，全国人民与“四人帮”的斗争已趋白热化。那年，我到河南开会，会后顺道到京，阿姨请我和哥哥平生一起到她家吃饭。席间，阿姨问起我们家的情况。我说：父亲虽然摘了帽，但作为“摘帽右派”文革中仍受到不少冲击，许多问题也悬而未决。阿姨说，你父亲曾犯过错误，说了错话，今后还是应当认真改造才是。而你们子女也要吸取教训，慎于言行。老实说，当时我对这番话是不理解不赞成的，很难接受。不久，“四人帮”倒台，乾坤扭转。1979 年 10 月，乔叔叔率党政代表团来到乌鲁木齐参加庆祝活动。一天晚上，乔叔叔抽空，来到我们位于团结路十四中学简陋的家中，看望我父母。他说，你阿姨让我来看看你们，这么些年，你们过得很艰苦，很不容易呀。不过，以后会好起来的。

1994 年，我父母叶落归根，回到浙江老家。后来我也申请调回浙江工作。从此，我们和阿姨相见的机会多起来了。2005 年春天和阿姨相处了一些日子，那些天我们天南地北地聊了许多。一天，我说起 1976 年我到她家拜访时的情景，提到当年她说的那番话以及我所承受的压力。郁文阿姨说："那时，我自己也感觉说的有些过头，那都是受极左思潮的影响，后来拨乱反正，给绝大多数的右派平了反。现在想起来，这么多年来，知识分子确实吃了苦。"随后，她说："现在好了，大家都在一起，说话没有顾忌，我们就算向你们弥补欠账吧。"当时，我们都感动得热泪盈眶，为阿姨坦诚磊落而感动。

重教育，"要让孩子们不忘记过去"

郁文阿姨对子女的教育也非常重视，时时提醒子女们要牢记好的传统，牢记过去的苦难，珍惜现在好的条件。

记得 2008 年，她远在美国的女儿小溪回国探亲，阿姨让我陪同小溪去浙江各地了解乡情民情。行前，她对我说：小溪长年生活在国外，对国情、省情不大了解，对故乡的事情有些生疏。这次去浙江各地，一定要多了解情况，知道风土人情，特别是多看些有传统文化内涵的东西，多看爱国主义教育基地。

按照阿姨要求，我和同行的友人把浙江的一些历史文化景点和爱国主义教育基地进行了排列，尽量让她多看多听。长期生活在国外，靠自己艰苦奋斗成家立业的小溪，一路上对吃住行的要求都很低，从不提过分的要求。我们用一周多时间跑了浙东，对家乡的文化传统、革命历史、宗教状况等进行了详细考察，仅参观的爱国主义教育基地就达 6 处之多，参观中我们都作了详细笔记，小溪还按照阿姨的嘱咐，代表母亲看望了亲朋好友。

我和小溪一起完成了对老家浙东地区的参观后，阿姨还让我对她讲讲所见所闻，她做了点评并说：过去，我们很小的时候就长途跋涉地去求学，追求革命，深入到民众中间。现在有车、有高速公路，交通方便，反而到老百姓中间去的机会少了。年青一代，还是要倡导到最下面去，看到和感受到真实的生活。阿姨的话使我们在场的人都深受感动。

郁文阿姨特别喜欢《青藏高原》这首歌，我们一起度假时，常常在散步道上引吭高歌："呀啦嗦，那就是青藏高原！"今天，在没有阿姨的日子里，我依然常常唱这首歌，每当我唱起这首歌，就想到：她的精神高度，如同那巍然屹立的青藏高原！

（作者是郁文姐姐翁汶英的次子）

谆谆教诲，伴我成长

——回忆郁文阿姨

陈展虹

2013年1月29日下午是一个很普通的日子，这个时候学校已经放寒假了。这天我在闽江边上散步，突然接到一个北京来的陌生电话，告知我郁文阿姨在北京逝世……我有点眩晕，听不清对方在说什么，依稀听到问我能否参加在北京举办的追悼会，我毫不犹豫地说：一定去！我伫立江边，呆呆地看着流水，好长时间的寂静——郁文阿姨走了。我不相信这个消息，但这是事实，泪水慢慢地流淌着，许许多多记忆中的事慢慢涌出……

记得是1993年暑期的一天，父亲激动地回到家里，手里拿着一张当天的《文萃报》，他告诉我，找到失散五十多年的家族亲人翁郁文。那天，我第一次真正知道郁文阿姨和我父亲的关系。记得那篇文章的题目是《乔石一家》，介绍时任全国人民代表大会委员长乔石的家人情况，文章中多次提到乔石委员长夫人郁文同志，并且明确说明她是余姚人，1926年生，原名翁郁文，参加革命后改名为郁文，现任中国国际交流协会副会长。文章还说，其父翁祖望出自浙江书香门第，曾任陈布雷的机要秘书，陈布雷将其五妹陈若希嫁给翁祖望。

从这篇报道看，文中所指郁文，无疑是与父亲失去联系五十多年的家族亲人翁郁文，但必须证实。当晚，父亲就给郁文阿姨写信，第二天一早就急急忙忙地将信寄出，信是寄到中国国际交流协会的。

那天，父亲很兴奋，许多我从未听说过的故事，他一一道来。父亲说，我爷爷翁良陇，民国期间曾是慈溪县教育局督学，据父亲讲，翁良陇的父亲与翁郁文的爷爷是兄弟，辈分上讲我父亲高于郁文阿姨，但他们是同龄人。父亲与郁文阿姨从小在一起读书，可谓亲戚加同窗，郁文阿姨称我爷爷翁良陇“良陇公”。父亲告诉我，翁良陇同情和支持在老家四明山区抗日的新四军浙东游击纵队（“三五支队”），曾亲自将我舅舅送到三五支队，参加新四军。

每一个家族，都有许多隐秘而又曲折的故事。每一个家庭，都有一个擅讲故事的长辈，我是听父亲讲故事长大的。家父翁畅，1951 年复旦大学毕业后参军来到新疆，在乌鲁木齐市兵团工一师宣教处工作，1965 年调到石河子市兵团工一师六建中学任教。我的童年是在新疆石河子市度过的。我从小就知道父亲是江南才子：他的毛笔字飘逸，龙飞凤舞，经常有人请他写对联，据说他一直在学习欧阳询、颜真卿的书法。写意花鸟是父亲绘画的最爱，至今我还保留他专门为我画的书画作品。父亲会熟练演奏小提琴和二胡，“文革”期间，因为为样板戏伴奏，少挨许多整。父亲处事低调，从不与人争辩，我的童年对父亲的理解就是一位典型的文弱书生。他非常热爱故乡，异常喜欢竹笋和鱼类等食物，四年一度的余姚故乡探亲是他最渴望的事，每次探亲带回最多的食品就是笋干和鱼干。

自那封信寄出后，对父亲而言，时间似乎过得很慢。因为暑假，我和姐姐均在石河子父母家，很能感受到父亲的焦急。大约两周以后，父亲匆匆回到家中，手里拿着一封信，大声说道：“就是她！就是她！”大家争抢看那封信。郁文阿姨的回信只有一页纸，字体隽秀。信中多次提到我爷爷“良陇公”，她知道我父亲从上世纪50年代扎根边疆，四十多年来生活清贫，培养子女，十分钦佩，说有机会到北京相见。然而，直到2009年去世，父亲也没有机会见到郁文阿姨。

父亲给郁文阿姨写信，其中一个目的是希望得到郁文阿姨的帮助，使子女能有更好的发展，他认为，以姨夫当时的地位应该不是难事。然而，报纸上说乔石委员长不仅本人低调，做事低调，他的一家人包括子女都很低调。乔石委员长的子女完全是靠自己，从不利用父亲的权利。因此，父亲很难启齿向郁文阿姨提出任何要求。

事实上，父亲仅仅给郁文阿姨寄过两封信，在郁文阿姨给父亲回复第一封信后，父亲写给郁文阿姨第二封信，特别详细地介绍全家在新疆的情况。当时，我在新疆的一所高校任教师，已评上副教授，姐姐在石河子的一所中学任英语教师，弟弟刚刚考上公务员，就子女的情况而言还是不错的。父亲希望郁文阿姨能够经常指导我，并告知今后由我与郁文阿姨通信，保持联系。

我给郁文阿姨写第一封信时，记得是1994年暑期，当时新疆许多高校都在开办公司，我们学校也成立了公司，公司下面有实体企业，我担任校办实验化工厂第一副厂长，工厂主要产品是成品油节能添加剂，销往各石油公司，经济效益很好。我把目前学校及校办工厂的工作情况写信告知郁文阿姨，大约二十天左右，我收到郁文阿姨的回信，这是我第一次收到她的回信。郁文阿姨的回信我读了多遍。她特别强调作为一名高校教师，随时随地都要注重教学和科研能力的提升，应该在这两方面有具体的规划和目标，应该制定时间表，要靠自身的努力，充分利用环境条件，不断进步和发展。在参加校办工厂的工作方面，她刻意说明不能忽视教学和科研等主要工作，参加公司经营实际要注重人际关系交流与沟通和团队精神的锻炼。一名教育工作者不能只是书呆子，而应成为知识渊博，善于交流沟通的人。这封信我印象非常深刻，在后来十几年与同事之间的交往中起到重要的指导作用。

郁文阿姨重视个人才能的不断提升，她来信的主要内容是教导我要把握最新的知识及信息技术发展动态，探究在实际工作中的应用方式，从而不断提升个人的教学科研能力。我当时在个人能力方面还有点小满足，对硕士研究生毕业，又当上了副教授颇感自得。但事实上，当时信息技术发展迅猛，而我却在计算机领域几乎是无知的，原因是信息技术在新疆才刚刚起步。我记得十分清楚，那是1995年深秋的某一天，很高兴的收到郁文阿姨的来信，她问我有没有学习计算机，有没有学习五笔输入法，说目前很流行，在工作中应该关注这方面。说心里话，那些现在看来如此简单的事，对于当时的我而言是如此的生疏。回想今天成长的过程，当时的点拨是多么重要。收到郁文阿姨的信不久，我留心了有关计算机各类培训班，不久，我参加计算机培训班学习，学习DOS操作系统，Win38操作系统，打字，C语言程序设计以及数据库管理等计算机课程学习，学习非常投入，学习半年多时间，参加全国计算机等级考试获得合格证书。结业不久我也开始在培训班上任教。

计算机学习与培训，使我的教学技能水平大大提升，我开始探索如何将信息技术应用于课堂教学和科研论文写作中，硕士研究生我学习的是有机合成专业，在论文排版中，最困难的就是有机化学反应方程式和化学结构图形的绘制，学习计算机后，我开始研究化学论文的计算机撰写，学习OfficeChem应用软件，在第一次将化学反应方程式和化学结构图形排版打印在A4纸上之际，我好兴奋，那晚激动得给郁文阿姨写信，告知这段时间的工作和学习情况，特别是担任计算机培训教师和计算机在教学及科研中应用情况，郁文阿姨非常高兴，来信说："学习是永无止境的。年轻人要靠自己的努力不断进步。"那年的计算机学习的的确确改变了我的人生，从 1996 年开始，我迷上了计算机应用，信息技术在教学中的各种应用极大地锻炼了我的工作能力。

因为郁文阿姨的点拨，我探索出今后发展的道路，我由衷感谢她。由于郁文阿姨地位特殊，为人又十分低调，在我们的书信往来中，她要求我处事低调，扎实工作；还要求我们之间的通讯往来不要向外界宣扬，不要说出与她的关系。因此，直到今天，我的同事没有人知道。今天，她老人家走了，我以为这也不是什么秘密啦。

由于对计算机的酷爱，我几乎没有再钻研化学，学校开展计算机培训班及学历招生，我也承担授课工作，基本上不上化学课，我似乎开始转行，每天阅读最多的报刊是电脑报，对报上介绍的计算机技巧特别有兴趣。记得是 1997 年的夏天，我又给郁文阿姨写信，告知我对信息技术的酷爱，她的回复让我深刻认识到郁文阿姨看问题想事情高瞻远瞩。她说："你的专业是化学，你是化学专业的副教授。如今，你热爱信息技术，但你应该注意，计算机是工具，它是为专业服务的，因此你应该提升你的跨领域综合能力，探索信息技术在相关领域的应用方法，这样你在职称方面还应该提升。"这样短短的几句话引导着，使我成为今天的我。收到那封信之后，我开始化学与计算机跨领域理论与实践的探索，当时虽然没有具体的收获，但有一点非常重要，那就是在后来的工作中我能够进行跨领域的研究。

与郁文阿姨的多次信件往来，我受益匪浅，如今看来，当时的点滴指导，是在潜移默化中培养我的适应社会的各种能力。她教导我重视教学和科研工作，实际上就是提醒我在技术熟练、团队合作与责任心等几个方面要达到平衡。她教导我在校办工厂兼职时要处理好各种关系，实际上是培养我交流沟通、人际关系与协作的能力。她教导我探索信息技术在相关领域的应用方法更是培养我问题的识别、表述与创新与思维能力。今天，在实际工作中，我们衡量一个人的能力如何，恰恰就是上述的各种能力的体现。一个人在成长的环境中，有这样一位长辈时常指点，对他的进步无疑是十分有利的。我发自肺腑地感谢她。

从1998年到1999年，两年多的时间没有与郁文阿姨联系，究其原因是当时思想波动太大。因为内地改革开放的步伐明显大于新疆，与我相识的许多好友相继离开新疆，调到内地工作，这就是所谓的“孔雀东南飞”。那段时间我也想调工作，与父亲商议，他完全支持我，父亲这么多年对故乡的思念之情是那样的强烈，他希望我能在南方的城市工作。1998年的某一天，我在《中国教育报》上看到全国许多高校招聘人才，其中福建教育学院的招聘条件与我的情况非常吻合，我即给福建教育学院去信，寄去我的简历。不承想，二十多天后，我收到该学院的回复，希望我去面试。暑期，我专程来到福州面试，被录用。

1999年9月，我正式调入福建教育学院任教，工作的部门恰恰是信息技术系。此时我特别感谢当年郁文阿姨的引导，使我具备信息技术能力及交流沟通、人际关系与协作的能力。2000年初，学院开始干部竞聘工作，我参与竞聘信息技术系主任岗位，经过精心准备，在竞聘考核中得到学院党委的认可，任命我为信息技术系主任。如何办好信息技术系，进行学科建设及人才队伍建设是我天天要面对的工作。当时我很兴奋，冷静思考后，我感觉任务很重，许多事不知如何处理。

带着问题，2000年5月我又给郁文阿姨写信。离开新疆的事，我没有告诉她。如今，在福建工作有了新的进展，向她汇报是必要的。很快收到郁文阿姨的回信，她对我靠自己的努力和能力来到新的单位工作表示肯定，但她特别提醒我注意：“目前的工作单位，从工作性质上讲，主要是以中小学教师培训为主，然而培训工作并非容易，作为部门领导，要把握最新技术发展信息，承接培训任务，拓展培训项目，做好品牌等都非常重要，要与上级主管部门搞好联系，重视师资队伍建设。”郁文阿姨指导我在新的岗位上努力工作。学院鼓励各部门拓展业务，开展创收，在这样的背景下，除了做好常规教学工作外，开展有影响力的培训，扩大我们的知名度十分必要。我们主动到省教育厅负责培训的部门联系，参与提升中小学教师信息技术水平规划及新课程骨干教师信息技术培训，使信息技术系成为省中小学教师信息技术考试中心考点，承担信息技术与学科整合的各类培训，社会影响力逐渐显现。2003 年我晋升为教授职称，2004 年我被评为省优秀教师，在省里开始有一定影响，许多中小学邀请我去作讲座。2004 年 9 月教师节，我在厦门接受省委领导的教师节表彰，我内心非常激动，这些年所做的工作和取得的成绩，很大部分是在郁文阿姨的悉心指导下完成的。从 1993 年父亲与郁文阿姨联系到现在，十多年过去了，我没有机会见过郁文阿姨一面，却联系许多次，而且在我人生的关键时刻，每次她都是那样地有耐心，总给我谆谆教导，还不厌其烦地纠正我信中的错别字和不当用语，使我受益匪浅。获奖当晚我怀着激动的心情给郁文阿姨写信，告知我近几年的工作和收获。郁文阿姨很快地回信，她表扬了我，鼓励了我，但同时她也指出，取得这些成绩不是终点，应该更加努力。

也许是郁文阿姨特别低调的原因，也许是我工作特别繁忙的原故，2005 年至 2008 年我基本没有与郁文阿姨联系。其间，我所工作的单位已被确定为以全面培训中小学教师为主业的成人高校，普通高校招生也基本停止。如何成为一名优秀的培训教师，是我面对的任务。我努力学习，汲取最新的培训资源，在中小学校长培训班及中小学骨干教师培训班中逐渐开始小有名气。2009 年 6 月学院开展首届教学大赛，我申报参赛。报名截止后才知道我是学院中层干部唯一的参赛者，许多人劝我不要参赛，说如果不能获奖，说明作为系主任教学技能比不过普通教师，那多丢人，这也许就是中层干部比较普遍的想法。然而，我认为比赛仅仅是一种形式，教师教学技能提升才是关键，必须经常岗位练兵。我积极应对比赛，尽力学习最新的理论知识和教学策略，最终在教学大赛中以第一名的成绩获取一等奖，那种喜悦的心情难以言表。2009 年 11 月，省委组织部到学院开展副厅级后备干部推荐工作，由于我努力工作，得到学院的认可，推荐我为副厅级后备干部，省教育厅厅长亲自找我谈话，给予我很多的鼓励。回想这些年的工作，我感慨万千，那天晚上，我又给郁文阿姨写信，汇报我工作的现状。

我收到郁文阿姨的回信，心情无比兴奋。好几年没有和她联系了，再次接受她的教诲是我的荣幸。郁文阿姨充分肯定了我的成绩，特别为我成为副厅级后备干部而高兴，她告诫我，此时此刻一定要继续努力工作，戒骄戒躁，争取取得更多的成绩。应该这样说，郁文阿姨是我特别爱戴的长辈，我已习惯聆听她的教诲，我深深意识到，按照她的话去做，我会不断进步。

2009 年 12 月 20 日，父亲病故，享年 83 岁。处理完父亲的后事，我一直犹豫该不该将父亲的事告知郁文阿姨，直到 2010 年 4 月去北京出差，恰好收到郁文阿姨的短信，问我近况如何，我在回信中告知父亲病故的消息。很快收到郁文阿姨的信息，她感到很伤悲，特别叮嘱我要节哀顺变。

2009 年以后，与郁文阿姨的信息往来主要是通过手机短信的方式。我十分钦佩郁文阿姨的细心及用心良苦，八十多岁的老人，思维很清晰，我发去的短信，有的不够仔细，出现用词或标点符号错误，她都不厌其烦的回复并一一纠正。她特别强调做任何事都要注重细节。告诉我为人的礼节，例如，别人发来短信，一定要有礼貌地回复。手机的使用，使我们更便于交流，每逢节假日及我的工作进展等情况，我都会发去相关的信息，郁文阿姨都会回复并叮咛许多，让我感到无比的亲切。2009年我被授予学院十佳教师称号，2010年被授予学院教学名师称号，2011年被授予学院首席教师称号后，都分别用短信告知郁文阿姨，她非常高兴，每次都鼓励我，但也特别强调要戒骄戒躁，不断努力。这么多年来，郁文阿姨都是鼓励我，及时指出我的问题所在，使我不断进步。2011年当我被授予福建省高校教学名师称号后，我怀着喜悦的心情短信告知她，她高兴地向我祝贺，依然是要继续努力的谆谆教诲，我清楚地知道，这么多年我的进步是在她不厌其烦，耐心细致地引导启发和细节的指导下取得的。

事实上，直到2012年8月，认识郁文阿姨近20年，我们未曾相见一面，这是我最为遗憾之事，尽管近20年来我曾给郁文阿姨寄去我们的照片，但郁文阿姨的情况我只能通过媒体了解。2011年12月我被任命为福建广播电视大学副校长，我将这个消息短信告知她，对我的进步，她非常高兴，这次的回复特别简单："我知道你是好样的"。到新的岗位，我努力工作，及时与郁文阿姨沟通交流，同样得到她的悉心指点，想想我是如此幸运，能长期得到郁文阿姨的指点是我三生有幸呀！

2012年8月，我有幸参加在北京大学举办的福建省高校领导干部高级研修班的学习，历时半个月。学习期间，我发信息给郁文阿姨，她及时回复道："很高兴你参加高校领导研讨班。祝你继续取得好成绩！"学习结束前一天即2012年8月12日，我带着期待的心情给郁文阿姨发去短信："在北京大学的高研班明日结束，两周的学习，收获很大，回去后一定消化吸收并有效应用。如能见姨一面，亲听指导是我的心愿。"这是我第一次向郁文阿姨提出见面的请求，这么多年，由于郁文阿姨特别低调，使我难于启齿提出相见要求。如今，恰好在北京，提出这个要求不知可否？我内心十分忐忑。不曾想，很快收到郁文阿姨的回复："你如能在明上午十点到，当可一见。如来请勿带礼品。”2012 年 8 月 13 日，是我最难忘的一天，上午约 9：45，我提前赶到郁文阿姨的家，约 10：00，工作人员带我在客厅见到了郁文阿姨，这是我们唯一的一次见面，也是我最难忘的一次见面。我面对的郁文阿姨，无论从精神状态，还是敏捷的谈吐均不像八十多岁的老人。她与我谈论了许多，谈她的童年，谈我的父亲和爷爷。询问我的工作和家庭情况。郁文阿姨平易近人，交谈中无不体现长辈对子女的关怀，让我感到亲人般的关怀，一个多小时的交谈十分愉快。临别时，我们合影照相，我不曾想这是唯一与郁文阿姨的合影照片。那日，我们还约定有机会到北京出差，再去看她。

2013 年 2 月 1 日，收到郁文阿姨病故的传真，真是痛心疾首，伤感万分，我不相信这是真的，但反复逐字阅读六页传真，必须相信这真的是事实，伤心的泪水簌簌流下，我的心情是那样的痛苦，情绪十分低落。在微博上写了伤心的帖子：“我的成长要感谢郁文阿姨二十年关心和培养，她经常教导我们，纠正我们的不足，鼓励和鞭策我们，可谓谆谆教诲，我从内心深处感谢她。”“郁文阿姨走了，我不相信，但这是事实。伤心，痛哭，夜不能寐。”2013 年 2 月 2 日晚上，我来到郁文阿姨家中，悲伤地在遗像前三鞠躬，祈愿郁文阿姨一路走好。

2013 年 2 月 3 日，冬日的北京下着小雪，道路泥泞，一大早，我们赶到八宝山革命公墓，跟在上千人的吊唁队伍中，与郁文阿姨做最后一次见面。面对郁文阿姨的遗容，我暗下决心，决不辜负郁文阿姨二十年对我的培养和谆谆教诲，任劳任怨地努力工作，勤奋学习，更好地服务社会，做一个使郁文阿姨满意的人。

2013 年 6 月

（作者是郁文同族叔公翁良陇的孙子）

一封温暖人心的鼓励信

孙伟英

我是郁文姨的表外甥女，从事冶炼科研，是个普通的小老百姓。我与郁文姨的关系应该说是远亲，直至她今年 1 月不幸离世时，因种种原因我都从未见过她一面，真是遗憾万千！可是多年来郁文姨百忙中赐予我教诲，彼此间各种方式的通讯、联络至少有二十余次，她寄给我的所有亲笔信、手机短信、贺卡、照片等，我一一珍藏着。它们成了我永久的精神财富，她的品德和才学深深地铭刻在我的心底。由于她长期对我的厚爱、信任和鼓励，使我幸运地走过了何等坎坷的人生之路，现在幸福的小家庭中安度晚年。今重温 2010 年 3 月 2 日郁文姨写给我的这封亲笔鼓励信，心中涌起对敬爱的郁文姨的无限思念。

附录郁文姨亲笔信。

2013 年 11 月

（作者是郁文表姐陆湘涛的女儿）

附：郁文姨的信

伟英甥：

新春好！

收到你寄来的“孙秀国同志病逝三十周年”合成照，深受感动！我这才了解你“多不容易……”！这么英俊淳朴的甥婿竟在你结婚不满十年时英年早逝！这三十年来，你一面至孝事母，一面含辛茹苦抚育培养女儿成长、结婚；并有了聪明伶俐、极其可爱的小天天，重建了幸福美满的家庭……而你自己又以乐观开朗、坚毅顽强的精神，面对疾病，战胜疾病，夺取一个又一个胜利！在亲友中间……，你又以你的热情友好，加上你的摄影本事，为大家奔走效劳，以带给别人欢愉为乐事……你就是这样，以你朝气勃勃、热情善良的天性，克服生活中的不幸，铸就了自己的美好人生！你就是不容易！

祝你不断取得新的胜利！

姨　郁文

2010 年 3 月

我对您思念依旧

翁雪琴

郁文姐，当我还沉浸在上次与您相会的美好记忆时，却突然传来您匆匆离去的噩耗。您怎么会这么快地离我们而去了？走得这么仓促，这么干脆，来不及与大家握手道别，来不及等待我们下一次再相聚？!

我和您是翁家村的同宗，辈份上我比您大，而实际年龄您还略大于我，我们还是慈中同学。所以我更愿意如同你的妹妹那样称你为“四姐”。2012 年 10 月 26 日，在我们的母校——慈湖中学百十校庆的会场上，我们时隔 20 年再次高兴地相聚。那天，您的身体仍然康健，思路仍然敏捷，语音仍然洪亮，步履仍然稳实。在校庆后的第三天，您还特意邀请我去宁波您的驻地促膝长谈。我们谈了家庭，谈了儿女，谈了往事，谈了将来。谁能想得到，几个月后，您就匆匆离去，离开了您眷恋的家人，也离开了我们天南地北的亲朋好友！无声的泪水，在这痛彻心肺的时刻流淌。我默默地为您哀悼，在这深冬的暗夜里，静静地，我和您做最后的道别。

回忆过去，恍若昨日。几番唏嘘，几番感慨，都融化在这浓浓的记忆里。记得您在校读书成绩优异，思想进步，很早就接受党的教育，十几岁就参加了党的地下工作。我们虽然同窗，但我还年少懵懂，不明了中国的命运该由谁来掌握。您却已经觉醒，是我们学校唯一具有如此觉悟的学生，您也从此走上了革命的道路。从学校分手后，我们各奔东西，再也没机会碰面，一直到 1993 年。那年，您因工作来余姚，您没有忘记久违的我，与您的哥哥、嫂嫂、三姐和五妹等一起专程来我家看我。您是身居高位的人啊，却能放下架子来到寒舍，我真是从内心感动。我们嘘长问短，互忆往事，您那时爽朗的笑声至今还回荡在我的脑海。

是啊！翻开您的相册，笑呵呵的容貌似在面前，打开您的来信，秀气的字体，温暖的问候，像是今天寄来。

四姐，您虽然默默地走了，但我对您的思念依旧。愿您一路走好！愿您平安进入天堂，永享欢乐！如果有来世，希望我们来世再相见！

2013 年 2 月

（作者是郁文的同族姑姑）

写给天堂的第一封信

胡梦如

亲爱的四阿娘：

你好！刚写下这几字，我仿佛已经听到您笑着纠正道：“不对，应该叫四姨婆……”从小到大我都一直“四阿娘，四阿娘”地叫着，记得90年代有一次大家“认真”讨论起来，您说这个叫法不准确，应该是“四姨婆”。可是“四阿娘”这个称谓于我是那么贴切，看到您就好象看到自己远在宁波的阿娘。

我离开祖国到欧洲留学、工作已经十余年，虽然几乎年年回国探亲，但春节却从未回去过。去年终于有机会在春节回国和亲人团聚，一月下旬我们在珠海相聚。每餐后我们都在那条不长不短的“散步大道”上聊天，讲故事，引吭高歌。我和妈妈年初五到潮州“祭祖”，回来后您饶有兴趣地听我讲路上见闻。讲到潮州，我们不约而同地背起韩愈那首著名的“一封朝奏九重天，夕贬潮阳路八千”的诗。我们两个你一句，我一句，可惜总有两句想不起来。回到住处我马上打开电脑，抄下了全诗，想着第二天散步的时候终于可以完整地高声诵读一遍。不想第二天午餐前，您就“抢”在我前面，掏出一张纸，正是您查阅后亲笔抄录的这首《左迁至蓝关致侄孙湘》。我们相视一笑，大家想到一块儿去了。

去年您在席间几次说：“颖颖（我的小名）明年再来的时候带个小洋娃娃一起来。”其时我已经怀孕，只是自己还一无所知。到柬埔寨玩了一趟回来中了暑，上吐下泻，最后离开珠海时用我爸的话说是“仓皇逃窜”。而这一走，竟成了我们的永别。时隔一年，您未卜先知，“小洋娃娃”允中来到人世且一天天茁壮成长。自您病危的消息传来，我曾不止一次的设想，如果这时我带着宝宝出现在您的病榻旁，您是会有感应的，对吗？甚至会拉着宝宝的小手说：“允中，你好。你应该叫我什么呀？”

过去的这几天对我们是残酷的。我知道宁波的阿娘是在不安和忧虑中度过的，我知道北京的爸妈内心深处又是多么的怅然若失。而远在欧亚大陆另一端的我，因为万水千山阻隔，总是情不自禁地陷入回忆。从中联部大院到后来的新家，在地毯上翻跟头，在大院里捉蝴蝶，到湖中泛舟，大海里畅游……这一路走来回忆无限，可又匆匆太匆匆。

您在沉睡中离开我们，我想这是上帝的安排吧。正如英年早逝的摩纳哥王妃格蕾斯·凯丽，上帝要她留给世人永远的风华绝代。您留给我们的是永远的笑容和矫健的步伐。

现在，无论何时，只要我仰望天空，您一定会在天堂慈爱地看着我，这下，再没有万水千山的阻隔。亲爱的四阿娘，请告诉我，您有没有收到我的第一封来信。

颖　颖

2013 年 1 月

（作者是郁文姐姐翁汶英的孙女）

怀念郁文老学长

谢振声

1 月 28 日晚，慈湖中学老校友郁文同志因病在北京与世长辞，噩耗传来，倍感意外和震惊。记得去年 10 月 26 日在慈湖中学 110 周年校庆时，她带来了原全国人大常委会委员长乔石同志的题词“古城名校，教范学模”。上午庆典大会后，她与 100 多名慈湖师生代表见面，深情回忆了在慈中求学期间学校艰难的办学历史和师生之间深厚的情谊。使大家真切地感受到了老校友对家乡、对母校的热爱和对新一代学子的关怀。当时我与郁文同志曾有过短暂的交谈，见她身体精神俱佳。不料仅仅过去了 3 个月，这位令人尊敬的老学长就与我们永别了！

1981 年我从宁波师专毕业后，回到阔别 7 年的母校慈湖中学任教。慈湖中学位于慈城镇（原为慈溪县，今属宁波市江北区）之北，面慈湖，倚阚峰，湖光山色，风景秀丽。1902 年，在南宋名儒杨简讲学的慈湖书院原址上创立了慈湖中学堂，1906 年改称慈溪县中学堂，尔后因经费支绌改办高等小学堂，曾设两年制商科。1934 年经浙江省教育厅批准，成立慈溪县立初级中学。民国名人陈布雷，中国科学院李庆逵、朱祖祥院士，中国工程院庄辉院士和台湾著名实业家应昌期等曾在慈湖就读。惜当时为资料等条件所限，20 世纪初期学校的办学历史的详情已不得而知了。

1984 年，学校举办了慈溪县立初级中学建校 50 周年庆祝活动，编印了浙江省宁波市慈湖中学建校 50 周年校庆纪念册。纪念册中有 1937—1948 届部分校友通讯录，记载：郁文（原名翁郁文），通讯处为北京复兴路 4 号。后来才知北京复兴路 4 号是中共中央对外联络部的地址。为校庆纪念册封面题字的是宁波著名书法家胡绳系先生，胡绳系先生是慈溪县立初级中学第二任校长，也是我大学时的心理学老师。而具体汇总整理历届校友名单的陆良豪老师时在慈湖中学教导处工作，写得一手漂亮工整的钢笔字。胡绳系先生温文尔雅，博学多才。陆良豪老师工作细致，待人谦和。凑巧的是胡绳系和陆良豪两位老师与郁文同志都是亲戚。尔后通过与他们的交谈及阅读相关校史资料，对郁文同志有了更多的了解：郁文 1926 年出生在慈溪一个书香门第，青少年时期勤奋好学，追求真理。在慈溪县立初级中学读书时（1939 年至 1941 年）就参加了进步学生团体，3 次荣获学校设置的“六六老人奖”，被公认为是品学兼优的好学生。1944 年奔赴四明山投入了抗战的革命队伍。

初见这位老学长是在母校百年校庆时。2002 年 10 月 25 日，郁文同志专程来慈城参加慈湖中学百年校庆，并带来了乔石同志的题词“励精图强，再创辉煌”。郁文平易近人，温厚善良，待人以诚，给慈湖学子留下深刻的印象。当她收到我赠送的《江北名胜古迹》等书刊，并得知我毕业于慈湖中学且在母校任教多年，就以老校友的身份与我交谈并表示感谢。为庆贺北京奥运，2008 年我着手编写《奥运篮球第一哨——舒鸿》一书时，知悉 1950 年秋全国体育总会杭州分会筹委会成立时，由乔石同志担任主任，舒鸿教授是副主任。为此我给乔石同志和郁文同志去函，恳请乔石同志为舒鸿教授纪念文集题词。郁文同志在收到罗精奋先生（慈湖中学47届校友）转交的信件后曾来电询问：1936年在德国柏林举行的奥运会已是第11届，篮球比赛是否为首次？我向郁文同志说明：篮球运动于1891年起源于美国，确实是在第11届奥运会才正式列入比赛项目。正像作为世界公认的中国的“国球”——乒乓球，是在1988年汉城奥运会上才首次被列为正式项目。不久就收到了乔石同志的题词“光荣首哨”复印件。郁文同志乐于助人、谦虚谨慎，由此可见一斑。

郁文同志对故乡和母校一直十分关心，经常询问古镇慈城的保护与开发进程。她很喜欢阅读《古镇慈城》刊物，觉得常能引起乡思无限。曾为该刊题词“慈城心，慈谿根。祝《古镇慈城》越办越好”。并为该刊撰写了《记青少年时期的一些往事》。

郁文同志是中国共产党的优秀党员、久经考验的忠诚的共产主义战士，谨以此文表达对这位甬籍优秀女儿、慈湖中学杰出校友的崇敬和怀念之情。

（作者是慈湖中学校友）

心系桑梓　情满慈城

——怀念郁文同志对《古镇慈城》的关爱与支持

钱文华

《古镇慈城》自从2001年创办以来，一直得到郁文同志无私的关心和热情的支持，给了本刊编辑巨大的鼓舞和奋发的力量。尽管郁文同志生前工作之忙是可想而知的，但她总是挂记着家乡，并抽出时间来故地、来母校考察。郁文同志是我的前辈，我的学长，我的乡长，更是我做人爱乡的楷模。下面我以郁文同志一封信，一幅题字，一篇文章，追忆她对家乡小刊的喜爱和支持，对我们编辑的鼓励和鞭策。

2000年宁波市政府将保护和开发中国历史文化名镇——慈城镇（即1954年前的慈谿县城）提到议事日程。2001年春，为了更好挖掘慈城深厚的历史文化内涵，慈城镇政府和宁波市江北区文物管理所决定，创办专登研究慈城历史文化的内部小刊《古镇慈城》。当年9月《古镇慈城》已出刊两期，专职编辑由年逾八十的秦师娄先生担任。作为慈湖中学的老学长，他把刊物寄给了北京的校友郁文同志。郁文同志收到家乡的小刊后，在繁忙工作之余，挤出时间于10月5日写了回信。信中写道："刊物很好。有很多好文章，读来亲切感人。不但使我这个生在慈城长在慈城的游子更加牵动了思乡情结，而且还帮助我增长了有关慈城的历史、人文、古建、古迹等种种掌故知识，得益匪浅……我小时候在慈城生活了整整10年。在藕田小学读完初小，在尚志小学读了一年高小后，于1936年10岁时才去了杭州。后来又于抗战时期在罗江芦山寺的慈溪中学读了近两年书。见到刊物都提到了这几个学校，倍感亲切……”秦先生收到信后的第二天，我刚好去慈城拜访他，他情不自禁给我谈起郁文同志的来信，并说：“她的文笔真好。朴素流畅，寥寥数语写得亲切感人。字也写得稳重大方，不愧是个女才子。这信是对我们《古镇慈城》关心和支持，也是对我们刊物的鞭策和鼓励。”当我离开时，秦先生还拿上郁文同志的来信，决意陪着我走向大街上的复印店，复印一份叫我收藏着。我知道秦先生是个有心人，希望我将来能够把郁文同志在信中表达的关心和支持化为办好《古镇慈城》的精神力量。2004年底《古镇慈城》已出刊15期，秦先生因年事已高不再担任专职编辑工作，上级领导让我挑起这个担子。

继任编辑不久，我专门去拜访郁文同志在宁波的姐姐翁汶英学长和姐夫胡祖源学长，得到他们热情的鼓励和支持，也听他们说郁文同志很喜欢看这本家乡小刊，如有段时间未收到《古镇慈城》，就会与她姐姐联系时问起此刊创办情况。我感动之余不禁对郁文同志充满深深的敬意。她的地位决定了她十分繁忙，却能时常牵挂故乡，牵挂古镇的小刊。2007年1月我再次拜访翁汶英学长，提及想请她帮我联系郁文同志为我刊题词。而翁学长虽然答应等时间成熟帮助联系，终因她四妹工作太忙，事情太多，愿望没能让我在短时间达成。

2008年1月我得知翁学长夫妇俩去广东走亲访友，有机会能碰见她四妹，我再一次向翁学长提及了我的愿望，托她帮忙，恳请郁文同志为《古镇慈城》题词。春节后不久，翁学长给我发来了消息："郁文同志已答应为《古镇慈城》题词。"我收到此消息兴奋得难以入眠。并向主管本刊的领导作了汇报。当年 5 月底翁学长给我打电话，问我请郁文同志题词最好是哪方面的？我说：只要郁文同志为《古镇慈城》题词，随便哪方面都行。过了一个多月我接到翁学长的电话："郁文同志为《古镇慈城》题词寄到了"，要我有空速去她家。我当天就赶到翁老家，看到翁老从信封里拿出两份内容一样的题词，"慈城心、慈谿根　祝《古镇慈城》越办越好　郁文 2008 年 7 月"，字体朴实、大方。随后她交代郁文同志的叮嘱，要我拿去挑一份认为满意的刊用。郁文同志是老革命、老首长，却没有一点架子，平易近人，为人着想，一切令我非常感动。从中看出郁文同志深切爱乡的感情，并给我刊指明了挖掘家乡历史文化前进的方向，也透露出郁文同志有很深的文学修养。郁文同志的题词刊登在 2008 年 9 月总第三十四期《古镇慈城》上，给了我们全体编辑办好本刊极大的鼓舞和奋发的力量。也引起许多旅居海内外的游子对本小刊的关注并积极参与撰稿，纷纷赞许她书法好、内容好，皆以她为爱乡楷模。

2009 年 11 月我又去拜访翁汶英学长，委婉说出了我的不情之请，通过她向郁文同志约稿，为《古镇慈城》写一篇稿子，内容与家乡有关就行。翁学长答应合适时机把我的愿望向她四妹转告，即使她四妹答应写，但时间可能也要等得比较长，因为她的日常事务太忙了。过了一年多，至 2010 年的年底，我在向胡祖源、翁汶英两学长发新春祝词后，过了不久就收到翁学长的回祝，并告知我"当我妹得知《古镇慈城》编辑，都是义务勤奋，兢兢业业，公而忘私的情况后，已答应你专为《古镇慈城》写一篇文章。"一想到美梦将要成真，这个春节我的心情特别舒畅。2011 年 6 月中旬，我又接到翁汶英学长的电话。告知我郁文同志的文稿已寄到她家，要我速去拿。当我拿来这篇郁文同志沉甸甸的大作，心中敬意油然而生。郁文同志这年已是86岁的高龄了，用钢笔很工整清丽，一笔一划写了篇约2800字的《记青少年时期的一些往事》一文。她在文中追忆了自己在慈城出生、成长、求学，尔后走上革命道路的艰辛岁月，最后离开家乡成为坚强的革命战士。过了几天我把打印好的稿子请翁汶英学长校对，她认真校对好后并告诉我，文稿可慢一期发，她妹妹郁文还要再看看。这样过了三个多月，中间郁文同志非常认真地修改了将近十遍，到9月中旬，《古镇慈城》总四十九期开印前夕，她作了比较满意的最后定稿。从这件事中可见，她是一个认真谦虚、没有架子的故乡人，处处透露出她朴实大方的办事风格。郁文同志生前对家乡小刊《古镇慈城》的厚爱可见一斑。这源于对自己出生的这片沃土充满着热爱，也反映着她对国家、对人民、对生活有着无比美好的追求。

郁文同志走了，但她的精神永在，她的理想永在。她将永远鼓舞着、激励着、召唤着我们向着美好的明天前进。郁文同志永生，我们将认真编好每期《古镇慈城》，不辜负郁文同志对本刊的大力支持与热情的鼓励。

郁文同志，安息吧！等几年后《古镇慈城》编辑到100期时，再来告慰您的在天之灵。盼望您的英灵再来看看故乡慈城！

（作者是慈湖中学校友）

慈城小民翁郁文

冯子昂

翁郁文虽然离开家乡数十年，但始终关心着家乡，关心慈湖，关怀母校慈中。她更是《慈湖水》的忠实读者，每次收到这本刊物，她总会给我发来短信。记得 2010 年 1 月 19 日，她读到第 52 期《慈湖水》后给我发来的短信，短信是这样写的：子昂同志：首先贺年，祝快乐安康吉祥！刊物越办越好，内容更精彩，图文并茂，可喜可贺！我赞成冯骥才《为慈城担忧》一文，反对'慈城出嫁'，赞成胡祖源建议江北区政府搬回慈城，恢复唐以来县级建制。这是小民心愿。"

短信具名郁文。原来《慈湖水》在第 51 期刊出《慈城将成为第二个"凤凰古城"》的消息后，引起老校友的热议，第 52 期刊登了各种讨论文章。郁文大姐的想法是与老校友、老慈溪们一致的。

郁文大姐确系慈城一小民。她与慈城渊源深远，尤其与后新屋中央大门冯家。1926 年，郁文在那里出生。当年也住中央大门的唐觉因先生说，幼龄时郁文活泼可爱。当她还是学龄孩子时，中央大门"懋先生"（冯懋生，藕田学堂校长，是冯度先生的堂兄弟）领着她，去启承路通判房冯葆赓（1952 届）家对面、藕田坂冯氏宗祠学校老藕田学堂启蒙，她的启蒙伙伴有同龄人、醉花书屋阿

七、41届冯承禄等。她于1940年到芦山寺继续读书求学，直至1941年慈溪沦陷。

郁文不愿中止学业，更不愿当亡国奴，她在姐姐陪同下，随浙东流亡学生逃难到浙南投亲，于1942年春末自费进了丽水碧湖的“联初”（杭州内迁的联合初中）。没想到一上学就因屡遭敌机空袭，常常整天在野外“跑警报”（躲空袭），根本无法上课。没过多久，因日寇进逼，又“逃难”了。她和姐姐辗转在浙南闽北，要不是有亲戚相助，不知会流落何处。以后又先后在龙泉、温州上学。1944年秋，在温州中学上学的郁文，又逢日寇进犯温州，学校迁往泰顺，她就决定离校回乡投奔新四军。18岁的她，历尽千辛万苦奔赴浙东解放区鲁迅学院。在浙东抗日根据地，她参加了新四军和中国共产党，郁文后来回忆道：“从此我的人生之旅翻开了崭新的一页！”与她一起参加革命的有1950年代慈中负责人郑爱芳等。2012年10月母校110周年校庆，她与68年前的四明山老战友郑爱芳老师终于碰面了。抗战胜利后，郁文去上海，一边上大学，一边在白色恐怖下成长为一名出色的新闻记者。她以后的故事，大家都清楚了。

郁文大姐逝世后，《慈湖水》组稿以致悼念。我们先后收到周崇蓁、翁雪琴、胡祖源、翁汶英夫妇及郑爱芳老师的来稿，还有许多校友发来短信表示哀悼。1950届胡祖侃的父亲胡绳系先生是郁文大姐的表姐夫，胡祖侃在寄来的哀悼信封外面专门围了一圈白绳以致悼念。这让我想到陈华民老师生前经常提到，受尽坏人诬害的胡绳系先生在1988年平反时，郁文大姐也曾助了一臂之力。张道文、王冬雯老师对此都还有记忆。乐于助人的郁文大姐，作为慈中老学友，在政策许可的范围内伸出援手，让老校长脱离了苦海。

慈城人铭记着“慈城小民”翁郁文为家乡作出的卓越贡献。

（作者是慈湖中学校友）

大姐归山　风范犹存

罗精奋

方恭温校友从翁汶英大姐的子女那里得知郁文去世的噩耗，他获悉后转告了我。消息来得太突然，实在令人惊愕，不敢相信这是真的。两个多月前，在母校慈湖中学建校 110 周年庆典上，我们见了面，互致问候。她思路敏捷，谈吐清晰，神采奕奕，步履稳健，只是右耳有点背。想不到这么快就走了。

初识郁文同志，是在 1992 年。那年 7 月，宁波栎社机场建成。郁文和我共四位同志受宁波市驻京办事处首任主任童敏华同志的邀请，并由他陪同，从北京赴宁波参加新机场落成典礼。我们四人乘波音 707 飞机同行，抵甬后，同乘一辆银灰色国产面包车，驱往宾馆下榻。路上大家言语不多，交谈不深。她给我的初步印象是，稳重干练。当时，我不知道她就是乔石同志的夫人。

1997 年夏，我筹划筹建慈湖中学北京校友会。在物色和选配校友会的领导班子时，从新收到的《慈湖校友》第五期上，看到郁文同志是母校知名度较高的校友。于是，拟诚邀郁文同志出任名誉会长。通过电话垂询，她欣然应允。长期以来，郁文同志对校友会的工作非常热心、非常支持。每次年会，只要接到开会通知，人在北京，都准时到会，并作亲切随和的讲话，充分肯定我们的工作成绩，希望校友会办得好上加好。大约在 2003 年，年会召开的当天 9 时许，郁文同志请身边工作人员送来一封开口的黄色信封。信封背面写了几行字：因出差外地，不能赴会，表示歉意。现托来人送上会费 100 元。顺向大家问好。我们收到后十分感动。

后来，我通过她本人撰写的词条对她有了进一步的了解。事情的由来是这样的：《浙江古今人物大辞典（上下编）》由江西人民出版社出版以后，总主编单锦珩教授发现遗漏较多，决定加以增补，再印发续编。单教授来函要我推荐名人。我遂将未列入“大辞典”的郁文同志等 30 多位宁波经促会北京联谊会顾问推荐给他，并告知联系方法和通讯地址，同时，我也将此事告知郁文同志。2004 年春，郁文同志寄来自撰“辞条”，由我转交。这份“辞条”后编入《浙江古今人物大辞典（第三编）》。“辞条”文字与在送别仪式上分发的《郁文同志生平》不尽相同，现抄录如下：

> 郁文。原名翁郁文。余姚人。之江大学教育系肄业。抗战后期参加新四军浙东纵队，任浙东解放区鲁迅学院副指导员等。抗战胜利后在上海地下党领导的报刊任新闻记者、编辑并从事地下革命活动。解放后在团中央等机关工作。50 年代后在鞍山钢铁公司、酒泉钢铁公司任副秘书长兼调查研究室主任。60 年代后任中共中央对外联络部研究员、研究室主任。为第七、第八届全国政协委员及外事委员会委员。1993 年任中国国际交流协会副会长。2004 年改任顾问。

郁文寻找并会见老战友的经历也令我印象深刻。上世纪 50 年代中期慈中原党支部书记兼副校长郑爱芳老师，是郁文同志在四明山游击区鲁迅学院的老战友，两人失去联系半个多世纪了。郁文同志从《慈湖校友》上得悉其曾在慈中执教后，即致函请母校帮助寻找。这件事后来由李武纲老师承办，很快就将郑老师找到了。

2012 年 8 月底，李老师来电，嘱我将郑老师的通讯地址、电话及与其子女的联系方式早日转告郁文同志。9 月下旬，郁文同志给我来电，她已与郑爱芳老师联系上了。10 月 25 日下午，校庆典礼前一天，她俩终于在宁波新芝宾馆相聚畅谈。

李武纲老师很想与郁文同志说说话。10 月 26 日 9 时许，庆典开始前，我陪同李老师与在前排正中就座的郁文同志见面，李老师面赠其新近出版的回忆录《情系慈湖》文集。那天，郁文同志心情特别好。台下笑容满面，轻声细语，频频点头，热情握手。台上介绍嘉宾郁文同志莅临庆典时，她起身站立，面向广场人群，挥手致意，赢得阵阵掌声……想不到所有这一幕一幕在脑海中定格，一切的一切都化作永恒的记忆。

壬辰岁末追思

（作者是慈湖中学校友）

从一张贺卡看郁文同志思想境界

方恭温

郁文同志在照片中，仍然带着大家熟悉的微笑：平和、亲切、慈祥。然而，这是挂在灵堂上的遗像。她突然地、匆匆地离我们而去了，实在令人痛惜。她的去世，对亲属、对社会，都是重大损失。仅就我们慈湖中学北京校友会来说，痛失了一位德高望重的领导、和蔼亲切的大姐、为人楷模的校友。

我参加了送别仪式回到家里，再一次拿出十年前郁文同志寄给我的新年贺卡，看着熟悉的隽秀的字迹，感慨万千。这是一张普通的贺卡，但又包含了深邃的含义。郁文同志在贺卡上写了两段话，讲的虽然都是校友会的事，从中却反映出郁文同志的思想境界和为人处世。现抄录如下，奉献给全体校友。

郁文同志写道：

春节将届，给校友会同志们拜个年：特别要向几位操持校友会经常工作的会长（副）、秘书长（副）同志们深致谢意！你们的辛苦，增进了我们北京校友之间，和校友与母校之间的联系、沟通和情谊。祝

新春愉快，身体健康，阖家欢乐！

郁　文

2003 年 1 月 24 日

我从郁文同志这段话中，感受到她特别重视“情谊”二字。她肯定了校友会的工作，肯定什么呢？因为校友会增进了校友之间、校友与母校之间的情谊。郁文同志自己是特别看重对母校的情谊。我听她的一位亲属说，母校这次110周年校庆时，邀请郁文同志与学生们见面讲话。郁文同志讲话的一个主题就是“感恩”。她说，她在慈湖中学读书时，学校被日寇炸毁了，她没有书读了，失学了。后来老校长陈谦夫先生在芦山寺复校，使得她又有了读书的机会，因而她对老校长、对母校非常感谢。她对年轻的同学们说，现在学校有那么好的条件，你们在那么好的环境中上学，要懂得感恩，对学校、对校长、对老师要感恩，对社会、对国家要感恩。这话说得多么好啊！如果我们人人都懂得感恩，我们的社会一定是一个和谐美好的社会。郁文同志对校友会很重视，很支持，我想，原因之一，就是校友会所从事的增进校友之间、校友与母校之间感情的工作，是一项有意义的工作。

另一段话，郁文同志是写给我的：

方恭温同志：你好！见校友信息刊出的2002年收会费名单方知我尚未交（我只记得有一次请宁波办杨主任代我交校友会会费，说是已交过退给了我，其实这是上一年的事了）。现寄上50元，20元补02年的，30元交03年的。麻烦你了，谢谢！

郁文　1.24

说老实话，看了这段话我是很感动的。校友会只是一个民间组织，会费不是党费，因一些原因没有交会费，是很平常的事。但郁文同志不这样看待。尽管她是校友会中的前辈，是老革命，有着崇高的社会地位，她还是把自己看成是一个普通成员。只要是校友会的工作，她都认真对待；校友会开会，只要她有时间，都来出席；

如因故不能参加，她都向校友会说明原因，还托人代交会费。从这些小事上可以看出郁文同志的品德。她严于律己，宽以待人。她对自己，对亲属，要求都很严格，从不搞特权，不搞以权谋私，堪称模范。在世风日下的情况下，她用自己的实际行动维护了共产党人的崇高形象。

郁文同志值得我们永远学习！

2013 年 2 月 4 日

（作者是慈湖中学校友）

慈眉善目　高风亮节

蔡婵英　黄业津　翁楚云

郁文同志是中共老党员，又是乔石同志的夫人，对我们大家，就像是一位慈祥的母亲。她除了精心照料首长的饮食起居、工作休息之外，还无微不至地关爱着身边的工作人员。

她把笑意写在脸上，用慈爱感染我们。她平易近人，笑容可掬。听我们说话，她总是神情专注；对我们讲话，她总是调低声柔，她所在之处，都是欢声笑语。在乔石同志身边服务的工作人员，都想和乔石同志合影留念，但心存顾虑而不敢提出来，郁文同志体贴入微，只要条件允许，她都会招呼大家过来合影留念，同工作人员亲如一家。

勤俭节约、谦虚谨慎，极具亲和力，是郁文同志留给我们的另一深刻印象。首长在汕期间，恰逢新春佳节，省、市有关领导不时前来向首长拜年或看望，郁文同志每次都是亲自迎送，并陪同座谈，对汕头的接待工作都是肯定激励，不随意提出要求。

对首长的饮食起居，郁文同志要求俭朴、实用，不搞奢侈浪费。首长入住后，根据需要，必须增添一个洗头的盆子，郁文同志对汕头主要负责接待的领导再三交代，不要购买高档奢侈品，只要实用就好。平日三餐，她只提出保证吃饱就行，绝不能浪费。

乔石同志在汕期间，适逢过春节，我们想把房间布置得更富有节日氛围，郁文同志却不同意，要求我们只在客厅摆上几盆鲜花，在墙上挂上一个大红“春”字就可以。按照她的意思布置后，春意浓浓，既简朴又不失热烈，真正给人以家的温馨感觉。

郁文同志对乔石同志的关照无微不至、情深意切、凡事亲力亲为，使我们深受教育。她作风之严谨，堪称楷模。在汕期间，首长曾外出视察，有关视察的许多细节，郁文同志考虑很周到，如走什么路线、途经哪些地点、在什么地方下车，她都亲自过问，既尽可能多地让首长看到汕头的建设成就，又最大限度地减少扰民。

2006 年 2 月 12 日是传统的元宵佳节。当晚，我们在驻地举行了一个小型的联欢晚会。几个节目过后，郁文同志带着北京的、省里的、汕头的有关人员上台，满怀深情地唱起《歌唱祖国》，台下人员和着节拍唱起来、舞起来，群情振奋，气氛浓烈，把晚会推向了高潮。

2006 年 3 月 1 日上午，郁文同志陪同首长要离开汕头了。当我们向她征求意见时，郁文同志当即爽朗地回答：“汕头的山好、水好、空气好、气候好、饮食好，人更好！”

郁文同志临别时的话语，至今仍回响在我们耳旁。

2013 年 7 月

（作者为汕头市接待办工作人员）

此情可待成追忆

——怀念郁文主任

珠海市接待办

与郁主任结缘是在25年前，那是1988年，我们几个小姑娘刚刚参加工作没多久，正值豆蔻年华，而郁主任彼时已年过花甲。20余年过去了，我们和郁主任从陌生到熟悉，从上下级到变成亲密的朋友。流年共度相思远，回望与郁主任一起走过的岁月，我们浮想联翩，感慨万分……

桑榆暮景，伉俪情深

珠海石景山旅游区背后的一条小巷里，有一栋普通的两层建筑，白石墙环绕四周，远观像自然的山石，院内的花草树木郁郁葱葱，这里就是石景山庄。

1988年至2011年，乔石委员长曾多次来到山庄这个大家庭里。在这个大家庭里，乔老是核心，郁主任则是家庭的中心。郁主任非常了解乔老的生活习惯和爱好，乔老爱看书，看马克思、列宁著作及中国历史经典书籍、中外文学名著。郁主任平时很注意收集他喜爱看的书籍，不仅给他读、自己读、还劝人读。在编写《乔石谈民主与法制》一书时，她的办公桌上总是摆满厚厚的资料，需要修改的地方先用小纸条贴起来，然后再开会讨论研究。那段时间，她每天拿着草稿一遍遍翻阅，常常很晚才睡。原本时间观念很强的她，好几次都误了用餐时间。

退休后，郁主任以读书看报为一大乐趣。山庄订了好几份报纸，她每天“雷打不动”，将内容浏览一遍。特别是珠海发展建设进程中出现的新情况，她尤为关心，对很多新奇事物都一追到底。有时，郁主任还挑乔老关心的问题慢慢读给他听，讲到会心处两人四目相对，乔老微微一笑，此情此景让人备感温馨。

生活规律，兴趣盎然

郁主任的生活很有规律，每天三餐后都要散步。山庄前有一条两、三百米长的散步道，她每次都“定额”走上四、五个来回，才“鸣金收兵”。每转一圈，所费时间是固定的，像是虔诚的完成了一件十分严肃的任务。对待散步就像对待工作一样认真，从不偷懒、不取巧、不抄近道。

我们陪郁主任散步，边走边聊有不同的话题，早晨散步时，她给我们讲往事，展开潜移默化的传统教育。午后散步时，我们被要求展示“才艺”，刚开始大家比较拘谨，不好意思开口，郁主任就带头讲笑话，而且是互联网上流行的“吃饭睡觉打豆豆”一类的段子。在她的鼓励下，我们找到好多风趣幽默的段子来讲，无形中提高了大家的演讲能力，增强了幽默感和生活乐趣。

晚间散步最有乐趣了，郁主任带领大家边走边唱，我们笑称为“外练体力内练气”。她的记忆力超强，从《南泥湾》、《黄河大合唱》到《天路》、《青藏高原》，所有的歌词都一字不差。调子高我们唱不上去时，她挥手打拍子，鼓励我们放开喉咙大胆“爬坡”。从《小白杨》开始，到《歌唱祖国》结束，山庄蜿蜒曲折的小路上，回荡着既铿锵有力又优美动听的声音。晚间散步成了我们每天最向往的时刻，也是我们记忆中最难忘的一段美好时光。

诚以待人，信以处事

和许多老一辈无产阶级革命家一样，郁主任的生活十分简朴，绝不铺张。平常吃饭从不浪费食物。白天有阳光时，她在室内从不开灯。她房间的水果拼盘，如没有吃完，她就在小纸条上写“请勿收走”，并贴在旁边。牙膏、香皂用到一点不剩才换新的。

郁主任的一言一行，很注意影响，交办事情井井有条，从不拖泥带水。每当有客人来访，她都认真整理服饰，早早的在门口迎接。每次外出她总要提前几分钟下楼，从不让工作人员等候。逢年过节时，我们发的祝福短信，她都亲自回复，字里行间情真意切，我们收到后心里十分温暖。山庄女孩子多，郁主任经常关心我们的生活状况，有空就给大家讲做人的道理。几个姑娘们的成长情况她都了如指掌。我们在她身边工作，从未感觉到她是大人物，就像与慈祥的长辈在一起。

谦和关爱，温暖备至

郁主任和家人及孩子在一起时，总是无比开心，有说不完的话题。她姐姐每次来看郁主任时都会带醉蟹，郁主任配着洋葱红酒，吃得很尽兴。她们说着宁波话，我们偷着模仿一两句，学给郁主任听，因为我们不标准的发音她笑得直不起腰。每逢她的女儿带回特产，她照例分给我们和其他工作人员。我们有规定，不得要求与住地首长照相，郁主任则主动提出与我们合影，她那灿烂的笑容永恒定格在我们收藏的照片中。

郁主任很随和，对我们当亲人般体贴关照。每次在山庄碰面，她都十分热情地和大家打招呼。用餐时没有任何特殊要求，饭前饭后总是说“谢谢”。有一次她把醋洒在台布上，不停地擦，说：“我弄脏了，你们就得换，多麻烦啊。”为减少台布清洗次数，此后她使用汤匙时十分小心，生怕台布上沾上汤汁。郁主任曾对身边的工作人员说，“山庄的人都很敬业、很辛苦，我很感激他们对我的关心和服务”。每逢新年到来，她都会提前挑选贺卡，亲笔签名后逐个送到我们手中，春节时更是按广东习俗派利是。

山庄院子里有两棵靠得很近的桂花树，一棵茁壮葱茏，一棵婀娜多姿，并肩耸立，好像两个人相依相伴，郁主任闲庭信步时，总爱在树阴下静静地回忆些什么……今年清明节，我们去了一次海滨公园，看到郁主任去年栽种的海南红豆，已经长到 3 米高，有碗口粗细。阳光透过那一片片碧绿的树叶，再一次绽放，在朦朦胧胧的光晕中，我们仿佛又看见了郁主任和我们一起散步、唱歌、谈古论今……

郁主任，一路走好，我们永远怀念您！

2013 年 4 月

妈妈是我最好的老师

蒋小明

妈妈出生于江南的一个耕读之家，清末民初家族中走出过不少热爱读书又追求自由的前辈。妈妈受到熏陶，文化素养、文字水平都很高。她小学毕业后，家乡被日寇侵占，她不甘当亡国奴，背井离乡，走上了艰难的流亡求学之路。她从慈溪翻山越岭到浙南，走了一地又一地，学校转了一所又一所，妈妈求知若渴，读完了初中。1944 年，日寇又占据浙南，妈妈已读到高一，终于进入了共产党领导的抗日根据地，上四明山参加了革命。1946 年，妈妈受党的派遣到上海做地下工作，她一边在之江大学注册读书，一边到《联合晚报》担任记者。她以勤勉的工作，出色的报道，杰出的文字功力，受到了包括郭沫若在内的许多文章大家的赞赏。

有这样的一位文字水平超高的妈妈，我当学生后，养成了一个习惯，每次写完作文，一定先让妈妈看看，而她总能从字里行间挑出一些错别字和病句来。直到妈妈去世前，我的一些重要发言稿和文章，还常常请妈妈提意见，她提出的意见总是非常中肯，切中要害；她帮我修改和推敲过的稿子，总让我感到心里踏实。

1960 年，爸爸妈妈从鞍钢去酒泉筹建新的钢铁厂，不久钢铁厂又下马了。那正是三年困难时期，甘肃又是特困地区，爸爸妈妈在那里的工作生活条件十分艰苦，他们住在戈壁荒漠的窝棚里，饥寒交迫，缺医少药；渴了饮冷水，腹泻食大蒜；生活设施简陋，资源奇缺。为了能让孩子们正常地受教育，父母把我们交给爷爷奶奶住到南京，并请在南京工作的叔叔代为照顾。妈妈在那样艰苦的环境里，还设法给我们买到一些儿童读物寄来，如《小马倌和“大皮靴”叔叔》、《强盗的女儿》、《鄂伦春老爷爷》等，我和弟弟妹妹争相阅读，看得津津有味。

爸爸妈妈去酒泉那年，我6岁，是上小学的年龄。当时为我选学校，小姑姑蒋云铮费了不少心思。首先是选择了南京市鼓楼区第一中心小学，当年这是南京唯一的一所十年一贯制学校。在申请入学的过程中，学校发现我的年龄离报名规定的年龄差了9天，小姑姑到学校向校方求情，校方终于高抬贵手，这样我无须再等一年就当上了小学生。记得刚学会写字时，我常常在爷爷写给爸爸妈妈的信的后面，添上几句话，字写得歪歪扭扭的，错字不少。例如，把过节玩耍中的“碰杯喝酒”写成“撞杯喝酒”之类。妈妈每次在回信中一丝不苟地帮我改错字和错句。这一改就改了几十年。

1964年，爸爸妈妈经过中央党校的学习后，调到中联部工作。在北京安顿下来后，他们就把当时10岁的我和9岁的大妹妹小凌接到北京。弟弟小东、妹妹小溪暂留南京。

我们在南京读的是十年一贯制的“实验班”，转学自然就想转到也是十年制的北京第二实验小学。异地转学还是要经过考试的，我考五年级，妹妹考三年级。考试那天，妈妈带着我和小凌乘公共汽车去位于西单手帕胡同的实验二小。我们在南京活动范围小，出门大多步行，有时坐三轮车，很少乘坐汽车，一路上妹妹还晕车恶心。我们心里有点紧张，毕竟是初次到北京这个“大地方”来。记得当时学校正放暑假，学校为我们打开了一间教室当作考场。妹妹机灵，在晕车、精神紧张的情况下，一会儿就把题作完，提前交卷了。我比较费劲，有些数学课程根本没学过。妈妈和妹妹在外面等了很久，学校的老师在一旁安慰妈妈。好在考试通过了。

学是转成了，学习上碰到的问题还真不少。十年一贯制的五年级，就是小学的毕业班。五年级的课程对我来说是非常重的，是十分艰巨的任务。在南京上学时不觉得吃力，各门成绩都不错，到北京可就完全不同了。数学比南京深了一大截，代数、几何都没学过。语文也难，古文、诗词都是新的课程，我的作文写作还停留在平铺直叙地记述事件上。最差的是外语，南京根本没开这门课，而北京的同学从四年级开始，英语已经学了整整一年。

我们当时普通话都讲不利落，南腔北调的被同学们笑话。游泳一点都不会，而北京的同学有不少都考到了“深水合格证”。功课就更不必说了，上英语课就像听天书，课程越落越多。老师们也试图帮我补课，但班上好几十人，她们哪里忙得过来？

我只有依靠妈妈的帮助了。她白天上班，晚饭以后一点一点帮我补习功课。数学、语文样样要补，还要教我学英文，妈妈是我第一个英文老师。后来我考上了北京外国语学院，英语成了我的专业，成了我安身立命的看家本事，我后来的英语水平当然超过了妈妈，但是倘若没有她的“第一课”，一切都无从谈起！

后来我读到她回忆青少年生活的文章，她说，十分怀念初中的数学老师。她对数理逻辑产生浓厚兴趣，对数学公式有着深刻理解，是因为在战乱时期遇上了敬业的老师，老师不仅仅让学生背方程式，而是深入浅出地把方程式的道理讲深讲透。妈妈求学时，经历日本侵略者的轰炸，在战乱中颠沛流离，但她非常珍惜念书的机会，十分尊重老师。只要有书读，有课听，奔走 20 里去学校也觉得幸运无比。妈妈上中学时对文科、理科的课程都很喜欢，成绩也都出色。法国有个物理学家居里夫人，妈妈非常崇拜她，一度想读理科，从事自然科学研究，当个女科学家。她正在犹豫是偏重文科还是理科时，日寇占领了家乡，投身革命成为她的唯一选择。

妈妈受的基础教育是浓缩了的，所以她也用浓缩的方法来辅导我。她总是循循善诱，从不责备，也从不施加压力。做完功课往往都到深夜了，我还要自己填写《家校联系本》，说明自己今天在家做了哪些家务。于是妈妈就督促着我擦桌子、拖地、倒垃圾，干一样写一样，然后才准备睡觉。

五年级这一年是我和妈妈接触最多的一年，她不仅是在给我补课，同时也在弥补对我们而言缺失了很久的爱，弥补之前四年因未能和我们生活在一起而没能给我们的母爱。她把全部心血倾注在我的身上，令我终生受益。一个学年很快过去，毕业考试结果出来了，我的英语成绩全班第一，教英语的于老师很吃惊，称赞我的提高为“大跃进”。数学成绩名列前茅，授课的关老师还一度疑惑，怎么全班三个考100分的男生都坐在纵向的一排上。我的毕业作文《阮文追的照片》被教语文的傅老师作为“范文”拿出来在班上表扬了一番。傅老师之前把妈妈曾经发表在《联合晚报》上的《迎猫记》一文拿出来读给我们听，将这篇文章作为拟人化描写的范文。这两件事一前一后，真是凑巧，也是我小时候难忘的荣誉。

从那一年以后，我上中学、大学、读研，一路走来，在学习上再也没有遇上过什么困难，这是妈妈当年帮我补习的后续效果啊！更重要的是，有了妈妈的言传身教，无论在陕北插队劳动，还是后来读大学、工作，只要一有学习机会，我都会如饥似渴地“扑上去”，紧紧抓住不放。进大学的第一天，我便用发到手的五张借书卡在图书馆借了五本英文书拿回宿舍阅读，生怕不读，书就会“飞”走。我对知识的渴求，深层的原因就是妈妈少年时代流亡求学、珍惜学习机会对我潜移默化的影响，它化成了我不懈的学习动力。

从北外教书、办义学为朋友们教英语，担任《外国文学》的编辑，到联合国做同声传译；从澳大利亚读硕士，到英国读副博士，最后拿下剑桥大学的经济学博士学位，自己在学业上可以算得上顺风顺水。回想我这辈子，天赋谈不上，当个学生还算过得去。正是妈妈，培养了我在任何时候都不忘追求真知的精神，使我养成刻苦学习的习惯；正是妈妈，教导我做事一定要做好，提升了我做人的标准；正是妈妈，给了我自信，使我相信，只要努力，没有做不成的事。我深知，我能拿到剑桥博士学位，我一生能有一些小成就，那都是妈妈教育的结果。

最近，我在武当山狮子峰看到一棵罕见的槲栎树，树龄 530 多年了。它经历了岁月的沧桑，见证了时代的变迁。树的枝叶说不上很繁盛茂密，但整棵树周身透着灵气，傲然挺立在云雾山中。道长说每年深秋槲栎树叶的新芽就会露出，与众不同的是，老的树叶不会马上掉落，而是陪伴着新芽度过寒冷的冬季，直到来年春天新叶真正长出来，老的叶子才会慢慢脱落。

望着这棵树，我情不自禁地想到妈妈。妈妈，你是我最好的老师，默默陪我走过 60 年的人生道路。人在被陪伴时觉得习以为常，甚至不懂得珍惜。我未曾想过没有妈妈的日子会是怎样的，我觉得妈妈永远在家，她阅读书报文件，她在散步歌唱……妈妈是那样阳光，从不抱怨、不会比东家比西家，永远散发着正能量，即便在她身体很不好的时候，也还是让我们去忙我们自己的事，不必替她担心。

现在，我心中的靠山轰然倒下了，她的辞世无疑是我这 60 年来最痛苦的经历，让我不知所措，让我感到无比的寂寞。我顿悟，有这样好的妈妈陪伴我大半生，是多大的幸运，应当多么的感恩！我的一些国外朋友虽然没有见过妈妈，但他们从我的叙述中，从对我了解中，似乎看到了我妈妈。他们都说我是妈妈的一份遗产，他们可以在我身上感受到妈妈所传递的正能量。

妈妈去世后，为了传承妈妈的遗志，弘扬妈妈的精神，我们兄弟姐妹四人为妈妈的母校“慈城中心小学”捐助了以母亲名字命名的图书室“郁文书屋”。在筹建过程中，我的妻子周进花了大量的时间查找音乐、体育、美术、航天、电讯、历史、地理、哲学、服装、家居、手工艺、生理卫生等各种知识领域的少儿读物。同时，我俩多年支持的公益慈善团体也为书屋买进了一批中英文的课外读物。

2013 年 9 月中旬，我和妻子、妹妹乔凌代表全家，父亲的秘书陈群代表全体工作人员，表舅赵一新、表姐胡亭亭、表哥胡安生代表家乡的亲属，一道参加了“郁文书屋”的挂牌仪式。在仪式上，我代表父亲作了发言，追忆妈妈的童年经历，表达了对妈妈的怀念和感恩之情，我还鼓励妈妈的小校友们树立远大志向，继承先辈的优秀品德，将来学有所成，有所作为，贡献社会。据了解，书屋开放后，孩子们的读书热情高涨，排队借书、阅览，对于图文并茂的精美读物爱不释手、十分珍惜。老师们和暑期慈善义工还轮流为孩子们举行“悦读”比赛和讨论。“书屋”举办的这些活动，都传递着妈妈博大的爱，它会使妈妈的精神和风采得到传承，妈妈有知，当会感到欣慰。

2013 年 9 月

（作者是郁文的长子）

妈妈是我心灵的避风港

乔晓溪

2013 年 2 月 3 日黎明前，我与家人早早来到北京西郊的八宝山公墓，等候妈妈的到来。天该亮了，但太阳迟迟不肯露脸，前几天一直晴朗的天空，突然变得阴沉沉的，当灵车上路的信息传来，天上纷纷扬扬飘下了漫漫雪花。一定是上天感受到了我们沉痛悲伤的心情，也撒下了同情的泪花，与我们一起送妈妈最后一程。站在漫天风雪中，迎来妈妈的灵车，数以千计前来吊唁的人们和我们一起，一一跟妈妈作别。往事一幕幕如电影般，在头脑中浮现。

在家里四个兄弟姐妹中，我排行最小，哥哥姐姐们都说妈妈偏爱我。其实，我觉得妈妈关爱她所有的儿女，也许因为一些原因，我得到妈妈更多的爱，那是我心底最深的幸福和感恩。每个子女跟父母的缘分不同，妈妈与我，有着类似失而复得的情感珍惜，因为我小的时候，有很长一段时间，跟爸爸妈妈一点都不亲。

一、童年时和父母的疏离

我生在上个世纪中国大炼钢铁的年代。那时爸爸妈妈在东北辽宁的鞍山钢铁公司工作。两年后，在我记事前，他们又奉调大西北，去参加创建甘肃酒泉钢铁公司。因为西北条件太艰苦，他们工作忙，妈妈身体也不好，我们兄妹四人被送到南京，由爷爷奶奶代为照料。小时候的记忆里，几乎没有爸爸妈妈的身影，只是在长大以后，听妈妈讲起那时的一些情景：有一天，我们姊妹俩在家门口玩耍，远远看到难得回来探家的爸爸妈妈，风尘仆仆急切地向着我们走来，我们彼此窃窃私语，“咦，他们回来了”，却没有一个迎上去，投入他们的怀抱——那是他们最期盼的啊。在我们眼里，爸爸妈妈是家里难得来访的稀客。

因为对孩子的思念，也因为心中怀有不能守护在孩子身边的歉疚，爸爸妈妈就想利用有限的假期，多跟我们相处，包括晚上睡觉的时间，尽快消除孩子们对他们的生疏感。可是四个孩子，总不能都和爸爸妈妈一起睡啊，因此睡觉前会问我们：“今天晚上谁愿意跟爸爸妈妈一起睡呀?”当时，最小的我，却第一个态度鲜明的表示，怎么睡都行（跟爷爷奶奶、或阿姨、或自己单独睡），“反正我不跟你们睡。”这些事，令妈妈的印象如此深刻，以至于后来在她讲述这个情景时，我还能听出当年我的童言无忌，曾经多么强烈地刺痛了她的心。妈妈不能把我们留在身边，在当时有太多的不得已，而时间和距离在她心里留下深深牵挂的同时，却在我们这些孩子心里种下了陌生，爸爸妈妈心中的感受，以我当时那个年龄，是无法体会的。

我与爸爸妈妈聚少离多的日子持续了好几年。1963 年，爸爸妈妈调到北京工作，安顿下来后，根据当时有限的条件，先把已经上小学的大哥小明和姐姐小凌接到北京同住。1965 年，我也到了该上学的年龄，才和二哥小东还有爷爷奶奶搬到北京。一家八口终于团聚，住在了一起。虽然这时已经与爸爸妈妈朝夕相处了，但在最初一段时间，我的口头禅仍然是：“你们家”比“我们家”（南京的家）如何、如何不同。这是我记事以来，第一次与爸爸妈妈在一个完整的家庭里生活，然而还需要时日，来熟悉和接受新的生活环境。

这段时光非常短暂，我还未及完全认同爸爸妈妈的这个家，轰轰烈烈的“文化大革命”就开始了。爸爸妈妈先后遭到隔离审查，不让回家。后来又被双双“发配”到黑龙江肇源五七干校。“文革”不久爷爷去世，奶奶有段时间去了大姑姑家，大哥初中毕业后去了延安插队，剩下我们三个小的，彻底没有了大人的管束，整天无所事事，与各自的小伙伴们，变着花样地“疯玩儿”，闯了祸，也无所顾忌。一般最拿得住孩子们的办法是找家长告状，在我们这儿换来的回答是“找去吧！我也不知道他们在哪儿呢”！直到1970年，中联部五七干校迁址河南沈丘，我和二哥随爸爸妈妈搬到了河南干校。看着爸爸妈妈每天从事着繁重的体力劳动，艰苦地生活着，我第一次想到要体谅爸爸妈妈，不应该再给他们添麻烦了。

二、感受到爱

在“文革”那个疯狂、动荡的年代，尽管我们一家有四人在河南，但是，住在一个屋檐下的时间并不多。爸爸妈妈又先后被安排去林场劳动，分别住在十几人一起的男、女集体宿舍，二哥去了沈丘县城上中学，留我一人，驻守新安集镇大本营的两间茅草屋，以便就近上小学。我自己一人住在只有纸糊的窗、没有门锁的茅草房里。妈妈非常担心，但也无能为力，只好一边为我打气、壮胆，一边教我挑水、生火、做饭，以及保护自己的基本技能。家里有一辆从北京带去的永久牌26型自行车，学校没课时，我就骑上一个小时，去林场看望爸爸妈妈。白天，妈妈在地里干活儿，我就在一旁“帮忙”、添乱。晚上，就挤在妈妈集体宿舍的通铺上，俩人睡一个铺位。在妈妈身边的那些日子，完全消融了我小时候的陌生感，那是我跟妈妈最亲密的时光。妈妈不会骑自行车，我就很逞能地骑车带她回家。遇到过水渠上坡时，因为我人小，身体轻，又没有力气压住车把，车子的前轮常会离地翘起，被路人当耍杂技的看，“哈！一个小的，带着个大的”。

那段艰苦的岁月，因为跟妈妈在一起，在我的记忆中留下了很多温馨的画面，也是在那段时间里，从小远离妈妈怀抱的我，终于有了机会，感受到妈妈深深的爱。也是因为这段患难经历，妈妈成了我生命中最亲密、最信任的人。

三、学习

1965 年我到北京时，本是计划秋季入学，但是因为我生日晚，北京对入学年龄卡得严，没有上成，只得再等一年。妈妈看我在幼儿园学不到什么知识，就督促姐姐开始在家教我小学课程。一年后，我本该上学了，不想“文革”爆发，学校都停课“闹革命”了。在“文革”战火还没烧到我们家之前，妈妈鼓励我在家读书。记得那时我读的第一部长篇小说是《欧阳海之歌》。我读得慢，又时常贪玩儿，读到哪儿，书页就黑到哪儿。

“文革”两年后，在“复课闹革命”的口号中，我终于踏进了小学的大门，刚刚入学就已算是三年级的学生。不久，爸爸妈妈去了黑龙江五七干校。当时姐姐管家，爸爸妈妈定期给他们写信联系。一天，我心血来潮，也胡乱划拉了几笔，寄去了我写的第一封信。期盼着妈妈的夸奖，收到回信，打开一看，我立刻被眼前所见惊呆了。妈妈寄回了我的原信，但是上面已经“面目全非”，娟秀的蝇头小楷密密麻麻的布满了信纸，全是批改和点评，从书信结构，到用词造句，以及标点符号。我当时还不能完全领悟妈妈的用心，只感到无比气馁。后来我才渐渐体会到，就是在那样的艰难情形下，妈妈仍然抓住一切机会教我学习。我也初次领教了妈妈严谨的文风，从此再不敢乱写。尽管知识有限，行文造句不熟练，但是，我懂得了必须努力认真地去学、去写。

1970 年，我跟着爸爸妈妈去河南干校时，已是四年级的学生。当地小学因为师资、校舍条件有限，学生年龄、程度参差不齐，教室是按各年级学生多少来分。四、五、六，三个年级的学生少，就被放在同一间教室，由一个老师教课。学生们“各取所需”，只要听好与自己相应年级的课程即可。因为反正也是坐在那里，我就所有课程都跟着学，一年下来，通过了三个年级分别要求的所有考试，等于连跳了两级，混到了河南沈丘新安集完全小学的一纸毕业证书。稀里糊涂，没学到多少知识，就到县城上中学去了。

1972 年，爸爸接到“暂时借调”回北京工作的通知。为了让我们尽早接受更好的教育，爸爸妈妈马上决定，由爸爸先带二哥和我回京上学。妈妈知道我那张小学毕业证里的水分，让我回到北京后，降一年，从初一上起。正如妈妈所料，即使这样，一开始我仍是跟不上学校的课程。最吃力的是英语，以前根本没接触过。还记得第一次英语考试，我连蒙带猜，只得了 37 分。所幸妈妈半年后也回到了北京，马上开始帮我补习功课。后来我第一次在班上念英语，因为在妈妈这儿学的发音不同，引得同学们哄堂大笑。其实我的小学，受“文革”影响，加上曾经因病休学一学期，课上得七零八落，加一起在课堂里的时间不超过两年。小学课程主要是妈妈和姐姐，间错插空教的我。在“文革”那样混乱的大环境下，如果没有妈妈对我们教育的重视，想方设法，尽全力的帮助我补课，打下一定基础，就不可能有我以后学业上的进步，也不可能取得今天的学术位置。

四、心灵上的关爱

1976 年我面临高中毕业。虽然“文革”已近尾声，下乡插队仍是当时中学毕业生的主要去向。有了几年来知青插队的前车之鉴，到了那时，大家都已知道，广阔天地，下去容易，上来艰难，一颗红心，搞不好会被练得百孔千疮。于是很多学生的家长，各显神通，纷纷为子女寻找更好的出路。我们家里，也和每一个普通家庭一样，有着同样的担忧和纠结。我在家中排行最小，又是女孩子，从小颠沛流离，营养不良，小病不断，爸爸妈妈为我的前途而担心。参军在当时是上上策，既神圣光荣，又无可非议。我们那一届同班同学中，正门加后门，先后一共有十余人参军入伍。对此，我除了羡慕嫉妒之外，是想也不敢想的。因为我知道，以妈妈的家庭出身和复杂的社会关系，加上当时爸爸妈妈双双受冲击的身份，是不可能为当时的革命军队所接纳的。此前几年，大哥参军梦想的彻底破灭，就是证明。大哥是在已经顺利通过个人表现与体格检查之后，被家庭政审不合格拉了下来，去了陕北延安山沟农村插队。从那以后，我们下面这些弟妹，再也没人敢奢望参军了。其次的选择就是以自己或家人健康原因而留在城里。当时有个政策，父母身边可留一个子女，可是我们家因为姐姐几年前中学毕业后，已经留在北京工作，我就不能再享受这个政策了。万般无奈，爸爸妈妈有了给我办“病留”的想法。不仅因为我一向身体瘦弱，还有出于对女孩子安全方面的考虑。那时二哥小东已经下去插队两年，在当地打开一定的局面，做了村里的电工。家里的想法是，如果我“病留”办不成，必须下乡，那就去二哥那里，跟二哥在一起，我也有个照应。知道了爸爸妈妈的想法，我马上就急了，年轻气盛的我在意的是不能在同学面前临阵逃脱。当时班里的同学已经议论纷纷：班干部们平时唱高调，关键时刻各找门路、借口，逃避下乡插队。我也是班委之一。我当时只想，无论如何都要与大家同甘共苦。因此，我对爸爸妈妈一通慷慨陈词，最后表态：不管与同学们一起去插队有多苦、多累、多难，我一定要去。“是火坑我也跳了！”爸爸看我那么坚决，就说：既然你有这样的决心，那就去吧。下乡那天，妈妈陪我一起到学校操场集合，当一切就绪，我爬上插队知青的卡车，准备出发时，我再次回头望向妈妈，竟意外地发现，一向不轻易表露情感的爸爸，不知何时也来了，爸爸妈妈站在人群中，一起默默注视着我，为我送行。

其实，我们那时的插队，已经与初期老知青去黑龙江兵团、陕北山沟农村插队不同了。北京郊区的农村，物质条件比边远地区好很多。我有小时候在河南干校两年多的生活经历，现在干的那些农活，以及生活的艰苦，都难不倒我。也是因此，才敢在爸爸妈妈面前口出“狂言”。但是，我毕竟只是初次真正踏入社会，尽管有着初生牛犊不怕虎的勇气，但是，真实的外部世界，远远不是我想象的那么简单。“文革”后期的中国农村，也不是我们当年在河南沈丘干校时的状态了。干校时期虽然艰苦，没水，没电，缺油，缺粮，走泥泞路，住茅草屋，物质条件比北京郊区差太远，但那时的人还是相当朴实的。当时在河南，地瓜是主粮，因为紧缺，为了让粮食更加出数，当地一般的做法是，把红薯做成地瓜干，或地瓜面，加些地瓜秧，放在大锅里熬煮，连汤带水吃下去，能够喂饱更多人。那里的人们不舍得烤红薯，因为太奢侈了！我一个外来的小孩，为邻居五保老人担水，她为了感激我，每次算好我放学的时间，为我送来刚刚烤好的、我最爱吃的烤红薯，那是从她自己有限的口粮里省出来的，再说烤红薯要几个小时才能烤好。可见那里的人忠厚，民风淳朴。我以为农村就是那样的，农民都是淳朴的。我忘记了，那时候我年纪小，尚不知愁的滋味，也没有真正地进入社会，我仍然在爸爸妈妈的庇护之下，社会的风雨就算吹打到我身上，也只是零星点点。而现在，我要自己去经风雨见世面了。

我是在有200多知青的京郊农场插队的。不知我们这一拨人是否比较倒运，碰上了另类，总之，从一开始就感觉到，农场领导对我们这些北京城里来的知青有着莫名的仇视，把我们知青当劳改犯般改造。记得第一天出工就来了个下马威，每人挖20个一立方米的深坑，挖完合格了，才允许吃饭。不到半天就累倒一片，所有人的双手都布满了血泡。冬天没啥农活儿，那就修理地球，把山丘上的冻土用镐头刨出来，装上独轮小推车，填到洼地里。我们是来接受再教育的，农闲也不能让我们闲着了。劳动都是定量计件，谁不听话，就加量惩罚。我们这些在城里长大的孩子们，很快就被整得苦不堪言。当时我们16个女生，住在一间双排通铺的宿舍里，每天收工后回到宿舍，大家常做的事儿就是给家里写信诉苦，然后等待和拆读家人的来信。身体的劳累、离家的孤独、想家的煎熬，一切辛酸，变成读信时的痛哭流涕，往往一人开个头，宿舍里便稀里哗啦的哭声一片。我平时属于泪点低的人，看电影时，总会因为一些情节流泪，常为无法控制住眼泪而懊恼。到了这种时候，看到同学们悲苦的情状，也不由得心中戚戚然。但这次来插队，对我而言完全是自讨苦吃，来之前又跟家里立了军令状。现在面对这样的结果，以我倔强好胜的个性，也只有哑巴吃黄连，不好意思跟家里抱怨的。就算写信也是报喜不报忧，再多的苦难，我准备自己扛着。

有一天，我也收到了一封妈妈的来信。同宿舍的姐妹们，只有我还没哭过，现在看到我有家信来了，大家不约而同望过来，要看看我读家信的反应，等待我这一场迟来的痛哭！众目睽睽之下，我读完了家信。出乎所有人的意料，我非但没有哭，反而笑了起来。大家赶紧过来确认：这是你妈妈写来的信吗？为了给大家一个交代，我把妈妈来信的部分内容念出来。很可惜，我没能把那封信留到今天。从信中看，妈妈已经从别的知青家长那里知道了我们在农场的大致境遇，记得信里除了关切、问候，通篇没有任何悲切的文字，更没有一字的责难，全都是正面的引导、激励和鼓舞。妈妈主要表达了两层意思：越是艰苦的条件，越能锻炼人的意志；越是困难的环境，越是将来值得回味的经历。这些都是可贵的人生财富。妈妈讲道：我们长期住在城里的人，能有机会体验农民长年耕作的不易、能有机会了解社会，是难得的人生体验。农村也有很多需要知识的地方，可以设法用我们已有的知识帮助农民解决相应的问题，让自己在农村成为有用的人。对于当初我选择去插队，说明我有勇气，她为我感到骄傲，相信我能从这样的经历中，学到书本中学不到的东西。总之，妈妈从更高的角度，帮助我解除了当时的困惑，并且引导我以积极的态度，化解眼前的困境。她对我的鼓励和正面的肯定，消除了我心中对自己自作自受的消极惩罚，转而焕发了昂扬斗志，让我觉得这点困难不算什么，我能经受得住这样的考验。

这是一封与众不同的家信，因为我有一位与众不同的母亲。同宿舍的姐妹们都感慨地说："你妈妈真伟大！"后来，我回到北京，听家里人说起，妈妈知道我在那里受苦，夜里默默落泪，但她知道眼泪帮助不了我，唯有正面的激励，才能坚定我面对困境的勇气和决心。妈妈并没有像很多家长那样，去给农场领导请客、送礼，恳求他们对自己的子女手下留情。但她给予我的精神支持，教会我直面生活的挑战，即使在艰难的困境里，也能保持乐观和坚强，这些都使我受益终生。这一年多的插队经历，的确使我更加渴望回到学校学习，并全力争取参加了 1977 年底"文革"十年后第一次的全国统一高考。曾经的磨难，让我倍加珍惜来之不易的学习机会，从此，我在求知路上不停进取。

我们 70 年代成长的这一代，没有接受过爱情教育，谈情说爱在当时被视为小资产阶级情调，男女生接近甚至被认为是“耍流氓”。因此，我在收到第一封异性表白的来信时，不但没有欣喜的感觉，反而在震惊、惶惑之余，感到莫大的侮辱。因为我觉得这是对我们纯洁友谊的亵渎。盛怒之下，提笔写出言辞激烈的绝交信。妈妈听说此事后，与我谈了几次。她告诉我：对异性产生好感，并不是什么非分之想或十恶不赦的罪过，是青春期正常情感成长使然。即使我没有心动的感觉，选择拒绝情有可原，但是也应该注意不要伤害别人的自尊心。正是这样的疏导点拨，让我懂得了不仅要聆听自己的内心，也要学会尊重别人的感受。

1992年，我已在大洋彼岸求学生活了四年。由于学业、环境、家庭等问题上的种种压力，一度令我感觉非常无助、迷茫，几经挣扎，无以解脱，精神紧绷到濒临崩溃的边缘。在百般无奈、无助之时，我想到了妈妈。当时我与爱人都在读书，仅靠有限的奖学金支撑我们的家庭，生活很是拮据。但我还是不顾一切，买了一张对我们当时来说可谓“巨额”的机票回国。到家后，跟妈妈聊起我的近况，后来干脆睡到了妈妈的房间。我对妈妈打开心扉，倾诉这几年来生活中的种种遭遇、酸甜苦辣。妈妈细心倾听着，理智地分析，帮我从一件件漫无头绪的琐事中，梳理出问题的根源，把事情的前因后果一一摆明，分清主次，原本心中一团乱麻的我，此时心情豁然开朗。虽然妈妈没有具体告诉我，应该怎么做，但是，我已经重建了信心，拥有了足够的勇气和智慧，去面对和战胜生活的劫难。那是一段非常艰难的时日，曾经让我的人生黯然无光，如果没有妈妈的支撑，我不知道能否顺利走出那个泥潭。妈妈是我的人生导师，她对我的深切理解和全心包容，毫无保留的信任和一如既往的鼓励，一直伴随我的人生之路。妈妈在我心里，是不倒的航标和灯塔，在她母爱的慈辉里，生命充满了从容的乐观和积极的进取。

五、学医

我学医的专业选择，完全是受了妈妈的影响，也与那个年代的缺医少药，加上政治环境带来的风霜不无关系。妈妈年轻时饱受疾病缠身的痛苦，有了家庭后又很快添了四个孩子，常常因家人生病求医的困难而苦恼。为了生存，妈妈无师自通，买来一些通俗浅显的医书，常常藉此为我们“诊治下药”。后来，妈妈甚至买来注射器及消毒器具，准备自己给孩子们打针。但是，试了几次，终因看着孩子稚嫩的肌肤，实在不忍下手而作罢。

“文革”的冲击，进一步加剧了求医难度。大概是在 1968 年，经过连番数日的游行、陪斗、批斗，一天中午，爸爸拖着疲惫的身躯从外面回来，进了洗手间。我们一家正准备着吃饭，突然听到洗手间里传来一声巨响，妈妈反应过来，马上跑了过去，但是门被反锁了，急切拍门的声音，没有换来里面任何应答。正当妈妈试图让个子小、灵活的二哥，从厕所隔墙上狭窄的空间爬进去开门，里面传来了窸窸窣窣的声音，接着门被打开，爸爸面无血色，没有说上一句话，又直直的朝着我们倒了下来。妈妈和我们怎么也弄不动他，后来还是爸爸躺在地上一会儿后，再次苏醒，在大家的搀扶下走了几步，接着又扑倒在床上。把爸爸安顿在床上后，妈妈急忙赶出去求救。先去了大院里一位科班出身的医生家，不曾想，可能是为了与“走资派”划清界限，这位医生大人不愿意管。妈妈无奈，接着去找另一位非科班但热心的医生，不巧的是她刚送别的病人去医院，还没回来。妈妈只好焦急地等在大院门口的必经之路，直至迎到她，请回家来。医生看了爸爸的情况，说是失血性休克，得尽快送医院。爸爸被送到附近的复兴医院急诊室，诊断为十二指肠溃疡出血导致失血性休克。正当医生们讨论治疗方案时，爸爸单位的造反派也闻讯赶到，先是宣读了“最高指示”，接着告知医生：他是走资派，属于“牛鬼蛇神”，重点审查对象，你们看着办。在那个一切由政治挂帅的年代，有了这样的指示，医生只给予一般保守治疗，输上液，用了一些止血药，住院观察了几天。好在爸爸命大，在急诊室的候诊椅子上躺了几天，出血居然停止了。病情稍见稳定，马上被请出医院。出院病历上写着：“患者单位来人，患者是重点审查对象，考虑出院。”后来才知道，爸爸之前已有黑色“柏油样”稀便数日，那是典型上消化道出血的征兆。妈妈为自己没有这个医学常识早点发现感到愧疚，也为爸爸差点遭遇不测而后怕。有了这样的教训，下放五七干校之前，妈妈首先买来了一本厚厚的《农村医疗卫生手册》，并按照上面的提示，备上她可以买得到的一些常用药物。

在我中学毕业下乡前夕，妈妈让我学些医学常识，除了自己生病时有用，也可以帮助周围的人。因此，我参加了一个课余“红小医”学习班，并去院里的医务室为别人打针。这样插队时，谁有个头痛脑热，我也可以充当半个“赤脚医生”。虽然有了这么一点医学接触，我中学时期最喜欢的是数学，其次是物理及无线电。高考通过后报志愿时，我一心想的是报数学和无线电电子技术，妈妈非常希望我学医，细细给我分析各个专业的利弊，以及未来的需求和可能的职业走向。妈妈说我性格也适合学医。而以中国多变的政治环境，我们的家庭出身情况，以及父母的工作性质，将来是否还会受到冲击，都是未知数。然而，作为医生，无论走到哪里，若能够帮助周围的人解除病痛，则会受到欢迎，因而受政治气候影响相对要小。妈妈的想法我无以辩驳，但我仍然不愿完全放弃自己最初的志愿。一如既往，妈妈充分阐述了她的想法之后，并不强求，最后仍然尊重我，让我自己做决定。那一年可以报三个志愿，权衡利弊之后，我第一志愿报了医学院。心里的小算盘是，这次考得不理想，第一志愿肯定不够线，仅仅是为了满足妈妈的愿望，实际更希望被后面的两个志愿录取。然而，出乎我的预料，最后竟然被第一志愿录取了。或许冥冥之中，有个力量在助我去实现妈妈的意愿。三十多年过去了，我在这个专业领域走下来，从最初的并非十分情愿，到以后越来越体会到从事这个专业的乐趣，更深深地感谢妈妈帮我作出的这个专业选择。

人生最大的痛苦就是看着自己的亲人即将逝去，却没有丝毫的办法留住她（他）。妈妈的匆匆离去，对学医的我更显得残酷，没能留住妈妈是我最大的遗憾。看过很多生老病死，也知道自然规律的无法抗拒，但是，我仍然难以接受妈妈已经离去这个残酷的事实。我自认足够的独立、坚强，也早已过了离不开父母庇护的年龄，但是，我仍然祈愿能有更多时间，在妈妈的膝下继续享受做女儿的幸福，永远拥有这份慈爱与呵护。五十多年的母女情缘，妈妈已经与我的生命融为一体。我知道自己不该奢求太多，但是，当妈妈轰然倒下，那巨大的失落仍然令我痛彻心肺。或许岁月流逝将会冲淡心中的痛，但是对妈妈无尽的思念、感恩，将伴随着我的余生。

最后一次走到妈妈的身边，趴在她的耳畔，告诉她我有多么的不舍，如有来世还望再做她的女儿，给我一个机会报答她的恩情。送走了妈妈，走出大厅，风雪已过，阳光穿过云层，照在白雪覆盖的大地。望向天上微笑的太阳，那一定是妈妈在告诉我们，她去了更加阳光的地方，她又在用阳光融化我们心中的悲恸，她会一如既往，继续照耀着我们。

2013 年 9 月

（作者是郁文的幼女）

后　记

郁文的一生是不平凡的。接触过她的人，都对她的崇高的精神、优秀的品格、出众的才华感到由衷的敬佩。2013 年 2 月 3 日，我们到八宝山送走了她。她的生前友好与亲属们一起晚餐时提出，有许多怀念郁文的话想说，最好能编个文集作为永远的纪念。为了响应亲友们的呼吁，我们成立了一个小小的编辑组，近两年来编辑组一直在紧张而有序地进行着文集的编辑工作。

在文集编辑初期，郁文的子女们从家里一个旧铁皮箱中发现了郁文保存的旧剪报，那是她 1946 年至 1947 年间在中共上海地下党主持的《联合晚报》当记者时撰写的文章。她小心翼翼地将数十年前的旧文保存起来，也许能够说明这些文章在她心目中的分量。上海的《联合晚报》仅仅存在了一年多即被国民党反动政府查封，现在已经基本上找不到了，连国家图书馆也仅存缩微胶卷本。编辑组认为，这些文章，对于深入地认识郁文，对于了解那个历史时期上海地下党在舆论阵地的工作情形，都是十分珍贵的资料。编辑组当即决定将这些文章编入文集。这就是本文集的上编。为了核查这些文章，乔凌、郑园园、孙建刚等几人，去国家图书馆调阅了《联合晚报》的全部缩微胶卷，放大影印。当年的报纸文章，字号较小，一些字墨迹不清，也有一些排印的错字，在编辑过程中，编辑组和出版社的同志们花费了许多心力。

新中国成立后郁文较长时间从事国际问题与国际共运研究，她是一位无名英雄，她所撰写或参与、或主持撰写的大量的研究报告都是不署名的。文集上编中收录的郁文纪念战友、亲人以及怀念家乡、庆祝慈湖中学校庆的文章，是新中国成立后少有的由她个人署名的作品，篇数虽少却很能体现她的品德、情操与风格，很能显现出她对战友、亲人和家乡的深沉的爱……

文集下编收录了郁文的老同事、老朋友和亲属子女撰写的纪念文章，共计47篇。一些年事已高的领导同志，朱良、巴一熔、范执中等都写下了感情真挚的怀念文章，有的老同志写完文章后不久竟然亦与世长辞，这种情景令编辑组的同志十分感动。原中联部部长李淑铮因身体原因未能按她原来的设想完成写作计划，但带病书写了怀念郁文同志的题词，即："共产主义理想信念坚定。以党和人民利益为重，贡献毕生精力。始终严于律己、乐于助人，艰苦奋斗、廉洁奉公。"另外，武季梅教授等郁文生前好友对本书的出版也给予了极大的关心。这里还要特别提到的是，郁文的姐姐翁汶英为郁文的历史照片的说明提供了咨询，使文集增色不少。郁文在中联部的老同事吴兴唐、陈雪英仔细为文集审看校样，提出了中肯的意见。在此，我们谨向所有为文集撰稿的郁文的老同事、老朋友和亲属表示由衷的感谢！

这本文集编辑过程中，编辑组的陈群、田松年、孙建刚同志投入了许多精力和时间，从最初的发函联系征集稿件，到与作者及出版社的沟通接洽，他们承担了大量的联络与事务工作，他们还一次次地细心地校对文稿，尽量减少错误。他们的工作，是文集能够及时出版的保证。郑园园是人民日报退休记者，她参与了收集整理郁文所写的《联合晚报》的文章后，特地撰写了《郁文和〈联合晚报〉》一文。她的这篇文章可以视为郁文《联合晚报》报道与采访的“导读”，对于帮助读者了解《联合晚报》与郁文文章的时代背景是很有意义的。她还与孙建刚共同编写了《联合晚报》文章的注解，与胡平生共同承担了全书的篇目和文字的整理与编辑。编辑组成员多次召开文集编辑工作会议，集思广益，群策群力，大家都为编好文集奉献出自己的一份力量。

我们还要特别感谢人民出版社的领导和编辑同志，他们在文集编辑过程中，精心策划，悉心指导，细心编审，保证了文集的顺利出版。我们也要感谢国家图书馆的有关同志，帮助我们查阅、复制了历史资料。总之，本文集的成功编辑出版是郁文的老同事、老朋友和子女亲属共同努力的结果，让我们再次向所有对此书作出贡献的朋友们表示最崇高的敬意和最衷心的感谢！

编　者

2015 年 1 月 28 日

编辑统筹:张振明
责任编辑:刘彦青　安新文
封面设计:薛　宇

图书在版编目(CIP)数据

郁郁乎文哉:怀念郁文/《怀念郁文》编辑组 编. -北京:人民出版社,2015.6
ISBN 978 - 7 - 01 - 014972 - 1

Ⅰ.①郁…　Ⅱ.①怀…　Ⅲ.①随笔-作品集-中国-当代　Ⅳ.①I267.1

中国版本图书馆 CIP 数据核字(2015)第 129337 号

郁郁乎文哉
YUYUHU WENZAI
——怀念郁文

《怀念郁文》编辑组　编

人民出版社 出版发行
(100706　北京市东城区隆福寺街 99 号)

北京盛通印刷股份有限公司印刷　新华书店经销

2015 年 6 月第 1 版　2015 年 6 月北京第 1 次印刷
开本:710 毫米×1000 毫米 1/16　印张:26.5　插页:9
字数:330 千字

ISBN 978 - 7 - 01 - 014972 - 1　定价:55.00 元

邮购地址 100706　北京市东城区隆福寺街 99 号
人民东方图书销售中心　电话 (010)65250042　65289539